**LA BÊTE NOIRE**

*Collection dirigée par Glenn Tavennec*

# L'AUTEUR

Ingrid Desjours est psychocriminologue. Après avoir exercé de nombreuses années auprès de criminels sexuels en Belgique, elle décide en 2007 de se retirer en Irlande pour écrire son premier thriller. Depuis, elle se consacre entièrement à l'écriture de romans et de scénarios pour des séries télévisées. Les nombreux psychopathes qu'elle a profilés et expertisés l'inspirent aujourd'hui encore. Outre dans les tableaux cliniques pertinents, l'auteur excelle dans l'art de lever le voile sur la psychologie humaine et de faire ressentir au lecteur ce que vivent ses personnages, pour le meilleur et surtout pour le pire...

Ses quatre premiers romans, *Écho* (2009), *Potens* (2010), *Sa vie dans les yeux d'une poupée* (2013) et *Tout pour plaire* (Robert Laffont, 2014) ont été plébiscités tant par le public que par les libraires. Consécration : *Tout pour plaire* est en cours de développement pour une série TV par Arte. Elle a également animé l'écriture de *Connexions*, un polar interactif édité en partenariat avec l'émission « Au Field de la nuit » (TF1). Son dernier-né, *Les Fauves*, ouvre la nouvelle collection de polars et thrillers des éditions Robert Laffont : « La Bête noire ».

Ingrid Desjours publie également des sagas fantastiques chez Robert Laffont sous le pseudonyme de Myra Eljundir : la trilogie *Kaleb* ainsi qu'*Après nous*, dont le premier volet paraîtra en mars 2016.

INGRID DESJOURS

# LES FAUVES

*thriller*

LA BÊTE NOIRE
Robert Laffont

Ce livre est une œuvre de fiction. Les personnages, les faits et les lieux cités sont des inventions de l'auteur et ont pour but de conférer de l'authenticité au récit.

Toute ressemblance avec des situations, des lieux et des personnes existants ou ayant existé ne peut être que fortuite.



ISBN 978-2-221-14595-1

*Au deuil de toi,*
*À ma résurrection*

« C’est ta faute, dit le petit prince, je ne te souhaitais point de mal, mais tu as voulu que je t’apprivoise… »

Antoine de Saint-Exupéry,
*Le Petit Prince*

« Le vieux monde se meurt
Le nouveau est lent à apparaître
Et c’est dans ce clair-obscur
Que surgissent les monstres. »

Antonio Gramsci

# PROLOGUE

# L'ÉVANGILE SELON RUDY AL-FARANSI

Les amphétamines prisées par les combattants de l'État islamique ont un nom : le Captagon. Ses effets dopants sont particulièrement efficaces. « Quand tu en prends, tu oublies les gens, tu hallucines, tu as tellement d'idées, tes pensées s'améliorent. C'est comme si les gens n'existaient pas » (Khaled, dix-neuf ans).

Justin Thomas, *The National*,
décembre 2014

*Province de Ninive, Irak*

C'EST UN LONG RUBAN CALCINÉ et luisant du sang fraîchement versé de quelques mécréants. Une route comme il en existe partout où l'État islamique a planté son drapeau. De part et d'autre, des maisons en ruine et des cadavres en lambeaux, écorchés, brûlés ou *juste* décapités. Les mouches s'affairent en bourdonnant sur les chairs encore consommables et pondent leurs œufs dans les cous, les yeux… Quelques asticots s'agitent déjà sous les peaux et donnent l'illusion que les corps sont toujours en vie quand les têtes reposent pourtant à quelques mètres de là. L'air est irrespirable. Pas seulement à cause de l'odeur de mort qui règne ici, ou de celle d'essence et de gaz d'échappement qu'exhale le pick-up, mais parce qu'il est chargé de poussière. Une poussière que n'en finit pas de recracher l'Irak.

Tous les jours, il y a un nouveau site à faire tomber. À chaque fois, le même nuage épais envahit le ciel et se répand dans la ville, ajoutant à l'inconfort du jeune homme. Rudy resserre son foulard contre son nez. Il crève de chaud, assis à l'arrière de la voiture, avec sa tenue aussi noire que l'étendard qui flotte désormais sur la ville. Mais il s'en fiche, ce n'est pas ça qui va le détourner de sa mission. Il est là pour purifier un quartier chrétien et, une main posée sur la DShK[1], il attend que la Toyota s'immobilise à bonne distance de la cible pour faire un carton.

Un mois qu'il espère pouvoir passer à l'action. Un mois qu'il a tout plaqué en France pour rejoindre ses frères combattants et faire la guerre, *pour de vrai*. Un mois qu'il s'entraîne au maniement des armes. Jusqu'à présent, tout ce qu'il connaissait du combat, il le tirait de ses jeux vidéo. Mais cette fois, tout est bien réel et il ne s'est jamais senti aussi vivant, aussi puissant, main sur son arme, torse bombé. Aussi heureux. Pourtant, la vie est rude ici. Il faut respecter les règles, et il n'y a pas de femmes. On lui a promis qu'il en aurait une après cette première virée, si le frère qui conduit juge qu'il a été brave. Il le sera. Rudy en a trop envie pour rater sa cible. Il croit bien qu'il n'a jamais été aussi excité. De toute façon, avec des balles de 12,7 mm, il y a peu de chances qu'un commerçant en réchappe. Il va canarder à tout-va, les murs, les fenêtres, les gens.

Enfin, le véhicule s'immobilise. Rudy n'est pas très doué pour estimer les distances mais il jurerait être à plus de deux cents mètres de sa cible. En attendant que le frère lui donne le signal, il essaie de rester calme, mais il ne tient pas en place. Il veut voir les façades tomber sous ses balles, les gens crever et peu importe leur âge, peu importe qui ils sont. Ça n'avait pas d'importance dans les jeux, ça en a encore moins maintenant. Ce ne sont pas des humains, ce sont des mécréants, des impurs. Ils ne valent rien.

1. Mitrailleuse lourde antiaérienne, surnommée Douchka.

Pour patienter, Rudy sort son iPhone de sa poche. Logiquement il n'a pas le droit d'en posséder, sauf si c'est pour faire la promotion de Daesh. Alors il place l'appareil devant son visage, cadre du mieux qu'il peut pour qu'on voie bien sa Douchka sur la photo, sourit, et fait un selfie. Il regarde le résultat, euphorique, sûr de lui. Il y voit un guerrier puissant, un lion, le bras armé d'Allah. Ça le fait rire. Il pense au nombre de *likes* qu'il pourrait avoir sur Facebook rien qu'avec ce cliché. Aux *djihadettes* qu'il va impressionner.

Quelques coups tapés à la vitre arrière du pick-up le ramènent à la réalité, le frère lui fait un signe de la tête : il est temps. Alors Rudy range son téléphone, se lève prestement, grimpe sur le rebord métallique du véhicule. Il saisit les poignées de l'arme et trouve son équilibre, corps penché en arrière. Il est prêt, ses doigts agrippent les détentes. Enfin, il commence à tirer…

# I

# CONTRE TON ÉPAULE

*Moi contre ton épaule*
*Je repars à la lutte*
*Contre les gravités qui nous mènent à la chute.*

Damien Saez, « Jeunesse, lève-toi »

# 1

*Paris, France*

Le spectacle est terminé. Finis les éclats de voix et les gestes brusques. Les clients du café ont détourné le regard et se désintéressent des deux femmes qui se disputaient. La tension semble être retombée, mais si Nadia et Haiko se sont tues, c'est pour mieux se sauter à la gorge. Pour l'élan. Drapées dans un silence qui signe la défaite de la raison au profit de leurs pulsions, elles se jaugent telles deux lionnes, se reniflent, tentent l'intimidation avant le passage à l'acte. D'aucuns diraient que c'est le calme avant la tempête et qu'à l'instar des oiseaux, elles ont stoppé net leurs piaillements dans une vaine tentative de s'amadouer mutuellement et d'éviter l'orage.

Mais ceux-là se tromperaient.

Car elles *sont* l'orage.

L'une s'agite et s'empourpre, l'autre reste aussi froide qu'un matin d'hiver. Telles deux masses instables en présence, corps tendus à l'extrême comme si l'électricité ambiante les traversait de part en part, elles ont atteint le point de rupture. Les yeux humides de Nadia ne rencontrent que des prunelles sèches qui la foudroient. C'est elle qui, la première, décide de rompre le statu quo.

— J'arrête tout, j'te dis.

— Non, je ne peux pas te laisser faire !

C'est à peine si Haiko a haussé le ton, pourtant Nadia a encaissé ces mots comme autant de gifles en plein visage. Quelque chose dans sa voix peut-être, un accent métallique, désincarné. Et cette autorité glaçante qui transperce quiconque la contredit. C'est fou ce que Haiko peut ressembler à sa mère quand elle est en colère.

— Il ne s'agit pas de toi, Haiko, mais de moi. Je n'ai pas signé pour *ça*. D'ailleurs, je n'ai rien signé du tout ! Je te le répète : c'est terminé.

— Tu t'es engagée moralement… Ta parole n'a donc aucune valeur ?

— Certainement plus que la tienne.

— Dit-*elle* alors qu'*elle* parle de tout abandonner…, ironise Haiko.

— Ce n'est pas une question d'abandon : je suis allée au bout de ce que je pouvais faire. Maintenant, j'ai besoin de me reposer, de penser un peu à moi ainsi qu'à ma famille.

Nadia secoue la tête pour appuyer ses propos et passe une main nerveuse dans ses boucles brunes. Une multitude de bracelets dorés descendent le long de son bras en une cascade étincelante, Haiko suit machinalement leur course et se laisse distraire un instant. Elles étaient ensemble quand Nadia les a achetés sur un marché aux puces, dans le 13^e^. C'était au temps où elles étaient encore légères, où elles étaient inséparables. Le souvenir lui arrache un sourire un peu nostalgique. Comment en sont-elles arrivées là ?

— Le rythme de ces derniers jours t'a épuisée, tente-t-elle d'argumenter. Tu confonds fatigue physique et lassitude.

— Je ne suis pas juste lasse, Haiko. J'ai peur ! s'écrie Nadia d'une voix qui déraille. Pourquoi tu ne peux pas comprendre ça ? J'ai une putain de trouille qui m'empêche de respirer ! J'ai peur tout le temps... Pour ma vie. Pour ma famille. Et j'en peux plus. Alors, avec ou sans ta bénédiction, j'arrête.

— T'as pas le droit de me faire ça !

— Non mais tu crois quoi ? Que je suis à ton service ? Eh bien j'ai un scoop pour toi : il va falloir te trouver un autre épouvantail à agiter sous les yeux des médias !

— Un épouvantail ? Mais qu'est-ce que tu racontes ?

— Ça va, à d'autres, Haiko. Toi et moi on sait très bien que je te sers de caution morale, je suis la collaboratrice rebeu que tu exhibes pour te prémunir de toute accusation de racisme.

Haiko encaisse le choc. Comment Nadia peut-elle oser dire ça ? Ça lui donne envie de hurler. Mais son amie est déjà elle-même au bord de l'hystérie, il vaut donc mieux éviter la surenchère si l'on veut maintenir un semblant de communication.

— C'est ridicule, tu sais bien que...

— Ridicule ? Ouais, c'est ça, je suis ridicule et toi tu es tellement sage, tellement forte, tellement dans la maîtrise qu'on dirait un moine zen ! À croire que tu te fiches de tout, à part de toi.

— Tu te trompes, Nadia...

— Je me suis trompée, c'est vrai : on n'a pas les mêmes motivations, toi et moi. Alors je vais arrêter d'accepter l'inacceptable.

— Je ne te laisserai pas me planter !

— Et comment tu comptes m'en empêcher ? T'as pas le choix, ma vieille.

Nadia s'est levée de son siège si brusquement que la chaise a bien failli se renverser par terre. Les clients ricanent en feignant d'être absorbés par leur téléphone, espérant secrètement que le ton monte encore un peu, afin de comprendre pourquoi ces deux-là se disputent, ou peut-être même pour les voir en venir aux mains. Deux jolies filles comme ça, l'une aussi blonde que l'autre est brune, ça doit faire un sacré spectacle quand ça se crêpe le chignon. Mais les secondes s'égrènent sans que Haiko bouge d'un pouce. Seul son regard assassin trahit sa colère.

— Tu ne veux pas m'avoir comme ennemie, Nadia...

— C'est bon, arrête le mélo, y a pas de caméra pour filmer.

Nadia Nasri saisit sa veste et l'enfile dans de grands gestes saccadés. Elle s'en veut de trembler et de montrer à quel point tout cela l'atteint. Mais elle n'y peut rien, c'est une sanguine et ça se voit. D'ailleurs, elle sent bien les regards des hommes posés sur elle à cet instant précis, et devine l'émoi que ses éclats provoquent chez eux. Nadia aimerait être déjà loin, ou pouvoir disparaître sous terre.

— Pars pas comme ça, on n'a pas fini ! s'écrie Haiko.

— Bah si, regarde. Et puis je n'ai pas le choix, mon cours de zumba commence dans quarante minutes. T'as oublié ?

— Non...

— Alors j'y vais, salut.

— Adieu..., répond Haiko dans un murmure à peine audible.

En quittant les lieux, Nadia n'est plus aussi sûre d'elle, de son envie de tout plaquer et de planter son amie. Mais que peut-elle faire de plus ? Revenir sur ses paroles n'aurait aucun sens. Et sa décision n'a pas été prise sur un coup de tête. Elle n'en peut plus de l'horreur, de ce milieu malsain où elle a le sentiment de s'être embourbée. Oui, elle doit abandonner ce marécage puant et laisser une chance à la vie, à l'amour, aux belles choses… Alors, au prix d'un effort qui lui coûte énormément, elle s'en va sans se retourner, sans voir Haiko qui, sous le coup de la rage, saisit son téléphone et tape frénétiquement un SMS avant de prendre les clients à témoin parce que son amie est partie sans régler sa consommation. Non, tout ce que veut Nadia, c'est filer à son cours de zumba. Pour se vider la tête et danser sur des musiques latino, avant d'aller boire un mojito avec les copines du club. Pour être saoule après un seul verre parce que Alejandro, leur professeur, l'aura épuisée. Et puis rire, oui, elle veut rire et retrouver son insouciance, se dire à nouveau qu'elle a toute la vie devant elle !

La jeune femme resserre un peu sa veste autour de son corps : il fait encore frais à Paris en ce mois de mars. Arrivée à une borne Autolib, elle compose son code secret en frissonnant, monte dans la voiture et enclenche l'autoradio à fond. Mais elle a beau se forcer à chanter, le cœur n'y est pas, il est lourd et peine à s'envoler. Et puis il y a ce nœud qui lui compresse l'estomac, ce tremblement qui trahit sa nervosité, ses coups de klaxon furieux à l'adresse des autres conducteurs…

Mille et une questions la taraudent. A-t-elle bien fait de laisser tomber Haiko ? Se désolidariser d'elle maintenant, c'est la fragiliser. Un début de culpabilité commence à émousser sa colère. Nadia secoue la tête. Non, elle ne doit surtout pas tomber dans ce piège ! Ne plus penser à rien d'autre qu'à son cours, passer une bonne nuit de sommeil et partir dès le lendemain pour une thalasso en famille. Ça c'est un chouette programme ! Quand elle a choisi de mettre un terme à leur collaboration, la jeune informaticienne a fait en sorte de ne pas être tentée de revenir en arrière. C'est pourquoi, dès le lendemain, elle s'envolera pour Marrakech avec sa mère et Leïla, sa petite sœur. Objectif détente, avec massages et hammams quotidiens, balades et cornes de gazelle. Plus cliché tu meurs, mais c'est exactement ce dont elle a besoin.

Oui, elle se réjouit de ce qui l'attend ! Du moins, elle aimerait pouvoir s'en réjouir, mais cette fichue boule qu'elle a dans le ventre joue les prolongations du mauvais pressentiment. Alejandro a intérêt à mettre le paquet pour la dérider ! L'évocation du jeune professeur de zumba, de son charmant petit accent hispanique et de sa bonne humeur communicative lui tire son premier sourire depuis des heures.

Nadia gare sa voiture dans la station habituelle, relie le véhicule à sa borne, et marche d'un pas déjà plus léger vers son centre de fitness. À cinquante mètres, elle aperçoit sa copine Églantine, l'oreille vissée à son portable.

— Hé ! Lâche-moi ce téléphone, espèce de feignasse ! s'écrie-t-elle. Il est temps d'aller bouger ton corps de déesse !

Églantine Zimmer se retourne en souriant et adresse un doigt d'honneur à son amie, tout en poursuivant sa conversation, ce qui fait rire Nadia de bon cœur. Elle ralentit un peu le pas pour lui laisser le temps de terminer son appel et passe devant un bureau de tabac. Elle donnerait sa vie pour une cigarette ! Huit mois qu'elle a arrêté. Huit mois qu'à la moindre contrariété elle rêve de replonger.

Presque malgré elle, Nadia tourne la tête vers le commerce et admire les paquets bien alignés derrière le comptoir. Sur tous, on peut lire que « fumer tue ». Elle hausse alors les épaules et, dans un réflexe de fumeur borné, se dit qu'il faut bien mourir de quelque chose. L'envie est si puissante qu'elle a le sentiment que son cœur bat plus fort que ses talons ne cognent le bitume. Plus fort que ce scooter qui pétarade à quelques mètres.

Plus fort que la première déflagration.

*Tac-tac-tac.* Première salve. Nadia ne réalise pas immédiatement ce qu'il se passe. Elle entend ce bruit sourd et aigu à la fois, voit la vitrine du tabac voler en éclats, rentre un peu la tête dans les épaules, par réflexe, et, comme au ralenti, se retourne vers la source du bruit. Elle a du mal à analyser ce qu'elle découvre. De l'autre côté de la rue, un homme immobile et casqué. Seul. Sur les trottoirs alentour et dans les commerces, des gens se sont mis à hurler. Certains se sont jetés au sol et rampent sous les voitures. D'autres restent figés, en état de stupeur. Le regard de Nadia se pose à nouveau sur l'homme. Il l'attire comme un aimant. Peut-être parce que son attitude est différente de celle des autres. Peut-être parce qu'il lui donne l'impression d'être là pour elle, d'avoir attendu patiemment qu'elle se rende à son cours du vendredi soir et se gare ici. Peut-être parce que ce qu'il tient dans les mains l'intrigue plus que ça ne devrait. L'inconnu est vêtu de noir et l'objet est très sombre, donc difficile à identifier. La jeune femme ne comprend pas ce que c'est, ni pourquoi elle y accorde tant d'importance.

*Tac-tac-tac.* Nouvelle rafale. Toujours ce bruit sourd, mat. Et puis cette petite flamme qui s'allume au bout de l'objet pointé sur elle. Pointé sur elle ? Soudain, elle comprend. En même temps que la première balle lui transperce l'épaule. Cet objet, c'est une arme. Une douleur aiguë lui irradie la poitrine. Sous le choc, toute la partie droite de son corps est projetée en arrière. Elle vient de prendre une balle ? Nadia essaie de comprendre, mais n'y arrive toujours pas. Déjà un deuxième projectile atteint l'autre épaule, son corps bascule du côté gauche cette fois-ci. La troisième balle atteint son plexus, pile entre les deux seins, et la propulse en arrière, pliée en deux, la fait décoller du sol. Au ralenti, ce serait assez joli tous ces mouvements. Presque une danse, presque de la zumba. Mais en temps réel, ça donne plutôt l'impression d'être face à un pantin désarticulé.

*Tac-tac-tac.* Trois nouvelles balles, à même pas deux secondes d'intervalle, juste à temps pour la cueillir avant qu'elle ne soit à terre, alors qu'elle est encore en train de chuter. Deux d'entre elles lui transpercent une rotule avant d'aller se ficher dans un mur. La douleur est fulgurante, mais Nadia ne peut même plus crier. L'autre se loge dans son bassin et y détruit tous les organes qu'elle rencontre, les brûle, les explose. *Encore une salve ?* Pourtant, Nadia sait bien qu'elle est déjà quasiment morte. Elle le sait parce qu'il vient de se produire quelque chose à l'intérieur de son corps, quelque chose qu'elle ne saurait expliquer mais qui l'empêche désormais de respirer. Elle a la sensation de tomber dans une lenteur infinie, comme si le temps s'était distendu. Elle ouvre grand la bouche, yeux exorbités, et tente d'aspirer de l'oxygène. Mais l'air ne peut plus passer : l'hémorragie engorge ses poumons. Elle se noie ! Elle se noie à sec et la pression à l'intérieur de sa cage thoracique lui fait un mal de chien. Elle va mourir. *Mourir…* Un goût âcre et métallique se répand sur sa langue. Du sang. Nadia panique, fait un effort surhumain pour s'accrocher à la vie et lance un regard désespéré aux gens autour d'elle, supplie Dieu de la sauver. Elle ne peut pas mourir, elle ne veut pas ! Pourtant la jeune femme commence maintenant à ressentir les premiers effets de l'asphyxie, elle a le vertige, ses poumons sont en plomb… Et si l'injustice de la situation lui saute au visage, la révolte – *Pas maintenant ! Pas quand j'allais enfin revivre !* –, à aucun moment elle ne se demande pourquoi on l'a tuée. Elle *sait* pourquoi. L'homme l'attendait, il connaissait ses habitudes. Il n'a jamais envisagé de lui laisser la moindre chance…

La jeune femme s'est effondrée sur le trottoir les bras autour du visage, comme si le protéger avait encore de l'importance. Les cris lui parviennent de loin, atténués comme lorsqu'on s'endort devant la télévision et qu'on n'arrive plus à donner du sens aux paroles qui s'échappent du petit écran. Elle baigne dans son sang et pense à sa mère, à sa sœur qu'elle abandonne. Elles vont avoir tellement de chagrin.

L'homme s'approche, décidé à achever le travail.

— Sale chienne !

*Tac.* Ultime douleur dans la tempe. Crâne qui rebondit sur le bitume et s'y incruste, ne bouge plus.

Nadia Nasri est morte, les yeux grands ouverts rivés sur de jolis paquets de cigarettes bien alignés.

FUMER TUE.

Les habitudes aussi…

# 2

*Une semaine plus tard*

UN CLAQUEMENT DE PORTE, suivi du bruit des clés dans la serrure… Le voisin quitte son appartement et le tire d'un sommeil précaire. Lars soupire et se résout à ouvrir les yeux. Ils sont encore lourds de fatigue et la lumière qui filtre à travers les stores lui fait l'effet d'une brume d'acide. Il referme un instant les paupières, en pince les coins internes entre le pouce et l'index, puis se force à les rouvrir. Il préfère se cramer la rétine plutôt que d'être plongé dans le noir. Le noir, il ne supporte plus depuis sa détention : ça l'étouffe, ça l'oppresse aussi sûrement que la promesse d'être englouti par le néant, la mort. Alors il choisira toujours la lumière crue plutôt que la plus accueillante des pénombres.

Lars tend son bras droit presque entièrement tatoué vers la table de chevet pour attraper un paquet de cigarettes déjà bien entamé, en extrait une tige et se l'allume avec un Zippo presque aussi vieux que lui. L'objet appartenait à son père : il en connaît et en apprécie les moindres détails. Le contact frais et un peu gras de son étui métallique, le capuchon qu'il ôte d'un mouvement sec du pouce et qui claque d'une façon si caractéristique qu'il reconnaîtrait son briquet entre mille, juste à l'oreille, l'odeur d'essence légère et subtile qui vient lui chatouiller les narines en préliminaires du plaisir à venir, la mollette rugueuse qui résiste un peu puis cède en faisant jaillir l'étincelle… Lars aspire une longue bouffée et se laisse aller au premier vertige de la journée. Le plus fort, le plus pur.

Il sourit, les yeux dans le vide, et palpe le Zippo comme on câline un doudou. Il en change régulièrement la pierre, l'entretient, le nettoie, et sait que le briquet lui survivra. Pas comme ces milliers de choses, se dit-il, qu'on n'appelle plus *objets* mais *produits*, dont la publicité vous inonde pour vous faire croire que vous en avez besoin… Non, pas comme ces produits conçus pour une durée déterminée, pour tenir un temps et puis vous lâcher afin de vous encourager à en acheter d'autres, puis encore d'autres, jusqu'à ce que mort s'ensuive. La vôtre. Et qu'aussitôt, le manque à gagner soit comblé par la naissance de millions d'autres consommateurs. Parce que, au final, les vrais produits, ce sont les gens. Lars recrache sa fumée en un long soupir.

— Tu es réveillé ?

La fille qui a partagé sa nuit grimace en humant l'odeur âcre de la fumée. Elle se love un peu plus contre lui et promène une main nonchalante sur son torse découvert, suit du doigt les encres de sa peau. Lars reste muet. Il n'aime pas les questions qui n'en sont pas.

— À quoi tu penses ?

— À rien.

Mensonge. Il se dit qu'il aimerait qu'elle parte maintenant et le laisse tranquille, chez lui, dans son silence et sa solitude.

Parce qu'il a épuisé son quota de paroles et de sociabilité pour la séduire, et qu'à présent il n'est plus guère enclin à lui faire la conversation. Parce que lui, il a dépassé depuis longtemps le stade de sa propre obsolescence programmée. Il n'a pas cette capacité à s'émerveiller d'un rien qui semble encore intacte chez elle, et qui le fatigue au plus haut point. Avec Lian, tout est prétexte à l'extase : les étoiles, le soleil, la pluie, un compliment. Tout est *génial*, *top*, *super*, *ouah*, *trop le kif* ! Pour qu'elle devienne supportable, il faudrait que sa joie se meure.

— Je ne te crois pas, insiste la jeune femme. Dis-moi à quoi tu penses !

— À rien, j'te dis. Ou alors à ton cul.

Et tandis qu'il lâche ces mots, des images de la nuit lui reviennent. C'était simple, animal. Agréable sur le coup, mais là, il ne peut s'empêcher de la mépriser pour s'être donnée à lui si facilement. La guerre a perverti son rapport aux femmes. Il a désormais l'impression d'un fossé infranchissable entre ce qu'il espère d'elles et ce qu'elles sont capables de lui offrir. Et il leur en veut pour ça. Terriblement. Il leur en veut d'avoir abdiqué leur grâce au nom de leur désir de plaire, d'avoir sacrifié leur pureté à leur besoin de sécurité, et de n'être désormais plus que des coquilles vides, des coquettes sans âme et sans saveur parfaitement adaptées à cette société de merde. Une société vénale et décadente, d'une violence inouïe. Une société normative dont les seules valeurs sont l'avoir et le paraître.

— J'ai bien envie de recommencer..., déclare la jeune femme avec une moue coquine.

À mille lieues d'imaginer jusqu'où les pensées de son amant l'ont conduit, Lian pose une main sur son sexe. Encouragée par ses réactions, elle entreprend de le caresser doucement. Mais le contact déplaît fortement à Lars, lui est insupportable. De quel droit le touche-t-elle sans son autorisation ?

— Arrête.

— Allez, laisse-toi faire !

— Arrête, j'te dis.

— Humm... attention, monsieur ! Non n'est pas une réponse satisfaisante !

— Qu'est-ce que t'as pas compris, là ? aboie-t-il en la repoussant violemment. Tu me touches pas, t'entends ?

— Je... Pardon..., bafouille-t-elle les larmes aux yeux. Je croyais que...

— Il n'y a rien à croire, Lian. Surtout tu ne crois rien avec moi, OK ? Croire c'est imaginer des possibles, se projeter dans le futur. Moi je ne peux te donner que des instants. Je ne suis capable de rien d'autre. Que la vérité de l'instant. Je t'ai promis autre chose ?

— Non, mais...

— Je ne t'ai pas dit que je cherchais juste à passer un bon moment ? J'ai été malhonnête ?

La jeune femme secoue la tête, lèvres pincées, l'air déçu.

Le problème, c'est que les gens ont tellement l'habitude de la versatilité qu'ils ne croient pas à la permanence des choses, encore moins à celle des intentions. Pas plus qu'ils ne font confiance à leur instinct. Ils ont tort. L'instinct c'est la conscience de l'évidence.

Si Lian avait écouté le sien, elle aurait compris que cette relation serait éphémère. On sait, dès les premiers frôlements, dès le premier baiser, sitôt les premières phrases échangées, si une relation est faite pour durer ou non. Pourtant, souvent, on a beau avoir deviné, savoir qu'elle est moribonde à peine entamée, on y va quand même, on s'obstine, on espère se tromper. Si Lian ne s'était pas entêtée à nier l'évidence, elle aurait compris qu'ils sont trop différents pour s'aimer et que Lars ne peut se permettre de lui offrir ce qui lui reste de cœur, parce qu'il aurait le sentiment de le galvauder. Si Lian avait été capable de lucidité, elle aurait réalisé qu'elle n'est là que pour la chair, pour tromper l'ennui et partager un bref moment qui ne deviendra pas même un souvenir.

— C'est vrai, tu ne m'as rien promis, répond-elle d'un air triste.

— Voilà.

Son intention n'est pas de lui faire de la peine. Il ne souhaite simplement pas lui mentir, ni se retrouver piégé dans une relation dont il ne veut pas.

— On pourra quand même se revoir, ajoute-t-il en lui caressant la joue. Mais je ne t'offrirai rien d'autre que ça… C'est à toi de voir si ça te convient. Tu es libre.

Elle lui sourit piteusement sans dire un mot et comprend qu'il est temps pour elle de prendre congé. Peut-être laissera-t-elle éclater son chagrin une fois dehors, quand au détour d'une rue elle croisera un couple enlacé ou passera devant une boulangerie et des croissants chauds qu'elle aurait aimé partager avec son amant.

Lars l'observe s'habiller puis allume une deuxième cigarette tandis que la porte se referme, doucement, sans claquer. Il est 9 heures du matin. Un café, une pilule, une douche, et il sera temps pour lui d'aller à son rendez-vous.

Lars descend prestement de sa moto et range son casque dans le top-case. Il s'est garé juste à côté de la sortie de métro. Monceau, c'est pourtant sur la même ligne que Père-Lachaise, il aurait pu s'épargner la conduite sous la pluie et prendre les transports en commun. Mais, déformation professionnelle oblige, il repère systématiquement tous les tarés que Paris y dégueule honteusement, ainsi que toutes les failles de sécurité annonciatrices de drames si l'un d'eux décidait de faire un carnage. Alors il évite.

Lars jette un coup d'œil aux grilles noir et or du parc. Ça en impose, comme le reste du quartier d'ailleurs, avec ses rues pavées et ses immeubles haussmanniens. Aux aguets, il parcourt lentement les quelques mètres qui le séparent du lieu de rendez-vous et s'imprègne de l'atmosphère, décèle les points dangereux, les zones de repli, observe la faune. Lui aussi, on l'épie, à la dérobée. Il faut avouer qu'il fait tache rue de Courcelles, avec son jean délavé et son cuir râpé. Enfin, il suppose que c'est moins sa tenue que son physique qui dérange, parce qu'il pourrait aussi bien être un fils à papa qui se rebelle contre le costard cravate omniprésent. Mais les fils à papa sont rarement des métis d'un mètre quatre-vingt-dix, bouc taillé de près sur mâchoires carrées, lunettes teintées et mine renfrognée du type qui pourrait bien vous égorger pour un sourire qui lui aurait déplu.

Que fait-il dans ce quartier ? Il marche d'un pas souple, le port de tête arrogant, et avance tel un fauve dans la savane, conscient de sa puissance, trouvant naturel que les gens s'écartent pour le laisser passer. Comme si la rue lui appartenait. Est-ce un trafiquant de drogue ? Ou bien une star américaine, un rappeur peut-être ? Il intrigue, il dérange. Il jubile. Lars n'aime pas ce quartier ni les gens qui l'habitent. D'ailleurs, s'il n'avait pas besoin d'argent, il aurait décliné l'offre.

Le voilà arrivé en bas de l'immeuble. Il lève la tête et prend une goutte de pluie sur le front, qu'il essuie d'un geste agacé. Du quatrième, derrière des panneaux blancs, une femme le toise et le jauge déjà. Manifestement, il est attendu de pied ferme. Il prendra donc son temps pour gravir les étages, histoire de bien établir le rapport de force.

— Bonjour, vous êtes Lars ?

C'est à peine une question. Il se contente d'opiner du chef pour la saluer. La femme ne peut réprimer un léger frisson en s'effaçant pour qu'il franchisse le seuil de son appartement. Il y a toujours une réaction physique quand deux mondes que tout oppose se télescopent : ça se fige ou ça explose. Katia Homoreanu referme la porte sans bruit et l'invite à s'asseoir dans un des canapés de cuir blanc qui se font face au fond de la pièce.

Lars estime que le séjour est trois fois plus grand que son appartement du 11e. Tout y est d'un blanc virginal, comme dans un hôpital : les murs, les voilages, le tapis, les plaids, les meubles. Seuls quelques tableaux ici et là apportent un peu de couleur à l'ensemble, avec une dominante de rouge. On se croirait cerné de drapeaux japonais. La décoration se veut zen et minimaliste. Comme si les propriétaires tenaient à rassurer sur leur réputation, à se racheter une virginité.

— Je vais finir par entendre le son de votre voix ou vous êtes muet ?

La femme n'y va pas par quatre chemins. Elle a cette assurance que confèrent le fric et la reconnaissance. Plus que son appartement aseptisé, c'est elle qui met Lars mal à l'aise. Il la connaît, pourtant. Il a pour ainsi dire grandi avec elle. Katia Homoreanu, la soixantaine qui ne se devine pas, est une éminente journaliste politique qui a mis plus d'un ministre sur la sellette, lors de ses interviews. Et ça a toujours beaucoup plu à sa mère qu'une femme rabatte un peu le caquet à tous ces phallocrates pleins d'eux-mêmes et bardés de certitudes. Lars aussi, il l'aimait bien. Et puis elle avait de beaux yeux bleus, la dame, et les yeux bleus le fascinaient lorsqu'il était enfant. Mais jusque-là, il n'avait jamais réalisé à quel point ils sont clairs, couleur glacier, parfaitement pétrifiants. À dire la vérité, il y a quelque chose en elle qui fout la trouille. Peut-être est-ce sa posture, si droite qu'elle en est rigide, ou son visage auréolé de blond, aussi impassible qu'un masque à force de liftings, peut-être est-ce sa façon de parler... Katia Homoreanu ne s'embarrasse pas de civilités ni de douceur. Elle parle sans aménité mais sans chaleur et va droit au but sans prendre la peine d'enjoliver les choses. Elle n'a nul besoin de recourir aux minauderies pour obtenir la pleine attention de ses interlocuteurs. Son intelligence suffit. Elle le sait.

— Il me semble que c'est vous qui avez des choses à me dire, répond-il de sa voix rauque. Vous avez lu mon CV, je n'ai rien de plus à vous apprendre.

— Vous êtes franc et direct. Je n'en attendais pas moins de vous.

Katia Homoreanu esquisse un sourire. Pas un sourire amical, mais un sourire d'approbation. Celui du prédateur qui reconnaît l'un des siens.

— Ce n'est pas moi qui ai un problème, reprend-elle, c'est ma fille, Haiko. Sa meilleure amie a été assassinée la semaine dernière, et elle-même a été très sérieusement menacée.

— Elle n'est pas sous protection policière ?

— C'est ce que le capitaine chargé de l'enquête prétend, mais les policiers ne peuvent pas la surveiller vingt-quatre heures sur vingt-quatre, ils n'ont pas que ça à faire. On lui a recommandé de partir à l'étranger, de se faire un peu oublier, mais Haiko refuse. Elle est têtue...

— Ou moins en danger que tu l'imagines ! s'exclame un homme dans son dos.

La journaliste n'a même pas sursauté, pourtant si ses yeux pouvaient foudroyer sur-le-champ celui qui vient de faire irruption dans le salon, il ne serait déjà plus qu'un tas de cendres fumantes.

# 3

Sans se retourner, Katia Homoreanu fait les présentations.

— Mon fils, Dimitri.

— Et l'oncle de sa fille, ironise le jeune homme.

Devant le regard interrogateur de Lars, la journaliste résume la situation en quelques mots.

— J'ai adopté l'enfant de ma fille aînée quand elle est décédée. Dimitri avait cinq ans quand Haiko est devenue sa sœur.

— Techniquement je suis son oncle.

— Ce n'est pas le débat ! le coupe sa mère d'un ton sec.

Instantanément, Dimitri est antipathique à Lars. *Instinctivement.* Trente-cinq, quarante ans, cheveux et yeux noirs, l'homme, très mince, mesure environ un mètre soixante-quinze. Il a discipliné son épaisse tignasse sous des tonnes de gel et arbore une barbe épaisse qui complète son allure faussement décontractée de *hipster*. Chemise à carreaux largement ouverte sur une pilosité abondante assumée, pantalon de velours côtelé… ne manque à la panoplie qu'une paire de lunettes aussi larges que factices qu'il doit sortir les jours où il met un costume, pour se donner un air décalé.

— Dimitri, comme le peintre qui a signé tous les tableaux dans cette pièce ?

— Vous êtes observateur, apprécie Katia.

— C'est la base de mon métier.

— Alors comme ça, t'es garde du corps ? commente l'artiste.

S'il y a bien une chose que Lars déteste, c'est cette manie qu'ont certains péteux d'abuser du tutoiement, comme s'il était réactionnaire d'être poli, courtois.

— Je suis agent de protection rapprochée.

— C'est pareil.

— Non. Qui de vous deux me recrute, vous ou le comique ? demande Lars à Katia.

— C'est moi, confirme-t-elle.

Deuxième rictus carnassier. Que ce type remette Dimitri à sa place amuse la femme.

— Dans ce cas, j'aimerais pouvoir poursuivre sans être interrompu par votre fils.

Le peintre sourit à pleines dents, comme si son nom et son argent suffisaient à le mettre à l'abri d'une raclée.

— Tout d'abord je souhaiterais savoir pourquoi ce n'est pas votre fille qui m'a contacté mais vous, poursuit Lars.

— Haiko est réticente à l'idée qu'on la protège, elle tient à sa liberté.

— Tu m'étonnes ! insiste Dimitri, malgré le regard réprobateur de sa mère.

— Mais elle a compris que le danger était réel, reprend Katia, et j'ai réussi à la convaincre de vous rencontrer. D'ailleurs elle va arriver d'une minute à l'autre.

— Qu'est-ce qui s'est passé avec son amie ?

— Vous avez sûrement entendu parler de la jeune femme qui a été abattue à la kalachnikov, vendredi dernier, dans une rue du 9e arrondissement ?

— C'était elle ?

— Oui.

— Je vois.

— Non, je ne crois pas…

Katia Homoreanu est interrompue par la sonnerie de l'interphone. À l'autre bout du fil, sa fille lui demande de descendre régler son taxi : elle a oublié son porte-monnaie chez elle. La journaliste s'excuse auprès des deux hommes et les abandonne un instant.

— Je te souhaite bon courage avec ma sœur, mec, plaisante Dimitri en lui tapant sur l'épaule comme on flatte la croupe d'un chien docile.

Lars se demande si cet homme est tout simplement con ou bien franchement suicidaire. Parce qu'il ne pense pas avoir une tête à aller chercher la baballe, plutôt à distribuer des coups de boule. Alors, en moins de temps qu'il n'en faut à ce genre d'*artiste* pour sniffer un gramme de coke, Lars le saisit par le col et l'attire vers lui jusqu'à ce que leurs fronts se touchent. Comme par magie, le sourire du chevelu disparaît tout net.

— Écoute-moi bien, petite merde. Toi et moi on va mettre les choses au point, histoire de rester bons copains, tu veux bien ? Oui, tu veux bien. Primo tu m'appelles *monsieur*. Pas *mec*, pas *man*, aucune de ces conneries qui font croire aux dindes que tu lèves et à tes copains pédés que t'es un caïd, parce que t'en es pas un. Moi je le sais, et toi tu sais que je le sais.

— OK, je…

Lars lui met une petite claque sur la joue.

— Tu parles si je te le demande. Est-ce que je te l'ai demandé, là ? Non, hein ? Fais non de la tête. Voilà. Tu vois quand tu veux ! Secundo, le tutoiement et les tapes dans le dos, tu arrêtes tout de suite, pour ta santé. Crois-moi. Parce que si je te reprends encore une fois à être familier, je te pète ton joli nez si fort que ta poudre tu devras l'aspirer par le cul, compris ?

— Oui…

— Oui qui ?

— Oui, monsieur.

— Bien. J'ai soif, va me chercher un verre d'eau maintenant.

La porte d'entrée s'ouvre tandis que Dimitri fonce vers la cuisine et, à ce stade du rendez-vous, Lars craint le pire s'agissant de la fameuse Haiko. En danger ou pas, si elle a l'arrogance de son frère-oncle, peu importe comment elle l'appelle, il mettra les voiles.

La mère précède la fille et la dépasse d'une bonne tête, si bien qu'il ne la voit pas immédiatement. Lorsque la journaliste se décale pour faire les présentations, Lars est aussitôt rassuré : tout comme lui, Haiko dénote dans l'immense appartement haussmannien.

— Haiko, voici Lars.

La jeune femme tend la main à l'homme et plante ses yeux noisette dans les siens. La stature du garde du corps en impose. Presque autant que son regard perçant, et d'une profondeur insondable.

— Bonjour… merci d'être venu.

À sa voix rauque et sensuelle, Lars devine qu'elle fume autant que lui. Il prend un peu le temps de la détailler avant de lui répondre. Un mètre soixante-cinq environ, les cheveux d'un blond presque blanc, plutôt fine, le moins qu'on puisse dire c'est que la jeune femme est rock'n'roll : paupières charbonneuses, jean, T-shirt tagué d'un gros FUCK, veste en cuir et Doc Martens…

— Votre mère m'a expliqué que vous vous sentiez menacée.

— Je le suis, répond-elle pudiquement. Vous êtes un ancien militaire, c'est bien cela ?

— Oui.

Les trois s'asseyent et se font face, tandis que Dimitri revient avec un plateau dans les mains.

— Je me suis dit qu'un thé et un peu d'eau seraient les bienvenus… Vous voulez que je vous serve ? demande-t-il à Lars.

— Non ça va aller, merci. J'ai fait partie d'une unité d'élite en Afghanistan, explique-t-il à Haiko, et je me suis reconverti dans la protection de personnes à mon retour en France. Mon travail consiste à anticiper les dangers et les prévenir, ainsi qu'à être un rempart entre vous et un environnement hostile.

— Comment vous y prenez-vous ?

— Eh bien, pour commencer, je vais monter une équipe et…

— Une équipe ? le coupe la jeune femme.

— Pour assurer une protection optimale, il faudra en effet vous entourer de cinq personnes en permanence.

— Alors là je vous arrête immédiatement ! Déjà que je ne suis pas chaude à l'idée d'avoir un garde du corps, cinq ce n'est même pas envisageable. Pourquoi pas une équipe de rugby tant que vous y êtes ?

— Parce que ce n'est pas un jeu, mademoiselle, et qu'on n'est pas dans *Bodyguard*. Il faut pouvoir assurer une surveillance et une protection à trois cent soixante degrés quand vous vous trouvez dans un lieu public et seule une formation en étoile est efficace pour cela.

Haiko accuse le choc. Ce n'est pas ce qu'elle avait imaginé. D'ailleurs, elle n'arrive pas à se projeter, marchant dans la rue, accompagnée de cinq molosses du gabarit de l'homme qui se tient face à elle. Sa mère, craignant qu'elle ne se braque et envoie tout promener, intervient à son tour.

— Je crois qu'il est important que ma fille puisse continuer à vivre normalement..

— Mais la situation est manifestement tout sauf normale. On ne peut pas continuer de vivre comme si de rien n'était quand on craint pour sa vie. Je ne comprends pas votre réaction : habituellement, mes clients sont plutôt rassurés d'avoir une protection complète.

Dimitri lui adresse une petite moue l'air de dire qu'il l'avait prévenu, que cette histoire n'est pas vraiment sérieuse...

— Écoutez, reprend Lars à l'attention de Katia, je ne connais pas la nature de la menace, mais si vous me dites que son amie s'est fait descendre à la kalachnikov, je ne crois pas qu'on ait affaire à des plaisantins.

— Non mais c'est bon, se braque Haiko, laissez tomber. Je n'aurais jamais dû accepter ce rendez-vous de toute façon !

- - Tu as besoin d'une protection, ça ne se discute pas, gronde Katia.

— J'ai dit oui pour un garde du corps, pas pour cinq. C'est à prendre ou à laisser, s'entête-t-elle.

— Vraiment ? demande Lars dans un haussement de sourcils. Alors je laisse. Ravi de vous avoir rencontrés.

Joignant le geste à la parole, il se lève et attrape son blouson, sous l'œil amusé de Dimitri, ce qui accroît son agacement.

— Attendez ! s'écrie Katia, une pointe d'émotion dans la voix. On doit pouvoir trouver une solution. Ces hommes, à quoi serviraient-ils en dehors de la formation en étoile dont vous parliez ?

— Ils assureraient la précurse, c'est-à-dire qu'ils inspecteraient les lieux où Haiko doit se rendre avant que nous arrivions sur place, afin d'être sûrs qu'il n'y a pas de danger. Ça concerne aussi son appartement.

— Ce travail peut-il être confié à une seule personne ?

— Oui. Pourtant sachez que moins il y a d'agents, plus il y a de failles...

— Mais entre un système de protection imparfait et pas de protection du tout, argumente Katia Homoreanu, ne vaut-il pas mieux la première option ?

— Bien sûr, cependant...

— Je suis prête à renégocier les termes du contrat !

La journaliste ne renoncera pas à protéger sa fille. Ses yeux clairs plantés dans ceux de Lars, elle ne le lâchera pas tant qu'il n'aura pas accepté cette mission.

— Il était bien question d'un salaire de trois mille euros ? ajoute-t-elle.

— En effet mais...

— Je le double. Pour le risque et tout le travail que ça représente.

Évidemment, cela mérite réflexion. Pourtant, quelque chose dérange profondément Lars. Pourquoi Katia semble-t-elle si inquiète quand rien dans l'attitude de Haiko ne laisse entendre qu'elle craint pour sa vie ?

— Et elle serait d'accord, votre fille, pour que quelqu'un inspecte tous les lieux qu'elle fréquente ainsi que son appartement avant qu'elle y pénètre ?

Les regards se braquent sur la jeune femme. Lèvres pincées, l'intéressée opine du chef. L'ambiance semble se radoucir, bien que Lars sache d'expérience que l'insistance de Katia ne présage rien de bon.

— Et si vous me disiez qui vous menace ? demande-t-il à Haiko.

— Vous ne le savez pas ?

— Je ne vous le demanderais pas sinon.

— Vous ignorez donc qui je suis ?

— Comédienne ? Chanteuse ? Vous êtes poursuivie par un *stalker*[1] ?

Mais il se doute bien que ce n'est rien de tel. Ça ne collerait pas avec une attaque à la kalanichkov... Lars pressent qu'il s'engage dans une mission compliquée, dangereuse. Pour quelle autre raison l'inébranlable Katia Homoreanu planterait-elle nerveusement ses ongles dans les paumes de ses mains, comme au bord de la crise de nerfs ? Pourquoi même son arrogant de fils éviterait-il son regard ? Une petite voix dans sa tête se réveille et lui ordonne de partir. *Fuis, ne lui laisse pas le temps de te répondre !* Au même instant la jeune femme prend une grande inspiration et décide de tout lâcher, d'un bloc, comme on se décharge d'un paquet trop lourd dans les bras d'un autre, de peur de crouler sous son poids et d'être écrasé.

— Je suis la fondatrice de l'association N.e.r.F. – Nos enfants resteront en France. J'intercepte des adolescents recrutés par Daesh avant qu'ils ne rejoignent la Syrie et je les expédie à l'étranger dans un centre de déradicalisation. J'ai déjà sauvé quarante-deux jeunes des griffes des islamistes. Ils n'ont pas beaucoup apprécié : j'ai été condamnée à mort par une fatwa.

1. Harceleur.

« C'est un adolescent sérieux qui a toujours bien travaillé à l'école. Il ne parle pas l'arabe et ne l'écrit pas. [...] Mon fils a subi un lavage de cerveau sur Internet depuis début décembre. Avec son copain, il y a eu des échanges de messages sur Facebook, des vidéos sur la guerre en Syrie. Sur son ordinateur et sur son téléphone portable, il était connecté sur les réseaux sociaux en permanence avec son copain » (appel à l'aide du père d'un jeune parti faire le djihad).

Frédéric Abéla, « L'appel désespéré d'un père »,
*La Dépêche du Midi*, 17 janvier 2014

# 4

QUE SE PASSE-T-IL QUAND ON FIXE QUELQU'UN dans les yeux ? Quand les anonymes qu'on croise sans même les voir apparaissent soudain dans leur vérité, regard fuyant, nez dans le vent ou sourcils froncés sur des soucis qui semblent les dépasser ? Haiko, elle, le sait. Parce que regarder les autres, c'est quelque chose qu'elle a toujours fait, naturellement, sans jamais y mettre défiance ni hostilité, sans chercher à se mesurer à quiconque, à juger. Se regarder vraiment, juste pour s'apprivoiser… Elle avance dans la foule, petite silhouette frêle aux pas assurés. Elle avance, capuche baissée, mains dans les poches, incognito. Profil bas mais tête levée, elle croise un regard, puis deux, puis tous ceux qui s'offrent à elle. Et elle sourit. Obtient parfois un timide rictus en retour, parfois même un mot gentil, la plupart du temps rien du tout. Les gens se méfient de ceux qui plongent leurs yeux dans les leurs, c'est une réaction animale, celle de la proie que scrute son prédateur. Pourtant elle les trouve beaux, tous sans exception, quand elle les regarde *pour de vrai*, comme disent les enfants, et c'est pour cela qu'elle le fait. Des hommes, des femmes, des vieux, des jeunes… Toutes ces démarches, ces physiques, ces vies uniques et semblables à la fois, avec le même profond désespoir qui les agite sans même qu'ils s'en aperçoivent, ce besoin indicible d'être vus, compris, touchés… sauvés de la violence froide d'un monde qui ne parle plus le langage de la poésie.

Haiko fait un crochet par la supérette du coin pour s'approvisionner. Du sucre, du gras, tout ce qu'il ne faut pas. Et puis des croquettes pour chat. Surtout ne pas oublier les croquettes pour chat. Elle a pris l'habitude de nourrir les matous du quartier, les gueules cassées, les chats qu'on a abandonnés sans se soucier de ce qui pourrait bien leur arriver. Elle veille à ce que leurs gamelles soient toujours pleines, et tant pis pour ceux que ça fait râler. Au moins, ils ne peuvent pas lui reprocher de privilégier les animaux au détriment des humains. Avec N.e.r.F., elle reste hors d'atteinte de ce genre de persiflages stupides.

Haiko habite le 20e arrondissement de Paris, un quartier qu'on pourrait imaginer populaire mais qui est loin de l'être. Entre deux bâtiments qui ne paient pas de mine se dresse un portail électrique ouvrant sur une de ces impasses charmantes dont la capitale a le secret. L'allée est bordée d'immenses pots garnis d'arbustes ou de fleurs, d'herbes aromatiques et d'épouvantails fabriqués par des gamins. Derrière la végétation, des ateliers d'artistes recyclés en lofts aux immenses baies vitrées. Ici, tout le monde se connaît, s'entraide, se protège. Haiko s'y sent en sécurité.

Avant même de pénétrer dans son logement, l'avant-dernier du lot, elle s'accroupit et pose son sac de provisions pour en extraire les croquettes. Elle secoue le sachet en souriant et commence à remplir les écuelles en appelant ses petits protégés.

— Minous, minous !

Certains rappliquent en courant, comme s'ils guettaient cet instant depuis des heures, d'autres, sûrement repus de quelques moineaux peu prudents, avancent d'un pas nonchalant mais viennent tout de même glaner une caresse. Les plus sauvages attendront qu'elle soit rentrée chez elle pour s'aventurer jusque-là…

— Pan. Vous êtes morte, dit une voix d'homme derrière elle.

Haiko sursaute violemment et tente de se relever, mais son dos heurte un obstacle. C'est un pied qui la bloque au sol. Aussitôt, elle pense à Nadia, à la façon dont on l'a tuée. Elle l'imagine, baignant dans son sang, se tordant de douleur, et les émotions la submergent. Des émotions en vrac, des émotions pas filtrées. Toutes celles qu'elle essaie désespérément de refouler depuis la mort de son amie mais qui, perfides, attendent le cœur de la nuit pour l'étreindre de leurs tentacules. Peur, haine, trahison, culpabilité… Son cœur menace d'exploser. Et si c'était son tour, son heure ? Elle ne veut pas mourir. Elle ne peut pas. Elle est une survivante, elle n'est pas Nadia. Il faut qu'elle se relève… La jeune femme tente à nouveau de pousser sur ses jambes, mais ses forces l'ont abandonnée : elle reste là, tétanisée.

— Règle numéro un · ne jamais s'exposer, lui assène son agresseur.

Le cerveau reprend le contrôle, fonctionne à plein régime. Cette voix rauque et grave, elle la connaît. C'est Lars, le garde du corps. D'un coup la peur le cède à la colère, Haiko se ressaisit et se propulse en arrière.

— Espèce de connard, vous êtes censé me protéger, pas me donner des leçons !

La jeune femme a mobilisé toute sa rage pour contre-attaquer. Elle ne s'est pas cantonnée à son rôle de victime :

un bon point pour elle. Lars sourit, elle comprendra vite les choses.

— La première personne qui doit vous protéger c'est vous-même.

Pour illustrer ses propos, il lui balaie la jambe gauche et la déséquilibre. Elle se rattrape de justesse à sa table de jardin.

— Mais ça va pas la tête ?

— Moi ça va très bien, merci. Vous par contre… Vous auriez pu vous faire tuer vingt fois depuis que vous êtes sortie du métro.

— Vous me suivez depuis tout ce temps ? demande-t-elle, interloquée.

— Une demi-heure. Ce n'était pas compliqué. Vous vous seriez peint une grosse cible rouge dans le dos que ça aurait été pareil !

Une demi-heure ? Et elle ne l'a pas vu. Elle n'a rien senti, tout occupée qu'elle était à faire des sourires aux passants. Un homme aurait pu surgir, armé d'une kalachnikov. Il aurait pu la cribler de balles, faire éclater ses os, ses organes les uns après les autres… Comme Nadia.

La peur revient, était-elle jamais partie ? Elle revient et lui donne la nausée, le vertige, fait monter des larmes d'impuissance à ses yeux. Haiko aimerait pouvoir les réfréner, ne pas se montrer en position de faiblesse, continuer de se contrôler pour se convaincre qu'elle gère la situation, mais c'est plus fort qu'elle. Le massacre date d'à peine une semaine, et qu'elle le veuille ou non elle est traumatisée. Elle porte les mains à sa bouche en signe d'impuissance et étouffe un sanglot.

— Ne vous mettez pas dans cet état, se radoucit l'homme. J'imagine à quel point ça doit être effrayant tout ça…

Non seulement il l'imagine, mais il le comprend parfaitement. Quand, lors de leur précédente rencontre, Haiko lui a expliqué qui la menaçait, Lars a bien failli prendre ses jambes à son cou. La jeune femme est bel et bien sous le coup d'une fatwa, postée sur Internet il y a plusieurs semaines.

***Torturez-la, violez-la, tuez-la.***
***Que ce soit lent et douloureux.***

Son crime ? Arracher des gamins à une emprise sectaire qui les conduit vers une vie de misère, vers la mort. Ses motivations ? À déterminer... Mais l'ancien militaire sait que derrière chaque cause qu'on embrasse il y a toujours des raisons personnelles.

— Effrayant ? Je suppose qu'on peut dire ça..., admet la jeune femme.

Prétendre le contraire serait idiot, aberrant. Pourtant, aussi fou que cela puisse paraître, Haiko ne parvient pas à se sentir en danger au quotidien, à chaque instant. L'angoisse ne la saisit que par vagues, lorsque surgissent les images du corps ensanglanté de Nadia, quand elle se remémore les titres des journaux, les questions des policiers, quand la culpabilité du survivant la maintient éveillée jusqu'au petit matin ou qu'enfin une tristesse infinie semble fondre sur elle pour couler une chape de plomb sur sa joie ou ses élans. Alors Haiko déploie toute son énergie, toutes ses ressources psychiques pour repousser ses émotions et repeindre son monde à l'anesthésiant, afin de ne pas souffrir et devenir dingue, pour continuer à survivre. C'est pourquoi il lui est aussi difficile de s'en remettre à un garde du corps. Parce que cela acte le fait qu'elle est en danger et que tout a basculé, que la situation est tout sauf normale, qu'elle est peut-être allée trop loin. Et ça, elle le refuse. Elle refuse qu'on la prive de sa liberté. Elle refuse de vivre cachée, cloîtrée. Elle refuse d'avoir peur. Et si elle a accepté une protection, c'est surtout pour rassurer ses proches.

— Je suis sincèrement désolé de ce qui vous arrive, reprend-il. Vous ne méritez pas ça…

Elle s'apprête à répondre que personne ne le mérite, à souligner la bêtise de ces propos, mais une voix familière l'en empêche.

— Salut, Haiko ! On est désolés, on avait oublié de remettre la clé dans le pot !

Un jeune homme brandit l'objet en souriant, tandis que la femme qui l'accompagne fait la moue.

— Un jour il oubliera sa tête, celui-là…

— C'est pas grave, répond Haiko à ses visiteurs, j'ai la mienne. Lars, je vous présente Samia et Thomas, deux amis et membres de N.e.r.F.

— Et pourquoi ils ont vos clés ? aboie le garde du corps.

— Bonjour à vous aussi, ironise la femme. Elle vient de vous le dire, on est ses amis. Et vous, vous êtes qui ?

La cinquantaine épanouie, Samia Si Moussa n'est pas du genre à se laisser impressionner par un homme. Professeur de français dans un lycée parisien, elle a l'assurance de celles qui ont dû gagner leur indépendance à la force du poignet. Assez grande, légèrement enveloppée, elle dégage quelque chose de fort et de maternel à la fois. Lars aime bien ce genre de femmes, dont l'intégrité transpire dans chacun de leurs gestes.

— Un ami plus proche encore qui n'apprécie pas que n'importe qui puisse ouvrir sa porte.

— Ce n'est pas n'importe qui ! proteste Haiko.

Mais Lars est déjà en train de composer un numéro sur son portable et n'a que faire de ses explications. Il ne s'éloigne même pas pour passer son appel.

— Ouais, salut, c'est Lars. Bien… Tu peux venir changer une serrure là ?… Dans le 20e… Oui, le top. Deux seuls exemplaires. Pas de copie possible… OK, super. Dans une heure, c'est noté. Je t'envoie l'adresse par SMS. Ciao.

— Non mais il fait quoi ton pote, là ! s'exclame Thomas.

— C'est pas mon pote, c'est mon garde du corps.

— Ton… quoi ?

— Putain mais criez-le sur tous les toits tant que vous y êtes ! s'emporte Lars. Vous ne voulez pas mettre ma photo sur Facebook aussi ? Ou carrément partir en Syrie pour faire coucou à vos ennemis ?

L'ancien militaire a grondé et tous se sont tus, comme sidérés. Pourtant, il a pris sur lui et c'est à peine s'il est au centième de sa puissance vocale, de son potentiel de rage.

Thomas Renaud, la petite trentaine, en a vu d'autres. Il a grandi dans une cité de la Seine-Saint-Denis et fréquenté un collège dit *sensible* avant d'être orienté vers un CAP de boulangerie. Alors des grandes gueules, des racailles qui aboient pour ne pas avoir à mordre, il connaît et ça ne l'impressionne guère, même s'il mesure à peine un mètre soixante-dix et doit peser soixante kilos tout mouillé. Thomas Renaud a l'énergie des petits gars secs et nerveux qui, même avec les jambes en miettes, parviendraient à se relever pour en découdre encore un peu. Mais là, il ne fait pas le poids et il le sait. Parce que l'homme en face de lui dégage non seulement cette force bestiale des pires truands qu'il ait croisés, mais il a aussi ce charisme, cette assurance des leaders naturels. Ce type-là ne bluffe pas. On se surprend à se ranger à ses opinions, à vouloir faire partie de son clan pour la simple raison qu'être son ennemi doit méchamment raccourcir l'espérance de vie.

— Mais…

— Il n'y a pas de mais, Haiko. Alors maintenant, je propose qu'on entre tous les quatre en attendant le serrurier. D'ici là, je veux tout savoir de vos *amis*.

Ce n'est pas une suggestion mais un ordre. La jeune femme obtempère d'un air contrit et ouvre sa porte. Elle s'efface pour le laisser pénétrer dans l'appartement et en profite pour l'observer à son insu, pendant qu'il inspecte les lieux. Il émane de lui une virilité brute, de celles qui donnent des envies d'être plaquée contre un mur et de sentir tout le poids du mâle contre soi. Dans d'autres circonstances, elle aurait volontiers couché avec lui. Mais un homme ne vous trouve jamais autant précieuse que lorsqu'il ne peut vous avoir… Haiko décrète qu'elle se contentera de se rincer l'œil et de leur inventer des étreintes torrides, dans le secret de ses nuits d'insomnie.

— Je nous fais du thé, ma chérie ! propose Samia.

Agacée par la présence du garde du corps, la quinquagénaire a besoin de se calmer. Haiko lui adresse un sourire qui se veut apaisant.

— Oui, je veux bien… merci.

— Mon garçon, vous en prendrez aussi ? lance-t-elle, condescendante.

— Volontiers.

Dans le séjour de l'appartement règne un foutoir absolu. Partout des étagères croulant sous des dizaines de livres, quelques tableaux posés à même le sol à côté d'autres ouvrages qui ne logeaient pas dans les bibliothèques. Trois ordinateurs jonchent une table transformée en bureau commun, des dossiers, des feuilles volantes et des cahiers annotés, des stylos, jusque dans l'évier de la cuisine américaine. Sur un grand panneau dressé contre une desserte et à l'équilibre précaire sont épinglés des slogans lourds de sens. Le tristement célèbre JE SUIS CHARLIE. La photo d'une jeune Nigériane en larmes, avec la légende BRING BACK OUR GIRLS. Une feuille imprimée intitulée ÉTAPES DE LA RADICALISATION.

Lars la saisit et note en vrac les différents points dans un petit carnet :

- Conversion à l'islam.
- Rupture avec le cercle amical.
- Création d'un nouveau profil sur les réseaux sociaux.
- Chute des résultats scolaires.
- Augmentation du visionnage de vidéos de l'État islamique.
- Normalisation de l'horreur.
- Rupture avec la famille.
- Départ.

Devant l'air intrigué de ses interlocuteurs, le garde du corps ironise :

— Vous doutiez que je sache écrire ?

— Non, ce n'est pas ça, répond Haiko, mais ça va vous servir à quoi ?

— À mieux vous connaître. J'ai besoin de savoir comment vous procédez, ainsi que le rôle de chacun d'entre vous…

Lars s'assied dans le sofa trop mou à son goût et fixe Samia en buvant une gorgée de thé brûlant.

— Vous êtes croyant, mon garçon ? lui demande-t-elle.

— Oui, madame.

— Quelle religion ?

— Ça me regarde.

— Je vois, répond-elle avec une pointe d'amertume. Je vous comprends, c'est de l'ordre de l'intime. Pourtant c'est précisément ce tabou qui laisse le champ libre aux dérives sectaires, sous couvert de pudeur… Je suis d'origine algérienne et je suis athée. Complètement athée. Oh, je sais, ça peut surprendre. Beaucoup de gens s'imaginent que sous prétexte qu'on est arabe ou même juif, on a le gène de Dieu chevillé au corps. C'est faux. J'ai été élevée dans un milieu intellectuel. J'étais fille de profs et je le suis devenue à mon tour. J'aime la science, la littérature, la philosophie. C'est ça ma religion. Et j'ai élevé Sarah, ma fille, comme cela. Son père était musulman et elle aussi, de fait, mais nous n'avons jamais jeûné au Ramadan et nous fêtions même Noël. Sarah a perdu son papa à l'âge de trois ans. Un bête accident de voiture sur le périphérique…

L'émotion la submerge, alors elle marque une pause, le temps de reprendre son souffle. C'est ainsi à chaque fois qu'elle évoque le décès de son mari, ou prononce le prénom de sa fille. Haiko se rapproche d'elle et entoure ses épaules de son bras, la frictionne un peu pour la consoler avant de lui déposer un baiser sur la joue. Samia inspire un grand coup et poursuit son histoire, d'un ton las.

— Sarah avait seize ans quand elle s'est radicalisée. Elle rêvait d'un prince charmant en armure qui s'occuperait d'elle et la protégerait. Elle s'imaginait vivre comme une reine choyée, entourée de leurs enfants… Quand elle s'est mise à porter le voile, tandis que ses aînées s'étaient battues et avaient tout quitté pour vivre libres, j'ai d'abord cru à une lubie, je me suis dit qu'elle finirait bien par vouloir ressembler à Rihanna… comme les filles de son âge Mais Sarah ne rêvait pas de ça. Elle était en quête de sens et d'une spiritualité vers laquelle je ne pouvais la guider. Alors elle a cherché des réponses sur Internet et elle en a trouvé. En moins de six mois, j'ai vu ma fille changer du tout au tout, porter le hijab, refuser d'adresser la parole aux hommes. Elle s'est mise à me juger, à me traiter de mécréante…

La voix de Samia se brise un peu plus encore. Mais elle tient bon. Lars doit comprendre le travail de Haiko, son utilité. Sa nécessité même, parce qu'elle est le seul espoir des familles de ces gamins.

— Sarah a fini par rencontrer un homme sur Facebook. Un barbu qui avait toute la panoplie et le discours flatteur pour amadouer les jeunes filles un peu rêveuses. Ils se sont mariés. Sans qu'elle soit présente à son propre mariage !

— C'est possible ça ? interroge Lars.

— Oui, elle s'est rendue à la mosquée peu de temps auparavant pour donner son accord et c'était acté. J'ai été mise devant le fait accompli plus tard, quand elle a quitté la maison. Un jour, en rentrant du travail, je ne l'ai pas trouvée. Elle n'était plus là. Elle m'avait laissé une lettre avec sa nouvelle adresse et je n'ai pu la revoir qu'une seule fois, chez elle. Elle n'avait pas le téléphone, pas d'ordinateur, elle était complètement coupée du monde moderne et ne pouvait sortir sans l'accord de son mari. Elle vivait comme au Moyen Âge ! J'ai bien essayé de la ramener à la raison, mais elle l'a mal pris, m'a insultée. Je ne reconnaissais plus ma propre fille… Et puis, une autre lettre est arrivée chez moi. Dès que j'ai reconnu l'écriture de Sarah, j'ai compris qu'elle annonçait un drame…

Samia Si Moussa prend une profonde inspiration et récite les quelques mots qu'elle a appris par cœur, chacun d'entre eux la consumant un peu plus :

*Maman,*

*Farid et moi partons en Syrie. Nous y serons plus utiles et libres de pratiquer un islam pur. Je sais que ça paraît fou de dire ça mais ne t'inquiète pas. Je vais être heureuse là-bas et aider des enfants orphelins. Je serai entourée de mes sœurs et de mamans qui veilleront sur moi. Je t'aime.*

*Sarah.*

— C'est un classique de faire miroiter une action humanitaire aux jeunes filles, explique Haiko.

— Ma fille allait être entourée de *mamans*, s'étouffe Samia. Ces garces ne sont que des taulières qui ne méritent pas ce titre. Elles n'avaient pas le droit de me voler ma petite fille !

— On est sans nouvelles de Sarah depuis deux ans, reprend Haiko. Personne ne sait si elle est toujours en vie... Samia a décidé de se joindre à nous pour éviter que d'autres gamines soient embrigadées à leur tour. Elle nous a raconté les signes avant-coureurs de la radicalisation de sa fille, et sa pratique de l'arabe ainsi que son âge font que les jeunes la respectent plus facilement qu'une blonde de trente-cinq ans. Quant à Thomas, c'est son frère qui est parti.

— T'es musulman, toi ? s'étonne Lars.

— Non, répond Thomas. Julien et moi avons grandi dans une famille catholique. Nos deux parents étaient croyants et vaguement pratiquants. Mon père était ouvrier et ma mère faisait des ménages. On vivait dans des quartiers chauds, nos copains s'appelaient Kevin, Ahmed, Nafissatou... Moi j'ai vingt-sept ans et je travaille depuis onze ans maintenant. J'ai une copine, du boulot. Julien aurait dû suivre le même chemin. Mais en réalité nous n'avons pas eu le même parcours : notre père est parti alors que ma mère était enceinte de Julien, il ne l'a jamais connu. C'était un gamin normal, du peu que je sais de lui, mais c'est compliqué, avec la différence d'âge… On a dix ans d'écart. Julien était assez solitaire, plus branché jeux vidéo que foot entre copains…

— C'est ce qu'on appelle le *profil « Call of Duty »*, précise Haiko. Des garçons avec un père absent ou défaillant qui comblent le vide et satisfont leur désir de toute-puissance grâce aux jeux d'extermination.

— Et ils partent faire le djihad comme on lance une nouvelle partie, je suppose ? demande Lars.

— Exactement.

— Mon frère, reprend Thomas, était un vrai geek. Il passait des heures sur Internet et il est de ces gamins qui se sont autorecrutés. À force de cliquer sur des liens en rapport avec la justice, les armes, la guerre, il est tombé sur des sites l'incitant à se méfier de tout, de tous. Des vidéos mixant la théorie du complot avec des faits réels, réalisées par des professionnels dignes d'Hollywood.

*Le b.a.-ba de la guerre…*, commente Lars intérieurement. C'est ce qu'on apprend aux soldats : connaître les outils de l'ennemi, en faire des armes à retourner contre lui. Les islamistes ont tout compris : la psychologie de nos jeunes, leur quête de sens que la société occidentale est incapable de satisfaire et ils savent comment s'adresser à eux, les intéresser, les rallier à leur cause.

— Les recruteurs ont une réponse pour chaque question que ces adolescents se posent, intervient Haiko. On leur apprend comment parler, penser, marcher, boire, prier, se vêtir. Que répondre à telle question ou critique. On les débarrasse peu à peu de leur libre arbitre sans même qu'ils s'en aperçoivent. C'est l'histoire de la grenouille dans la marmite.

— Si tu plonges une grenouille dans une marmite d'eau bouillante, explique Samia, la pauvre bête se brûle et bondit pour s'en extraire. Si tu la plonges dans une marmite d'eau froide que tu places sur le feu, elle cuira doucement, sans se rendre compte qu'elle est en train de mourir... Les convertis sont du pain bénit pour les recruteurs : ils ne connaissent pas le vrai islam, alors ils sont prêts à gober n'importe quoi.

— Et puis, poursuit Thomas, il y a la perte d'identité. Julien est allé se convertir, a changé de prénom, de façon de s'habiller, de manger. Il a commencé à s'imaginer qu'il avait une mission, un destin...

— Les recruteurs utilisent le sentiment de vide intérieur de ces jeunes pour leur faire croire qu'ils sont des élus de Dieu, complète Haiko.

— En quelques semaines, Julien était décidé à faire le djihad. Il est parti en Syrie. Nous sommes sans nouvelles depuis. Alors j'ai pris son ordinateur et j'ai tout décortiqué. Les sites qu'il fréquentait, comment on l'a recruté... Je crée chaque jour de nouveaux profils sur Facebook ou Twitter, encore et encore, puis je vais sur les pages de ces fous et je démonte tous leurs mensonges, je dénonce leurs manipulations en espérant dissuader d'autres jeunes de suivre la même voie que mon frère.

Deux histoires, deux mêmes fins tragiques. Des familles dans le désarroi, la peine, et cette insondable culpabilité d'avoir laissé faire, d'avoir minimisé le mal-être de leur proche et la puissance de ses rêves...

Qu'y a-t-il de plus abject qu'utiliser l'innocence de ces gamins à des fins meurtrières ? Lars, comme tout le monde, a lu des tonnes d'articles et même quelques livres sur la question. Il sait bien que les filles qui partent en Syrie y seront prostituées. Que les garçons servent de chair à canon. Combien d'entre eux, quelques jours à peine après leur arrivée, tentent de quitter cet enfer à n'importe quel prix, car ils n'en peuvent plus de vivre dans la terreur et la précarité, d'être obligés de décapiter ou brûler vifs des malheureux qui croient en un Dieu différent ?

— Donc votre boulot, c'est d'apporter un autre point de vue à ces jeunes, c'est ça ?

— Entre autres, répond Haiko. C'est en effet 70 % de notre travail…

— Et les 30 % restants ?

Moment de gêne dans la petite assemblée. Lars semble si paranoïaque que Haiko ignore ce qu'elle peut véritablement lui révéler sans susciter sa défiance. Pour l'instant, elle juge qu'il vaut mieux rester prudente et se protéger de son protecteur, en quelque sorte.

— Nous les soustrayons à l'influence des djihadistes.

— C'est-à-dire ?

— Nous avons monté un réseau de veille grâce au travail de Thomas et Samia, et au concours de membres divers… Quand nous ne parvenons pas à convaincre le jeune de renoncer à ses projets, nous l'interceptons avant qu'il atteigne l'aéroport.

— Nous l'enlevons, corrige Thomas.

— Vous l'*enlevez* ? répète Lars, incrédule.

— Avec l'accord des familles, bien sûr, précise Haiko. Il n'y a plus d'autre solution à ce stade-là. L'adolescent a subi un lavage de cerveau et le déconditionner est une nécessité qui se passe évidemment de son consentement.

— Évidemment ? Vous reprochez aux islamistes d'annihiler le libre arbitre de ces gosses et vous faites pareil !

Haiko soupire. Elle se doutait bien que ça passerait difficilement.

— On est parfois obligés de se salir les mains… Je ne vais pas apprendre ça à un ancien militaire !

— Mais vous les envoyez où, ces jeunes, une fois que vous les avez enlevés ?

— Ça c'est notre affaire !

— Et celle de la police, non ?

— On empêche des terroristes en puissance de passer à l'acte, vous croyez que ça n'arrange pas les flics ?

— Mais...

— Écoutez, le coupe-t-elle, je ne vous demande pas votre permission, c'est comme ça. Et c'est la raison pour laquelle j'ai été menacée. C'est tout ce que vous devez savoir !

À en juger par l'attitude défensive de Haiko, Lars réalise qu'il devra, au contraire, creuser davantage. Ne serait-ce que pour mieux cerner ses zones d'ombre, comprendre comment elle s'est retrouvée dans la ligne de mire de Daesh et trouver un moyen de la sortir de ce merdier. Quoi qu'elle lui cache, il le découvrira. Avec ou sans son accord, il finira par tout savoir d'elle, jusqu'à ses plus sombres secrets. Des secrets qui ne peuvent être pires que les siens.

# 5

ANACHRONIQUE. Dérangeant. Incongru. Bizarre. Inquiétant.

Beau.

Si on interrogeait les visiteurs, touristes ou bien croyants qui sortent de l'église, voilà en substance comment ils décriraient le spectacle qui s'y déroule actuellement. Enfin, *spectacle* n'est pas le mot, puisque personne n'y est en représentation, mais c'est un raccourci à la mode.

Au premier rang, pour être en prise directe avec Dieu, mains jointes contre son front, Lars prie. Son recueillement est tel qu'il n'entend pas les commentaires intrigués, pas plus qu'il ne voit les smartphones qui le mitraillent. Un rayon de soleil traverse les vitraux et, dans l'église sombre et fraîche, Lars absorbe à lui seul toute la lumière du ciel. Le halo qui le nimbe fait scintiller les bagues qu'il porte à presque tous les doigts ainsi que la sueur perlant à son front. On dirait un ange. Un ange à la peau sombre, marquée de dessins qui lui confèrent un air un peu effrayant. Sa posture voûtée, ses épaules rentrées et cette façon qu'il a de bouger la tête donnent de lui l'image d'un homme accablé d'un profond désespoir. Ses bras, ses mains, presque tout son être est agité de spasmes suffisamment violents pour que ses coudes glissent, de temps en temps. Il les repose alors sur ses genoux, sans même lever la tête.

Les tremblements, il s'y est accoutumé. Il veille à les contrôler quand il est dehors, ou avec un client. Mais quand il est seul avec lui-même, ou placé sous le regard bienveillant du Seigneur, alors il peut se laisser aller... Il paraît que tout ça, c'est dans sa tête, que les examens n'ont révélé aucune lésion cérébrale et qu'il ne doit pas s'alarmer parce que c'est assez courant chez les soldats qui reviennent du front. Quelque chose à voir avec le syndrome post-traumatique mais qui finira par passer. Ou pas. Lui croit qu'il mourra comme ça. En tremblant. Alors les secousses de son corps se propageront dans la croûte terrestre et il provoquera un séisme à la hauteur de ses péchés...

La première fois que ça s'est déclenché, c'est quand il est rentré en France. Il s'en souvient parfaitement, c'était à Toulon. Il franchissait le *couloir de la destinée* – du moins c'est comme ça qu'il l'appelle –, celui qui d'un côté s'ouvre sur une chambre normale, pour une hospitalisation temporaire classique avant de vous laisser partir, et de l'autre vous conduit directement en psychiatrie. Peut-être aurait-il mieux valu qu'il soit interné... Comment se réadapter quand on a connu l'horreur des combats ? Quand on a été détruit par l'ennemi ? Quand on ne peut plus se regarder en face ? Il se dit qu'un jour quelqu'un découvrira ce qu'il s'est vraiment passé là-bas, et ce jour-là, il n'aura d'autre choix que de se faire sauter le caisson. Tout sauf assumer l'inconcevable...

Lars secoue la tête pour chasser les souvenirs. Comment expier à présent qu'il n'est plus un soldat ? Comment se racheter ? Le salut ne peut être que dans la foi, dans la quête du sens et d'une lumière pour empêcher les ténèbres de l'envahir tout entier. Oui, il cherche la rédemption auprès de Dieu, tant pis si ça fait rire les athées, les modernes, ceux qui ne connaissent pas l'impuissance et le besoin de s'en remettre à une instance supérieure pour ne pas devenir fou, pour ne pas se dire que tout n'est dû qu'au hasard et qu'on n'a simplement pas eu de chance, qu'il n'y a aucune raison particulière aux atrocités qu'on subit, pas plus qu'il n'y en a quand elles cessent.

Une fois dehors, la vie parisienne et son effervescence lui explosent en pleine figure. Ça circule, ça klaxonne, ça rejette des gaz nauséabonds dans l'air et partout de la lumière, du bruit, des gens pressés, de la publicité... Le contraste de ces mondes est saisissant et lui colle un uppercut à l'âme. Il fait quelques pas, essaie de regarder le ciel. Du moins un morceau, tant les bâtiments sont serrés les uns contre les autres. Il soupire, s'acclimate un peu à la frénésie, sent son pouls qui ralentit quand un concert de sirènes le fait de nouveau sursauter. Des camionnettes de la BAC traversent le boulevard à toute vitesse. Les passants marquent un arrêt, échangent des regards angoissés. C'est un des effets de l'après-7 janvier. On ne peut plus entendre une sirène sans redouter le pire...

Lars franchit la centaine de mètres qui le séparent du pub où il se rend, le plus rapidement possible tant la rue le fatigue, et avale une pilule à la hâte : il n'y a que ça pour calmer un peu ses tremblements. Enfin, il pénètre dans l'antre des vétérans, dans leur repaire à eux, les laissés-pour-compte de la guerre, les désœuvrés, les soldats aux yeux cernés. Ils ont tous leur histoire mais personne à qui la raconter, à part aux copains et seulement quand ils ont bu suffisamment de bière pour se laisser aller aux confidences.

Parce que, pour la plupart d'entre eux, on les a lâchés dans la nature, comme ça, sans personne à qui confier leurs traumatismes, à qui dévoiler les cauchemars où ils se font torturer par l'ennemi une nuit après l'autre, où ils revoient leurs amis se faire déchiqueter. Lars aurait aimé pouvoir expliquer ça à un professionnel, lui décrire la terreur quand, pris dans le blast d'une explosion, on a la sensation que chacun de ses membres va se disloquer... Mais à présent c'est trop tard, il préfère se taire et faire semblant d'avoir oublié.

Les habitués le saluent. Il jette un œil aux nouvelles têtes. Il y en a trois. Demain ils seront cinq, soixante, mille. La guerre n'en finit pas de recracher ses déchets... Il commande un verre et va saluer Ilan, son seul ami.

— Salut, mon pote !

L'homme lui donne une accolade et sourit. C'est un sourire franc, qui n'offre rien d'autre qu'un peu de chaleur, dans l'instant. De tous les anciens que Lars connaît, Ilan est sans doute celui qui s'en sort le mieux. Probablement parce qu'il est entouré d'une famille aimante qui s'est empressée de lui trouver une parfaite petite amie pour l'aider à renouer avec la vie.

— J'ai essayé de te joindre, samedi.

— Et t'as oublié que c'était shabbat, toi ?

— Ah merde, oui.

— Bon mais j'ai eu ton message. On a rendez-vous avec le gars après-demain à 3 heures du mat.

— 9-3 ?

— 9-3.

— OK. Tu pourras assurer la préco de la cliente ? On fait cinquante-cinquante sur les honoraires.

— Sans problème.

— Parfait.

Ilan et Lars ont servi dans le même régiment et suivi une reconversion similaire à leur retour. Une formation de base de cinq semaines pour prétendre au certificat de qualification professionnelle d'agent de protection rapprochée, agrémentée de quelques apprentissages complémentaires. Ils savaient déjà manier les armes du fait de leur grade, l'obtention du diplôme n'a été qu'une formalité. Lars a toute confiance en Ilan.

— Tiens au fait, j'ai quelqu'un à te présenter !

Ilan fait signe à un jeune homme d'à peine trente ans de se joindre à eux. Le type arrive et salue Lars de la tête.

— C'est Jonas. Un nouveau. Comme il ne connaît personne à Paris, je l'ai pris sous mon aile.

— Pourquoi t'es venu ici si tu ne connais personne ? T'as pas de famille ?

— J'ai plus de famille.

— Il a fait la Légion, explique Ilan. Jonas a la tête bien encombrée, si tu vois ce que je veux dire…

Le garde du corps détaille le nouvel ami d'Ilan, afin de se faire une idée du bonhomme. Peau mate, yeux bordés de longs cils, type méditerranéen. Séfarade ? Le gars n'a pas l'air bien méchant et semble avoir du mal à trouver la juste distance avec eux, se tenant à moins de vingt centimètres de Lars, ce qui le met immédiatement sur la défensive. Ça, ainsi que son regard. Ce qu'il y voit l'intrigue. Quelque chose qui brûle à l'intérieur de ses pupilles, comme un désir inavoué.

— Et je lui ai raconté que tu avais trouvé un remède pour combattre tes démons, poursuit Ilan.

— T'aurais pas dû.

— Promis, j'le répéterai pas ! s'exclame Jonas.

Il secoue les mains, paumes face à Lars en signe de bonne foi. Il a une voix assez fluette, mal placée, qu'il s'efforce d'aggraver un peu comme s'il avait encore quelque chose à prouver. Un œil peu averti pourrait trouver cela étrange de la part d'un légionnaire, mais les traumatismes de la guerre font parfois faire de drôles de choses...

— J'aimerais que tu m'emmènes avec toi, la prochaine fois..., ajoute-t-il.

— Pourquoi ça ?

— Je... j'ai trop de colère en moi. Faut que ça sorte, j'te jure. Sinon je vais péter un câble, tu vois ? Je vais exploser si j'fais rien, et on me laisse rien faire ici...

— J'en sais rien... t'es gaulé comme une allumette.

— Faut pas t'y fier, j'ai la haine. Je ne lâche rien, jamais. J'me ferai pas avoir.

— OK... Mais c'est bien parce que t'es un pote d'Ilan. J'vais te filer mon adresse, tu me rejoins ce soir à 22 heures.

Lorsque, plus tard dans la soirée, Jonas frappe à sa porte, Lars est un instant décontenancé. Il a passé le reste de la journée à compiler ce que lui ont dit Haiko et ses proches et ce qu'il a pu trouver sur elle grâce à Internet. La jeune femme a suivi les traces de sa mère et fait une école de journalisme, puis elle a travaillé pour quelques quotidiens gratuits avant d'entrer au *Monde*. Plus versée dans le social que dans la politique, Haiko Homoreanu est réputée pour ses engagements féministes, sa lutte assumée contre le crime organisé, la drogue. Elle aime prendre fait et cause pour les opprimés et, avant de s'intéresser aux victimes du djihad, elle dénonçait déjà les crimes de guerre et combattait les maris violents. Elle donne l'impression d'une pasionaria acharnée et ne s'est pas fait que des amis au fil de sa carrière. On lui reproche d'être une opportuniste surfant sur les buzz, même les plus sordides. Et il est vrai qu'elle est sur tous les fronts, promenant sa photogénie d'une cause à l'autre, comme un camé réclamant sa dose. Bien sûr, il n'est pas exclu qu'elle défende ces gamins pour se faire mousser un peu, mais vu les risques qu'elle prend, Lars a du mal à croire à cette seule motivation. Les victimes étant la plupart du temps issues des classes moyennes, elle ne peut pas compter sur une rétribution faramineuse pour ses interventions.

Ses principaux détracteurs sont les sympathisants des islamistes et les membres de C.i.e.L.

C.i.e.L est une association aux statuts flous prétendant collecter des fonds pour aider les chrétiens d'Orient et autres victimes de l'État islamique. Pourtant, il suffit de connaître la signification de cet acronyme pour avoir une idée plus précise de leurs réels objectifs : Contre l'islamisme ensemble Luttons. Ce n'est rien d'autre qu'un groupe de catholiques nostalgique des croisades et flirtant dangereusement avec une idéologie d'extrême droite. Leur leader, Xavier Leduc, est un avocat fortuné suffisamment habile pour ne jamais tenir de propos trop subversifs pouvant lui valoir des représailles juridiques, ni même donner le moindre indice confirmant ce que tout le monde sait sans parvenir à le prouver : Leduc recrute des gamins pour aller combattre les djihadistes sur leur terrain. L'homme reproche à Haiko de perdre son temps à sauver des terroristes en puissance plutôt que de venir en aide aux vraies victimes de toute cette folie, et déverse à longueur d'interviews sa haine de la jeune femme. Comme si la salir, la détruire, était son meilleur moyen d'accéder à la reconnaissance de ses propres qualités. Ces deux visions différentes de la solution à apporter au problème de la radicalisation sont-elles la seule raison de cette haine farouche ? Lars en doute mais régler des querelles de clocher, tellement dérisoires face à ce qu'ils prétendent combattre, n'est pas dans ses priorités.

Le garde du corps en est à ce stade de ses réflexions quand Jonas débarque chez lui et remarque les notes étalées sur son lit. Parmi elles, une photo de Haiko Homoreanu.

— C'est la meuf que tu protèges ?

— Oui.

— J'la reconnais.

— Ah bon ?

— Ouais, je l'ai vue à la télé… et puis j'ai entendu des trucs sur elle.

— T'as entendu quoi ?

— Non, rien, c'est ta cliente, je respecte !

Toujours ce geste des deux mains levées comme preuve de sa bonne foi…

— OK. Alors on y va. T'es prêt ?

— Ouais, je crois. Je flippe un peu, c'est normal ?

— Sachant que tu vas peut-être te faire buter ce soir, relativement normal, oui.

— Ah ouais… Bon bah quand même alors… si j'meurs ce soir, faut que je te le dise…

— Que tu me dises quoi ?

— La meuf, là, la blonde… bah c'est une sale menteuse.

# 6

En rentrant de ce qu'il appelle ironiquement ses *soirées mondaines*, Lars s'est écroulé dans son canapé. Pas la force d'aller jusqu'au lit ni même de prendre une douche. Si certains ont besoin de compter les moutons pour s'endormir, lui a tenté de se laisser entraîner par le rythme régulier du sang battant dans ses tempes, ses poings, ses côtes comme pour se rappeler qu'il pouvait se laisser aller sans crainte, qu'il était toujours vivant.

Toujours vivant. En partie seulement, comme la plupart des soldats qui rentrent du combat. Car si le corps fonctionne encore et fait illusion quand il n'est pas mutilé, l'esprit en a rarement réchappé, l'âme est loin d'être intacte. Plus que quiconque, ces militaires méritent le titre de revenants, car en réalité ils sont morts intérieurement. Ils ont sacrifié leur intégrité physique et morale pour la liberté de leur peuple, ou bien celle de ces pays opprimés qu'on évoque de temps à autre dans les JT, entre deux reportages sur la galette des Rois ou les destinations courues pour les vacances d'été… Ils se sont battus en anonymes, en fantômes, en oubliés d'une société qui les connaît à peine, les reconnaît encore moins et détourne les yeux de ces zombies qui menacent de lui ravager le cerveau avec leurs souvenirs d'un monde qu'elle préfère ignorer. De sorte que, à l'instar de Lars, ils déambulent, au fur et à mesure que la Grande Muette les recrache dans le monde civil, plus ou moins décorés, jamais bien préparés parce que désormais déconnectés de tout ce qui jadis leur rendait la vie belle. Ils errent au milieu des vivants, des inconscients, d'animaux si sociaux qu'ils en sont dénaturés et leur paraissent dégénérés. Impuissants derrière les barreaux de leur cage mentale, tels des lions qu'on a trop cherché à dompter, des fauves tristes qui ne croient plus en la liberté et s'en souviennent à peine, ils assistent au baroud d'honneur d'un monde décadent.

Lars a eu du mal à trouver le sommeil et n'a pas dû dormir plus de trois heures avant que son voisin ne le réveille en claquant la porte de son appartement comme à son habitude. Ce n'est pas suffisant, d'autant qu'il doit se rendre au rendez-vous avec Ilan, la nuit prochaine. Pourtant, il sait qu'il ne se rendormira pas. Tant pis, il se chargera un peu plus, ce soir, avant d'y aller. Un coup d'œil au stock de Captagon suffit à le rassurer : il lui reste encore une cinquantaine de pilules. C'est comme ça qu'il tient, qu'il reste alerte pendant ses soirées mondaines, comme ça qu'il pouvait passer plusieurs jours sans dormir en Afghanistan. Les gens l'ignorent pour la plupart, mais l'armée est sûrement un des plus gros dealers du monde. Comment les militaires pourraient-ils résister sans être chargés à bloc ? Comment pourraient-ils accepter de tuer, de massacrer, de risquer leur vie à chaque instant sans une aide chimique ? Comment pourraient-ils continuer à courir malgré l'épuisement, la faim, la peur, un membre arraché, s'ils n'étaient pas complètement défoncés ?

Le moins qu'on puisse dire, c'est qu'il a chopé de jolies habitudes au front. Oui, ce soir il se dopera un peu aux amphètes, bien qu'il sache que ça ne lui réussit pas, qu'il y a toujours un prix à payer quand il fait ça...

Il se redresse dans le canapé en grimaçant et laisse échapper un juron, la douleur revient à mesure que les effets de la drogue se dissipent. Il ne pense pas avoir de côte cassée, mais à en juger par les hématomes sur son torse, une ou deux pourraient bien être fêlées. Il se lève péniblement, s'allume une cigarette d'une main tremblante et soupire en faisant claquer son Zippo. Son problème ne s'arrange pas. Ça et les cauchemars, les moments de panique quand il entend une sirène, ou que des gamins jouent avec des pétards... Il coche toutes les cases du syndrome post-traumatique. Pas de bol pour un agent de protection. Si quelqu'un s'en rend compte, il est bon pour pointer au chômage ou aller vendre des frites dans un McDo.

À moins qu'il se trouve une femme riche pour l'entretenir. Un regard à sa cafetière pendant qu'il se prépare un jus, le temps de croiser son reflet déformé dans l'appareil en inox brillant, et il éclate de rire. Qui voudrait d'une brute épaisse à la gueule cassée ? Aujourd'hui, ce n'est pas ce genre d'homme qui plaît. Les femmes les préfèrent plus fins, dans leurs traits comme dans leur morphologie, avec des manières un peu pédantes. Elles les aiment mous et sans testostérone, sans odeur et sans libido. Pas menaçants quoi. Lui, il fait dans les cent kilos de muscles, il ne met pas de déodorant, et il ne doit plus guère faire fantasmer que des homosexuels ou des cougars en manque d'amour...

La sonnerie de son téléphone le tire de ses pensées.

— Allô ?

— Oui, bonjour, je suis Marie Charrel, infirmière à l'EHPAD[1]. Je vous appelle au sujet de votre papa.

— Qu'est-ce que vous voulez ?

— Hier nous avons fêté Pâques… les familles étaient conviées, comme vous le savez.

— Je ne pouvais pas.

— Ce n'est pas un reproche, monsieur. Chacun fait comme il peut et je sais que ce n'est pas évident… Je voulais juste vous faire part de l'enthousiasme du colonel : il a trouvé un œuf et a eu ce joli geste de le garder pour vous… Il a dit qu'il vous le donnerait quand vous passeriez… Bien sûr, depuis, il a oublié mais je trouvais que c'était bien de vous le dire.

— OK, bah c'est dit.

Sans plus de formalités, Lars a raccroché. Son père, cette force de la nature, cet esprit vif réduit à chasser des œufs en chocolat avec d'autres vieux garnis d'une couche, c'en est plus qu'il ne peut en supporter. C'est pour cela qu'il refuse de lui rendre visite. Pour se souvenir de lui dans la fleur de l'âge, au faîte de sa gloire. Pour ne pas lui faire l'affront d'aller le voir dans cet état… Loin de lui avoir appris une bonne nouvelle, l'infirmière vient de lui gâcher un peu plus sa journée. Si un jour lui aussi perd la tête, alors il se foutra en l'air dans un éclat de lucidité. Pour ne pas finir comme ça, jamais.

Lars avale son café brûlant, et part se laver les idées sous une douche tout aussi chaude.

Quelques heures plus tard, il rejoint Ilan dans une brasserie. Passablement excité par les amphétamines, Lars prend sur lui pour paraître calme. Il boit sa bière sans lâcher

1. Établissement d'hébergement pour personnes âgées dépendantes.

un mot. Son ami n'est guère plus bavard. Nul besoin de mettre les choses au point : ils ont l'habitude de ce genre de situation. Ce n'est qu'après une dizaine de minutes qu'Ilan rompt le silence.

— Ça a été avec Jonas, hier soir ?

— Ouais.

— Il s'est battu ?

— Ouais.

— Il a gagné ?

— Demande-lui si tu veux savoir.

— Bah c'est déjà fait mais il ne m'a pas plus répondu que toi... Je l'aime bien, ce gamin. Il a un côté chien fou, mais je crois que c'est un bon gars.

— Si tu le dis...

Lars détourne la tête, agacé. Les amphètes ont tendance à le rendre irritable et encore plus méfiant qu'à son habitude, il le sait. Alors parler de Jonas n'est sans doute pas une bonne idée. Mais quand Ilan a quelque chose en tête, difficile de le lui enlever.

— Ouais, je le dis. Je lui ai conseillé de suivre une formation d'agent de protection. Du coup, il m'a demandé s'il pourrait nous donner un coup de main, pour avoir un aperçu du métier... Qu'est-ce t'en penses ?

— J'en pense qu'on ne sait rien de lui...

— La soirée s'est mal passée ?

— Non, mais il est limite envahissant, là ! s'emporte Lars. Il boit des pots avec nous, il m'accompagne en combat et maintenant il veut s'incruster dans notre mission !

— OK. C'est quoi le problème ?

Gêné, Lars hésite à lui faire part de ses doutes. Il engloutit quelques gorgées de bière, bien qu'il sache qu'il ferait mieux de s'abstenir, les mélanges c'est pire que tout. Objectivement, il n'a pas grand-chose à reprocher à Jonas, mais son instinct lui souffle que le jeune homme cache quelque chose, qu'il n'est pas celui qu'il prétend. Pire, ses attentions, la nuit dernière, l'empressement avec lequel il tenait à lui passer de la pommade sur ses plaies, tout ça ne lui dit rien de bon… Lars soupire longuement, plante ses yeux dans ceux de son ami et se résout à lâcher :

— Il est pas pédé au moins ?

— Quoi ? Non ! Quelle idée ! Pourquoi tu dis ça ?

— J'ai rien contre, hein, poursuit Lars à moitié énervé, mais faudrait pas qu'il commence à vouloir m'offrir des fleurs.

Un instant décontenancé, Ilan éclate d'un rire franc.

— Tu préfères le chocolat ?

— T'es trop con, mon vieux !

À son tour, Lars se déride et rigole de bon cœur, bruyamment, longtemps. Trop. Il a beau forcer le trait de la bonne humeur, quelque chose dans son regard alerte Ilan. Une lueur sombre, menaçante. L'éclat du doute et de la colère, ainsi qu'une agitation qu'il s'évertue à cacher…

En réalité, Ilan non plus ne sait pas grand-chose du jeune homme. Les légionnaires sont des êtres secrets et Jonas est sûrement un pseudonyme. Il se prend à espérer que son ami ait tort et que l'autre ne soit pas un béret rose… et surtout qu'il n'entreprenne pas Lars. Parce qu'il pourrait le regretter amèrement. Lars a été fait prisonnier par les talibans pendant la guerre. S'il a pu s'enfuir, il n'a plus jamais été le même après sa détention. Il s'est longtemps chuchoté dans leur camp qu'on l'avait torturé, peut-être même violé, à l'époque. Lars n'a jamais rien confirmé et vu ses états de service, les on-dit ont vite été étouffés. Mais s'il y a ne serait-ce qu'une once de vérité dans ces rumeurs, Ilan sait qu'il en faudrait peu pour que sa soif de vengeance ne se réveille…

L'endroit pue tellement qu'un clochard n'y retrouverait pas ses godasses. Un réverbère éclaire de loin le terrain vague, et c'est à peine s'ils voient où ils mettent les pieds. Pourtant il y a partout de la lumière pour qui sait regarder : les étoiles et la lune, leur réverbération dans les nuages phosphorescents, les phares des rares voitures qui passent par là. C'est suffisant pour que Lars se sente en sécurité. Il ne craint rien hormis le noir absolu.

Les deux hommes progressent en silence. L'idée est d'avancer suffisamment dans les broussailles encombrées de déchets pour être à l'abri des regards, tout en se ménageant une possibilité de repli en cas d'attaque. Officiellement, un garde du corps est rarement armé. En tout cas c'est ce qu'il déclare à la police pour ne pas avoir d'ennui. Alors, quand les missions l'exigent et qu'il faut se procurer du matos, c'est toujours au marché noir, avec les risques que cela comporte. Pour éviter de se faire dépouiller ou tuer par le vendeur après la transaction, Ilan et Lars ont leur petite combine. Ça marche plutôt bien…

— Il a dit 3 heures ? s'impatiente Lars.

— Oui.

— Qu'est-ce qu'il fout… il prépare le thé et les petits gâteaux ou quoi ?

Ilan sourit, il a toujours été sensible à l'humour de Lars. Jamais son ami ne s'en est départi, même dans les pires moments. Peut-être est-ce ce qui lui a sauvé la vie, chez les talibans… Ilan aussi commence à trouver le temps long, il serait mieux chez lui, dans son plumard, à regarder des séries. Il n'aime pas ce genre d'endroit avec ici des murs tagués de propos orduriers et de dessins grossiers ou là un pan d'immeuble qu'une bâche élimée empêche de s'écrouler totalement.

— S'il n'est pas là dans cinq minutes, on se casse, prévient Lars.

— Le voilà !

En effet, le moteur de voiture qu'il a entendu vient de s'arrêter, des portières claquent. Deux hommes se dirigent vers eux. Tous se saluent d'un signe de tête et celui qui semble être le chef des opérations fait signe à l'autre de déballer la marchandise tandis qu'il braque une lampe torche sur son sac posé au sol.

— Tous les *guns* sont là ? demande Ilan.

— Trois fusils d'assaut et quinze armes de poing. Avec chargeurs et munitions.

Lars s'approche et s'empare de deux pistolets Glock 17, en tend un à son acolyte qui prend aussi un AK-47. Ils les inspectent un moment.

— Ça a l'air correct.

— Ça l'est.

— Va falloir qu'on vérifie…

Le chef regarde alentour, l'air de dire que ça lui est égal de le faire ici.

— Non, répond Lars. Les keufs pourraient débarquer.

— Tu plaisantes ?

— J'ai des consignes. On te prend ces trois. Et si ça convient à mon boss, on se retrouve là dans quarante-huit heures pour finaliser la transaction.

— T'es en train de me dire que tu m'as fait déplacer pour rien ?

— Trois armes, t'appelles ça rien ? Si t'es réglo, on prendra le reste. Je ne vois pas où est le problème.

Le type fulmine mais, contraint d'accepter les conditions, tend la main pour se faire payer. Ilan y glisse les billets. C'est ça leur combine : passer une grosse commande en se faisant passer pour des larbins et ne prendre que ce qu'ils veulent vraiment pour faire miroiter une plus grosse vente à leur contact. Ça leur permet de repartir sans se faire descendre. Et, s'ils changent d'avis et décident de prendre le tout, ils se retrouvent à égalité en cas de problème, avec des armes de poing non rattachables à leur nom.

Sur le chemin du retour, c'est à peine s'ils ont échangé deux mots dans la voiture. Ils ont mis une cinquantaine de minutes pour rentrer à Paris, chez Lars. Sitôt arrivé dans l'appartement, Ilan se rue vers le réfrigérateur et s'accroupit pour en inspecter le contenu.

— Putain, t'as rien à becter !

— J'ai du pâté.

— T'as rien sans porc ?

— Fromage. Dans le bac. Prends le beurre et les cornichons aussi. Et des bières bien sûr.

— Bien sûr.

Lars place des tranches de pain de mie dans le grille-pain et saisit la bouteille que son ami lui tend. Le dîner est expédié en dix minutes. Ilan dormira dans le canapé pour les quelques heures de tranquillité qu'il leur reste. C'est aujourd'hui que commence la protection de Haiko Homoreanu. À 6 heures ils avaleront un café serré, à 8 ils seront chez elle.

Lars ôte son T-shirt en grimaçant et découvre son torse tuméfié devant Ilan. Un hématome violacé marbre la moitié de son buste, allant du sternum jusqu'à la hanche gauche, en passant par le ventre et les reins.

— La vache, dans quel état tu t'es mis ! C'est pas beau à voir.

— Tu devrais voir la gueule de mon adversaire ! plaisante Lars.

— Rien à foutre de ton adversaire. T'es allé chez un médecin ? Faut faire une radio pour vérifier que t'as rien de cassé.

— Mais non, ça l'est pas… J'ai presque pas mal, de toute façon.

Sans plus de formalités, Lars se retire dans sa chambre.

Comprenant qu'il serait inutile d'insister, Ilan lui souhaite une bonne nuit. Pour la seconde fois de la soirée lui reviennent ses interrogations sur les conditions de détention de son ami pendant la guerre. Ce besoin qu'il a de se faire mal, de prendre des coups, ce n'est pas anodin. Il cherche forcément à se punir de quelque chose, à laver sa honte dans la douleur et le sang… Ilan aimerait pouvoir l'aider mais il sait que Lars est une forteresse, que nul ne peut dépasser les barricades qu'il a bâties tout autour de lui. Il sait aussi que c'est mieux comme ça, d'une certaine façon, car derrière les barricades est tapie une bête qu'il serait risqué de libérer…

# 7

LE JOUR FILTRE À PEINE À TRAVERS LES RIDEAUX. Maxime est là, étendu à côté d'elle. Il la regarde en souriant, dans un silence recueilli, tandis qu'elle entrouvre les yeux.

— *Tu as bien dormi, ma chérie !*

— *Oui !*

— *Ce n'était pas une question, tu as ronflé comme un bouledogue !*

— *Menteur !*

— *Non, je t'assure !*

— *Même si c'est vrai, t'es dégueulasse ! On ne dit pas ça à la femme qu'on aime. On lui laisse croire qu'elle est une princesse !*

— *Mais tu es ma princesse… ma princesse Fiona ! la taquine-t-il de plus belle.*

Feignant d'être vexée, Haiko enfouit sa tête sous l'oreiller, puis la ressort en lui tirant la langue. Les deux amoureux éclatent de rire comme des enfants et restent un long moment à se contempler sans un mot. Elle ferme les yeux et redessine mentalement le moindre détail du corps de son homme. Elle en connaît chaque grain de beauté, l'implantation de ses cheveux, la texture de sa peau, la forme de ses mains, de ses pieds, de son sexe... Les yeux toujours fermés, elle tend ses doigts vers lui, tout doucement, pour le toucher. Elle les tend, les tend, mais il semble se dérober à ses caresses. Elle ouvre les yeux en riant de bon cœur... et met un long moment avant de comprendre.

Maxime n'est pas là. Il ne pourra plus jamais l'être. Ce n'était qu'un rêve, aussi doux que cruel, et tellement réaliste... À la place, cette nuit, il y avait un autre homme. Qui ne lui ressemblait en rien. Un type normal, banal, sans intérêt. Pourtant il a été gentil. Pourtant il lui a fait l'amour comme elle aime... Mais si, quand il s'est allongé un instant auprès d'elle avant de partir, elle avait pu aspirer toute sa vie pour la rendre à Maxime, pour faire à nouveau exister leur amour, elle n'aurait pas hésité une seconde. Elle donnerait tout pour que Maxime revienne. Combien de pactes a-t-elle déjà tenté de passer avec la fatalité depuis son départ ? Combien de prières et de promesses lancées au vent ? Vent qui ne lui a jamais ramené qu'un sifflement glaçant pour toute réponse...

La gorge serrée, Haiko s'étire un peu dans le parfum âcre des draps. Ça sent le sperme et la lessive bon marché. Le genre d'odeur dont elle a besoin après ses rendez-vous sensuels...

Ses premiers gestes, lorsqu'elle se réveille, sont toujours les mêmes. Y compris lorsqu'elle a dormi dans un autre lit que le sien. Prendre son téléphone, regarder l'heure, désactiver le mode avion et lire ses messages, regarder les statuts Facebook de ses amis, les commenter, mettre les internautes au fait des dernières actions de N.e.r.F. et guetter leurs réactions. Un coup d'œil à l'horloge numérique la fait bondir hors du lit. *Et merde !* Déjà 8 heures, l'heure précise à laquelle Lars lui a donné rendez-vous, chez elle. Il ne va pas tarder à l'appeler pour vérifier où elle est. Cette seule idée la déprime. Elle préfère mettre son appareil sur vibreur pour s'épargner la sonnerie accusatrice. Elle s'habille prestement, sans prendre de douche : la cabine en plastique d'à peine deux mètres carrés lui donne l'impression qu'elle va s'effondrer si elle y pénètre.

La jeune femme s'allume une cigarette et prend le temps de la fumer avant de s'engouffrer dans le métro. Elle est à une quinzaine de stations de chez elle. Ce qui lui donne largement le temps de se remémorer sa nuit et se sentir vaguement honteuse.

Haiko n'a aucune envie d'aimer, ni de l'être. Elle ne peut plus. Son cœur est en morceaux et il n'existe aucune colle assez puissante pour le réparer. Ça fait un peu cliché de dire ça, alors elle esquisse un sourire amer, assise sur son strapontin, mais elle ne voit pas de meilleure façon de l'exprimer. Elle a aimé. Elle aime encore. En réalité, ce n'est pas qu'elle ne peut aimer un homme, c'est juste qu'elle n'en veut pas d'autre que celui qui l'a quittée. C'était il y a six ans, une éternité pour certains qui auraient eu le temps de refaire dix fois leur vie depuis. Pas pour elle. Quand Haiko aime une fois, c'est pour toujours. La jeune femme se mord les lèvres et se maudit : maintenant, elle va avoir cette foutue chanson de Cabrel en tête toute la journée. Elle n'aime pas penser à Francis Cabrel. Parce que Maxime l'écoutait souvent. Et que chacune de ses chansons lui rappelle son bonheur perdu. La jeune femme lève les yeux en direction du plan de la ligne 3. Moins pour se donner une contenance que pour stopper l'afflux de larmes qu'elle sent monter à ses paupières…

Une quadragénaire aux cheveux teints en noir s'assied à côté d'elle. Tout en elle crie sa peur de finir seule : les regards insistants qu'elle lance aux hommes alentour, l'énergie qu'elle a mise à se maquiller, se vêtir à la mode, son air faussement enjoué. Mais elle en fait trop. Des tonnes. Ça pue le mensonge et le désespoir. La rivalité féminine aussi. Sans que sa voisine ait eu besoin de parler, Haiko sent son hostilité et son dépit de n'avoir trouvé de place qu'à côté d'elle. Pourtant, le spectacle qu'offre la jeune femme ne doit pas être réjouissant : son maquillage a coulé, ses cheveux sont emmêlés et elle empeste la clope et le foutre. Mais c'est justement cette odeur que l'autre a reniflée : Haiko est active sexuellement, elle est encore dans la course, elle envoie donc les bons signaux aux hommes. C'est plus fort qu'elle, la femme doit savoir ce que la blonde un peu négligée a de plus, alors elle tourne la tête et l'observe, l'air de rien. Par provocation peut-être, ou par besoin de chaleur plus probablement, Haiko lui sourit. Elle aussi se sent bien seule… Comme prise en défaut, la brune détourne vivement le regard et s'absorbe dans la contemplation de ses ongles vernis.

Dans la poche de son jean, le téléphone de Haiko vibre. C'est Lars.

— Vous êtes où ?

Elle répondrait bien qu'elle sort d'un hôtel où elle s'est fait sauter une bonne partie de la nuit, mais elle devine que la blague ne plairait pas au monsieur. Les hommes n'aiment pas ce genre de vérité. Le genre qui explose leurs certitudes sur la sexualité des femmes et les ébranle au plus profond de leur virilité. N'empêche, si son cœur est incapable de battre pour un autre, elle possède un sexe en parfait état de marche qui entend bien qu'on le satisfasse. Et pour cela, Internet est une mine. Pas l'Internet gnangnan de Meetic et autres sites de rencontres faux jetons qui prétendent vous trouver l'amour, non. L'Internet des sites de cul, des vrais. Où les hommes envoient des photos de leur pénis en érection comme Ronsard dégainait ses poèmes. Où les femmes n'ont plus qu'à choisir leur partenaire d'un soir en fonction de son âge, sa couleur, et surtout ses mensurations.

Haiko les choisit toujours bâtis de sorte à être clouée au mur. Des costauds, des bien montés qui n'ont pas peur de se comporter comme des hommes au pieu et de la ramoner longtemps, le plus profondément possible. De quoi la faire gueuler et la noyer sous un torrent d'endorphines. Et à en juger par le léger inconfort qu'elle ressent en position assise, l'élu de la nuit dernière a parfaitement rempli sa mission. *Salut, au revoir. Non, tu ne connaîtras pas mon vrai prénom.*

Son amant du jour s'appelait Jérémie, alias tbmdu93, un mec plutôt avenant, propre, et surtout pourvu d'une peur panique de l'engagement. Exactement ce qu'elle recherche. Ça et une virilité revendiquée, ainsi que le besoin de prendre sa revanche sur les femmes, un désir dévorant de les dominer au lit pour se sentir exister. Bref, le coït a été presque parfait. Animal, sans drague, sans promesse. Ils ont étonnamment bien matché pour de parfaits inconnus et elle a véritablement pris son pied. Cinq fois de suite. *Bravo monsieur, on vous rappellera !* Mais avec un petit bémol, tout de même : la prochaine fois, faudra y aller mollo sur le parfum parce qu'un mâle qui cocotte ça gâche quand même un peu le plaisir des sens. Et puis cette nouvelle mode de se raser les aisselles pour ressembler à une danseuse de *pole dance* ou à un acteur porno, ce n'est pas obligé non plus... C'est fou comme les hommes ont du mal avec leur nature, de nos jours. Rares sont ceux qui s'assument totalement et dégagent cette aura de virilité qui émane de... Lars.

— Allô, vous m'entendez ? répète-t-il, excédé, à l'autre bout du fil.

— Oui... je suis dans le métro, je capte mal.

— Qu'est-ce que vous foutez dans le métro ?

— J'avais une course à faire.

— Vous vous payez ma gueule ? Qu'est-ce que vous n'avez pas compris dans le principe de la protection rapprochée ?

— Ah ça va, pas la peine de crier, j'arrive !

— D'ici combien de temps ?

— J'en sais rien, dix minutes…, ment-elle.

Et elle raccroche. Elle sait bien qu'il est normal que Lars soit en colère mais elle ne supporte pas qu'on lui parle sur ce ton. Ça la stresse. Ce n'est pas parce qu'il la protège qu'elle a des comptes à lui rendre. Et surtout pas sur ses activités nocturnes. Bien sûr, peut-être qu'un jour elle tombera sur un sadique qui lui fera du mal, peut-être même se fera-t-elle trucider par un fanatique qui l'aura pistée jusque-là… Mais au fond elle se demande si ce n'est pas ce qu'elle cherche en s'exposant comme ça, en se mettant en danger. Qu'on la tue. Qu'on abrège une vie qui sans amour ne vaut plus la peine d'être vécue. Ça aussi ça fait cliché mais elle s'en moque. Elle emmerde les connards qui crient au lieu commun dès qu'on énonce une vérité trop dérangeante, ou trop universelle pour qu'ils continuent de se croire uniques.

La jeune femme soupire. Ce trajet lui paraît interminable, pourtant elle n'est pas pressée d'arriver. Elle essaie de fermer les yeux pour se replonger dans son rêve du matin et retrouver Maxime, mais rien ne vient. Quand elle les rouvre, la normalité de la situation se dissout au profit d'une angoisse sourde qui lui pince le cœur. Haiko a une drôle de sensation, une espèce de fourmillement dans la nuque, comme si quelqu'un la fixait, l'épiait. Elle se redresse et tourne la tête pour vérifier qui se tient derrière elle. La rame s'est bien remplie en quelques stations. Il y a des gens partout. Assis, debout. Toutes les classes d'âge, toutes les origines sont représentées ou presque. La plupart l'ignorent et pianotent sur leur téléphone, quelques adolescentes la défient du regard avant de pouffer de rire, un cadre supérieur d'une cinquantaine d'années l'observe à la dérobée, sa voisine s'est plongée dans un roman policier. Rassurée, la jeune femme tente de se détendre, mais l'impression oppressante ne disparaît pas.

Station Gambetta. Elle doit prendre la ligne 3 bis en correspondance. Haiko s'extrait du métro comme elle peut, portée par une vague d'usagers, freinée par ceux qui cherchent à monter rapidement, parce que la sonnerie de fermeture des portes retentit déjà.

Peu de personnes empruntent la ligne 3. Une femme en escarpins fait claquer ses semelles fines et la dépasse pour la précéder dans les escaliers, un homme lui emboîte le pas. Il suit la même course qu'elle, semble épouser ses mouvements en une chorégraphie qui pourrait sembler harmonieuse si elle ne lui paraissait pas aussi suspecte. Pourquoi reste-t-il collé à elle ? Pourquoi est-il aussi discret ? Haiko ralentit un peu. Il fait de même. Elle s'engage dans les escaliers, se colle contre la rampe, sac à main du côté du mur au cas où ce serait un voleur, et presse le pas. L'homme accélère à son tour. Depuis les marches, la jeune femme jette un regard anxieux au panneau électronique du quai : le métro n'arrivera que dans trois minutes et il n'y a presque personne pour l'attendre avec elle, à part la femme aux escarpins et un adolescent fluet. Haiko se fait violence pour ne pas se retourner et agrippe la rampe. Elle descend les dernières marches en trottinant, accrochée à son sac, avec cet air faussement soucieux des femmes qui imaginent que paraître pressée est une bonne tactique pour dissuader les agresseurs. N'y tenant plus, elle se résout à regarder l'homme qui la suit. Mais la suit-il seulement ? Oui, elle va se retourner et voir un type parfaitement normal, avec un bon air bien ahuri. C'est ça, il faut qu'elle se retourne. Mais pourquoi est-ce si difficile ? Pourquoi sa nuque semble-t-elle prise dans le plâtre ? Pourquoi s'imagine-t-elle que faire l'autruche peut lui éviter une attaque ?

Au prix d'un effort que personne sur ce quai ne peut imaginer, Haiko tourne la tête et jette un coup d'œil en direction de l'homme. Il la fixe à son tour. Il a les yeux d'un noir si profond qu'elle y lit toutes les menaces du monde. Il est vêtu simplement : jean, chemise, blouson. Pourquoi garde-t-il une main dans la poche de son blouson ? Qu'est-ce qu'il y a à l'intérieur ? Un couteau ? De l'acide ? Le détonateur d'une bombe ?

Le cœur de Haiko bat fort, elle transpire, repense à Nadia, à son corps déchiqueté baignant dans son sang... Doit-elle crier, alerter les gens, quitte à passer pour une folle, ou bien garder son calme et se raisonner, au risque de s'en mordre les doigts ? Son cœur semble avoir encore accéléré le tempo, ses mains sont moites, elle jette des coups d'œil anxieux ici et là mais personne ne la regarde. Que faire ? Sortir de la station ? Et s'il la suivait ? Faire comme si de rien n'était et rester là pour montrer qu'elle n'a pas peur ? Et s'il en profitait pour la poignarder, ou la pousser sous le prochain métro ? Il reste une minute avant que la rame entre en station. Haiko décide alors de se diriger vers le centre du quai, d'une démarche qu'elle espère naturelle. Mettre de la distance entre le type et elle. Impossible de se retourner encore une fois pour vérifier s'il la suit, elle ne veut pas l'énerver.

Par mesure de précaution, elle se tient le plus loin possible du bord afin qu'il ne puisse pas la précipiter sur les rails. À cette simple idée, elle imagine sa chute, sa panique, son impossibilité de se raccrocher à quoi que ce soit, puis l'arrivée de l'engin droit sur elle, le chuintement des rails, les étincelles qui l'éclaboussent et la brûlent, la rame qu'elle se prend de plein fouet et qui l'écrase, la démembre, la tue…

L'horloge du tableau se met à clignoter au même rythme que les battements de son pouls, le train est à l'approche. Il arrive dans un vacarme si banal qu'il en est presque réconfortant. Les portes s'ouvrent dans des sonneries stridentes. Haiko s'y engouffre, tête baissée, et ne la relève qu'une fois à l'intérieur.

Une main la pousse fermement au fond de la rame. Elle se retourne et pousse un petit cri de surprise. C'est lui. La jeune femme se met à trembler de tout son corps et part se réfugier sur un siège, à côté d'un Black massif. Elle se fait toute petite, comme pour se faire oublier. Mais à chaque fois qu'elle a le malheur de lever la tête elle croise son regard. Il la fixe. Il lui sourit. Il sait qui elle est, c'est sûr. Il veut la tuer.

Lars ! Elle doit appeler Lars pour qu'il vienne la chercher. Haiko saisit son téléphone, compose le numéro du garde du corps, sans succès : pas de réseau…

Elle est à deux stations de sa sortie. Une station. La jeune femme prend une grande inspiration et bondit de son siège, passe devant l'homme, qui ne l'a pas lâchée du regard. Elle est à dix centimètres de la porte quand une main lui attrape vigoureusement le bras. C'est lui. Il va sortir son couteau. Il va l'égorger, la décapiter, ici, dans cette boîte en fer, sous terre. Tétanisée, elle n'arrive même pas à crier.

— Mademoiselle, vous êtes charmante.

— Qu… quoi ?

— Vous êtes charmante, vous voulez aller boire un verre avec moi ?

Ce n'était donc que ça ? Un dragueur lourd comme on en croise des dizaines dans le métro ? Juste ce harcèlement de rue auquel toute femme est, hélas, accoutumée ? Une chose si tristement banale qu'en temps normal elle ne l'aurait jamais remarquée, mais qui reste une agression et à laquelle elle est forcément plus sensible en ce moment…

Comprenant sa méprise, Haiko éclate de rire. C'est un rire nerveux, irrépressible, humiliant pour le don Juan. Vexé, l'homme la traite de salope. De sale pute aussi. Elle s'en moque. S'il savait à quel point elle est soulagée. Elle rit, elle rit ! Nerveusement, sans parvenir à s'arrêter. Elle se dégage de son emprise et rit encore en gravissant les marches qui la conduisent à la surface…

Mais soudain, son rire stoppe net.

Car si elle a repéré celui-ci qui ne lui voulait aucun mal, saura-t-elle reconnaître un autre qui sera malintentionné ?

# 8

HAIKO N'EN MÈNE PAS LARGE lorsqu'elle pénètre dans la ruelle conduisant chez elle. C'est sans doute dû au contrecoup de la tension qu'elle a ressentie dans le métro. Dès que le rire a cessé, toute son énergie semble être partie avec lui. Elle se sent faible, comme si ses jambes n'avaient plus d'os ou de muscles pour la soutenir. Elle prend une grande inspiration et essaie d'avoir l'air forte, sûre d'elle.

Les deux gardes du corps sont plantés devant la porte d'entrée. Lars la fusille du regard. *Pan, t'es morte une seconde fois*, se dit-elle en se forçant à sourire.

— Ça vous fait marrer qu'on poireaute ? aboie Lars.

— Ça va, ce n'est pas la peine de me crier dessus.

— Vous étiez où ?

— Oh ! Arrêtez de m'agresser, ça ne vous regarde pas.

— Ça me regarde pas ?

Les deux hommes ont dû patienter une heure avant qu'elle se pointe, la bouche en cœur, et Lars a eu le temps d'imaginer le pire. Enlèvement, torture, assassinat... Alors la désinvolture de Haiko est la goutte d'eau qui fait déborder le vase. Il l'attrape par les épaules et se met à la secouer.

— Mais qu'est-ce qui va pas dans votre tête ? Qu'est-ce qui tourne pas rond chez vous ? Vous croyez que c'est un putain de jeu ? Qu'on fait de la figuration ? Vous nous prenez pour des intermittents du spectacle ?

— Lâchez-moi, vous me faites mal ! hurle la jeune femme.

Lars la repousse d'un geste agacé. Sans le regarder, elle ramasse le courrier déposé par un voisin sur la table de jardin et ouvre la porte de son appartement. Elle décachette une des enveloppes d'un doigt tremblant et met la lettre dans son sac à main après l'avoir lue rapidement. D'une voix atone, elle propose de faire du café.

— J'en ai besoin, argumente-t-elle.

— Moi aussi, grogne Lars.

Il a beau être agacé, il ne peut s'empêcher de constater que quelque chose ne va pas chez sa cliente. Elle est fébrile, fait des gestes brusques, évite son regard...

— Et merde !

Haiko a laissé échapper une tasse. Elle s'agenouille pour ramasser les morceaux de porcelaine et se frotte les yeux rapidement. Lars se précipite pour l'aider à collecter ce qui reste du mug.

— Vous pleurez, Haiko ?

— Ce n'est rien...

— Qu'est-ce qui se passe ? Vous avez eu un problème ?

Il lève la main vers sa tête. Dans un réflexe disproportionné, la jeune femme sursaute violemment et tente de se protéger d'un éventuel coup, avant-bras en bouclier. Pourtant, il n'a aucune intention de la frapper, quelle idée ! Alors, d'un geste doux, il lui saisit le visage à deux mains pour l'obliger à le regarder. Elle lutte de toutes ses forces, les yeux obstinément rivés au sol, comme si c'était son seul rempart contre les larmes.

— Haiko, dites-moi ce qui ne va pas, insiste-t-il.

La jeune femme se résout à plonger ses yeux dans les siens et, ainsi qu'elle le craignait, éclate en sanglots. Ce type qui la suivait, sa terreur, et maintenant les reproches de Lars, c'en est trop. Elle a besoin qu'on s'occupe d'elle, qu'on la protège, qu'on comprenne qu'elle n'est pas si forte qu'elle le prétend.

— Un homme m'a suivie dans le métro. J'ai essayé de vous appeler mais ça ne passait pas. J'ai cru... j'ai cru qu'il voulait me tuer...

— Putain, je vous avais dit de ne pas vous balader seule !

— Ne m'engueulez pas, je vous en prie !

La jeune femme s'assied à même le sol, en tailleur, et tente de calmer ses larmes, en vain. Désemparé, Lars lance un regard interrogateur à Ilan qui ne semble pas mieux savoir quelle conduite adopter. Ils ont perdu les clés du chagrin des femmes, ainsi que les remèdes pour les consoler.

— OK, je suis désolé. Il vous a fait du mal ?

— Non... Il m'a juste suivie. Mais j'ai pensé que c'était un fanatique, qu'il allait me planter ou me jeter sous le métro... J'ai eu tellement peur !

Elle semble autant surprise par la violence de ses émotions que par la facilité avec laquelle elle vient d'avouer ce qu'elle considère comme une faiblesse. Pourtant, Lars sait qu'elle vient de faire un pas de géant. Tant qu'elle abordait le problème avec désinvolture, prétendant que tout allait bien et que rien n'avait besoin de changer dans sa façon de vivre, elle était en grand danger car difficile à protéger. Dorénavant, elle comprendra les stratégies mises en place pour sa sécurité et s'y pliera plus docilement. Du moins l'espère-t-il.

— C'est bien d'avoir peur, répond Lars, soulagé. Moi aussi j'ai peur. La peur maintient en vie. C'est une compagne cruelle, qui ne vous laisse jamais en paix, mais c'est aussi une amie. Comme la douleur, elle vous informe de ce qui cloche. Elle vous permet d'y remédier…

— Mais je ne veux pas vivre comme ça ! Je ne veux pas que ce soit mon quotidien !

— Ça le sera pourtant. Du moins, le temps que les choses se tassent… Allez, installez-vous dans le canapé, je vous sers un autre café.

— Je… je préférerais aller prendre une douche avant, finalement… Je me sens sale… Vous ne m'en voulez pas si je vous fausse compagnie ?

— Allez-y…

Haiko tourne les talons et monte l'escalier qui conduit à la salle de bains. Elle a besoin de se laver le corps, la tête, pour se débarrasser des traces laissées par sa nuit de sexe autant que pour se couper un instant de ce monde et de ces fous.

— Tu m'avais caché qu'elle était aussi jolie, ta cliente…, commente Ilan.

— Pas jolie, belle…

Lars verse le café et s'installe à côté de son ami.

— Elle te plaît ? Ça ne te ferait pas de mal de te poser un peu, de te mettre en ménage…

— En ménage ? Sérieusement ? Rien que le terme me donne envie de m'écorcher vif. Et puis je te rappelle que c'est une cliente.

Comprenant qu'il s'aventure sur un terrain aussi stérile que glissant, Ilan change prudemment de sujet, pour revenir à des considérations plus professionnelles.

— L'hôpital le plus proche c'est Robert-Debré, non ?

— Oui, il est à cinq minutes, confirme Lars.

— OK, je vais les appeler pour connaître leur stock de sang, au cas où. Tu sais s'il y a des zones non couvertes par le réseau dans ce quartier, en dehors du métro ?

— Aucune idée, par contre j'ai repéré des travaux dans une rue parallèle, il faudra vérifier qu'ils ont bien les autorisations, que les ouvriers sont pas bidon.

— Pas de problème. Les serrures ont été changées, tu m'as dit ?

— Oui, mais les baies vitrées, je n'aime pas du tout... Même si tu sécurises tout avant que Haiko rentre chez elle, la nuit c'est facile de sauter le portail et de briser un carreau.

— T'inquiète pas, je surveillerai le passage.

— Tu peux pas faire la préco et la surveillance de nuit, tu vas pas tenir.

— Et c'est pour ça que Jonas peut être utile...

Pour connaître rapidement la véritable personnalité de quelqu'un, il faut soit coucher, soit se saouler, soit se battre avec lui. Ce que Lars a vu de sa façon de combattre ne lui a pas spécialement plu : Jonas est un vicieux. Il a une espèce d'intuition presque surnaturelle des points faibles de son adversaire et il sait parfaitement les exploiter pour le mettre à terre. Ce genre d'élément peut, certes, être un atout pour l'équipe, mais Lars ne sera pas tranquille tant qu'il n'aura pas plus d'informations sur le jeune homme.

— Je préfère que tu ne le laisses pas seul s'il vient avec toi. Et que ce soit vraiment en dernier recours, le temps qu'on en sache plus sur lui.

— Pas de souci. J'ai mis des gars sur le coup, histoire qu'on soit rassurés. Des mecs de la Légion.

— Parfait.

Lorsque la jeune femme les rejoint, elle s'est complètement ressaisie. Les deux hommes la regardent descendre les marches bouche bée. Consciente de son pouvoir de séduction, elle esquisse un petit sourire. Ses cheveux blonds encore humides ondulent sur ses épaules, elle s'est remaquillée et a enfilé une robe à fleurs qui contraste plutôt joliment avec ses Doc Martens. Elle s'assied dans le canapé et saisit le mug fumant que lui tend Ilan.

— J'ai peu de temps à vous accorder…

— Pourquoi ça ? s'étonne Lars.

— Parce que je suis convoquée chez les flics dans une heure.

— Pour quelle raison ?

— Je ne sais pas, pour parler de Nadia, je suppose.

— Je viens avec vous de toute façon. Maintenant je ne vais plus vous lâcher, c'est mon job vous vous souvenez ?

— Hélas…

Lars ne parvient pas à déterminer si elle plaisante ou non. La jeune femme plante son regard dans le sien, d'un air amusé.

— Vous ne savez pas sur quel pied danser avec moi, n'est-ce pas ?

— Vous avez en effet des réactions surprenantes…

— Telles que ?

— On dirait que vous avez déjà digéré l'incident du métro. Comment faites-vous ?

D'aussi loin qu'elle se souvienne, Haiko a toujours eu cette tendance naturelle à prendre de la distance, à se sentir spectatrice de sa propre vie, comme si les choses ne lui arrivaient jamais réellement. Cette indifférence avait même inquiété Katia, quand sa fille avait une dizaine d'années. Mais les pédopsychiatres n'y avaient rien vu d'anormal. C'était, selon eux, une simple défense parmi d'autres. Une défense qui avait peut-être un rapport avec les conditions de la mort de sa vraie mère…

— Je ne sais pas…, répond-elle.

— Votre frère non plus n'a pas l'air de prendre tout ça très au sérieux. Il sait quelque chose que j'ignore ?

Manifestement mal à l'aise, Haiko se tortille un peu sur le canapé, avale quelques gorgées de café.

— Mon frère raconte beaucoup de choses. Il ne faut pas y prêter attention. Je suppose qu'il a du mal, lui aussi, à comprendre ce qu'il se passe, c'est tout.

— Si vous le dites.

— Je le dis. Bon, je crois qu'on devrait partir, je ne veux pas faire attendre la police, ça ferait mauvaise impression… J'aurai assez de votre look de tueur pour ça.

Machinalement, Lars jette un regard au miroir du salon. En effet, il n'a pas l'air particulièrement avenant.

— On ne va pas au concours de Miss France, que je sache.

— Non, mais autant mettre toutes les chances de notre côté.

— Les chances ? Pourquoi vous auriez besoin de ça ?

— Pour rien, pour rien…

Le rouge qui vient de monter aux joues de la jeune femme lui laisse au contraire entrevoir qu'elle cache encore bien des choses.

# 9

La Mercedes noire s'éloigne lentement du 20e arrondissement. Direction le Quai des Orfèvres. Haiko semble nerveuse, elle tapote des doigts sur la portière, allume une cigarette et tente de joindre sa mère, en vain. Elle se résout à lui laisser un message pour lui confirmer leur déjeuner. Lars ne dit rien. Il est attentif à ce qui se passe au-dehors, comme aux attitudes de la jeune femme. Il les note et les range mentalement dans des cases, avant de pouvoir les consigner sur son carnet, qu'il a divisé en trois parties.

Il y a la catégorie *À protéger*, où il recense le maximum d'informations concernant son client : habitudes, caractère, forces, faiblesses, entourage, lieux qu'il fréquente, rendez-vous. Lars y est aussi précis que possible, comme si son protégé devenait sa marotte, son obsession. D'ailleurs, pour faire ce métier, il faut avoir un sens des détails exacerbé, voir les liens invisibles qui relient les choses et les gens, être aussi méticuleux et acharné qu'un *stalker*.

Dans la catégorie *À surveiller* il classe, exactement de la même façon, les personnes aux intentions floues évoluant dans l'entourage proche ou lointain du client, ainsi que les individus débarquant dans le sien pendant une mission. Pour l'instant il y a relégué deux personnes : Dimitri Homoreanu et Jonas.

La troisième, *À neutraliser*, collecte un maximum de renseignements sur l'ennemi désigné de son client. En fonction de la menace perçue, Lars peut décider de faire un signalement à la police, ou d'utiliser des moyens moins légaux pour la stopper.

Il n'est pas rare que la deuxième catégorie soit une transition vers la troisième…

— Qu'est-ce qui vous est arrivé ? Pourquoi vous avez un œil au beurre noir ? Vous vous êtes battu ? s'enquiert Haiko.

— Calez-vous dans la banquette, et attachez votre ceinture.

La jeune femme obtempère en soupirant. Elle aurait préféré prendre le métro ou même un taxi, mais Lars a jugé que c'était imprudent. À la radio, des intellectuels de droite débattent du problème des jeunes qui partent en Syrie. « Le danger ne vient pas réellement de ceux qui s'en vont ! Qu'ils aillent se faire exploser là-bas devrait être le cadet de nos soucis ! Non, notre principale préoccupation doit concerner ceux qui reviennent de ces pays-là, quels qu'ils soient. Et je parle aussi des journalistes ! Rien ne nous dit qu'ils n'ont pas été contaminés par le mode de pensée des islamistes, qu'ils ne se sont pas convertis. Avec une mention particulière pour les ex-otages, évidemment, tout le monde a déjà entendu parler du syndrome de Stockholm[1] ! » Agacé, Lars éteint l'autoradio. Le trajet promet d'être long. Haiko ne supporte pas cette pesanteur.

1. Syndrome qui conduit des otages à éprouver de la sympathie pour leurs geôliers.

— Vous vous êtes battu ? répète-t-elle à la manière d'une enfant entêtée.

— …

— Vous pourriez me répondre !

— Ça ne vous regarde pas.

— Un peu quand même ! Et puis c'est moi qui vous paie.

— Et c'est moi qui prends des risques pour vous protéger. Autre chose ?

Le ton est sans appel : fin de la conversation. Il n'est vraiment pas commode, ce type. Quelque part, Haiko doit bien s'avouer que ça ne lui déplaît pas. Elle évolue dans un milieu où les hommes sont tellement timorés qu'ils ont l'air de quémander une fessée à chaque fois qu'ils osent donner leur opinion. Lars est différent. Il a un côté brut de décoffrage, sûr de lui. On lui imagine volontiers une enfance dans une cité du 9-3, entouré de dealers et de gars peu recommandables. On sent qu'il a appris à se battre bien avant de rentrer dans l'armée et qu'il n'a pas dû souvent perdre. Oui, il a un côté mâle alpha bourré de testostérone qui, s'il le rend bourru à tendance désagréable, lui confère une aura profondément rassurante, voire érotique…

Au bout d'une vingtaine de minutes, Lars finit par se garer.

— Attendez mon signal avant de sortir.

Cette situation exaspère la jeune femme qui lève les yeux au ciel en signe d'agacement. Lars n'en fait pas cas. Il jette un coup d'œil dans ses rétroviseurs, ouvre la portière de la main gauche et la pousse du genou, poing serré prêt à s'écraser sur un éventuel agresseur, puis sort du véhicule.

— C'est bon, allez-y.

Il vient se poster à côté d'elle, *à l'épaule* comme on dit, et décortique les attitudes des gens qu'ils croisent, veillant à toujours savoir où sont leurs mains, cherchant l'élément déplacé qui pourrait l'alerter sur un éventuel suspect. La protection rapprochée, c'est avant tout un sens de l'observation aigu mâtiné d'un soupçon de paranoïa : il suffit qu'un individu porte des lunettes de soleil par temps nuageux, un manteau en plein été, un sac de sport pouvant contenir des armes ou qu'il ait l'air nerveux, angoissé, pour attirer l'attention de Lars. Son métier est d'anticiper, il ne peut le faire qu'en contrôlant son environnement.

— Non mais sérieusement, vous pensez vraiment qu'*ils* sont assez stupides pour m'attaquer devant le Quai des Orfèvres ?

— Ce serait une façon de faire d'une pierre deux coups : les terroristes n'ont aucun respect pour nos institutions ni pour leur propre vie. Tout est possible.

Il n'a pas tort. Haiko ralentit néanmoins le pas, comme si elle redoutait de se retrouver dans le lieu mythique…

— Madame Homoreanu, l'accueille le capitaine chargé de l'entendre, veuillez me suivre s'il vous plaît.

Comme il regarde Lars d'un air interrogateur, Haiko lui explique les raisons de sa présence à ses côtés.

— D'ailleurs, enchérit le garde du corps, si c'est possible j'aimerais assister à votre entretien et en profiter pour vous poser des questions sur l'assassinat de son amie, afin de mieux la protéger.

— On va justement parler d'elle, répond le policier. Je n'y vois pas d'inconvénient si votre cliente est d'accord.

Prise au dépourvu, Haiko accepte de mauvaise grâce et prend place dans le bureau du capitaine François Alquier. Avenant, le policier encourage aussitôt ce couple incongru à se mettre à l'aise.

— Je vous ai juste convoquée pour quelques petites vérifications, madame.

— Je vous écoute.

— Bien. Je ne tournerai pas autour du pot. Des témoins vous ont vue vous disputer avec Nadia Nasri peu de temps avant son assassinat. Pouvez-vous m'expliquer ?

Haiko ne s'attendait pas à ça. Quel pays de délateurs ! Elle se fige un instant, puis laisse échapper un rire nerveux.

— Pourquoi ? Je suis soupçonnée de lui avoir tiré dessus ? Il me semblait que les témoins s'accordaient à parler d'un homme de l'autre côté de la kalachnikov... J'aurais mal compris ?

C'est plus fort qu'elle, quand elle se sent déstabilisée, Haiko devient agressive, arrogante. Ce n'est pas très intelligent, mais impossible de se contrôler.

— Ne le prenez pas comme ça, madame, c'est juste pour vérifier...

— Vérifier quoi ? Vous avez oublié que je suis la cible principale de ces fous furieux ? Vous voulez que je vous le rappelle, eh bien tenez !

Elle extrait de son sac à main une des lettres reçues le matin même et la jette sur le bureau du capitaine. L'homme la lit, d'un air navré.

— Je suis désolé de vous infliger ça, vraiment... Je sais bien que c'est difficile. Mais on cherche à comprendre pourquoi ils s'en sont pris à Mme Nasri plutôt qu'à vous...

La formule est maladroite, le policier s'en aperçoit au moment même où il prononce ces mots. Haiko Homoreanu se mord nerveusement les lèvres et se cale dans son siège, bras croisés sous la poitrine, en luttant pour retenir ses larmes.

— Je... je ne sais pas, bafouille-t-elle. Je ne sais pas...

Son menton se met à trembler. Elle se tortille sur la chaise, tremble et aspire de l'air par la bouche.

— Je me suis posé la question des dizaines de fois. Et je n'ai pas de réponse, j'ignore pourquoi Nadia et pas moi. Peut-être parce qu'ils ont cru que ce serait une proie plus facile. Ou parce qu'ils estimaient qu'elle trahissait les siens, du fait de sa religion… Je ne sais pas. Pas plus que je ne comprends qu'ils aient pu mettre ces menaces à exécution… Ce que je sais en revanche, c'est qu'on est bien d'accord : c'est moi qu'ils auraient dû abattre, pas elle !

— Ce n'est pas ce que je voulais dire…

— Bien sûr que si ! Vous croyez quoi ? Que je suis stupide ? Que je suis une pauvre chose qu'il faut protéger en lui mentant ? Arrêtez ! Toutes ces questions, je me les suis posées avant vous.

Si Lars comprend sa colère, il sait d'expérience que s'emporter n'est pas la bonne attitude à adopter avec la police. L'arrogance est souvent perçue comme coupable. Cet entretien le dérange profondément car, même s'il est aussi curieux qu'Alquier d'entendre ses explications, Haiko reste sa protégée et la sentir en mauvaise posture lui donne envie de ruer dans les brancards. Il croise à son tour les bras et fixe le capitaine d'un regard dur. L'homme lui sourit sans malice, pour désamorcer sa colère, mais ne dévie pas de sa ligne d'interrogatoire.

— Répondez à ma première question alors et racontez-moi cette dispute.

— Il n'y a rien à raconter. Une querelle entre amies. Un truc banal, quoi. On ne pouvait pas savoir ce qui allait se passer.

— *Tu ne veux pas m'avoir comme ennemie*. Vous trouvez ça banal ? Moi non. Pourtant c'est ce que vous avez lancé à Nadia Nasri avant qu'elle quitte la brasserie.

— Je ne me souviens pas avoir dit ça, et quand bien même c'est hors contexte.

— Le contexte, le contexte…, répond le policier en parcourant son dossier. Ah oui, voilà ! *Je vais arrêter d'accepter l'inacceptable. — Je ne te laisserai pas me planter ! — Et comment tu comptes m'en empêcher ?* Voilà le contexte. Vous avouerez que c'est intrigant.

— Je ne sais plus… votre témoin raconte n'importe quoi.

— On pourrait le supposer s'ils n'étaient pas plusieurs… Mais tous ont rapporté les mêmes paroles. Certains ont même cru que vous alliez en venir aux mains.

— C'est ridicule !

Haiko a presque crié. Elle tremble de tout son corps et ressemble à un animal acculé qui n'a d'autre choix que de contre-attaquer pour se défendre.

— Vous croyez quoi à la fin ? On était à cran, c'est tout ! Vous imaginez la portée de ce que je fais ? Vous avez conscience que je suis la seule chance de dizaines de gamins et de leurs familles ? Leur seul espoir de les extraire des griffes d'une secte mortelle ? Et vous venez m'emmerder, alors que ma meilleure amie s'est fait descendre, parce qu'on s'est un peu chamaillées avant sa mort ? Vous êtes sérieux, là ?

— Je ne dis pas le contraire, madame, mais je veux savoir pourquoi vous vous disputiez. Ça peut nous aider à comprendre les motivations de la victime, et peut-être celles de son assassin.

Hors d'elle, Haiko se lève et se prend la tête entre les mains. C'est un cauchemar. On l'a fait déplacer pour ça ? Elle en rirait presque. Il faut qu'elle se calme, parce que piquer une crise n'avancera en rien, la desservira même. Elle n'a pas besoin que la police soit sur son dos et se méfie d'elle.

Se calmer, facile à dire. Ça lui semble un peu tard quand son cœur bat la chamade et qu'elle a envie de tout casser dans ce bureau minable. La jeune femme jette un coup d'œil à Lars. Il n'a presque pas bougé de sa chaise, pourtant elle sent un mouvement imperceptible en lui, voit quelque chose dans son regard qui semble l'encourager à s'y accrocher. Dans le chaos de ses émotions, il apparaît comme un monolithe rassurant, un phare, une bouée à attraper absolument. Elle plante alors ses yeux dans les siens et, comme hypnotisée, cale inconsciemment sa respiration sur celle de l'homme. Ses inspirations gagnent en amplitude, elle sent sa tension baisser, l'adrénaline se tarir. Lars opine légèrement du chef, comme pour s'assurer qu'elle est calmée. Elle lui répond par un léger sourire, reconnaissante.

— Excusez-moi, capitaine, je ne sais pas ce qui m'a pris…

La jeune femme se rassied et pose ses paumes sur ses cuisses.

— Vous êtes à fleur de peau, ça peut se comprendre.

— Nadia voulait tout arrêter. Lâcher l'association. Et moi j'avais besoin d'elle.

— Besoin d'elle pour quoi exactement ?

— Logiquement c'est consigné dans le dossier… Nadia présentait deux avantages majeurs pour N.e.r.F. : elle était d'origine maghrébine et faisait très jeune pour son âge, on lui donnait une petite vingtaine d'années. Du coup, quand on ferrait des ados à deux doigts de fuguer, elle engageait la conversation avec eux sur Skype. La voir les rassurait, ils parlaient la même langue, avaient les mêmes origines… elle a réussi à en dissuader un paquet.

— Et pourquoi voulait-elle tout arrêter ?

— Vous avez lu la lettre que j'ai apportée aujourd'hui. Je n'étais pas la seule à recevoir ce genre de menaces et Nadia avait peur…

Lars profite de l'accalmie pour s'intéresser à la feuille déposée sur le bureau d'Alquier : « C'est pas parce que tu t'es payé un chien de garde qu'on te fera pas la peau, sale pute. » Charmant.

— Vous auriez pu me prévenir, commente-t-il. Il me semble que ce courrier parle de moi.

— J'allais le faire…

— Quand ? Dans un mois ?

Haiko ne répond pas. Pour l'instant, sa priorité est que le capitaine la croie.

— Vous avez des preuves de ce que vous avancez ? reprend le policier. Des lettres de menaces qu'elle a reçues, de son intention de quitter l'association ?

— Oui, elle m'a envoyé une lettre de démission et pour les menaces, dans les lettres que je vous ai déjà fournies, si elle n'était pas citée explicitement, elle était clairement englobée dans le lot des *mécréants* à buter.

— Vous pouvez me faire parvenir son courrier de démission ?

— Oui.

— Très bien. Vous m'envoyez ça aujourd'hui.

L'homme se lève pour la raccompagner à la porte. Haiko ne pensait pas que ça serait si rapide… Un peu décontenancée, elle se laisse pousser par Lars vers la sortie.

— Capitaine, demande-t-il, serait-il possible d'en savoir plus sur les conditions du décès de Nadia Nasri ? Vous vous en doutez, j'ai besoin d'en connaître davantage pour mieux protéger ma cliente.

— Hélas, nous ne sommes pas autorisés à divulguer ce genre d'information…

— Même officieusement ?… Nous ne voulons ni l'un ni l'autre qu'un nouveau drame se produise, n'est-ce pas ?

Le policier a l'air un peu gêné, presque autant que la jeune femme qui se balance d'un pied sur l'autre.

Finalement, il se dirige vers son bureau, prend une de ses cartes de visite et la tend à Lars.

— Appelez-moi sur mon portable.

— Merci.

En sortant du bâtiment, Haiko pousse un grand soupir de soulagement. Finalement, c'était moins éprouvant qu'elle ne l'avait imaginé.

— J'ai faim ! déclare-t-elle.

— Vous déjeunez avec votre mère, c'est ça ?

— Oui, à deux pas d'ici. On peut y aller à pied ?

— OK.

L'air frais leur fera du bien. À les voir marcher ainsi, côte à côte, on pourrait aisément les croire en couple. Une belle fille et son petit ami jaloux, qui dévisage ceux qui la regardent avec trop d'insistance. Les autres femmes lui lancent des regards envieux : ça doit être formidable de marcher au bras d'un homme qui vous couve ainsi. Une espèce de chevalier des temps modernes, comme il n'en existe hélas plus guère. Mais loin de la réjouir, la situation plombe le moral de Haiko. Oui, c'est formidable d'être protégée, de se sentir rare et précieuse, de savoir que l'homme à côté de vous donnerait sa vie pour la vôtre. Mais celui qui se tient contre son épaule est payé pour cela. Pas comme l'était celui qui a fini par partir, en la laissant seule et glacée dans un célibat qu'elle refuse de briser par loyauté...

La jeune femme accélère, comme pour chasser les souvenirs trop douloureux, mais ses fantômes la poursuivront toujours. Et un jour ou l'autre, ce sont eux qui la tueront, plus sûrement que ces fous qui la menacent.

Moins de dix minutes plus tard, ils pénètrent dans le restaurant. Haiko a les joues roses d'avoir pressé le pas dans l'air vif de mars. Lars inspecte rapidement les lieux et s'apprête à s'installer à une table non loin de Katia Homoreanu quand cette dernière leur saute quasiment dessus en les voyant.

— Haiko, tu as écouté la radio ce matin ?

— Non pourquoi ?

— Ton frère…

— Quoi mon frère ?

Morte d'inquiétude, la jeune femme imagine déjà le pire. Non ! Après Nadia, elle ne peut, elle ne veut plus perdre personne, et sûrement pas Dimitri, pas son frère ! *Non, pas lui !* Des papillons noirs volettent devant ses yeux, ses oreilles bourdonnent et c'est à peine si elle entend ce que lui dit sa mère avant de s'évanouir…

— Il a fait une grosse connerie.

@FennecDeParis : C fils de pute de #CharlieHebdo méritaient la mort 100 fois. Bien fais.

@Lereub : Ptdr #Cheh[1] sa vs apprendra a dire que le coran ç de la merde #CharlieHebdo.

@Game_Over : On récolte ce que l'on sème #CharlieHebdo.

@Lolitalol : Quand on joue avec le feu on se brûle #Charlie-Hebdo.

@warryle7 : Mdr le mec qui a fait ca a #CharlieHebdo cest un ouf ptdr. Il s'est cru dans call of. Bien fait.

Twitter, 7 janvier 2015

1. Bien fait.

# 10

ILAN EST ARRIVÉ AUSSI VITE QU'IL A PU. Le temps de sauter dans le métro et de récupérer la Mercedes restée près du Quai des Orfèvres. Haiko est calée sur une banquette, l'air prostré, tandis que Lars et Katia Homoreanu tentent de la réconforter du mieux qu'ils peuvent. Ilan hésite à s'approcher : la journaliste qu'il n'a jamais vue qu'à la télé l'impressionne terriblement. Le glace, même.

— Venez, monsieur, merci d'être venu, dit-elle en l'accueillant.

— C'est normal, madame.

La mère de Haiko le met si mal à l'aise qu'il a l'impression d'avoir de nouveau dix ans. Pourtant, il doit se montrer professionnel et rassurant, alors il fait de son mieux pour donner le change.

— Qu'est-ce qui se passe ? demande-t-il à Lars.

— Haiko a fait un malaise, elle n'était pas en état de marcher jusqu'à la voiture et je ne pouvais pas prendre le risque de la laisser seule.

— Non mais ça va, je vous jure, proteste la jeune femme. J'ai juste eu peur qu'il soit arrivé quelque chose à mon frère…

— Ce serait bien qu'il ait autant de scrupules que vous. Dimitri Homoreanu a trouvé malin de poster un dessin satirique sur Twitter ce matin, précise-t-il à l'intention d'Ilan.

— Ça partait d'une bonne intention ! le défend sa sœur.

— C'est le résultat qui importe, rétorque Lars. Cet abruti a représenté Haiko en Jeanne d'Arc, un pied sur un Mahomet décapité et légendé *Un prophète qui manquait de N.e.r.F.*

— Il a pas fait ça, c'est complètement con ?!

— Je ne te le fais pas dire. Évidemment, il a déclenché une vague de haine à l'encontre de Haiko. Dimitri a supprimé son tweet au bout d'une demi-heure, mais la capture d'écran continue de tourner sur les réseaux sociaux. Elle est associée à Haiko, et on l'accuse de blasphème et de provocation. Je te passe le détail des menaces…

— J'imagine très bien. Pourquoi il a fait ça ?

— Encore une fois il n'a pas mesuré la portée de son geste, explique la jeune femme.

— Après les attentats du 7 janvier ? À d'autres…, s'emporte Lars. Quoi qu'il en soit, reprend-il à l'attention d'Ilan, il va falloir renforcer la protection de Haiko et je vais avoir besoin de toi. L'idéal serait que tu restes chez elle la nuit…

— Bien sûr, enchérit Katia, j'augmenterai votre salaire.

Ilan hésite un peu. Cette affaire n'est pas simple pour lui à bien des égards. Tout d'abord, l'ennemi dont il est question se fera un plaisir de s'en prendre à lui sous prétexte qu'il est juif : il suffit de se rappeler la prise d'otages dans l'hypermarché casher, juste après les attentats de *Charlie Hebdo*, pour s'en convaincre. Et il doit bien s'avouer qu'il a lui-même le plus grand mal à rester mesuré face aux islamistes. Ensuite, s'il est partant pour faire de la protection rapprochée, ce qui l'intéresse c'est plus de protéger des industriels ou des chanteuses en tournée que de se frotter à des fanatiques armés jusqu'aux dents. Jonas lui a d'ailleurs parlé d'une éventuelle mission dans le secteur de l'agroalimentaire et doit le mettre en contact avec un gars qui fait partie du staff. Enfin, c'est un miracle qu'il soit sorti indemne de cette fichue guerre et il a juré à sa mère qu'il ne se mettrait plus en danger. Il veut désormais fonder une famille et vivre tranquille, peut-être même partir en Israël dans quelques années pour élever ses enfants loin du climat antisémite qui règne désormais à Paris. Ilan ne veut plus rien avoir à faire avec cette nouvelle guerre de religion et être partie prenante dans la protection de Haiko l'y plongerait à nouveau.

— Je ne sais pas, j'ai d'autres propositions qui ne sont pas forcément compatibles avec un travail de nuit à temps plein.

— S'il vous plaît ! le supplie presque Katia.

— Je ne pourrai jamais assurer la surveillance de nuit et la précurse seul. C'est trop de responsabilités, et puis j'ai une vie à côté... À moins que...

— Tu penses à Jonas, c'est ça ?

— Oui.

— Il n'est pas du métier. S'il arrive quoi que ce soit...

— Peut-être, mais c'est un militaire et il a forcément les bons réflexes. On s'en fout du diplôme, il suffit de lui montrer comment s'y prendre et il pourra assurer la précurse, ce n'est pas compliqué. Et tu sais très bien que ça se fait, au black... J'ai confiance en lui.

Lars soupire. Il sait aussi très bien que Jonas, vu son prénom, est sûrement juif. Et qu'Ilan le reconnaisse ou non, ça lui suffit pour s'imaginer que c'est un type bien.

Lars a du mal à se satisfaire d'un argument aussi fragile, même si le contexte nécessite un réajustement rapide.

— Seulement la précurse alors et parce que les gars avec qui j'envisageais de monter une équipe ne sont plus disponibles. Par contre, tu ne le laisses jamais seul avec Haiko.

— Comme tu voudras…

— Bon allez, on rentre à l'appart.

Lars salue Katia Homoreanu et se lève. Haiko glisse doucement sur la banquette mais, au moment de se lever, un léger vertige l'oblige à s'accrocher à Lars. Elle n'a rien pu avaler depuis son malaise.

— Vous devriez manger, vous êtes toute pâle.

— Je vais me griller une clope et ça ira mieux, soupire-t-elle piteusement.

Sa mère lui lance un regard résigné : Haiko est trop fière pour reconnaître ses faiblesses. Le garde du corps n'insiste pas et soutient la jeune femme tandis qu'ils rejoignent le véhicule. Ils s'installent dans la voiture, les deux hommes à l'avant. Lars se retourne vers sa cliente, et s'enquiert de son état. Elle sourit, touchée par cette délicatesse bienvenue.

— Ça va. Au fait, je voudrais vous demander quelque chose…

— Quoi ?

— Vous pourriez m'apprendre à me battre ?

— À vous défendre vous voulez dire ?

— C'est pareil, non ?

— Non. Mais oui, je peux vous apprendre deux ou trois trucs, maintenant ce n'est pas ce qui vous empêchera de vous faire assommer si un gars s'en prend à vous. Faut arrêter avec ces conneries d'autodéfense qui vous font croire qu'une femme de cinquante kilos a ses chances contre un molosse qui fait le double.

— Je sais bien que si un ou plusieurs types décident de s'en prendre à moi, je n'ai que peu de chance de m'en tirer. Mais je ne serai pas une victime pour autant. Je veux ne serait-ce qu'essayer de me défendre, vous comprenez ? Peut-être bien qu'ils m'auront, mais pas sans que j'aie résisté…

Lars lui lance un regard dans le rétroviseur. Elle a l'air minuscule, fragile comme une enfant perdue sur cette grande banquette arrière, avec ses yeux noircis du maquillage qui a coulé, ses cheveux d'ange et sa clope au bec. Et pourtant, malgré les menaces, malgré la peur, elle est là, bien droite et déterminée à poursuivre son combat. Il émane d'elle une force qui tient peut-être plus de la folie, quand elle a ce regard un peu paumé des gens qui se savent en sursis.

— OK, je vous montrerai quelques prises…

— Maintenant ? Je veux dire, en arrivant à la maison ?

— Pas après avoir fait un malaise. Vous êtes trop faible pour l'instant.

— Non, je vous jure que non !

— En plus vous n'avez rien mangé. On ne fait pas d'efforts le ventre vide.

— Dès qu'on passe devant une boulangerie, c'est promis, on achète un pain au chocolat ! S'il vous plaît, dites oui !

— Un pain au chocolat, vraiment ? Vous le mangerez ?

— J'en prendrai même deux s'il le faut.

Capricieuse et pugnace. Lars attribue mentalement de nouvelles caractéristiques à sa cliente, il s'empressera de les consigner dans son carnet dès qu'il en aura l'occasion.

Quelques mètres plus loin, il repère une boulangerie et fait signe à son ami de stopper la voiture. Il revient avec un sachet en papier imbibé de beurre.

— Tournée générale !

Les deux hommes croquent à pleines dents dans leur pain au chocolat. Impossible pour Lars de se rappeler la dernière fois qu'il en a mangé. Était-il déjà adulte ? Soldat ? L'odeur appétissante qui se répand dans la voiture, le contact doux de la croûte fine qui laisse un léger dépôt gras sur ses doigts, ce moelleux de la bouchée qu'il déchiquette… tout le renvoie à une période qui ressemble au paradis. Celle de l'insouciance et des petits bonheurs gratuits, quand la vie vous offre un bon goûter après un match avec les copains.

Bercé par les mouvements doux de la voiture, Lars laisse courir son regard le long des vitrines des magasins, des unes dans les kiosques et se demande si les gosses ont encore cette innocence dont il est nostalgique quand partout s'affichent des incitations à la débauche, des exhortations à la violence. Et le problème n'est pas que dans la rue, mais aussi à l'intérieur des foyers. Impossible aujourd'hui d'allumer la télé sans tomber sur des horreurs. Qu'il s'agisse de la banalisation de la violence véhiculée par les films ou les JT, ou celle du matérialisme dans les clips et les téléréalités, tout concourt à pervertir la jeunesse, à la priver de sa candeur. Avec quels résultats ?

Finalement, cette radicalisation que combat Haiko n'est-elle pas la conséquence logique de tout cela ? Comme les représailles d'une enfance qui a été volée, piétinée au nom de la loi du marché ? D'une enfance dépossédée de ses rêves, de son besoin de beauté pour mieux être lancée dans la course au pognon et à la séduction. D'une enfance qui ne va jamais assez vite ni assez bien au goût d'adultes qui n'aiment rien tant que l'instrumentaliser pour combler leurs propres béances. Des gosses forcément précoces, ou bien hyperactifs, ou bien graines de star… quand a-t-on cessé de penser qu'être juste un gamin était bien suffisant ? Comment ne pas se sentir responsable des créatures monstrueuses que nous avons engendrées à force de leur demander d'être autre chose que des enfants ? Comment leur en vouloir de se sentir si vides et dépossédés de leur propre identité qu'ils ne font plus la différence entre les jeux et la réalité, qu'ils ont développé ce que les générations précédentes ont souillé, abdiqué : une quête de sens, un besoin profond de spiritualité, de se sentir utiles, de se sentir vivre même si pour cela ils doivent donner la mort et crever prématurément ?

Pris dans ses réflexions, Lars n'a pas vu passer le trajet. Lorsque le véhicule s'immobilise, il jette un regard alentour, un autre à l'intérieur et constate que Haiko a mangé ses deux viennoiseries. Elle est vraiment motivée...

— J'ai soif, lâche-t-elle presque gaiement, comme si elle avait déjà retrouvé sa hargne. On boit un thé et on s'y met ?

Est-il seulement possible de refuser quoi que ce soit à cette fille ? Non. Encore moins quand elle sourit et que son visage s'illumine et vous éclaire. Il y a quelque chose chez elle qui irradie et traverse Lars, une chose rare et belle du même ordre que ce qu'il ressent dans les églises. Quelque chose de l'ordre de la transcendance qui fait qu'on en redemande parce qu'auprès d'elle on se sent sublime.

— Vous êtes sûre que vous êtes en état ?

Question superflue, elle est aussi excitée qu'une gamine qui arrive à Disneyland. C'est tout juste si elle ne bat pas des mains. Mais comprend-elle seulement que ce n'est pas un jeu ? Réalise-t-elle ce qu'elle risque ? On dirait qu'elle se croit intouchable, protégée par une entité magique et toute-puissante. À moins qu'elle ait de réelles raisons de se croire hors de danger ? Les paroles de Dimitri Homoreanu lui reviennent en mémoire. Et si tout ça était de la comédie ? se demande Lars. Une manœuvre tordue pour se faire de la pub ? C'est ce que prétendent certains détracteurs de

N.e.r.F. Mais non, c'est ridicule ! Nadia Nasri est morte sous les balles d'un fou furieux, il ne faut pas l'oublier…

Haiko avale son thé brûlant à la vitesse de l'éclair puis s'approche de son garde du corps, mains sur les hanches et menton relevé en signe de défi.

— Alors ?

— Alors soyez pas si pressée de vous prendre une raclée.

— Ah ! Vous êtes bien prétentieux, monsieur ! Peut-être allez-vous être surpris ? fanfaronne-t-elle.

Lars la dévisage d'un air moqueur et décide de la provoquer un peu.

— T'es toute là ? Tu veux pas appeler tes copines, t'es sûre ?

— Bah vas-y, qu'est-ce t'attends ?

*Rien*. Lars se lève sans hâte, en la regardant bien droit dans les yeux, léger sourire en coin. La jeune femme ne le lâche pas du regard, tête relevée vers l'homme qui la toise d'une bonne trentaine de centimètres et ses yeux ont pris un éclat froid qu'il ne leur avait jamais vu. Ça le surprend, le glace, ça l'électrocute. Il la reconnaît à peine. Soudain, avec une célérité incroyable, il donne un coup sec sur son épaule droite, la fait pivoter à cent quatre-vingts degrés et passe un bras autour de son cou pour l'étrangler. Le dos plaqué contre le torse de son agresseur, Haiko tente de se soustraire à son emprise, en vain. L'avant-bras qui l'étouffe est aussi dur que de la pierre et elle a beau tenter de l'écarter, de le griffer, rien n'y fait. Lars resserre encore un peu son emprise. À présent, Haiko a du mal à respirer au point qu'elle n'arrive pas à crier. En proie à la panique, elle s'arcboute. Lars lui fait mal, Lars lui fait peur, elle n'a déjà plus envie de jouer. Mais il continue de serrer et de la maintenir contre lui, de la réduire à l'impuissance la plus totale. C'est comme s'il voulait lui donner un avant-goût du désespoir qu'on ressent quand on sait qu'on va mourir. Comme s'il voulait lui montrer que tout peut s'arrêter aussi bêtement, aussi facilement. Car oui, il suffirait de peu pour qu'il la tue vraiment. Les muscles un peu plus bandés, une prise plus ferme, et son bras écraserait complètement sa trachée.

D'ailleurs, ne vient-il pas de resserrer encore son étreinte ? Ne se rend-il donc pas compte de sa force ? Haiko essaie de tousser, elle sent sa langue s'échapper de sa bouche. Il va la tuer, il serre trop fort et ne s'en rend pas compte. *Au secours ! Au secours !* Elle a beau essayer de crier, rien ne sort. Sans respiration, pas de voix.

Ce n'est que lorsqu'il sent ses larmes couler sur sa peau que le garde du corps relâche son étreinte, d'un coup. La jeune femme a la tête qui tourne, elle tousse bruyamment en essayant de retrouver son équilibre.

— Espèce de salaud ! Vous avez failli me tuer !

— N'exagérez pas...

— Vous ne connaissez pas votre force ? Je ne pouvais plus respirer, je n'arrivais pas à crier.

— Je sais.

— Quoi ? Mais vous êtes un connard !

Haiko se jette sur lui pour le rouer de coups. Ses poings viennent s'écraser sur le torse de Lars. Cette flambée de rage lui fait un effet incroyable, elle se sent galvanisée, puissante, vivante !

— Ne vous faites pas mal ! ironise-t-il.

— Connard !

— Vous l'avez déjà dit... Non mais sérieusement, c'est tout ce que vous avez dans le ventre ? Vous tapez toujours aussi mou ou bien vous êtes amoureuse de moi ?

Hors d'elle, la jeune femme lève la main et prend son élan pour le gifler mais il lève son avant-bras pour protéger son visage si bien que les doigts de Haiko viennent s'écraser sur son coude. Elle pousse un cri de douleur, suivi d'un deuxième quand il en profite pour lui faire plier un genou avec le sien, une main plaquée sur son cou. La jeune femme tombe lourdement sur le dos. Lars vient se coller à elle sans relâcher son emprise, dans un simulacre d'accouplement bestial. Cette fois encore, elle se tortille comme un ver pour essayer de se libérer, se frotte contre lui, sent leurs peaux qui s'électrisent en se frôlant. Haiko se débat comme une démente dans un corps à corps qu'elle a peu de chances de gagner.

Mais le veut-elle seulement ? N'aime-t-elle pas plus qu'elle le devrait la violence de leur confrontation ? Leurs regards se croisent, se mesurent l'un à l'autre. Haiko faiblit, elle se débat avec moins de conviction, sent son bassin partir à la recherche de l'homme, presque malgré elle. Lars reste en tension, au-dessus d'elle, et le temps semble s'arrêter. Son regard de prédateur devient indéchiffrable, mais Haiko croit bien y lire un désir aussi fort que le sien. Il va l'embrasser, et elle l'embrassera elle aussi. Peu importe qu'il soit son garde du corps ou qu'Ilan ne soit pas bien loin. Être confrontée à la mort, à la peur a réveillé en elle des pulsions impossibles à réfréner. Elle s'humecte les lèvres, prête à recevoir le baiser quand soudain, sans plus d'explication, Lars se relève d'un bond.

— La leçon est terminée, déclare-t-il.

— Quoi ?

La jeune femme se redresse sur un coude, désemparée.

— C'est fini pour aujourd'hui.

— Mais on ne fait que commencer !

— C'est fini je vous dis ! aboie-t-il.

— Je ne comprends pas…

— On ne vous demande pas de comprendre.

Et avant même qu'elle ait pu répondre quoi que ce soit, il sort de la maison en claquant la porte. Aussi stupéfaite que frustrée, Haiko l'insulte copieusement depuis le salon. Mais il lui tourne le dos et ne la voit pas s'agiter. Il s'est allumé une cigarette qu'il savoure tête en arrière, yeux au ciel.

Lars ne risque pas de se retourner, elle risquerait de mal interpréter ce qu'elle verrait. Un homme à l'évidence très excité dans un jean ne cachant rien de son érection. Très excité, certes, mais pas pour les raisons qu'elle pourrait imaginer. Car en réalité, ce n'est pas l'idée de faire l'amour à Haiko qui l'a mis dans cet état, mais la possibilité de la tuer.

# 11

DÈS QU'ILAN A PRIS LA RELÈVE, Lars a enfourché sa moto avec pour seul objectif de fuir le plus loin possible. Il avait avalé une pilule juste avant d'aller à la Crim' et ne pensait pas que ça le défoncerait à ce point. Bien sûr, il sait qu'il en consomme trop, mais il est accro et sans cela les tremblements sont trop violents, trop flagrants. Alquier les aurait remarqués, c'est sûr. Alors il a fait ce qu'il estimait nécessaire. C'est étrange, l'effet que ça lui procure. Lars se sent surpuissant, doté d'une hyperacuité intellectuelle, comme si ses sens étaient décuplés, si bien qu'il se faufile sans peine entre les voitures, slalome à grande vitesse sans jamais en frôler une. Et pour autant rien autour de lui ne lui paraît réel. Il pourrait aussi bien être aux commandes d'un jeu vidéo. Des bribes du corps à corps avec Haiko lui reviennent par intermittence. Dans ces flashs, il voit très nettement ses yeux noisette devenus incroyablement durs derrières la frange de ses longs cils, il se souvient aussi de la crispation de ses muscles autour du cou de la jeune femme, de son désir de sentir la vie la quitter, du plaisir qu'il en a retiré. Lars secoue énergiquement la tête pour chasser la sensation et fait vrombir un peu plus son engin. Devient-il fou, aussi dément que son père ? Est-ce à mettre sur le compte des amphétamines ? S'il prend des drogues, c'est pour se faire du mal à lui, pas aux autres…

Une douleur fulgurante vient lui cogner le crâne si fort qu'il a le sentiment de le sentir lui taper sur les os, de l'entendre rugir dans son esprit enfiévré. L'aiguille du compte-tours oscille dangereusement vers la droite, mais ni les klaxons, ni les moteurs qui s'échauffent, ni le bruit du couloir de vent dans lequel il s'engouffre ne parviennent à couvrir celui des rugissements ou de cette voix qui lui chuchote ce qu'il refuse d'entendre. *Et si Haiko n'était pas aussi innocente que tu veux bien le croire ? Et si ton instinct avait raison de te pousser à la défiance ?* Mais c'est absurde. Il devient complètement parano, parfaitement dingue. Il doit s'extraire de ce mauvais délire et vite. Pour cela, il ne connaît qu'un seul remède : il doit se soustraire à ce monde et à ses fous pour quelques heures. La moto bifurque, Lars est désormais dans le Val-d'Oise, encore quelques kilomètres et il pourra se ressourcer dans le silence et la solitude, s'enfoncer dans une forêt peu fréquentée à cette heure de la journée.

Lorsque enfin il se gare à l'orée du bois, il n'y a en effet personne. Juste lui, et peut-être Dieu. Il s'engage entre les arbres, sur une terre molle grouillante de vie, et respire enfin. Pas besoin de réfléchir, de penser à être bien comme il faut. Juste avancer, humer l'air. Ça suffit. Entendre craquer des brindilles sous ses pieds et détaler les mulots qu'il aura dérangés. Admirer la beauté d'une toile d'araignée qui scintille dans le soleil couchant, renifler les parfums de mousse et de bois tendre, les odeurs musquées des sangliers, toucher l'écorce râpeuse des arbres et sourire. Lâcher prise et se recueillir dans ce sanctuaire.

Il marche au gré de ses envies, sans se soucier des chemins déjà tracés. Le temps passe, le temps s'arrête. Il découvre un passage vers ce qu'il imagine être un coin de paradis, le rejoint, s'assied sur une souche et observe ce qu'il n'a d'habitude jamais le temps de regarder. Le ciel et la course tranquille des nuages, les oiseaux qui fusent en poussant des cris joyeux, les moucherons qui volettent tout autour de lui. Lars ferme les yeux et s'emplit les poumons d'oxygène, à s'en faire tourner la tête. Il prie. Il implore la miséricorde du Seigneur.

Lorsque Dimitri vient frapper à la porte de sa sœur, il sait parfaitement à quoi s'attendre.

— Entre.

— Bonjour à toi aussi, sœurette. Merci pour le sourire. Qu'est-ce qui te met d'aussi bonne humeur ?

— Oh, une broutille. Mon imbécile de frère qui provoque des fanatiques en mon nom peut-être ? Tu ne crois pas que j'ai assez du reste ?

— Ça va, j'ai dit que j'étais désolé…

— Tu te rends compte, au moins, que tu m'as mise en danger ?

— Pas tant que ça… Et puis, t'as tes gorilles pour te protéger à présent…

Dimitri lance un regard vaguement méprisant à Ilan, qui doit se faire violence pour ne pas l'emplâtrer.

— Une vraie star, poursuit-il. Ce sont les deux seuls, avec le pittbull de l'autre fois, ou bien il y en a encore d'autres ?

— Y en a encore un autre. Mais pourquoi tu me demandes ça, tu veux m'attaquer ?

— Non, c'est juste que je le sens pas, le grand baraqué…

— Lars ?

— Ouais…

Bien sûr, relativise Lars, ça s'est déjà vu un agent de protection attiré par sa cliente. C'est même plutôt banal. Haiko est belle, intelligente, passionnée et si elle l'agace parfois avec ses manières de petite fille gâtée ou sa désinvolture, il sent bien à quel point elle est rare. Cette femme a embrassé une cause dangereuse parce qu'elle la trouve juste, quitte à risquer sa vie, à la sacrifier. C'est une héroïne. Elle a une vraie vocation et c'est un privilège de la protéger. Elle est la lumière qui demande de l'aide à l'ombre… Mais pourquoi a-t-il aimé lui faire du mal ? Est-il si pourri de l'intérieur qu'il ne sait plus qu'abîmer ce qui est beau, lui le veule qui expie son imposture en allant se faire corriger dans des combats où il risque sa peau ?

Haiko… Haiko et sa prétendue arrogance qui masque si mal sa vulnérabilité. Haiko sauvage et indomptable le jour, comment est-elle la nuit, quand elle tombe l'armure ? Qu'il lui serait doux de sentir ses mains fines caresser son torse, de plonger dans ses yeux comme on visite un pays sans frontière, de la laisser le guérir de ses blessures… Haiko et la sensation de tenir sa vie entre ses mains, le bras crispé sur sa gorge gracile, Haiko à sa merci…

Il n'avait pas bandé comme ça depuis son départ en Afghanistan. L'érection a été fulgurante, violente, plus il serrait et plus son sexe se gonflait au point d'en être presque douloureux. Il lui semble sentir encore les ongles de la jeune femme s'enfoncer dans sa chair, ses jambes s'agiter pour le frapper, sa salive et ses larmes couler sur sa peau ainsi que le parfum délicat de ses cheveux et celui, plus fort encore, de la peur… Lars aurait pu la dévorer sur place, faire l'amour à son cadavre, la profaner tel le lion fouissant de sa gueule écarlate les entrailles fumantes d'une gazelle. Et alors la petite voix revient, lui chuchote que Haiko est loin d'être une proie sans défense. C'est une lionne. Une guerrière. Pas une victime. Il suffit de prêter l'oreille aux rumeurs qui la concernent pour s'en convaincre. Même s'il les a rejetées en bloc, Lars a du mal à faire abstraction de celles dont Jonas s'est fait l'écho le soir de son premier combat…

Dimitri prend une canette de Coca dans le réfrigérateur de sa sœur et lance un regard insistant à Ilan.

— Non mais là je crois qu'on a besoin de se parler seul à seule, tu ne penses pas ? Ce serait bien que le gorille nous laisse tranquilles.

— J'ai des ordres, répond le garde du corps. Je dois rester ici.

— C'est bon, Ilan, intervient Haiko, vous avez vérifié la maison et je n'ai pas l'intention d'en sortir. Si vous voulez bien nous laisser un moment… ce serait gentil, on a des choses à se dire avec mon frère.

— Ce n'est pas une suggestion mais bien un ordre. Ilan hésite un instant, conscient que Lars n'approuverait pas qu'il quitte les lieux. Mais après tout, il ne sera qu'à quelques mètres, en cas de problème. Il accepte donc de mauvaise grâce et en profite pour appeler son ami. Lorsqu'il décroche, Lars a l'air sur les nerfs.

— Salut, Ilan, y a un problème avec Haiko ?

— Non, t'inquiète…

— J'entends du bruit autour de toi, t'es dans la rue ?

— Oui, son frère vient d'arriver et il m'a foutu dehors…

— Quoi ? Je vais le défoncer ce connard !

— Non, c'est bon. La maison est *safe* et je reste devant pour surveiller jusqu'à ce qu'il se barre. J'y retournerai après.

— Il n'a pas à te donner d'ordres, tu sais ça ?

— Ouais, mais Haiko a insisté, manifestement ils avaient des choses à se dire et ne souhaitaient pas de témoin…

Écoute, c'est pas grave, je reste devant la maison pour la surveiller.

— J'le sens pas ce mec.

— Ouais, c'est clair qu'il est louche. Tu sais qu'il a demandé à Haiko combien de personnes la protégeaient ?

— Elle a répondu ?

— Ouais.

— Quelle conne !

— C'est son frère... pas facile de se méfier. Je te le répète, s'il y a quoi que ce soit, je te préviens immédiatement.

— OK, merci.

Satisfait de voir Ilan quitter la maison, Dimitri se détend un peu et entre alors dans le vif du sujet.

— Je suppose qu'on a un nouveau client, pour que tu m'appelles ?

Pour toute réponse, la jeune femme lui tend une photo. Dimitri scrute le cliché un instant. C'est une jeune fille d'une quinzaine d'années, plutôt bien faite, avec de grands yeux noirs et des cheveux bouclés lui arrivant aux épaules.

— Très jolie !

— Et surtout très en danger... C'est pour demain.

— Les parents t'ont donné l'autorisation ?

— Évidemment. De toute façon ils n'ont rien de mieux à proposer à la gamine... On a carte blanche, comme toujours.

Dimitri étire les lèvres en un rictus, tout en caressant la photo du pouce.

— C'est fou la confiance que t'accordent tous ces gens. Je me demande comment tu fais pour les convaincre si facilement...

— Je n'ai pas une tête à claques, ça aide.

Le jeune homme encaisse la pique en riant doucement.

— C'est ce que tu crois… Non, sérieusement, comment tu fais ?

— Je n'en sais rien, je leur parle honnêtement, ils le sentent, c'est tout.

— Honnêtement… tu ne leur dis pas tout non plus…

— Je leur dis ce qu'ils ont besoin de savoir. Ça te tente des sushis ? demande-t-elle soudain en saisissant son téléphone.

— Va pour des sushis.

— Je meurs de faim. Il va nous falloir des forces pour demain, d'autant qu'on aura Lars dans les pattes.

— C'est obligé ?

— Depuis tes frasques sur Twitter, oui. Mais qu'est-ce qui t'a pris, putain !

Katia et Haiko ont ceci en commun qu'elles ne lâchent jamais l'affaire. Combien de fois vont-elles le lui reprocher ? Combien de fois devra-t-il s'excuser ?

— Vous allez pas me foutre la paix avec ça, sérieux ? J'ai été con, OK, mais c'est peut-être un mal pour un bien : plus on se montre, moins on s'expose, c'est pas à toi que je vais apprendre ça. Ces mecs-là nous prennent pour des rigolos…

— Il ne fait pas bon être un rigolo depuis quelques mois. T'as oublié pourquoi les mecs de *Charlie* se sont fait descendre ? T'as oublié que Nadia est morte ?

— Ne me dis pas que tu as peur, ironise Dimitri.

— Si, j'ai peur. De plus en plus.

— Tu te prends trop à ton propre jeu, Haiko. Tu sais bien que la mort de ta copine, c'est juste une triste coïncidence, un cas isolé. Et néanmoins un formidable coup de projecteur sur ta petite personne… comme tu aimes.

## Mariages temporaires

Et puisque les femmes sont réputées peu aptes au maniement des armes, les *takfiri* – les salafistes combattants – leur proposent une autre sorte de guerre sainte : le *djihad al-nikah*, littéralement « djihad du contrat de mariage ». Il s'agit de contracter un mariage temporaire pour satisfaire les besoins sexuels des combattants et au passage gagner le paradis. Selon les personnes prétendument bien informées, ce « combat sexuel au nom d'Allah » aurait été encouragé par la fatwa d'un Saoudien, le cheikh Muhammad al-Arifi.

Sara Daniel, « Les prostituées d'Allah »,
*Le Nouvel Obs*, 9 novembre 2013

Chaque semaine, la jeune fille aura ainsi… cinq nouveaux maris. L'union ne dure que quelques heures, le temps d'agrémenter le repos des guerriers. En six mois, Inès passera entre les bras de cent cinquante-deux djihadistes et s'occupera des tâches ménagères. « Tous les rituels étaient respectés », selon la jeune femme, à qui ses « compagnons » ont expliqué qu'il n'y avait là « rien d'illicite ».

Témoignage relayé par la presse tunisienne
et occidentale à partir de 2013

# 12

LORSQU'IL EST ARRIVÉ CHEZ HAIKO ce matin-là, Lars a tout de suite senti que ce serait une journée à part. Il l'a compris à l'effervescence presque palpable qui se dégageait de la ruelle, avant même de pousser la porte d'entrée. Le regard fébrile d'Ilan ainsi que la présence de Samia et Thomas, mais aussi celle de Dimitri et de deux autres hommes, inconnus au bataillon, ne lui disent rien de bon.

— Qu'est-ce qui se passe ici ? Y a réunion Tupperware ?

— On a une intervention dans moins d'une heure...

C'est Haiko qui a répondu. Jean, polaire, Converse, elle est vêtue pour l'action. Il comprend immédiatement de quoi elle parle.

— Un gamin à récupérer ?

— Aïcha Ben Azzouz, quinze ans. Ça fait un moment qu'on la surveille. Toutes les nuits, sa mère attend qu'elle dorme pour vérifier le contenu de son sac de lycée. À 3 heures du matin, avant-hier, elle nous a téléphoné pour nous informer que la gamine avait collecté le matos classique.

— C'est-à-dire ?

— Une tenue de rechange, des strings et de la crème dépilatoire pour plaire à son barbu, un parfum de luxe en guise de cadeau. Elle s'imagine qu'elle va l'épouser et être sa petite princesse… Nous avons installé un logiciel espion sur son téléphone. Aïcha a prévu de faire semblant d'aller au lycée aujourd'hui, de retirer un maximum d'argent sur le compte de ses parents puis de filer en direction de l'aéroport pour une première escale aux Pays-Bas. On va l'intercepter quand elle sera au distributeur de billets. Il n'y en a qu'un seul sur son chemin, et on a la chance qu'il soit dans une rue peu fréquentée.

— Haiko, faut qu'on y aille, là !

Dimitri Homoreanu semble s'être départi de sa morgue habituelle. Il est vêtu de noir et affiche un visage grave. Devant l'air surpris de Lars, il juge bon de mettre les choses au clair.

— Ça vous étonne de me voir ici, n'est-ce pas ?

— Disons qu'entre les propos que vous avez tenus sur votre sœur et vos frasques sur Twitter, vous êtes le dernier que je pensais trouver là, en effet.

Dimitri sourit avec ce petit air arrogant qui donne systématiquement à Lars l'envie de lui péter la mâchoire.

— Disons que j'apporte ma pierre à l'édifice… Et puis ma mère ne supporterait pas qu'il arrive quelque chose à Haiko, alors je suis là…

— Parce que vous vous pensez capable de la protéger de quoi que ce soit ?

— Je peux toujours essayer.

Lars a beau faire, il a du mal à adhérer à cette version de l'histoire. Ça ne colle pas avec le personnage de s'impliquer dans une mission de sauvetage qui peut tourner mal. Soit, à l'instar de sa sœur, il est complètement inconscient du danger, soit il a d'autres motivations, bien moins louables que ce qu'il prétend.

— On y va !

Haiko attache ses cheveux en un chignon approximatif mais bien serré et se dirige vers la porte. Lars la rattrape et passe devant elle, avant de se coller à son épaule.

À deux rues de là est garée une camionnette qu'ils rejoignent. Samia prend le volant.

— Vous êtes toujours en relation avec la famille ? interroge-t-il.

— Oui, quand on a repéré un candidat mineur au *hijra* [1], on prend contact avec les parents et on travaille ensemble pour décourager le môme.

— Comment vous y prenez-vous ?

— Le père et la mère redoublent d'attentions et d'affection pour lui, ils parlent ouvertement de la religion, des jeunes qui partent faire le djihad. Ils essaient de faire réfléchir l'adolescent, de l'aider à relativiser ce qu'il croit comprendre. En parallèle, Thomas ou Samia se font passer pour un autre candidat au départ qui dans un premier temps partage toutes ses opinions pour ensuite les discuter, les remettre en question, dans l'espoir que ça provoque un déclic... C'est un travail de longue haleine mais qui peut porter ses fruits.

— Pas dans le cas d'Aïcha, c'est ça ?

— Pas dans le cas d'Aïcha. C'est pourquoi sa mère nous a donné carte blanche pour l'empêcher de partir.

— Mais je ne comprends pas : elle est mineure, non ? Elle ne peut pas quitter le territoire sans autorisation de ses parents.

---

1. Désigne le fait de quitter une terre de « mécréance » pour une terre musulmane.

— Malheureusement, depuis 2013 c'est possible à condition d'avoir un passeport ou une carte d'identité. Les parents peuvent faire une demande d'interdiction de sortie du territoire pour leur enfant, mais il faut déjà avoir conscience du risque qu'il s'en aille, et ce n'est pas facile à admettre. Les gosses ont donc un boulevard pour quitter le pays. C'est une énorme faille de notre système judiciaire.

— C'est aussi dans cette brèche qu'on s'engouffre pour envoyer le gosse à l'étranger après son interception, ajoute Thomas.

La camionnette s'est garée à quelques mètres du distributeur automatique. Les minutes passent et drainent leur lot d'angoisse et d'appréhension. Dans les yeux des membres de N.e.r.F., on peut lire la peur qu'Aïcha ait changé d'itinéraire, que l'opération capote et que la jeune fille parvienne à rejoindre cette terre de désolation qu'est l'État islamique.

— C'est elle ! chuchote Samia. Je la vois dans le rétro, elle arrive !

La tension monte encore d'un cran. Il faut être rapide, efficace. Ne se montrer qu'au dernier moment pour ne pas risquer de la voir s'enfuir.

La fille s'approche du distributeur d'un pas déterminé. Elle jette quelques coups d'œil derrière elle, mais pas devant. Classique. Elle se place devant la machine et sort la carte bleue de la poche arrière de son jean. À la voir ainsi, avec ses vêtements à la mode et son visage de poupée, qui pourrait s'imaginer qu'elle rêve de kalachnikovs et de la vie rude des femmes de moudjahidine ?

Aïcha compose le code secret et sélectionne le montant maximum. Elle a relâché sa garde. C'est le moment d'agir. Les portières s'ouvrent toutes en même temps, la jeune fille tourne la tête et ne voit que Samia en descendre pour se diriger dans la direction opposée. Rassurée, Aïcha poursuit l'opération, sans réaliser que les hommes sont descendus côté rue et se sont rapprochés sans bruit, cachés par les voitures en stationnement.

La gamine saisit les billets et les plie pour les glisser dans une de ses poches quand les deux types que Lars ne connaît pas se jettent sur elle et la soulèvent de terre, chacun lui tenant un bras. La fille se met à hurler, mais Thomas glisse un bâillon dans sa bouche et lui lie les mains avec des attaches en plastique. Elle a beau secouer la tête, agiter les pieds, ça ne change rien. Ses ravisseurs ont déjà rejoint le véhicule et l'y déposent sans douceur. Enragée, la gamine essaie d'en redescendre mais tous s'engouffrent à l'intérieur et referment déjà les portières. Aïcha se rue aussitôt sur Haiko qu'elle a reconnue, mais des mains la retiennent. La fille hurle, s'étouffe à moitié avec son bâillon, se débat, parvient à recracher le bout de tissu et éructe en arabe toutes les insultes qu'elle connaît.

— Espèce de grosse pute ! Salope ! poursuit-elle en français. Relâche-moi ou je te jure que je vais te tuer, tu m'entends ! Chienne ! J'vais te couper la tête et te pisser dans le crâne !

Elle se racle intensément la gorge et crache au visage de celle qui cristallise toute sa haine. Un gros mollard vient s'écraser sur la joue de la jeune femme, qui l'essuie d'un revers de manche. Encore sous le choc de ce qui vient de se passer, Lars scrute Haiko, tandis qu'elle se frotte le visage, à la recherche d'une émotion familière. Mais il n'y a rien dans son regard, rien d'autre que de la satisfaction et peut-être une pointe de mépris.

— Pauvre petite conne, tu ne réalises pas ta chance. On est en train de te sauver la vie.

— T'es qu'une sale menteuse, je sais qui tu es, j'ai entendu des trucs sur toi, sur c'que tu fais !

Les pupilles de Haiko se rétractent à l'extrême. On dirait un serpent prêt à gober sa proie. Elle s'approche d'elle, sans dire un mot ni cesser de la fixer droit dans les yeux, pour lui décocher une baffe si violente que sa tête paraît se dévisser. Un silence aussi absolu que paradoxal fait suite au claquement des chairs. Même les bruits extérieurs semblent englués dans un brouillard lointain et parviennent si atténués qu'ils n'en ont plus aucun sens. C'est la stupeur. Chez la fille, stoppée net dans son élan. Chez Lars, qui n'est pas sûr de comprendre ce qui se joue ici.

— Vous n'êtes pas obligée de la frapper !

— C'est le seul moyen que je connaisse de calmer une hystérique, répond Haiko.

Il ne reconnaît même pas sa voix. Froide, dure, monocorde.

— C'est une ado de quinze ans, ligotée et effrayée ! insiste-t-il.

La fille, pensant trouver en Lars un allié, lui adresse un regard suppliant tandis que sa joue vire à l'écarlate.

— Une décérébrée, oui ! Qu'on a conditionnée à aller se faire violer et tuer ! s'insurge Haiko. Je sais ce que je fais, mêlez-vous de vos affaires. De toute façon, vous et moi, on descend ici.

— Quoi ? Et Aïcha ?

— Elle va être conduite en lieu sûr.

— Où ça ?

Haiko salue ses acolytes et sort de la camionnette, accompagnée de Lars. Le véhicule démarre aussitôt.

— En Suisse. Elle sera accueillie dans une famille qui va détricoter son conditionnement. Pendant ce temps elle n'aura aucun contact avec l'extérieur, ni avec ses parents.

— Mais qui sont les gens qui font ça ? Quelle est leur expertise ?

— Ce n'est pas votre affaire.

— Ah non ? Je viens d'assister à l'enlèvement d'une adolescente de quinze ans et je ne devrais pas poser de question ?

— Vous savez que c'est pour son bien !

— Et la baffe, c'était pour son bien ? J'ai vu votre regard à ce moment-là, Haiko. Et je n'y ai pas vu la moindre bienveillance.

— Mais qu'est-ce que vous racontez ? Vous êtes un soldat et vous osez me donner des leçons ? Vous allez peut-être me dire aussi que vous ne comprenez pas que parfois, pour faire le bien, on est obligé de faire un peu de mal ?

— Haiko, répond-il en l'attrapant par le bras, jurez-moi que vous ne leur faites rien de plus que ce que je viens de voir.

— Lâchez-moi, c'est ridicule. Pourquoi vous me demandez ça ? Dans six mois Aïcha reviendra dans sa famille et tout ça sera loin derrière. Elle aura pris conscience du lavage de cerveau qu'elle a subi et sera prête à reprendre une vie normale. Tout ce que je veux c'est qu'elle s'en sorte. Vous savez le sort qu'on réserve à ces gamines là-bas ? Vous avez entendu parler des mariages temporaires ? En un mois, cent hommes lui seront passés dessus. Elle se retrouvera enceinte, peut-être même contaminée par le virus du sida, dans un pays où la vie d'une femme vierge ne vaut déjà rien. Vous croyez qu'il lui arrivera quoi, alors ?

À la voir s'enflammer ainsi, comment ne pas croire Haiko ? Pourtant, Lars ne peut s'empêcher de se remémorer ce que lui a dit Jonas, le soir où il l'a rejoint chez lui.

— Une sale menteuse, a-t-il lâché.

Bien sûr, Lars aurait aimé ne pas en demander plus, mais son travail est aussi de comprendre ce que son client suscite chez les autres, toujours dans un souci de mieux le protéger. Alors il a demandé au jeune homme de s'expliquer.

— Non mais ce ne sont que des rumeurs, je ne veux pas te mettre le doute, a-t-il répondu.

— Pour faire mon job, je dois être au courant de toutes les rumeurs, même les plus folles.

— Je ne sais pas si c'est si fou...

— Alors dis-le, Jonas.

— Il paraît qu'elle fait bien flipper les parents des gamins en leur racontant des horreurs sur ce qui les attend en Syrie si elle les arrête pas à temps. Tout ça pour qu'ils lui laissent les pleins pouvoirs sur leurs gosses, mais en vrai, elle est pas là pour les sauver.

— Elle fait quoi si elle les sauve pas, alors ?

— Personne ne le sait... aucun des jeunes qu'elle est censée avoir sauvés n'a jamais témoigné. C'est comme s'ils s'étaient tous volatilisés.

DJIHAD DU SEXE : LA RUMEUR

C'est alors que Sana Saeed, spécialiste du droit islamique, a lancé une violente charge, sur son site Internet, dans un article baptisé : « Des officiels assurent que des femmes tunisiennes mènent un djihad du sexe en Syrie, mais quelle est la vraie histoire ? » Dans un texte argumenté, cette spécialiste du droit islamique tente de démontrer que l'affaire du djihad du sexe est probablement fausse, voire une nouvelle « intox » dans la guerre de propagande qui fait rage sur la Syrie... Malgré de nombreuses assertions, de nombreuses fatwas attribuées, à tort, à des imams plus ou moins connus, il semble qu'aucune autorité islamique n'ait autorisé le *djihad al-nikah* dont on ne trouve d'ailleurs aucune trace dans le Coran, ni dans les lois islamiques. Dans son article, Sana Saeed souligne aussi qu'il n'existe aucune preuve concrète de cette « guerre sainte du sexe ». Aucun spécialiste, aucun enquêteur sur le terrain syrien n'a relevé le moindre indice, écrit-elle.

Jean-Baptiste Naudet,
« Le "djihad du sexe" existe-t-il vraiment ? »,
*Le Nouvel Obs*, 30 septembre 2013

# II

# SERRE-MOI ENCORE

*Ne cesse pas de trembler*
*C'est comme ça que je te reconnais*
*[...]*
*Serre-moi encore*
*Étouffe-moi si tu peux...*
*Serre-moi encore.*

Noir Désir, « Les écorchés »

# 1

À PEINE A-T-IL PÉNÉTRÉ DANS LA SALLE D'EXPOSITION que tous les regards convergent vers Lars. Sur ses gardes, il balaie la salle du regard et repère Haiko, dont Ilan s'est chargé pendant quelques heures, le temps qu'il active d'anciens réseaux et contacte, comme convenu, le capitaine Alquier.

Le policier, un technophobe assumé qui note chacune de ses observations sur un petit calepin, à l'ancienne, s'est finalement montré coopératif et lui a fait part de ses doutes : pourquoi s'en prendre à Nadia Nasri plutôt qu'à la présidente et principale ambassadrice de l'association N.e.r.F. ?

— Vous ne croyez tout de même pas que Haiko a quelque chose à voir avec ce meurtre ? a objecté le garde du corps.

— Je ne suis pas autorisé à évoquer mes soupçons…

— Et ce type qui a tué Nadia, on vous en a fait une description ?

— Oui, mais extrêmement vague. Il portait un casque intégral et une tenue noire, classique. Tout ce qu'on sait c'est qu'il était assez grand et un peu enveloppé, et que la peau de ses mains semblait mate... Toutefois, vu le contexte actuel, sa couleur de peau a pu être inventée en toute bonne foi.

— Vous ne croyez pas que c'est Daesh qui a frappé ? Ça ressemble à leur mode opératoire, non ?

— A priori, je crois Haiko... Bien que je trouve disproportionnée l'importance qu'ils accordent à son association.

— Pourtant, a répondu Lars avec le sentiment de marcher sur des œufs, ce qu'elle fait n'est pas anodin. Elle enlève tout de même des adolescents. Je suis d'ailleurs surpris que ça ne pose pas de problème à la police...

— Moi aussi, a soupiré le capitaine, mais il faut savoir que votre cliente a le bras très long. Les appuis de la famille Homoreanu sont puissants.

À la moue du policier, Lars a compris que les méthodes de Haiko ainsi que les passe-droits dont elle bénéficiait lui déplaisaient plus qu'il ne voulait l'avouer. Ce type-là dégageait une telle aura d'honnêteté et de droiture qu'il n'avait jamais dû prendre un PV de sa vie. Et comme tout citoyen plus honnête que la moyenne, il vivait très mal l'occurrence d'une justice à deux vitesses. Lars l'a rangé aussitôt dans la catégorie *À surveiller* de son carnet.

La jeune femme est là. Elle virevolte, sourit, séduit... Elle paraît si légère qu'il est impossible de deviner la menace qui plane sur elle. D'où lui vient ce don pour la vie ? À moins que ce ne soit celui de la mascarade...

Lars n'a pas le temps d'y réfléchir davantage. Déjà sa protégée avance vers lui, un léger sourire au coin des lèvres. Ilan en profite pour s'éclipser et aller retrouver Jonas.

— Et en plus il porte un costume ! plaisante Haiko en le saluant.

— Ça vous étonne ? Vous me prenez pour un rustre incapable de s'adapter à un environnement mondain ? C'est pourtant la base de mon métier.

— Hé ! Tout doux ! C'était juste un trait d'humour.

— Je n'ai pas d'humour.

— Mais vous avez le *swag* !

Lars s'apprête à répliquer sur un ton cinglant, mais le sourire de la jeune femme et son regard, à la fois doux et pétillant, l'en dissuadent.

— Moquez-vous !

— Je n'oserais pas, ment-elle en ajustant le col de sa chemise. Ça vous va bien.

— Merci.

Elle non plus n'est pas mal du tout dans sa petite robe noire d'inspiration charleston. Les fines bretelles mettent en valeur ses épaules joliment musclées et ses seins menus, tandis que les franges qui viennent lui chatouiller les cuisses semblent inviter à la caresse. Elle est belle. Sexy même, avec ses hauts talons et son maquillage un peu appuyé. Et elle le sait, raison de plus pour ne pas lui retourner la politesse. Semblant tout de même détecter le trouble de Lars, la jeune femme plonge son regard dans le sien, d'un air presque insolent, alors qu'elle vide sa coupe de champagne d'une traite.

— Une autre, s'il vous plaît, commande-t-elle à un serveur.

— Vous buvez toujours autant ?

— Autant ? Ce n'est que ma deuxième coupe ! Qu'est-ce que vous pouvez être rabat-joie… Venez, je vous fais visiter.

Attrapant son verre d'une main et le bras de Lars de l'autre, Haiko entraîne son garde du corps dans une salle moins bruyante, où sont exposées d'autres toiles de son frère.

Elles semblent plus intimistes, moins prétentieuses que celles qu'il a vues jusqu'à présent.

— Merci, j'ai la foule en horreur, surtout ce genre…

— Quel genre ?

— Vous le savez bien. Ce milieu pseudo-culturel qui se gargarise de son entre-soi et sait si bien donner des leçons de vie qu'il n'appliquera jamais.

— Mais encore ? s'étrangle la jeune femme.

— C'est bourré de gauchos démagos ici, des socialistes de mes deux qui savent surtout être généreux avec l'argent des autres, ceux qui n'en ont pas. Le pire, c'est qu'ils sont tellement convaincus d'être du côté des gentils qu'ils ne saisissent pas à quel point ils sont obscènes avec leur bien-pensance à deux balles, complètement déconnectés de la réalité, des impacts de la crise sur le vrai peuple, sur les petites gens qu'ils *adorent* tant qu'ils restent loin de leur quartier !

Partagée entre l'envie de lui encastrer son verre dans la gorge et celle d'éclater de rire, Haiko reste un instant stupéfaite. Finalement, elle ne retient aucune des deux options. C'est plus fort qu'elle : elle est et restera une pourfendeuse d'injustices et entendre ce type dénigrer des gens dont il ignore tout la fait monter au créneau.

— Ouah ! Je savais bien que les militaires votaient plutôt à droite, mais vous êtes quand même un peu dur, non ? Vous voyez le type là-bas, avec ses lunettes assorties au nœud papillon ? Eh bien il a fondé une association pour combattre l'illettrisme. Et lui, qui se fait verser un whisky au bar ? Il consacre une partie de sa fortune à la recherche contre le cancer. Ces gens-là donnent des leçons qu'ils appliquent à eux-mêmes. Ils vivent en France et cèdent la moitié de leurs revenus aux impôts. Alors ils vous débectent peut-être parce qu'ils ont ce que vous aimeriez avoir : de l'argent, de belles femmes…

— De belles femmes ? Je ne vois pas de belles femmes ici. J'observe tout juste la présence de quelques hyènes sèches qui croulent sous les bijoux et les parfums capiteux, des dindes d'élevage blindées de botox et gavées de protéines pour se maintenir dans l'illusion d'échapper au temps. En fait de femmes ce sont des caricatures.

— Des caricatures de quoi ?

— De mecs, pour certaines. De courtisanes, pour les autres.

— Mais vous n'êtes qu'un putain de macho réac ! Vous avez de la merde dans les yeux ou quoi ?

Lars accuse le coup. Il n'a jamais laissé qui que ce soit l'insulter sans en payer les conséquences, et ce n'est pas une petite bourgeoise énervée qui va lancer la mode.

— Je ne vous permets pas, gronde-t-il.

— Eh bien je me passerai de votre permission ! Moi je vois des guerrières, tout autour de nous. Je vois des femmes belles et fortes, qu'elles aient trente ou bien soixante ans. Je les vois conquérantes malgré leurs doutes, leurs angoisses, la difficulté d'être femme. Alors oui, celle-ci, qui est chef de service en cardiologie, est si mince qu'on aime se dire qu'elle est anorexique, pour se rassurer, parce qu'une femme qui réussit sans avoir de faille, ça dérange. Cette autre, là-bas, est grand reporter. Ses papiers sont d'une qualité et d'une rigueur exemplaires, mais comme elle est belle et célibataire, et qu'on n'a rien de spécial à lui reprocher, on aime prétendre que c'est une garce, dans tous les sens du terme, parce que forcément une femme ne peut réussir qu'en couchant ou en trahissant…

— Et alors ? Ça les oblige à ressembler à des poules de luxe ?

— Vous avez bien mis un costume de maquereau pour l'occasion ! Et puis qu'elles s'habillent comme cela tous les jours ou qu'elles aiment traîner en jean-baskets, vous pouvez m'expliquer en quoi ça vous concerne ?

Haiko foudroie Lars du regard. Elle est déçue et en colère à la fois. Comment peut-on être si borné ? D'un geste agacé, elle réclame une nouvelle coupe qu'elle avale en le fixant d'un air mauvais, comme pour le mettre au défi de critiquer encore une fois sa façon de boire.

— Une femme doit se respecter.

— Quoi ? Mais c'est quoi ce discours de Neandertal ? En quoi les femmes ne se respectent-elles pas, ici, ou même dans la rue ?

Lars sent bien qu'il ferait mieux de se taire, le terrain est si glissant qu'il risque bien de les conduire à la rupture de contrat. Mais il ne va pas baisser son froc et renier ses opinions sous prétexte qu'il a besoin d'argent. Alors, cliente ou pas, Haiko Homoreanu a posé une question, elle va obtenir une réponse.

— Il suffit de regarder. C'est quoi la femme aujourd'hui ? Une féministe qui veut couper les couilles aux hommes, une lesbienne qui clame qu'elle peut se passer de nous, une salope qui nous prend pour des sex-toys. Ah ça, pour exhiber des bouts de chair, allumer tout ce qui bouge, et ensuite jouer les vierges effarouchées quand elles se font choper, y a du monde ! Pour beugler qu'elles veulent l'égalité et exiger qu'on leur tienne quand même la porte, y a du monde ! Pour prétendre qu'elles nous aiment pour mieux nous mettre le grappin dessus et réclamer des pensions alimentaires, y a du monde ! Mais j'ai un scoop, justement, sur le monde. Il est aussi composé d'hommes. Et d'enfants. Et à force de ne plus penser qu'à leur gueule, elles créent des générations de mecs qui les détestent pour ce qu'elles leur ont pris !

— Ce qu'elles leur ont pris ? Vous vous entendez, là ? Elles ont pris ce qui leur revenait, elles n'ont rien volé à personne. Être une femme qui s'assume, aujourd'hui, c'est s'exposer à la vindicte populaire en permanence. Tu es féministe, tu es une frustrée. Tu es lesbienne, tu es une détraquée. Tu aimes la nature, les animaux, c'est de la sensiblerie. Tout est fait pour qu'on haïsse les valeurs féminines, alors ne leur reprochez pas de jouer avec les armes qu'on leur donne.

— Au point d'oublier d'en être féminine !

— Ça veut dire quoi être féminine ? Vous accusiez certaines femmes ici d'être trop coquettes, faudrait savoir.

— Ça veut dire être douce, discrète…

— Ah d'accord. Ça signifie être une parfaite potiche, en somme, et celle qui refuse de rentrer dans le moule, c'est à coups de marteau qu'on l'y obligera. Tout est fait pour que les femmes se haïssent, dans ce monde de merde ! Elles doivent être jeunes, minces, s'arracher tous les poils pour ne pas choquer les acheteurs de rasoirs, elles doivent se récurer, se peinturlurer, se décolorer, se mettre des fringues et des chaussures inconfortables qui les empêcheront de courir si on les poursuit. Maintenant il y en a même qui se ratiboisent le sexe au scalpel ou se font décolorer l'anus pour ressembler aux actrices pornos ! Voilà la société folle dans laquelle on vit. Et qui génère des monstres. Qui génère des gamins qui s'ennuient entre iPhone et Nike et plaquent tout pour aller se faire sauter en Syrie. Alors peut-être que s'il y avait un peu plus de femmes fortes pour servir de modèles à ces gamins paumés, éduqués par des hommes à la virilité bon marché, je n'aurais pas eu besoin de créer N.e.r.F.

Haiko est tendue à l'extrême, bien décidée à ne pas lâcher. Comme pourvu d'un radar à conflits, c'est un sourire radieux plaqué sur les lèvres que Dimitri les rejoint. Ainsi que Lars l'avait imaginé lors de leur première rencontre, l'homme arbore des lunettes factices pour se donner des allures de *hipster* chic.

— Hello, les amoureux, tout va comme vous voulez ?

Les deux autres le foudroient du regard comme un seul homme, mais l'artiste, grisé par l'ode qu'il se rend à lui-même à l'occasion de ce vernissage, se gargarise.

— Je suis ravi du résultat, poursuit-il, volubile. Je trouve que Mariecke, la galeriste, a parfaitement compris mon travail et l'a vraiment mis en valeur ! Tu en penses quoi, Haiko ?

La jeune femme esquisse un sourire enthousiaste, sans répondre. Cela semble suffisant pour son frère dont le visage s'illumine à nouveau.

Encore une fois, la capacité de Haiko à naviguer d'un extrême à l'autre interpelle Lars. Comment fait-elle ? Dispose-t-elle d'une plasticité cérébrale hors du commun ? D'un talent inné pour la comédie ? Indéniablement, elle a quelque chose de fascinant. Qui est-elle réellement quand elle n'est plus la pasionaria prête à se battre contre la Terre entière, ni cette enfant gâtée dont l'arrogance lui attire sûrement plus d'ennemis qu'elle ne l'imagine… ? C'est plus fort que lui, il a envie de percer le mystère. Ne serait-ce que pour la comprendre et se voir confirmer qu'elle n'a rien en commun avec ces femmes dont elle a mis tant d'énergie à plaider la cause. Soudain, tandis que Dimitri s'éloigne déjà pour aller s'intéresser à des fans plus élogieux, la petite main de Haiko vient crocheter son bras, juste au-dessus du coude.

— J'ai un peu la tête qui tourne…

— Pas étonnant avec ce que vous vous êtes enfilé.

— C'est mon frère qui m'a saoulée, rien à voir avec le champagne, plaisante-t-elle faiblement.

Elle lui sourit, et le voilà désarmé. Renonçant à se disputer avec elle, il la conduit au hasard, vers un couloir décoré d'une unique toile. Le tableau représente un bébé obèse au regard vide. L'enfant tient un cœur à pleines mains et ses lèvres sont maculées de sang. Lars a un mouvement de recul. Il faut vraiment être dérangé pour peindre ce genre de choses.

— C'est moi, chuchote la jeune femme.

— Quoi ?

— Le bébé... c'est moi..., répète-t-elle d'un ton las. C'est comme ça que Dimitri me voit. Comme un gros bébé vorace qui dévore le cœur des gens.

— Ben voyons...

— Non. C'est ce que je suis.

— Ne dites pas n'importe quoi...

Sourde aux protestations de son cavalier d'un soir, Haiko poursuit d'une voix presque inaudible.

— C'est pour ça qu'il ne faut pas tomber amoureux de moi, souffle-t-elle en se serrant contre lui.

— Pourquoi il ne faut pas tomber amoureux de *toi* ? répète-t-il d'un timbre plus bas qu'à l'accoutumée.

La jeune femme lève lentement les yeux vers lui et sourit d'un air triste, plus touchée qu'elle n'aurait cru par ce tutoiement soudain. Une larme lui échappe avant qu'elle n'ait pu la retenir et court le long de sa joue, y laissant une traînée noire. Haiko a l'air d'un clown misérable.

— Parce que je n'apporte que la mort à ceux qui m'aiment... Vous n'êtes donc pas au courant ? Vous ne savez pas comment ma vraie mère est morte ?

# 2

LARS N'A PAS JUGÉ UTILE de se pencher sur la mort de la mère de Haiko. Pourtant, à en juger par l'intensité de son regard, c'est primordial pour la jeune femme. Alors il laisse le silence s'installer, l'envelopper, la rassurer, jusqu'à ce qu'elle se sente prête à lui raconter… Mais rien ne sort ni ne perce à travers le brouhaha qui leur parvient de loin. Rien si ce n'est sa respiration, encore plus rapide et superficielle que d'habitude. C'est une des premières choses qu'il a remarquées quand ils se sont rencontrés, même s'il ne s'en rappelle que maintenant : cette fille-là ne sait pas respirer. C'est curieux de dire ça, puisqu'elle est en vie, pourtant chez elle, respirer n'a pas l'air naturel, ni d'apporter tout ce qu'il faut à son corps pour bien fonctionner, à sa voix pour bien se faire entendre. C'est une respiration bloquée dans le haut du corps, qui se bat en saccades nerveuses contre un étau invisible menaçant de l'étouffer…

— Je suis née de la mort.

Lars ne s'attendait plus à ce qu'elle parle. Il a sursauté violemment. Est-ce parce qu'elle vient de briser le silence ou à cause des mots qu'elle a prononcés ? Il l'ignore. De même qu'il ignore ce que ça signifie, *être née de la mort*. C'est un peu théâtral. Et il n'aime pas le théâtre.

— Ma mère s'appelait Aleksandra. Assoiffée de liberté, curieuse, un peu artiste. Tout le contraire de Katia qui nourrissait pour elle de grandes ambitions et exigeait toujours plus d'excellence. Alors, dès qu'elle l'a pu, Aleksandra est partie… pour rejoindre l'homme qu'elle aimait. Ils projetaient d'aller vivre au Japon. C'est un pays qui la fascinait, c'est pour ça qu'elle m'a nommée Haiko…

— Ça signifie quelque chose ?

— Oui. *L'enfant des cendres…* un nom malheureusement prémonitoire. Mon père était musicien. Il faisait partie d'un groupe de rock et lui aussi aimait la liberté, les fêtes, la drogue… Vous avez peut-être déjà entendu son nom, il est devenu tristement célèbre : Yohann Lutz.

— Ça ne me dit rien…

En revanche, la suite est prévisible. Lars imagine que le jeune couple rebelle a vite déchanté une fois en prise avec le réel. Surtout avec l'arrivée précoce d'un bébé…

— Il ne désirait pas d'enfant, confirme Haiko en écho à ses suppositions. Il ne voulait pas d'une femme non plus. Enfin, pas d'une seule, et pas comme ça. En fait, il ne supportait pas que les choses ou les gens lui échappent. Ça le mettait dans des colères noires.

— Il maltraitait votre mère ?

— Oui. Elle ne s'en est jamais ouverte à Katia, malgré les perches qu'elle lui tendait, mais son comportement a changé dès qu'elle s'est installée avec lui. Elle s'est repliée sur elle-même, a perdu de son assurance, arborait parfois des bleus qu'elle justifiait par une soudaine maladresse…

Lars se remémore que la cause des femmes battues a toujours été un des chevaux de bataille de la jeune journaliste. Il comprend désormais mieux pourquoi.

— Quand il a appris qu'elle était enceinte, poursuit-elle, Yohann a essayé de forcer ma mère à avorter…

— Mais elle a refusé.

— Elle m'aimait déjà trop.

— Elle a recontacté Katia ?

— Oui. Katia lui a dit de rentrer à la maison. Qu'elle nous accueillerait toutes les deux, qu'elle ne lui imposerait plus de suivre sa trace. Je crois que Katia pressentait le drame à venir et qu'elle était convaincue d'en être responsable… Quand Yohann a surpris Aleksandra en train de faire sa valise et réalisé qu'elle lui échappait et allait malgré tout mettre cet enfant au monde, il est devenu comme enragé. Il hurlait qu'il allait la tuer et elle l'a cru. Les voisins ont rapporté qu'ils avaient entendu les coups pleuvoir sur son corps, sa tête cogner contre le mur…

— Personne n'a appelé la police ?

— Si mais les drames attendent rarement l'arrivée des secours…, hoquette Haiko.

Complètement désarçonné, Lars la prend dans ses bras.

— Vous n'êtes pas obligée de continuer…

— Elle a juste voulu lui échapper. Que les cris et les coups cessent…

La jeune femme repousse l'étreinte de Lars et se plie en deux, en proie à une douleur indicible. Elle se plaque le dos au mur et se laisse couler doucement, pour s'accroupir et se replier sur elle-même. Elle déteste revivre ça, elle déteste parler de sa mère comme cela, mais il le faut. C'est tout ce qu'elle a à sa disposition pour chasser le doute qu'elle lit dans les yeux de Lars depuis quelques jours, pour lui faire comprendre combien elle a déjà souffert, pourquoi elle se bat encore. Elle doit aller puiser dans sa propre douleur pour le convaincre de ne pas la laisser tomber.

— Aleksandra a ouvert la fenêtre. Ils habitaient au deuxième étage, c'était jouable… Alors elle a enjambé le chambranle… et… et…

— Et c'était ça ou risquer qu'il la tue, et vous avec, complète-t-il, anticipant l'issue tragique de cette histoire.

— Oui.

Haiko a répondu dans un souffle, reconnaissante qu'il comprenne. Sa mère avait choisi de se blesser gravement pour protéger son bébé. Mais quelque chose en elle avait dû saisir qu'elle n'en réchapperait pas, au moment même où elle sautait. Son instinct de mère avait pris le dessus. Les témoins de la scène en avaient tous donné la même version. Ils avaient vu cette femme sauter dans le vide, et se retourner d'un seul coup, avec une énergie inouïe, à l'exact inverse de ce que font les chats lorsqu'ils tombent : Aleksandra Homoreanu avait opéré une rotation à quarante-cinq degrés pour atterrir en position assise, genoux et bras repliés autour de son ventre pour le protéger…

— Mais l'impact fut tel que sa tête est allée heurter le bitume et que toute sa colonne a éclaté, vertèbre par vertèbre, comme un jeu de dominos… Les secours sont arrivés très rapidement.

La suite avait défrayé la chronique en son temps. Le traumatisme crânien avait provoqué des dommages irréversibles et la jeune femme était en état de mort cérébrale à son arrivée à l'hôpital, mais l'enfant semblait avoir miraculeusement survécu à la chute, ainsi que sa mère l'espérait. Avec l'accord de Katia Homoreanu, Aleksandra avait été maintenue en vie afin de permettre à Haiko de naître à terme, puis débranchée à sa naissance.

Que dire qui ne paraisse dérisoire, stupide ? Comment s'imaginer la douleur d'avoir perdu sa mère alors qu'elle était encore dans son ventre, reliée par le cordon ombilical ? On dit bien que le fœtus sent tout ce qui se passe autour de lui, ressent chacune des émotions de la femme qui le porte… Quelle horreur, quelle douleur de comprendre que l'être qui nous donne la vie a peur pour la sienne ! De comprendre que sa propre mère est en train de se sacrifier, de souffrir avec elle au moment de l'impact sans pouvoir se débattre, protester, hurler. De réaliser que, pour se nourrir et continuer à vivre, on profane désormais le corps mort de sa maman. Que sait-on vraiment de ce qui s'imprime en soi pendant ce premier stade de la vie et à quel point cela nous marque ?

En tout cas, Haiko vient de lui ouvrir une porte sur son intimité qui lui permettra sans doute de mieux comprendre certaines de ses réactions, la distance qu'elle met entre elle et les autres, ou qu'elle sait prendre avec ses propres émotions. Elle est comme lui, à sa façon. Morte et vivante à la fois. Jamais tout à fait présente à ce monde.

— Vous voyez, j'apporte la mort à ceux que j'aime…

— Écoutez, c'est une histoire bouleversante, mais vous n'y êtes pour rien !

— Sauf que ce n'est pas l'unique fois que j'ai causé la mort de quelqu'un que j'aimais…

Intrigué, Lars s'apprête à lui demander de quoi elle parle quand il est interrompu par Jonas.

— Ah vous êtes là ! Ilan commençait à s'inquiéter… ça va ?

La question vise plus à meubler la conversation qu'autre chose, vu l'état de la jeune femme.

— Haiko a juste un peu trop bu, répond Lars.

— Oui, ment-elle, mais tout va bien. J'expliquais à Lars pourquoi, bien que je ne me sente pas capable d'avoir des enfants, j'aime me dire que j'en sauve !

Si elle ne lui a pas raconté cela, Lars y croit pourtant volontiers. Comment peut-on envisager la maternité quand on est convaincue d'avoir dévoré le cadavre de sa mère ? Sentiment de culpabilité maintenu avec sadisme par un frère malsain et jaloux, si on en croit ce tableau immonde…

— Pourquoi vous ne voulez pas en avoir ? C'est pour ça qu'on est sur terre, non ? C'est ce que Dieu nous demande ! rétorque Jonas.

— Je suis athée.

Les deux hommes tiquent de conserve. Étonnée par leur réaction, Haiko se justifie malgré elle.

— Je n'ai jamais réussi à croire en un être supérieur qui régirait nos vies. Je veux bien croire à la beauté, à l'organisation parfaite de la vie et appeler ça *Dieu* si ça vous fait plaisir. Mais je n'ai pas besoin d'une religion qui me dicte ce qui est bien et ce qui est mal, ni m'indique comment vivre !

— Vous croyez que vous avez la science infuse ? interroge Jonas, agacé.

— Oui, je crois que mon sens moral est la résultante de ma capacité à réfléchir et de ma sensibilité. Et je ne pense pas que porter un voile ou une perruque, ni même prier une Vierge qui ne l'était sûrement pas puisse me rendre meilleure.

— Ça ne vous ferait pas de mal un peu d'humilité, pourtant, s'emporte le jeune homme. Et de pudeur !

— De la pudeur ? C'est quoi cette notion de merde ? On n'est pas au Moyen Âge, que je sache.

— Ce n'est pas une question de Moyen Âge. C'est une question de respect de soi, et de son mari, de sa famille. Mais bien sûr, vous n'avez pas de mari…

— Et alors ? Ça fait de moi une pute ?

— Ce n'est pas ce que je dis, mademoiselle, c'est juste que parfois, une femme trop libérée, ça peut faire peur aux hommes. Ça peut amener à douter de sa moralité. Mais ça ne me regarde pas, désolé...

— En effet, réplique Haiko en le foudroyant du regard.

Conscient d'être allé trop loin, Jonas se confond en excuses.

— C'est bon, intervient Lars, on sait que tu ne voulais pas la blesser... On est tous à cran. On est du même côté.

— Du bon côté ! enchérit Haiko.

— Du bon côté..., reprend Jonas sans grande conviction.

— Oui, on combat des islamistes, ne l'oublions pas, reprend la jeune femme.

— Je ne l'oublie pas, mademoiselle...

Le jeune homme a l'air de plus en plus mal à l'aise. Il se ronge nerveusement les ongles, manifestement troublé. Sa gêne se transmettant à ses interlocuteurs, Haiko leur adresse un sourire embarrassé.

— J'ai le hoquet, faut que j'aille fumer, dit-elle de but en blanc.

— Pardon ? s'étonne Lars.

— Oui, j'ai trop bu, j'ai le hoquet... et il n'y a que la cigarette qui puisse le faire passer. À plus tard.

— Vous ne sortez pas seule ! lui intime-t-il.

— Je demanderai à Ilan de m'accompagner, le rassure-t-elle.

Jonas s'apprête à partir à son tour quand Lars le retient par le bras.

— Eh ! Qu'est-ce qu'il y a ?

Pourtant, Lars devine à son regard qu'il a déjà compris.

— Je crois que tu le sais très bien...

— Bah non ! C'est quoi ton problème ? T'es parano ou quoi ?

— Ilan est au courant ?

— Au courant de quoi ? répond Jonas en blêmissant.

— Que tu es musulman.

# 3

LARS SE TIENT À QUELQUES MÈTRES DE SA CLIENTE, avec vue sur sa banquette et sur la porte d'entrée de la brasserie parisienne. Il doit y avoir une vingtaine de personnes dans la salle, serveurs inclus, et aucun individu suspect. Du moins pour l'instant.

Haiko a rejoint sa mère, venue accompagnée d'un ami. Le visage de l'homme dit vaguement quelque chose à Lars. En fouillant dans sa mémoire, il parvient à se souvenir de lui : c'est un écrivain arabe dont les propos trop subversifs aux yeux des Frères musulmans en ont aussi fait la cible d'une fatwa. Décidément, ces fous doivent se sentir bien illégitimes pour vouloir assassiner un intellectuel de soixante-dix ans et une jeune femme qui prétend rendre leur liberté à des gamins tombés sous leur joug. C'est à se demander si, au lieu d'envoyer des forces armées pour les combattre, il ne suffirait pas de leur expédier des milliers de femmes nues munies de livres ! L'image de ces intégristes fuyant à toutes jambes ou claquant instantanément d'une crise cardiaque sous le choc arrache un sourire à l'ancien militaire. Mais il sait bien qu'il faudra plus pour les stopper, qu'il sera même insuffisant de circonscrire leur territoire pour endiguer le problème. Ces fous-là ne le sont pas devenus sans raison. Pris en étau, avec d'un côté une Afrique pauvre hésitant entre espoir et révolte et de l'autre une Europe aussi arrogante que déliquescente, comment ne pas vouloir tout détruire pour reconstruire un monde où ils ne seraient pas laissés pour compte ?

Comment les islamistes pourraient-ils cependant concevoir à quel point leurs croyances sont aberrantes pour des Occidentaux tellement déconnectés des motivations religieuses qu'ils préfèrent envisager des explications sociétales à la radicalisation de leurs jeunes plutôt que d'y voir une quête de sens, de spiritualité ? Ils en sont incapables, et c'est précisément ce qui les rend dangereux, incontrôlables. Et ce ne sont pas les regards courroucés de l'O.N.U., ni quelques actions ponctuelles pareilles à des petites tapes réprobatrices sur les doigts d'un garnement, qui les arrêteront. Pas quand ils ont des appuis occultes si puissants que même les États-Unis semblent s'empêtrer dans une politique molle pour les combattre. Pas quand ces fous de Dieu ne vivent pas dans la même temporalité que le reste de l'humanité. Évoluant dans un monde régi par le désir de conquête, l'exigence de conversion, ils sont la brutalité et l'obscurantisme pourvus de la technologie du XXI^e^ siècle et seule une riposte sans merci en viendra à bout…

— S'il vous plaît ! Un demi, merci.

Haiko vient de commander un deuxième verre au passage du serveur. Lars, tiré de ses ruminations, ne peut s'empêcher de secouer la tête d'un air agacé. Décidément sa cliente boit trop, ça risque de fausser ses réflexes en cas de problème. S'en rend-elle seulement compte ? Il ne parvient pas à déterminer si cela relève simplement de l'alcoolisme mondain, ou si elle a besoin de boire pour masquer son mal-être profond. On ne ressort pas indemne d'une naissance comme la sienne. Et si Lars a été infiniment touché par les confidences qu'elle lui a faites au sujet de sa mère biologique, il ne sait pas vraiment quoi en faire. Pourquoi lui a-t-elle d'ailleurs raconté cela ? Était-ce pour lui signifier subtilement qu'elle a confiance en lui, ou parce qu'elle développe des sentiments à son égard ? Quoi qu'il en soit ça l'embarrasse. Ça lui met d'autant plus la pression qu'il est ému par les épreuves qu'elle a traversées. Pourtant, il sait bien que les émotions interfèrent avec le raisonnement et l'action, et qu'il doit les chasser pour la protéger le plus efficacement possible. Facile à dire…

À quelques mètres de là, si proche et si loin à la fois, Haiko éclate de rire. C'est un rire rauque, qui illumine son visage d'ange. Malgré lui, il sourit en l'observant du coin de l'œil.

— Arrête, maman, je t'assure que ça va aller !

Haiko a élevé la voix, mais pas assez pour que Lars comprenne ce qu'elle dit. Tant pis, après tout c'est sa vie privée. Il se replonge dans ses pensées et laisse la mère et la fille se chamailler autant qu'elles le souhaitent.

— Faire cette émission, ça revient à t'exposer avec une grosse cible rouge sur le front devant des milliers de téléspectateurs, c'est une folie ! s'emporte Katia Homoreanu.

— Des milliers, tu rigoles ? Des millions j'espère !

— Ce n'est pas un sujet de plaisanterie, peste sa mère.

— Et je ne plaisante pas. Tu crois que je fais tout ça pour rien ? Que je ne mérite pas un peu de reconnaissance ?

— Ta mère dit simplement que tu devrais faire profil bas, pour ton propre bien, intervient Mohamed Nouri.

— Tu as fait profil bas, toi, quand ils ont commencé à te menacer ?

— Moi ce n'est pas pareil. Je suis un homme...

— Et ?

— Et je suis bien trop malin pour qu'ils arrivent à me coincer.

— Moi aussi je suis trop maligne pour eux. Et je n'ai pas à faire profil bas. Ce serait leur confirmer qu'ils ont raison de me menacer, que ça marche, que je me sens coupable de les défier. Mais moi je ne me sens coupable de rien. Je suis fière de ce que je fais et j'irai jusqu'au bout.

Katia soupire, exaspérée. Mohamed lui lance un sourire un peu piteux, avec un regard mi-amusé mi-inquiet suggérant à quel point la fille est aussi têtue que la mère...

— Tu pourrais au moins envoyer un autre membre de N.e.r.F., une personne moins décriée que toi.

— Mais si je suis *décriée* comme tu dis, c'est précisément parce que je suis l'ambassadrice de l'association !

— Avant tu partageais ce rôle avec Nadia, objecte sa mère. Ses origines lui évitaient aussi d'être accusée de racisme et tu sais très bien que cet écueil te guette.

— Nadia est morte, maman. Et je ne vois pas pourquoi on m'accuserait de racisme ! Je ne suis pas en guerre contre les Arabes ou les musulmans, je combats les fanatiques, les sectaires. C'est quand même dingue qu'on ne puisse plus s'exprimer contre le dévoiement de cette religion sans se faire traiter de facho ! Mais au pire, je ferai croire que je vis une histoire torride avec Mohamed pour qu'on ne me soupçonne pas d'être islamophobe ! Tu veux bien, Mohamed ?

— Je ne crois pas que mon épouse serait d'accord, ma belle, mais tu sais bien que si je t'avais rencontrée trente ans plus tôt et si tu n'étais pas comme ma fille...

Haiko sourit et dépose un baiser sur la joue de l'intellectuel. Mohamed est en effet un peu comme son père. Elle le connaît depuis sa plus tendre enfance, il l'a bercée de contes orientaux et de cette douceur maghrébine qui donne l'impression de faire partie d'un clan indestructible, d'une cellule familiale chaleureuse et indéfectible. Mohamed c'est la culture arabe portée à son point d'excellence, avec une ouverture d'esprit et une bienveillance loin des clichés que véhiculent les rappeurs soi-disant révoltés des cités. L'exemple type qu'il existe deux catégories de personnes : celles qui se donnent du mal pour réussir sans jamais chercher à nuire à qui que ce soit, et celles qui font l'exact contraire. Haiko ne supporte pas la trahison des jeunes générations vis-à-vis de leurs parents et leurs grands-parents. Ceux qui ont combattu avec la France, ceux qui s'y sont installés pour offrir à leurs descendants une vie meilleure, quand ces petits ingrats ne rêvent que d'argent facile et de violence. Bien sûr, tous ne sont pas comme ça et c'est aussi pour eux qu'elle se bat, pour leur montrer que si les énarques ont démissionné et que la population s'en méfie au point de leur savonner la planche, il reste des gens qui se battront pour leurs droits et leur liberté…

— Haiko, je suis sérieuse, reprend Katia, pugnace. D'autant que Xavier Leduc est aussi invité sur le plateau, d'après ce que je sais…

— Et alors ?

— Et alors tu sais qu'il a une dent contre moi…

— Maman ! C'est une histoire vieille de plus de vingt ans ! Ce n'est pas parce que tu as largué ce type après votre aventure qu'il va me trucider !

— Non, mais il n'y a pas pire ennemi qu'un amoureux éconduit… à chaque fois que je le croise dans une soirée, je t'assure qu'il me fusille du regard. S'en prendre à ma fille peut être un moyen de m'atteindre…

— Et qu'est-ce que tu veux qu'il me fasse ?

— Je n'en sais rien… Je ne suis pas rassurée.

— Je comprends, mais N.e.r.F. a besoin de ça.

— N.e.r.F. ou bien toi ? interroge Mohamed.

— N.e.r.F. c'est moi, réplique la jeune femme sans se démonter.

— Tu aimes trop être sur le devant de la scène, déplore Katia. Tu es complètement accro…

— C'est toi qui me dis ça alors que tu as passé plusieurs décennies à la télévision ?

— Ce qui m'intéressait, ce n'était pas la reconnaissance à tout prix.

— Pourtant tu l'as obtenue. Et je te mets au défi de me regarder droit dans les yeux en prétendant que ce n'est pas jouissif ! J'irai à cette émission, et je ferai un carton plein.

Que répondre à une telle détermination ? Katia allume nerveusement sa cigarette électronique aux arômes mentholés pour se calmer. Sentant sa mère à bout, Haiko tente de la rassurer.

— Lars sera avec moi, il ne me lâchera pas, la rassure-t-elle en le montrant du menton.

— Mais que pourra-t-il contre une bombe ?

— Les studios seront inspectés par la police avant qu'on arrive.

— Il n'a pas une tête à s'appeler Lars, commente Mohamed à brûle-pourpoint. Il est de quelle origine ?

— Il est métis. Mère antillaise et père d'origine suédoise. D'où son prénom, répond la jeune femme.

L'homme fait une moue en détaillant le garde du corps, il a l'air costaud, mais l'est-il intérieurement ? Sait-il faire face à la pression et prendre les bonnes décisions ? L'aspect physique est parfois bien trompeur.

— Métis. Double culture...

— Et alors, c'est un crime ?

— Non. Mais c'est comme pour les gens qui ont un prénom composé, je m'en méfie. Ils arrivent rarement à intégrer les deux, à s'y reconnaître également. Alors ils naviguent en eaux troubles, endossent alternativement les caractéristiques d'un des prénoms au détriment de celles de l'autre... Ce sont des personnalités à double face. On ne sait jamais où se situe leur vérité. D'ailleurs le savent-ils eux-mêmes ?

Loin des rêves de notoriété de sa cliente ou des défiances à l'emporte-pièce de l'écrivain célèbre, Lars répond à un SMS de Jonas. Quand il a compris que le jeune homme n'était pas celui qu'il prétendait, Lars a d'abord songé à le renvoyer. Au début, il avait imaginé que, tout comme Ilan, Jonas était juif à cause de son prénom. Mais si Lars était réticent à son égard depuis quelque temps déjà, ne serait-ce qu'à cause de sa façon de se battre ou de cette lueur un peu trop tendre qu'il croyait détecter dans son regard, le garde du corps n'admettait pas du tout son imposture. C'est le soir du vernissage de Dimitri Homoreanu qu'il a compris la supercherie. Un juif aussi croyant que Jonas semblait l'être n'aurait jamais invoqué le nom de Dieu. Un musulman, oui. Or son prénom était commun aux deux religions. Le jeune homme n'a pas nié longtemps, mais il a prétexté l'islamophobie ambiante pour justifier son mensonge. « J'aimerais t'y voir, toi. Tu ne peux plus dire que tu es arabe sans qu'on te regarde comme un terroriste ! » Pourtant, il se défendait d'avoir menti : il avait plutôt entretenu un certain flou pour que les deux anciens militaires en tirent les conclusions qu'ils voulaient bien… ce qui n'était pas totalement inexact. En outre, même s'il était pieux et s'appliquait à observer une pratique de la religion la plus pure possible, il ne se reconnaissait aucune affinité avec les islamistes radicaux qu'il accusait de pratiquer un islam dévoyé et ne voulait pas pâtir de leur mauvaise image.

Jonas a supplié Lars de garder son secret et de le conserver dans l'équipe, ce que l'autre n'a pas accepté de gaieté de cœur. Mais il avait besoin d'un troisième homme pour protéger Haiko avant, pendant et après l'émission qui devait avoir lieu trois jours plus tard, alors il lui a clairement fait comprendre qu'il ne le lâcherait pas des yeux et qu'au moindre faux pas, il le neutraliserait. Le jeune homme a juré qu'il n'y aurait aucun faux pas et, de fait, son comportement jusque-là a été irréprochable.

Si on exclut le SMS qu'il vient de lui envoyer : – Slt Lars. Juste pr te dire ke j'apprecie ce que tu fais pour moi. Toi et moi on se comprend. – Lars hésite un instant. Les grandes effusions, ce n'est déjà pas sa came avec les femmes, alors avec un homme… Pourquoi Jonas lui fait-il ce genre de déclaration ? – Arrête de parler comme une gonzesse ou la prochaine fois que je te vois, je te fais une clé de glotte. – Lars fronce les sourcils en espérant que ça le calmera et, le temps d'un clignement d'yeux, aperçoit le visage du jeune homme derrière ses paupières closes aussi clairement que dans le rêve qui l'a agité cette nuit, un rêve comme il n'en avait pas fait depuis plusieurs jours.

Oui, cette fois-ci, Jonas s'est invité dans son cauchemar récurrent, celui qui le replonge dans le trou noir où les talibans l'ont détenu pendant plus de quinze jours. Lars a ressenti la même peur, la même humiliation que s'il était encore dans cet enfer sans lumière. Encore et encore il a dû subir l'indicible, souffrir de sa propre déchéance et faire le choix d'y survivre, au prix d'une trahison qu'il ne se pardonne pas. Encore et encore il a dû supporter les insultes de son bourreau et se plier à sa volonté, écouter son rire abject faire écho à ses cris, se jouer de ses larmes. Mais cette fois-ci, quelque chose a changé dans son rêve. Peut-être est-ce parce qu'ils ont la même tache de naissance sur la tempe gauche, ou parce qu'ils ont approximativement le même âge et les mêmes yeux en amande bordés de longs cils. Peut-être n'est-ce finalement dû qu'à la présence un peu trouble d'un Jonas aux élans ambigus... Mais cette nuit, dans son rêve, le bourreau de Lars avait les traits de l'ancien légionnaire.

Ces Français qui veulent prendre les armes contre Daesh

C'est un mouvement émergent qui commence à gagner l'Hexagone. Horrifiés par les massacres perpétrés par Daesh à l'encontre des chrétiens d'Orient, des Français cherchent à rejoindre des milices chrétiennes pour combattre l'État islamique en Irak ou en Syrie. […] Tous se disent déterminés à lutter contre la « barbarie de l'État islamique ».

Eugénie Bastié et Caroline Piquet,
*Le Figaro*, 4 mars 2015

# 4

POUR CE DÉPLACEMENT, Lars a imposé qu'il y ait deux voitures. Il conduit la première, cliente à l'arrière, suivi de près par Ilan et Jonas dans la seconde.

Le garde du corps gare son véhicule dans le parking souterrain de la chaîne de télévision et attend que ses confrères se positionnent autour pour ouvrir sa portière. Protéger un client, c'est avant tout effectuer une chorégraphie au cordeau. Si on ne sait pas danser, on est dangereux, voilà ce qu'il a tâché d'inculquer à Jonas, pour sa formation officieuse accélérée. Il lui a aussi conseillé d'éviter de s'habiller en *bodyguard* avec costard noir et lunettes de soleil. Attirer l'attention sur eux ne sert à rien. Lars préfère se fondre dans le décor, être FFOMECBLOT[1].

Escortée des trois hommes, Haiko Homoreanu emprunte l'ascenseur qui la conduira jusqu'aux loges de l'émission. Dans la cabine exiguë, la tension monte d'un cran à chaque

1. Acronyme utilisé par les militaires francophones pour retenir les fondamentaux du camouflage : fond, forme, ombre, mouvement, éclat, couleur, bruit, lumière, odeur et traces.

étage. La jeune femme semble respirer encore plus difficilement qu'à l'accoutumée, les hommes sont à l'affût. Les locaux ont été fouillés par la police et des officiers se tiennent prêts à intervenir pour faire évacuer les lieux en cas d'alerte.

— Ah ! Haiko ! Bienvenue, on vous attend au maquillage ! Je m'appelle Émilie et si vous avez besoin de quoi que ce soit, je suis là pour vous !

La femme qui avance vers eux a une trentaine d'années, brune, frange épaisse sur lunettes immenses, vernis assorti au rouge à lèvres. Elle semble évoluer dans cet environnement comme un poisson dans l'eau et les guide d'un pas énergique vers la pièce aux grands miroirs.

— Installez-vous ici, Élise va s'occuper de vous. Thé, café ?

— Juste de l'eau, merci, répond Haiko avant de saluer les autres intervenants.

À sa droite, un des chroniqueurs de l'émission lui adresse un sourire chaleureux. À sa gauche, un homme aux lèvres pincées les desserre à peine pour lui répondre. La jeune femme sent son cœur accélérer. Dans vingt minutes elle sera sur le plateau, en direct, et le trac monte d'autant plus vite que ses gardes du corps semblent encore plus mal à l'aise qu'elle. Lars a les yeux braqués sur Jonas qui tantôt fuit son regard d'un air gêné, tantôt le fixe d'un air insolent. Haiko se demande bien ce qu'il se passe entre les deux hommes et espère que ça n'a rien à voir avec elle, qu'il n'y aura pas d'impact sur sa sécurité. Car si en règle générale elle parvient à faire abstraction des menaces qui planent sur sa tête, elle a aujourd'hui parfaitement conscience du risque qu'elle court en faisant cette apparition publique…

Émilie revient avec une bouteille d'eau et lui adresse un sourire chaleureux.

— Ça va bien se passer, la rassure-t-elle.

— Souhaitons-le…

Haiko a répondu d'une voix étranglée tandis que les mains gracieuses de la maquilleuse appliquent un peu de crayon par-ci, un nuage de poudre par-là dans un ballet de doigts presque incongru et contrastant avec le stress de la jeune femme. Lars ne l'a jamais vue aussi effrayée. Il cherche le regard de Jonas, l'attrape et le retient, comme pour lui dire : *Tu vois, ce n'est pas le genre de femme que tu imagines…*

— C'est bon, vous pouvez rejoindre le plateau ! lance Émilie à la cantonade. D'abord vous, Haiko. Monsieur Leduc, on vient vous chercher dans deux minutes.

Sentant sa cliente au bord du malaise, Lars lui tend la main pour l'aider à se lever. La jeune femme tremble comme une feuille, ses doigts sont glacés et il sent son pouls s'affoler. Lars fait signe à Ilan de le suivre, à Jonas de rester dans la loge, comme prévu.

— Je serai juste derrière vous, la rassure-t-il de sa voix grave.

— Merci…

Elle ne peut pas en dire plus, tant les nœuds qu'elle a à la gorge et l'estomac semblent serrés.

Haiko prend place sur le siège qu'on lui indique. Après quelques minutes, elle est rejointe par l'homme qu'on a maquillé en même temps qu'elle, Leduc. D'instinct, Lars s'en méfie. Le présentateur les accueille avec jovialité et les oublie aussitôt pour replonger le nez dans ses fiches.

Générique, les caméras se braquent sur les intervenants. Un assistant fait signe qu'il reste cinq, quatre, trois, deux, une seconde avant que l'émission ne commence.

— Bonjour ! Et bienvenue sur le plateau de *Des voix dans la nuit*. Aujourd'hui, nous aborderons un sujet grave qui inquiète tous les citoyens : le recrutement de nos jeunes par Daesh. Quelles sont leurs méthodes, quels sont les signes qui doivent nous alerter, et surtout, que faisons-nous pour combattre ce fléau ? Vous pourrez réagir tout au long de l'émission sur Twitter #dvdn. Avec nous ce soir, deux acteurs du combat viendront discuter de la question, deux personnes aux méthodes radicales mais diamétralement opposées. Honneur aux femmes, pour commencer nous donnerons la parole à Haiko Homoreanu. Fille de la journaliste Katia Homoreanu, vous avez pris cause et parti pour ces jeunes et créé l'association N.e.r.F., Nos enfants resteront en France, et proposez aux parents de ces adolescents de les soustraire à l'influence des djihadistes et de les *déconditionner* afin de les réinsérer dans la vie normale. C'est bien ça ?

— Oui…

Haiko n'en mène pas large. Elle se force un peu à sourire, tout en se triturant les mains, comme le ferait une petite fille qui n'a pas appris sa récitation.

— Et nous recevons aussi Xavier Leduc. Xavier, vous êtes le porte-parole de C.i.e.L., acronyme de Contre l'islamisme : ensemble luttons. C.i.e.L. est une organisation religieuse…

— Catholique.

— Catholique, oui. Peut-on même parler d'un catholicisme radical ?

— Pas du tout.

— Pourtant, vos opinions sont tout aussi tranchées que celles des islamistes…

— Merci de ne pas tout mélanger. L'interdiction de faire des amalgames marche dans les deux sens. Il n'y a rien de radical dans mes propos. Je suis attaché aux valeurs républicaines et laïques de la France, mais je m'inscris, à l'instar de mes compatriotes, dans une tradition culturelle chrétienne. J'entends ne pas me laisser coloniser par des fanatiques et j'appelle à la résistance, voilà tout.

— Vous allez bien au-delà d'un appel à la résistance, intervient Haiko. Vous incitez vos afficionados à partir en croisade contre l'État islamique !

— Absolument pas, se défend Leduc ! Je n'ai jamais incité qui que ce soit à partir là-bas !

— Oh, jamais directement, c'est vrai. Vous êtes bien trop habile pour ça. Mais il suffit de lire entre les lignes de vos sermons ou encore de vous suivre sur les réseaux sociaux pour comprendre que vous recrutez des croisés, comme au Moyen Âge, de la chair à canon avide de justice pendant que vous faites le beau sur les plateaux de télévision !

— Vous pouvez parler ! On vous voit partout, vous aussi !

— Mais moi c'est pour la bonne cause. Je sauve des gamins quand vous en envoyez d'autres se faire tuer, quand vous combattez un endoctrinement sectaire par un autre.

Bien droit dans son siège, l'homme évite soigneusement le regard de son interlocutrice. Tout dans son attitude, de sa moue dédaigneuse à sa posture, affiche son mépris pour la jeune femme.

— Une secte ? L'Église est une secte selon vous ?

— Ne me faites pas dire ce que je n'ai pas dit ! se défend-elle. Je n'ai rien contre la foi. Je parle de votre groupuscule qui embrigade des gamins sous des prétextes bidon ! Non mais sérieusement, des croisades à notre époque !

Haiko éclate d'un rire moqueur, bien qu'en réalité elle rie jaune. Cet homme ne semble pas réaliser qu'il se comporte de la même façon que son ennemi. Il ne saisit pas l'ironie de la situation. Parler avec ce genre d'illuminés a toujours rebuté la jeune femme : ils n'entendent aucun argument rationnel et se drapent dans leur foi comme on récite un mantra. Aucune discussion possible.

— Je vous répète que je n'encourage personne à partir, mais qui suis-je pour interdire aux gens d'aller combattre ces barbares ? Je les comprends et je les admire. Ils ont un courage qui force le respect et sont peut-être même notre dernier rempart contre l'obscurantisme. Tous les jeunes qui partent en Syrie ou en Irak sont volontaires, plaide Leduc.

— Tout comme les gamins qui partent faire le djihad. Où est la différence ? Comme eux ils partent pour des motifs religieux. Comme eux ils sont formés au combat, ou plutôt à se faire tuer au combat. Vous les envoyez se faire massacrer !

— Ça suffit ! s'écrie Leduc. Si vous ne comprenez pas que nous sommes effectivement en guerre parce que toutes les valeurs auxquelles nous croyons sont en danger, je ne peux rien pour vous. Si vous ne comprenez pas que ces gens sont à nos portes, déterminés à convertir l'Europe par la torture et la mort et qu'il faut les repousser, je ne peux rien pour vous. Si vous ne comprenez pas que ces jeunes dont vous méprisez l'engagement meurent pour que vous viviez libre, je ne peux rien pour vous. Mais sachez, mademoiselle, que nous n'avons aucune leçon à recevoir d'une personne comme vous.

L'homme est dans un tel état de tension qu'il a exagéré chacune des consonnes de sa tirade, arrosant copieusement son interlocutrice de postillons. La jeune femme s'essuie ostensiblement le visage en arborant un air dégoûté, à son tour.

— Une personne comme moi ? répète-t-elle d'une voix étrangement douce. Une personne comme moi qui a déjà sauvé quarante-trois jeunes ? Une personne comme moi qui dérange tellement l'État islamique qu'elle est la cible d'une fatwa ?

Lars n'aime pas du tout le tour que prend cette discussion, et encore moins l'éclat mauvais qui vient de s'allumer dans les yeux de Leduc. On peut y lire une extrême satisfaction, comme s'il n'avait vécu que pour cet instant, comme s'il avait réussi à conduire Haiko exactement où il l'avait prévu pour mieux la mettre en pièces. L'homme esquisse un petit sourire condescendant et attend quelques secondes avant de répondre. Il voit bien les tweets des téléspectateurs s'afficher sur les écrans qui les encerclent mais il s'en moque. Twitter, les réseaux sociaux, ce n'est pas la vraie vie. Et puis celle qu'on adule un jour peut être traînée dans la boue le lendemain, jetée en pâture à la vindicte populaire qui la déchiquettera aussi sûrement que les fauves le faisaient des hérétiques, autrefois. Et tandis qu'il lit ici et là des encouragements pour la jeune femme en moins de cent quarante caractères – @laïk4ever : belle et passionnée, vas-y @Haiko te laisse pas faire t'as des #N.e.r.F. meuf #dvdn ; @troll93 : Leduc enlève le balai que t'a dans le cul #cathoCestTrop #C.i.e.L.#dvdn ; @clairepichon90 : @Haiko #N.e.r.F. la seule ce soir à mériter le #C.i.e.L. #dvdn –, Xavier Leduc prend une grande inspiration, puis plante ses yeux dans ceux de la jeune femme. Elle ne le sait pas encore, mais ce soir va avoir lieu sa mise à mort médiatique.

— Parlons-en, justement, de cette soi-disant fatwa. C'est vous qui prétendez avoir été menacée directement par Daesh, et pourtant…

— Je prétends ? Elle a été postée sur un site islamique et appelle à me tuer. Ce n'est pas *prétendre* quoi que ce soit, monsieur, c'est un fait.

— C'est un fait extrêmement facile à fabriquer, d'autant que je crois savoir qu'il a été impossible d'en vérifier la source. Peut-être, comme vous le *prétendez*, a-t-elle été postée de Syrie. Peut-être l'a-t-elle été de Paris, par un communicant sans scrupule qui sait comment faire parler d'une petite association aux méthodes douteuses tout en lui dorant le blason ?

Haiko accuse le coup et devient aussi blanche que sa chemise.

— Haiko, relance le présentateur, ce sont de graves accusations que porte Xavier…

— Des accusations sans aucun fondement et destinées à me discréditer. Hélas pour vous, monsieur, vos accusations ne tiennent pas. Mon amie et consœur Nadia Nasri est morte à cause de cette même fatwa. Elle a été assassinée en pleine rue. Son corps a été criblé de balles. Alors comment osez-vous mettre en doute la menace qui plane sur ma tête ?

— Je suis au courant du décès de Nadia Nasri. Mais son meurtre n'a pas été revendiqué. Rien ne prouve que ce n'est pas l'œuvre d'un détraqué…

— Ah non, vous n'allez pas nous faire le coup du malade mental ! s'insurge la jeune femme. Je crois qu'on en a tous soupé des soi-disant échappés d'asile ou des pseudo-dépressifs pour masquer les attentats et endormir la population avec des explications nébuleuses.

— D'un détraqué ou d'un tueur à gages…, poursuit Leduc imperturbable.

— Pardon ? s'étrangle Haiko.

— Un tueur à gages ? reprend le présentateur, prêt à saisir le scoop que l'homme semble lui promettre.

— Vous avez toujours travaillé sur des sujets brûlants, mademoiselle, et côtoyé des personnes troubles. Un service en appelant un autre, vous avez accès, plus facilement que n'importe quel citoyen, à un milieu où l'on peut commanditer la mort d'un témoin un peu trop gênant…

— Mais ça va pas la tête ? C'est une blague ?

Définitivement débarrassée du sourire nerveux qu'elle affichait depuis le début de l'émission, Haiko foudroie son interlocuteur du regard.

— Je crains que non. Nadia Nasri voulait vous quitter, mademoiselle, tout le monde le sait, même la police. Elle avait découvert des choses qui lui posaient un problème moral. Et vous ne pouviez pas prendre le risque qu'elle les révèle à qui que ce soit…

— Vous êtes en train de m'accuser publiquement d'avoir fait tuer ma meilleure amie ? Vous vous rendez compte de l'absurdité et de l'indécence de vos propos ? Vous ne croyez pas que s'il y avait eu le moindre indice pouvant valider votre thèse fantaisiste, la police l'aurait exploité ?

— Mais qui nous dit que ce n'est pas déjà le cas ? Une enquête, ça prend du temps…

— C'est de la diffamation pure et simple, assène-t-elle en lançant un regard insistant à l'animateur.

Le journaliste, lui, boit du petit-lait. Il pense zapping, buzz, flambée de l'audimat… Bien sûr, il connaît personnellement Katia Homoreanu et sait qu'elle essaiera de ruiner sa carrière en représailles, mais ses tentatives ne pèseront pas bien lourd face au succès d'audience.

— Ce serait de la diffamation si je ne pouvais pas apporter la preuve de ce que j'avance. Or j'ai été informé de l'existence de comptes offshore à votre nom, et j'ai aussi collecté des éléments confirmant vos relations plus que privilégiées avec des personnes peu recommandables.

— Oh, mais nous avons affaire à un véritable petit Sherlock ! ironise la jeune femme. Seulement il va vous falloir un peu plus que des on-dit et vos manœuvres dégueulasses pour réussir à convaincre l'opinion et à me détruire.

Tout ça au nom de quoi, d'ailleurs ? D'une divergence d'opinions quant à nos méthodes pour sauver ces gosses ? Vous croyez que c'est malin ce que vous faites ? Que vous envoyez un message positif sur nos actions ? C'est Daesh qui doit se frotter les mains, en ce moment même ! Vous êtes aussi con que pathétique !

— Les insultes, bien sûr, l'argument du faible !

— Ah parce que vous ne m'insultez pas quand vous m'accusez de ces horreurs ? Sachez, monsieur, que j'ai l'intention de porter plainte dès demain !

— Faites donc, nous nous retrouverons donc au poste.

— Et vous laissez faire ça ? s'écrie Haiko à l'attention de l'animateur. Vous êtes responsable des propos tenus dans votre émission, je vous le rappelle !

— Mais vous avez tout loisir de répondre aux accusations de M. Leduc, bien entendu…

— Je n'ai pas à répondre à ça ! Je ne suis pas au tribunal, que je sache. En revanche il est de votre devoir de faire taire cet homme…

— Ce qui est dit est dit, Haiko, et cela n'engage que lui, nous écoutons maintenant vos arguments…

Ses arguments ? Ce type ne volera pas à son secours. Il se réjouit trop de la tournure qu'a prise le débat pour intervenir ou virer Leduc du plateau. Que faire ? Argumenter ? Qui s'excuse s'accuse, c'est bien connu… Se taire ? Qui ne dit rien consent. Alors quoi ? Va-t-elle se laisser insulter et humilier comme ça ? Non. Et puisqu'un débat qui n'a plus qu'un participant n'en est plus un, et que sans débat les téléspectateurs ont plus de chances de changer de chaîne et d'oublier ce fâcheux épisode, Haiko estime qu'elle n'a plus rien à faire ici.

— C'est bon, j'ai ma dose.

Folle de rage, elle se lève et arrache son micro-cravate.

— Haiko ! Restez sur le plateau s'il vous plaît ! Vous avez toute latitude pour répondre aux allégations de M. Leduc !

Mais le présentateur de l'émission a beau essayer de la rattraper, rien n'y fait. La jeune femme quitte le plateau sous les huées du public. Qui invectivent-ils ? Celui qui a proféré des accusations sans preuve ou bien celle qui s'enfuit ? Les absents ont, c'est bien connu, toujours tort…

Lars et Ilan escortent la jeune femme jusqu'à la loge où Jonas les attend, il n'a pas perdu une miette de ce qui vient de se passer, depuis l'écran qui retransmet l'émission…

Il n'est pas le seul à avoir assisté au coup d'éclat. Des journalistes de la chaîne attendent déjà la jeune femme dans le parking, pour l'interroger. Prévenus par le service de sécurité, les gardes du corps décident de la faire sortir par la porte principale. Ilan descendra récupérer la voiture pendant que Lars conduira Haiko vers le hall d'entrée du bâtiment…

Sur les banquettes de l'accueil complètement désert à cette heure de la soirée, deux jeunes gens, Rachid et Hassan, qui ont regardé l'émission depuis leur smartphone.

Si les gardes du corps n'avaient pas changé leur plan, rien de ce qui va suivre n'aurait pu arriver.

Mais on ne gagne jamais contre la volonté d'Allah.

En voyant la jeune femme s'approcher d'eux, escortée par un molosse, Rachid aurait pu renoncer à son plan fou. Mais quand on est désespéré, il n'est nul argument raisonnable qu'on puisse entendre. Alors il se lève et lance un regard grave à son cousin qui braque sur lui son téléphone portable et l'encourage :

— T'es un héros, mon frère, fais-le !

Rachid extrait le cutter de la poche de son jean, et va à la rencontre de Haiko Homoreanu.

# 5

LARS N'ÉTAIT GUÈRE ENTHOUSIASTE à l'idée de sortir par la grande porte, c'était pourtant le seul moyen d'éviter à Haiko un harcèlement médiatique dont elle n'avait pas besoin, au terme de cette émission calamiteuse. À peine a-t-il posé un pied hors de l'ascenseur que son instinct lui confirme qu'ils auraient dû s'abstenir. Déjà il y a cette absence de policiers ou de personnel de sécurité dans le hall... Les officiers sont tous à l'extérieur, comme si la menace ne pouvait venir que de là. Pourtant, les deux individus qui occupent le hall d'accueil sont plus que louches. Comment ont-ils pu entrer ? Sûrement en se faisant passer pour des techniciens. Les deux gars ont une vingtaine d'années. Jean, baskets, blouson. Des jeunes normaux, en apparence. Dans le climat paranoïaque qui règne autour de cette affaire, Lars ne peut s'empêcher de se méfier doublement, du fait de leur origine maghrébine. Jonas, qui couvre ses arrières, se tend sensiblement derrière lui, partagé entre son obligation de les traiter comme des suspects et sa honte de devoir souscrire au délit de faciès.

Un des deux gars vient de se lever. Front soucieux et marques d'acné encore récentes, environ un mètre soixante-quinze, il est plutôt maigre, habillé bon marché, et balance ses bras dans de grands gestes saccadés tandis qu'il s'approche d'eux. Dans sa main droite, un objet qu'il serre à s'en blanchir les phalanges.

Un cutter.

En moins d'une seconde, Lars se place devant Haiko, une main sur son arme, l'autre en direction du gamin pour le dissuader d'avancer.

— Reste où tu es.

Tendu à l'extrême, l'homme ne plaisante pas. Rachid le comprend immédiatement mais s'il s'immobilise c'est moins pour lui obéir que pour se tenir à une distance raisonnable qui lui permettra d'aller jusqu'au bout de son projet.

— J'veux lui parler à cette salope ! crie-t-il en désignant la jeune femme.

— Elle n'a rien à te dire. Alors tu te casses avant que je m'énerve.

— La vie d'ma mère j'bougerai pas !

— Ne m'oblige pas à te sortir moi-même.

— Tant que j'vous touche pas, vous avez pas le droit de m'faire du mal. Mon cousin filme tout avec son téléphone. Si vous faites quoi que ce soit, il le balancera sur Internet.

Lars jette un œil au type resté assis. En effet, il ne perd pas une miette de la scène, smartphone à la main.

— S'il ne tient pas à son appareil, je lui conseille de continuer, pour voir, menace Lars.

— Je veux t'parler, sale pute ! hurle le gamin à l'attention de Haiko.

— Déjà tu ne lui parles pas sur ce ton. Montre un peu de respect si tu veux qu'on te prenne au sérieux…

— Le respect ça s'mérite ! Elle, elle mérite qu'on la lapide. Qu'on l'égorge comme une sale chienne.

Cachée derrière Lars, Haiko tremble de tout son corps. Voilà, elle y est. Depuis le temps que la menace planait, elle ne devrait pas être surprise et pourtant, là, elle est littéralement sidérée. Incapable de bouger, de parler, de réfléchir. Elle a peur. Une peur si violente, si intense qu'elle semble avoir toujours été là. Que la jeune femme vient d'oublier qu'il pouvait exister d'autres émotions, un autre état. Elle ressent une pesanteur telle qu'elle a la sensation de s'enfoncer inéluctablement dans le sol, que son corps ne lui répond plus, qu'elle est déjà morte. Peut-être rêve-t-elle tout cela ? Oui, c'est ça, elle est dans son lit, bien à l'abri, et elle fait un cauchemar. Ou alors il y avait une bombe dans le bâtiment, la bombe a sauté, et elle est morte si vite qu'elle n'a pas eu le temps de le réaliser, alors son esprit – son *âme* – réinvente l'histoire pour lui permettre de se faire à l'idée…

Lars la frôle de la main, comme pour s'assurer qu'elle tient encore debout. Le contact lui fait l'effet d'une décharge électrique. Non, elle n'est pas morte et tout cela est bien en train de se produire ! Ce simple effleurement suffit à faire sauter les barrages de son stress. Sous l'effet du pic d'adrénaline, la jeune femme sent ses muscles se gorger de sang, son cœur battre la chamade, son esprit et tous ses sens se mettre en hypervigilance. Elle a envie de fuir et de hurler sur son agresseur en même temps, de le frapper à mort…

— Je vous en prie, aidez-moi, me laissez pas ! supplie-t-elle à l'adresse de Lars.

— Ça va aller…, chuchote-t-il à son attention. Allez, gamin, reprend-il d'une voix de stentor, lâche ça, tu vois bien que tu ne fais pas le poids…

Lars fait signe à Ilan d'avancer vers Rachid pour le neutraliser.

— Vous approchez pas !

Alertés par les mouvements dans le hall d'accueil, des policiers pénètrent à leur tour dans le bâtiment. Hassan va se réfugier dans un coin, d'où il peut continuer à filmer sans être intercepté.

— Tu vois, la police est là, c'est terminé ! Tu n'auras pas le temps de faire du mal à qui que ce soit : ils vont te désarmer avant, dit Lars en ramenant précautionneusement sa veste par-dessus l'arme qu'il n'est pas censé posséder.

— Si, j'aurai l'temps d'faire c'que j'veux ! Et t'sais c'que j'veux, fils de pute ? J'veux que le monde entier comprenne que ta cliente c'est un serpent. Elle a tué ma sœur et bousillé ma mère, elle a déshonoré toute ma famille. Alors faut que je répare, tu vois ? Tout c'qui va arriver c'est à cause d'elle !

Les policiers se sont déployés autour de lui et ont dégainé leur arme. Ils sont prêts à tirer, le somment de lâcher son cutter, lui disent que c'est une cause perdue et qu'il doit se rendre tant qu'il en est encore temps. Mais ils n'ont rien compris. Personne n'a rien compris ni ne va voir venir la suite, pas même cette garce qui le fixe de derrière l'épaule de son garde du corps. Mais lui, Rachid, il sait. Il est lucide, il comprend tout. Allah le guide. Alors il la regarde bien droit dans les yeux et crache dans sa direction, puis, contre toute attente, porte lentement la lame à sa gorge.

Le temps semble s'arrêter. Sa main reste ainsi suspendue un instant comme s'il hésitait à commettre l'irréparable. Des gens hurlent, lui intiment d'arrêter. C'est à peine s'il les entend. Il ne saisit pas ce qu'ils disent, Allah l'aura rendu sourd pour qu'il ne soit pas tenté de renoncer. Il sent son corps devenir léger, comme quand on marche dans l'eau et que tout est ralenti, qu'on ne sait plus où sont ses propres limites, qu'on ne fait plus qu'un avec les éléments… Il cligne des yeux pour chasser la sueur qui dégouline jusque sur ses paupières, resserre sa prise sur le manche du cutter, caresse les crans du pouce… Il sait que d'ici quelques secondes, quelqu'un se jettera sur lui pour le désarmer, qu'il doit se dépêcher… Alors il inspire profondément, appuie la pointe de l'outil contre sa carotide et la plante d'un coup sec. C'est plus résistant qu'il ne l'imaginait et vaguement douloureux. Il resserre un peu plus la prise, adresse une dernière prière à Allah et se tranche le reste de la gorge d'un geste ample. *Shlaaak*. Le chuintement est accompagné du son sourd et organique de la chair qu'on découpe. Exactement le même bruit que lorsqu'on débite une pièce de viande crue en morceaux, avec les petits gargouillis des fibres et des vaisseaux qui résistent puis cèdent sous la lame du couteau. Ce serait presque appétissant s'il ne s'agissait pas d'une gorge humaine désormais béante, comme barrée d'un immense sourire écarlate. Oui, ce serait appétissant. Esthétique aussi, si les yeux ne se révulsaient pas déjà, s'il n'y avait pas ce râle chargé, guttural, ces borborygmes glougloutants, répugnants, ce sang qui bouillonne et se précipite aux berges grandes ouvertes du cou pour se déverser en vagues épaisses et chaudes sur le torse du jeune homme.

Et déjà il suffoque, à genoux. Déjà il est au sol, agité de spasmes. Déjà un silence de mort s'installe tout autour. Le cœur pompe encore à peine quelques secondes et répand une odeur ferreuse, douce et âcre à la fois : le parfum de la mort. Et enfin, il cesse de battre.

Haiko a porté les mains à son visage. Elle est en apnée, incapable de respirer. Lars la secoue pour qu'elle se ressaisisse.

— Pourquoi ? hurle-t-elle alors. Pourquoi ? Pourquoi ? Pourquoi ?

La jeune femme secoue la tête, comme pour chasser la vision d'horreur, revenir en arrière. Hystérique, elle tape des pieds, articule des propos incohérents, paraît au bord de l'évanouissement. Lars la saisit fermement par l'épaule et la retourne pour lui décocher une gifle retentissante. Haiko s'arrête instantanément de crier, demeure un instant interdite et commence à sangloter si fort qu'elle hoquette et tousse comme le font les enfants. Impuissant, Lars tente de l'enlacer mais elle le repousse violemment et, en proie à des spasmes violents, vomit une bile chaude et acide à ses pieds.

De l'autre côté de la salle, des policiers se sont rués sur Hassan et l'ont plaqué à terre. Face contre le sol, mains dans le dos pendant qu'on le menotte, il ne se débat pas, sourit. On peut bien le mettre en prison, essayer de salir le nom de Rachid, ça lui est complètement égal parce que lui connaît la vérité : son cousin est mort en héros, en martyr. On peut bien lui confisquer son appareil aussi, ça n'a plus aucune importance : il a eu le temps de transférer la vidéo sur Internet. Elle sera visionnée par des milliers d'internautes.

## Ces marginaux de la croisade anti-Daesh

De son côté, Elish Yako, le secrétaire général de l'Association d'entraide aux minorités d'Orient, confirme que « des Britanniques, des Canadiens, des Américains sont partis pour cette croisade », avant de s'interroger sur leurs réelles motivations. « [...] Ils n'ont pas de motivations religieuses ! Ce sont d'anciens militaires, des mercenaires qui veulent utiliser la misère des chrétiens pour jouer aux héros. Quelle Église a demandé à ces croisés de partir en Irak et en Syrie ? Aucune ! »

Stéphane Sellami et Jean-Marc Ducos,
*Le Parisien*, 3 mars 2015

# 6

Xavier Leduc est satisfait, il a le sentiment d'avoir accompli son devoir, convaincu d'avoir fait forte impression sur le capitaine Alquier. En réalité, le policier a dû se faire violence pour ne pas laisser transparaître le mépris que ce type lui inspire. Leduc est un banal, un médiocre qui espère gagner un peu de grandeur en servant une cause qu'il estime noble, quand il ne fait que manipuler plus faibles et impressionnables que lui et les expédier vers un enfer où lui-même ne tiendrait pas cinq minutes. Son discours confus, entre adoration de civilisations d'un autre temps et foi belliqueuse fondée sur l'aigreur et le manichéisme, a enfin trouvé un domaine dans lequel se déployer, après de vaines tentatives de combats contre l'avortement ou le mariage pour tous. Son cheval de bataille, c'est désormais l'islam. Et tous ceux qui n'adhèrent pas à sa vision des méthodes à employer sont autant d'ennemis à abattre, à l'instar de Haiko Homoreanu.

Lorsqu'il quitte le Quai des Orfèvres, Leduc se réjouit des ennuis qu'il va lui causer. Il n'a jamais pu supporter la fille de Katia. Enfin il a trouvé un moyen de la discréditer, et à la télévision qui plus est, devant des millions de téléspectateurs.

L'homme presse le pas et attrape un taxi à la volée. Il a rendez-vous au bar d'un grand hôtel avec un impétrant. Le décorum est important, il doit en imposer au gamin.

— Tu es ponctuel, c'est bien, dit-il en guise de salutation.

Manifestement mal à l'aise dans le hall luxueux, le jeune homme se balance nerveusement d'un pied sur l'autre avant de serrer la main que Leduc lui tend.

— Bonjour, monsieur, c'est un honneur, merci de me recevoir…

— Suis-moi.

Leduc le conduit vers une table à l'écart, et le détaille un instant sans dire un mot, un petit sourire au coin des lèvres. Pour se donner une contenance, le jeune homme se plonge dans la carte des boissons et, à en juger par sa gêne croissante, il n'avait pas prévu qu'un simple café serait aussi cher. Aussi, quand Leduc en commande un, opte-t-il pour un verre d'eau. Le président de C.i.e.L. aurait pu lui offrir quelque chose, mais il n'est pas là pour lui faire la charité.

— Alors comme ça, tu veux rejoindre nos rangs, Matthieu ?

— Oui, m'sieur.

— Comment nous as-tu connus ?

— Je suis votre page Facebook et je suis toujours d'accord avec ce que vous dites…

— Quoi, par exemple ?

— Eh ben… que c'est pas normal qu'on ait été obligé de voter une loi sur la laïcité. Que c'est une connerie, pardon, une idiotie parce que du coup, les musulmans ils nous font interdire les crèches alors qu'on est quand même un pays chrétien, tout ça quoi…

— Et toi, tu es chrétien ?

— Oui, m'sieur. J'ai fait mes communions et je crois en Dieu. Et je crois en nos valeurs.

— C'est bien…

Depuis que Leduc a embauché un *community manager*, C.i.e.L. a triplé son nombre de recrues. Le groupuscule utilise les mêmes méthodes que l'État islamique pour attirer des jeunes en mal de justice. Ils viennent de tous les milieux, sont plus ou moins éduqués, et comprennent en général peu de choses en politique, mais tous ont la foi et le désir de sauver les leurs.

— Tu es prêt à partir ?

— Oui, m'sieur.

— Pourquoi ?

— Parce que je supporte pas ce qu'ils font aux chrétiens d'Orient. Et que tout le monde s'en fout… Même mes parents, qui sont cathos, ils bronchent pas quand Pujadas il parle des mecs qui se font décapiter ou brûler vifs là-bas, ou des femmes qui sont vendues comme esclaves sexuelles. Moi ça me dégoûte, j'en dors plus la nuit. J'ai l'impression qu'on n'est pas nombreux à réaliser ce qui s'passe… que si on laisse faire, demain ils viendront en France…

— C'est parce que tu fais partie des rares éclairés, Matthieu. C'est ta foi qui te guide… Et c'est pour ça que tu vas rejoindre nos troupes… en toute discrétion, bien sûr.

— C'est vrai, m'sieur ?

Porté par son enthousiasme, le jeune homme manque renverser son verre d'eau. Il se confond en excuses sans parvenir à réfréner le large sourire qui lui barre le visage.

— Par contre, tu sais que si tu es logé et nourri sur place, tu devras payer ton billet d'avion, ainsi que ton équipement militaire ? Tu as assez de côté ?

— Bah… pas des masses…

Le jeune homme se décompose, réalisant que son rêve est peut-être en train de lui échapper. Il ne possède que l'argent que ses parents ont déposé sur son compte épargne depuis qu'il est né. Il a bien travaillé l'été dernier, mais c'était pour s'offrir son permis de conduire et il ne lui reste plus rien.

— En réalité, j'ai que la moitié de la somme que vous demandez… mais je me suis inscrit à Pôle Emploi… Il me suffira d'un mois de travail et ce sera bon…

— Non, ne perds pas ton temps avec ça. J'ai une meilleure idée.

— Ah bon ?

— Oui, tu vas me rendre quelques services jusqu'à ton départ et on sera quittes, d'accord ?

— Ce serait un honneur, m'sieur ! Qu'est-ce que je devrai faire ?

— Tu le sauras le moment venu. Parfois ça pourra te paraître… plus ou moins moral, mais je t'assure que ce sera toujours pour la bonne cause. Tu me fais confiance, Matthieu ?

— Oh oui, m'sieur ! Pour vous et pour notre cause, je ferais n'importe quoi !

Lorsqu'on sonne à l'interphone, c'est Lars qui va répondre. Haiko n'a la force de rien, depuis le drame. Elle ne mange plus, ne dort presque jamais ou alors est en proie à des cauchemars aussi terrifiants qu'épuisants, elle tient à peine debout. Partout, tout le temps, elle revoit ce gamin l'insulter et se trancher la gorge devant elle. Elle revoit sa plaie béante, elle se remémore sa chute, l'odeur de son sang. Ça la hante plus que la mort de sa propre amie. Elle ne peut chasser les images, comme si elles étaient tatouées sur sa rétine, comme si elles étaient annonciatrices du sort qu'on lui réserve... En soixante-douze heures elle a dû perdre trois kilos et paraît encore plus frêle qu'avant.

— C'est le capitaine Alquier...

— Je ne veux pas le voir.

— Vous n'avez pas le choix.

Lars va ouvrir la porte et s'efface pour laisser entrer le policier, alors absorbé par l'observation de la façade du domicile où des tags ont été fraîchement apposés, tous plus insultants les uns que les autres. Et ce n'est rien à côté du déchaînement dans la presse et sur les réseaux sociaux. Soupçonnée de se faire de l'argent sur le dos de la cause qu'elle défend ainsi que d'avoir déclenché la mort de Nadia Nasri, et accusée par Rachid Labdaoui d'avoir tué sa sœur, Haiko est devenue, en quelques jours à peine, la femme à abattre. Tout le monde s'en donne à cœur joie. On l'accuse ouvertement d'être vénale et manipulatrice, et chacun de ses détracteurs – qu'il la connaisse personnellement ou non – y va de sa petite anecdote. La critiquer est devenu LE sport du moment. On invente des blagues, on dessine des caricatures, c'est à hurler de rire. C'est à hurler avec les loups et la meute est affamée. Il faut se mettre quelqu'un sous la dent, bien planqué derrière son écran. Et plus on en rajoute, plus on va loin dans l'injure, dans le dégueulasse, plus on ratisse large. Un bon mot sur Haiko, c'est au moins dix nouveaux amis Facebook, vingt *followers* sur la blogosphère, cinquante nouveaux twittos. Le jeu en vaut la chandelle, peu importe si on n'attire dans ses contacts que des imbéciles, des haineux décérébrés, des nostalgiques de la peine de mort qui n'abattent plus que virtuellement sans vérifier leurs sources ni se soucier des dégâts qu'ils peuvent causer, des vies qu'ils peuvent ruiner.

Combien de cas de harcèlement *virtuel* Alquier a-t-il déjà dû traiter ? Ils n'ont de virtuel que le nom, car la souffrance est, quant à elle, bien réelle. Que la cible soit un gamin de treize ans mal dans sa peau ou une politicienne inflexible n'y change rien. Et l'issue est toujours la même. Au mieux, la dépression. Au pire… la tentative de suicide.

Mais l'opinion publique n'en a cure, la cuvée de vinaigre est trop enivrante pour ne pas la boire jusqu'à la lie. Et c'est d'autant plus jouissif de la dézinguer que Haiko a toujours un peu agacé le bon peuple avec son air arrogant, sa jeunesse, sa beauté. Tant qu'on n'avait pas de raison impérieuse de la détester, il était de bon ton de prétendre l'admirer, mais à présent que l'hallali a sonné, chacun peut enfin se laisser aller au délit de belle gueule et enlever sa pierre de l'édifice pour voir la sorcière s'effondrer avant d'être lapidée… D'ailleurs, ne l'a-t-elle tout de même pas un peu cherché ?

Le capitaine salue la jeune femme avec un sourire de circonstance bien que quelque chose dans son attitude ait changé. Lars le perçoit instantanément. Sans même attendre qu'on l'y invite, Alquier s'assied en face de Haiko et dépose un dossier sur la table basse devant lui.

— Comment allez-vous, madame ?

— À votre avis…

— J'imagine… Vous deviez venir faire votre déposition, hier.

— Je n'ai pas le courage de sortir.

Elle parle d'une voix monocorde, sans même le regarder. D'une main tremblante, elle allume une cigarette. À en juger par l'état du cendrier, l'une n'attend pas l'autre.

— Votre silence pose problème, ça ne plaide pas en votre faveur…

— En ma faveur ?

Alquier soupire longuement. L'affaire est compliquée. Haiko Homoreanu n'est pas n'importe qui : sa famille a le bras long et elle jouit d'une notoriété qui peut rendre les choses difficiles. Il doit jouer fin.

— Nous avons de nouveaux éléments qui vous mettent directement en cause, madame.

— En cause dans quoi ?

La jeune femme se crispe et se rapproche sensiblement de son garde du corps.

— Rachid Labdaoui vous a accusée d'être responsable de la mort de sa sœur et...

— C'est n'importe quoi ! Je n'ai fait de mal à personne ! le coupe-t-elle.

Semblant ne pas tenir compte de ses protestations, le capitaine Alquier ouvre le dossier devant lui et en extrait une photo.

— Vous reconnaissez cette jeune fille ?

Haiko se penche et étudie un instant le cliché, puis secoue énergiquement la tête.

— Non. Jamais vue.

Alquier se décompose : elle ment. L'appartement de Rachid Labdaoui a été perquisitionné le lendemain de son suicide. Il y vivait avec sa mère, une femme d'une soixantaine d'années qui semble avoir perdu la tête suite à la disparition de sa fille. Dans le tiroir de sa table de chevet, il y avait un dossier intitulé *Haiko Homoreanu*. À l'intérieur du dossier, des copies de captures d'écran et de factures téléphoniques faisant le lien entre la jeune femme et Sonia Labdaoui, une jeune fille de quinze ans candidate au djihad. Selon Hassan Labdaoui, le cousin de Rachid, Haiko s'était engagée à l'empêcher de rejoindre la Syrie. Mais la famille Labdaoui n'avait plus jamais entendu parler de Sonia, et ce n'est qu'au terme de trois mois de silence et d'angoisse que Rachid avait découvert le pot aux roses : sa sœur figurait dans un catalogue de call-girls…

— Pourtant, nous savons que Mme Labdaoui vous a téléphoné à cinq reprises en février. Les communications ont duré entre trois et sept minutes. Après le dernier appel, Sonia Labdaoui a disparu de la circulation. Et nous l'avons identifiée dans un réseau de prostituées ! C'est ainsi que vous concevez le sauvetage et la réhabilitation d'adolescents ?

— Mais c'est faux ! Ce nom et ce visage ne me disent rien : je garde la trace de tous les jeunes que je sauve, vous n'avez qu'à vérifier mes fichiers ! Et interroger cette fille puisque vous l'avez débusquée !

— On fait dire ce qu'on veut bien à un fichier, madame. En outre, si nous avons remonté la piste du réseau de prostituées, Sonia Labdaoui reste introuvable.

— Je vous assure que je ne sais pas de quoi ni de qui vous parlez ! Je ne suis pas la seule à prendre des appels pour l'association, peut-être a-t-elle parlé à Nadia ? En tout cas, je n'ai jamais eu de contact avec Sonia Labdaoui ou sa mère.

— Votre frère non plus ?

— Comment ça, mon fr…

Haiko s'interrompt alors que le capitaine lui montre un nouveau cliché. Il s'agit toujours de la même jeune fille, bien qu'habillée et maquillée outrancièrement, accompagnée de Dimitri Homoreanu qui la tient par la taille. Leur attitude laisse peu de doutes sur la nature de leur relation.

— Je… je ne sais pas quoi vous dire…

— Il va pourtant falloir trouver. M. Leduc nous a apporté ce matin même la preuve de vos relations avec Gabriele Strano, un trafiquant de drogue notoire dont la famille sicilienne est aussi spécialisée dans la prostitution. Une drôle de coïncidence, n'est-ce pas ?

Interloquée, la jeune femme saisit la nouvelle photo que le capitaine lui tend. On la voit en compagnie du mafieux. Oui, elle connaît Gabriele Strano. Elle l'a rencontré pour la première fois quand elle a commencé à s'intéresser à l'État islamique, et aux djihadistes, parce qu'elle a rapidement découvert que s'ils étaient de grands consommateurs de Captagon, ces amphétamines aux effets quasi miraculeux, ils le redistribuaient aussi en Europe, notamment dans les milieux sportifs. Deux cent mille pilules rapportaient environ un demi-million de dollars. Une manne pour une armée aux besoins croissants, une trop belle occasion pour que Strano ne la saisisse pas. L'homme a accepté de lui parler, sous couvert d'anonymat. S'il découvre qu'on les a piégés, c'est elle qui risque d'en faire les frais... Mais qui a bien pu prendre cette photo à l'époque, et dans quel but ?

— Ce cliché ne prouve rien.

— Non, c'est vrai. Mais c'est un début de piste. De graves accusations pèsent sur vous, madame...

— Proférées par un intégriste catholique qui ne supporte pas qu'une femme réussisse mieux que lui sans faire appel aux mêmes bondieuseries ! Tu parles d'une accusation recevable !

Haiko a beau être épuisée, elle est loin d'être à bout de ressources. Elle se tient bien droite, corps tendu vers le policier, fermement décidée à ne pas se laisser déstabiliser. Et elle ne faiblit pas, ne baisse pas les yeux, ne démordra pas de sa version des faits. Elle force le respect malgré sa fragilité, et la peur que Lars perçoit derrière ses grands airs. Ces mêmes grands airs qui la font paraître si arrogante quand elle devrait faire profil bas...

— À nous de vérifier si toutes les accusations de M. Leduc sont exactes, vous avez raison. En revanche, nous avons la preuve que votre association a communiqué avec Mme Labdaoui. Que sa fille a disparu, puis réapparu à deux reprises : une fois au bras de votre frère, une autre sur un site de prostitution suisse. Nous savons aussi que vous connaissez Strano. Et ce n'est pas tout...

Comme pour asséner le coup de grâce, Alquier décide de lui rappeler la théorie de Leduc sur le meurtre de Nadia Nasri. Théorie qu'il est tentant de croire.

— Je vous rappelle que des témoins vous ont vues vous disputer violemment juste avant sa mort.

— Nous étions menacées par une fatwa, elle a paniqué, fin de l'histoire ! Mais putain vous êtes bouché ou quoi ?

Lars fait signe à Haiko de se calmer mais la jeune femme, hors d'elle, semble incapable de faire machine arrière. Elle bondit de son siège et lance le contenu de son verre au visage du policier. Alquier devient écarlate. Il s'essuie rapidement le visage et se lève à son tour.

— Preuve s'il en est que vous ne supportez pas qu'on vous contredise.

— Ce n'est pas me contredire ce que vous faites, c'est accorder du crédit à des rumeurs complètement connes, lancées par un gourou de pacotille et des journalistes en mal de gros titres ! Vous n'avez rien ! Je me suis disputée avec mon amie avant qu'elle se fasse assassiner et je m'en voudrai toute ma vie, mais je ne suis pas la commanditaire de son meurtre. Je sauve des gamins, je ne les expédie pas vers un réseau de prostitution, et je n'ai pas de compte caché sinon je ne serais pas aussi souvent à découvert ! Je vous le répète, vous n'avez rien, à part des accusations qui visent à me discréditer !

Les arguments de Haiko tiennent la route. Mais elle a insulté le policier et rien ne peut venir réparer cela. Lars le sait. La jeune femme va le découvrir à ses dépens.

— Croyez-moi, rétorque le capitaine en sortant ses menottes, c'est pourtant largement assez pour ouvrir une enquête. Et pour vous signifier votre mise en garde à vue à compter de maintenant.

La fénéthylline est une amphétamine vendue sous le nom de Captagon.
Formule brute : $C_{18}H_{23}N_5O_2$

Le Captagon est une drogue populaire dans certains pays arabes, qui aurait été utilisée par des groupes anti-gouvernementaux durant la guerre civile syrienne. Elle serait fabriquée localement par un processus simple. Selon Khabib Ammar, un activiste médiatique local, les groupes antigouvernementaux l'exporteraient en échange d'armes.

Wikipedia

« Ça donne la pêche, tu te mets à combattre sans te fatiguer. Tu marches droit devant toi. Tu ne connais plus la peur. Les combattants l'utilisent pour veiller, pour contrôler leurs nerfs et pour augmenter leurs performances sexuelles », explique un trafiquant dans un reportage réalisé par Arte et diffusé le 20 mai 2015.

UNE ARME REDOUTABLE POUR ÉCHAPPER AUX PRESSIONS

« On les frappait et ils ne ressentaient pas la douleur. La plupart d'entre eux rigolaient alors qu'on les bourrait de coups », raconte un officier de la brigade des stupéfiants de Homs à Reuters.

« Le Captagon, la drogue
qui fait oublier la peur aux djihadistes de l'EI »,
*L'Express*, 23 mai 2015

# 7

TORSE NU, LES MUSCLES BANDÉS, Lars est autant prêt à recevoir des coups qu'à en distribuer. Depuis le début du combat, il encaisse, il tape, il se fatigue. Les amphétamines diminuent la sensation de douleur mais la dose qu'il a ingérée l'a mis en surchauffe. Son cœur bat trop vite, il est en nage et une terrible migraine lui cogne les tempes plus cruellement que les poings de son adversaire. Pourtant il est toujours debout. Une de ses arcades sourcilières a éclaté et répand un flot sombre et visqueux sur sa paupière boursouflée. Il ne voit plus que d'un œil, il a du mal à respirer, mais il serre fort ses deux poings, il balance ses jambes pour tenir l'autre à distance ainsi que pour le frapper, se jette parfois sur lui en poussant des cris de bête blessée, comme autant de pitoyables tentatives d'avoir l'air encore capable de gagner. Non que son adversaire soit beaucoup plus fort que lui – il en a mis au tapis des bien plus costauds –, mais le gars est tout à son combat, quand Lars a le sentiment d'évoluer dans un mauvais rêve peuplé de visages grossiers et grimaçants, de monstres prêts à le dévorer au moindre signe de faiblesse. Il a beau essayer de se concentrer, son esprit enfiévré galope, farouche, indomptable, fou. Ici, il voit un homme ricaner, sûr de gagner le pari qu'il a fait contre lui. Là, un autre jouit du spectacle de la bête qu'on met à mort. Partout ça gueule, ça s'excite, ça tape du poing dans le vide ou dans ses mains pour simuler le combat, rejouer ce qui se passe à deux pas, sur l'asphalte… Et puis il y a ce grondement au fond de lui, ce rugissement qui se rapproche et n'existe que dans son crâne… Lars n'arrive pas à en faire abstraction. Ce sont bien des fauves qu'il entend rugir dans sa tête ? Qui les a convoqués ? Pourquoi les gens autour de lui désirent-ils tant le voir à terre ? Ils sont tous là, ils lui en veulent, à lui, personnellement, c'est sûr. Ils sont tous contre lui, ils sont pleins de haine parce qu'ils connaissent son passé, c'est sûr. Tous sont venus se régaler du spectacle de sa déchéance. Et leurs cris font écho aux grondements des fauves…

Lars se dit qu'il n'aurait pas dû venir, ni se doper comme il l'a fait. Rien ne l'y obligeait si ce n'est l'habitude et ce plaisir malsain d'éprouver ses propres limites dans la douleur. Il aurait pu partir quelques jours, profiter de l'absence de sa cliente pour aller se vider la tête ailleurs et faire le point. Il aurait dû, même. Mais il est resté. Parce qu'il n'a nulle part où aller. Parce que se retrouver seul avec lui-même serait pire que tout.

Haiko est en garde à vue depuis vingt-quatre heures et peut y rester encore un certain temps. D'ici là, les médias n'auront pas chômé. Les quotidiens ont déjà dressé leur procès à charge, relayés par des charognards du Net. Quand la jeune femme sortira, sa réputation sera complètement ruinée, que la preuve de sa culpabilité soit faite ou non… et elle aura encore davantage besoin de protection. Contre les fanatiques islamistes, mais plus seulement : contre quiconque la croisera dans la rue, gavé d'informations lapidaires et non vérifiées, et dont le besoin d'être conforté dans ses petits avis de merde l'emportera toujours sur la justice et la vérité. Le combat est perdu d'avance pour Haiko. On ne gagne jamais contre la rumeur, qu'elle soit fondée ou pas.

Une seconde peut-être deux, le temps d'évoquer Haiko et de revenir au combat. Juste assez pour baisser un peu sa garde et offrir un regard vide à son adversaire, comme une invitation à l'achever. *Bam*. Le poing du gars s'abat lourdement sur sa tempe en un crochet d'une telle puissance qu'il le sonne instantanément. Lars a à peine senti la douleur que déjà sa vision se brouille en une multitude de papillons éblouissants, sa tête heurte le bitume. Puis c'est le black-out. Le silence.

Pourtant, ça crie, ça vocifère et ça s'agite tout autour de lui. Les gars sont comme des dingues. Leurs yeux fous roulent d'excitation, ils en voudraient plus, ils aimeraient que le type à terre pisse le sang, qu'il soit agité de spasmes et avale sa langue, hurle de douleur et soit incapable de se relever. Ils veulent voir les os fracassés transpercer sa peau et que sa colonne vertébrale se brise. Tout sauf ce vulgaire petit KO auquel ils auraient pu assister sur un ring autorisé, ou même à la télé.

— Achève-le ! Ouais ! Pète-lui la nuque ! éructent-ils, en transe.

L'ancien militaire avait prévenu Jonas que c'était du *no limit*. Qu'on pouvait en ressortir salement amoché, voire les deux pieds devant… Mais en acceptant que Jonas l'accompagne à ses combats de tarés, Lars s'est rendu un grand service.

— Oh putain, Lars, non ! Qu'est-ce t'as fait !

Paniqué, le jeune homme se précipite vers le corps inerte, tente maladroitement de le réveiller, de prendre son pouls d'une main tremblante tout en faisant signe à l'autre gars que le combat est terminé… Il charge le blessé sur ses épaules et le sort du cercle sous les huées des spectateurs, mais il s'en fiche. Lars pèse dans les cent kilos, Jonas en fait à peine quatre-vingts, pourtant il le porte comme s'il s'agissait d'un chaton et le dépose avec précaution sur la banquette arrière de la voiture avant de prendre le volant.

— Je suis là ! Je suis là pour toi, Lars, t'inquiète pas, je te laisse pas, moi je te laisserai jamais tomber…

Il conduit trop vite, mais il n'a que faire des foutues limitations de vitesse de ce pays dans lequel des hommes comme Lars et lui sont toujours *trop* ou *pas assez* quelque chose. Car même si l'ancien militaire tient ses distances, Jonas sait qu'ils sont faits du même bois. Ils ont besoin l'un de l'autre, preuve encore ce soir. Plus que Lars ne peut l'admettre, plus que Jonas ne peut le lui avouer pour l'instant…

Une sonnerie le tire de ses pensées. C'est le téléphone de Lars. Le jeune homme se retourne vers son ami, attrape l'appareil dans sa veste et se fait klaxonner au passage par un automobiliste qui n'apprécie pas de voir le véhicule zigzaguer.

— Allô ? Salut, Ilan, c'est Jonas. Ouais… il est avec moi mais il est dans le cirage… Le mec l'a mis dans un sale état… On y sera dans dix minutes, peut-être moins… OK, à tout de suite.

À l'arrière de la voiture, Lars remue un peu en grognant et se force à ouvrir les yeux, pour voir la lumière. Tout, même la douleur, pour se soustraire à l'obscurité…

— On arrive bientôt chez toi, explique le jeune homme, soulagé. Ilan nous attend en bas… ça va aller ?

Lars ne répond pas. Il déteste l'idée que Jonas l'ait porté jusqu'à la voiture. Qu'il l'ait touché. Et c'est sans aide qu'il parvient, quelques minutes plus tard, à descendre sur le trottoir et à saluer son ami.

— Putain, Lars, c'est plus possible ! s'exclame Ilan.

— Fais pas chier, ma poule, viens boire une bière..., articule-t-il péniblement.

Lars précède ses deux acolytes dans l'escalier. Jonas et Ilan se lancent des regards inquiets. Ils savent bien qu'il a besoin de ça pour son équilibre, que c'est sa façon à lui de ne pas devenir dingue, rongé par Dieu sait quels remords, Dieu sait quels souvenirs d'Afghanistan...

— Qu'est-ce qui t'amène à cette heure tardive ? demande Lars à Ilan. Tu ne devais pas profiter de la garde à vue de Haiko pour passer du temps avec ta chérie ?

— Fiancée, pas juste chérie. On a eu une discussion, aujourd'hui... écoute, je ne sais pas comment te le dire, mais elle ne supporte plus que je prenne des risques, elle me fait des scènes et...

— Ah les femmes ! Elle finira par s'y faire.

— Je ne crois pas. Ma mère encore moins.

— Les mères juives, on sait ce que c'est...

— Ouais sans doute. Mais je suis un fils juif aussi. Et ma mère, je ne veux pas la tuer d'angoisse. Tu sais combien la famille est importante pour moi.

— Et je ne te le reprocherai jamais. Ce que tu as est trop précieux.

Oui, Ilan sait la solitude de son ami coincé entre le fantôme d'une mère morte du cancer dix ans plus tôt et un père, ancienne gloire de l'armée française, qui aujourd'hui ne reconnaît plus ni son fils ni son propre visage dans un miroir. Tout s'est envolé avec Alzheimer. Tout ce qui faisait son essence et pouvait ancrer son fils dans le réel, lui donner les racines dont il avait besoin pour se reconstruire. Lars est un homme sans attache, à la dérive. Ilan sait bien qu'un jour, à force de dériver, il finira par s'abîmer, s'échouer sur le genre de rivage dont on ne revient pas. Et que personne ne pourra rien pour lui. Il deviendra peut-être clochard, à moins qu'il ne se fasse tuer lors d'un de ces combats de rue qu'il affectionne tant. Une femme pourrait éventuellement le sauver, mais Lars semble rejeter si fort la notion même d'amour qu'il paraît perdu pour la cause, en sursis du pire alors qu'il n'a jamais connu le meilleur.

— Je sais. Écoute, je veux arrêter… on m'a proposé un job qui ne se refuse pas. Il faut assurer la protection d'un PDG de l'agroalimentaire qui a quelques soucis avec des activistes écolos. Rien de méchant, mais c'est assez sérieux pour qu'il recrute à l'année. C'est une aubaine pour moi.

— Je vois. Tu comptes assurer la protection de Haiko jusqu'au bout ou même pas ?

*Même pas.* Ilan sent bien la déception de son ami filtrer derrière le reproche, mais il ne veut pas devenir comme lui et pour cela il doit rester ferme sur sa décision.

— Non.

— Putain, Ilan, tu peux pas nous planter au beau milieu d'une mission !

— Je ne vous plante pas. Il y a Jonas… Et puis j'ai déjà contacté Katia Homoreanu pour lui proposer un remplaçant. Il s'appelle Karol Invalla.

— Quoi ? Mais c'est qui ce tocard ? C'est pas à toi de choisir ton remplaçant !

— Libre à toi d'en trouver un autre, mais je ne voulais pas partir sans que tu aies une solution.

— Il vient de l'armée, j'espère ?

— Non. Il est dans le civil depuis neuf ans. Il a l'habitude des déplacements urbains et des risques liés à la ville.

— Il est armé ?

— Non.

— C'est bien ce que je dis, c'est un tocard !

— Mme Homoreanu est d'accord pour l'employer. Je suis désolé, Lars… comprends-moi…

Dépité, Lars ne sait pas quoi répondre à son ami. Bien sûr qu'il comprend son besoin de normalité, mais c'est contraire au code de l'honneur de laisser en plan son binôme en pleine mission. Pourtant, il ne se sent pas la légitimité de lui faire la leçon. Alors il se contente d'opiner du chef d'un air las tandis qu'Ilan prend congé, vaguement honteux, pour rejoindre sa nouvelle vie.

— Je suis là, moi, et je ne partirai pas…, assure Jonas.

— Mais je ne sais pas qui tu es, toi, ni si je peux vraiment te faire confiance.

— Je viens de te filer un sacré coup de main, non ?

— Si on veut… Peut-être qu'il aurait mieux valu que tu me laisses crever.

— Dis pas de conneries. Tu sais, on se ressemble plus que tu ne le crois…

— Ah ouais ? Bah raconte alors.

Jonas est toujours un peu gêné quand on lui demande de parler de lui. Il a peur d'en dire trop, ou pas assez. Son histoire est banale, sans histoire justement. Il a toujours été un garçon sérieux, n'a jamais cédé aux sirènes de la délinquance. La fierté de ses parents ! Sa petite taille et son aspect chétif lui avaient bien valu quelques ennuis, parfois, mais sa tchatche et son charme naturel lui avaient toujours permis de se sortir des pires situations. Il avait fini par se faire respecter dans sa cité. Une fois le bac en poche, à une époque où se fier aux perspectives d'avenir promises par les universités était aussi malin que construire une maison sur des sables mouvants, il avait fait le choix de s'engager dans l'armée. Les avantages étaient nombreux : nourri, blanchi, formé, il ne serait plus une charge pour ses parents, pourrait mettre un peu d'argent de côté, passer le permis et peut-être même voyager. Il avait choisi la Légion pour le prestige.

— Il n'y a pas que des repris de justice qui s'y engagent, explique-t-il devant l'air surpris de Lars. Moi j'voulais faire partie des durs, de l'élite. Et me prouver que j'étais un battant.

Les filles ne l'intéressaient pas plus que ça. Il savait qu'un jour il se marierait et ferait des enfants, mais plus par obligation que par réel désir. Il se voyait comme un soldat avant tout, un juste. Comme Lars et Ilan, il avait *fait* l'Afghanistan, mais s'il y était parti convaincu d'œuvrer pour le bien, très vite il avait revu sa copie.

— Je suis allé dans les hôpitaux, comme toi. Et j'ai découvert qu'il n'y a pas que les balles ennemies qui viennent se foutre dans la tête des enfants. C'est aussi nos bombes, nos obus, nos mines qui les déchiquettent. Tous ces amputés, ces défigurés, ces paralysés… c'est l'horreur. Ouais, je crois que le pire, c'est les regards des gosses. Tu vois, ils restent dignes malgré tout. Ils en veulent à personne, ils sont juste contents d'être encore en vie. Alors qu'on les a bousillés. Comment tu veux pas douter après avoir vu ça ?

— Douter de quoi ?

— De nous. De cette guerre, de tout ça. Je veux dire : on se croit du bon côté, tout comme l'ennemi, au final on vaut pas mieux que lui. Peut-être même moins.

— N'exagère pas, nous apportons la liberté, eux sèment la terreur.

— La liberté, vraiment ? Ils te semblent si libres que ça les gens ici ? Si heureux ? Là-bas j'ai vu un gamin à qui on avait dû enlever le larynx suite à une blessure et qui ne parlera plus jamais, il était plus joyeux que tous les gens que j'ai croisés depuis mon retour. Et tu sais pourquoi ?

— Non.

— Parce qu'il a la foi, il est reconnaissant à Allah de l'avoir sauvé et d'avoir épargné son frère. À neuf ans. Ce gamin dont l'Occident se contrefout, il n'en veut à personne et il pense à sa famille ! Il a des valeurs…

— Les talibans aussi se moquent bien de ce môme.

— Peut-être… mais moi ces questions ont commencé à me hanter. J'étais obsédé. Je ne pensais plus qu'à ça, je ne dormais plus… Et un jour j'ai déconné.

Jonas en était venu à ne plus saisir du tout le sens de cette guerre, des horreurs. Il n'arrivait plus à voir où était le bien, la justice, ni à se situer lui-même dans ce conflit barbare et sans fin. Il s'était mis à prendre des risques inconsidérés, à mettre sa vie et celle de ses collègues en danger. Jusqu'au jour où, mû par une pulsion incontrôlable, il avait jeté ses armes et était allé au-devant des tirs. Son binôme l'avait rattrapé de justesse…

— J'ai été envoyé d'office à l'hôpital, explique-t-il. On m'a diagnostiqué un syndrome post-traumatique sévère et des pulsions suicidaires. Fin de l'histoire. Retour en France.

Jonas avait erré plusieurs mois, sans soutien psychologique, sans possibilité de parler de son désarroi à qui que ce soit. Sa famille ne pouvait pas comprendre, ils n'avaient pas vécu la même chose et il ne se sentait pas autorisé à leur en parler. Pour les déprimer à leur tour, non merci.

Lars connaît bien ce sentiment d'être un étranger dans son propre pays, dans sa propre vie. Son retour à la vie civile a été tout aussi rude et solitaire. Accompagné de fantômes qui ne le laisseront jamais en paix, et d'une honte qu'il ne pourra jamais avouer, pas même à cet inattendu compagnon d'infortune.

— Et tu l'es toujours ? demande-t-il au jeune homme.

— Quoi, suicidaire ?

— Oui.

— Je ne dirais pas les choses comme ça... J'ai le sentiment d'être déjà mort. Comme si ce qui me maintenait vivant avant la guerre s'était éteint là-bas, dans cet hôpital, devant ces enfants. Ce que j'ai fait ensuite, aller me jeter sous les balles ennemies, c'était comme une formalité, pour équilibrer les choses, aligner les étoiles... Un mort ça ne peut pas se suicider, n'est-ce pas ?

— Et tu as renoncé à cette *formalité* finalement ?

— Peut-être que j'attends le bon moment, celui où ma mort physique donnera du sens à quelque chose...

— C'est pour ça que tu veux faire de la protection rapprochée ?

— Tu as tout compris, sourit le jeune homme pour la première fois depuis le début de la soirée. Mais je ne mourrai pas pour une personne dont je réprouve les actes.

— Tu parles de Haiko ?

— Oui ! Il n'y a pas de fumée sans feu. Je n'avais déjà pas trop confiance en elle, mais maintenant...

— Nous n'avons aucune preuve, pour l'instant on doit continuer de la protéger.

— Je sais. Mais si les accusations se révèlent exactes et qu'elle fait du mal aux gamins qu'elle prétend sauver, je laisse tomber, question de principe... Et toi ?

— Je n'en sais rien.

# 8

LARS ENFILE SON BLOUSON DE MOTARD quand retentit la sonnerie du téléphone. C'est Ilan. Il hésite un instant avant de répondre, puis se résout à décrocher.

— J'allais partir, aboie-t-il en guise de salutations.

— Je ne serai pas long, répond son ami, mal à l'aise.

Lars ne lui a pas adressé la parole depuis qu'il s'est retiré de la mission.

— C'est au sujet de Jonas, reprend-il prudemment. J'ai les infos que tu voulais.

— Ça donne quoi ?

— Il a bien été dans la Légion. Par contre…

— Quoi ?

— On l'a plus ou moins remercié, à la demande de son supérieur…

— Tu sais pourquoi ?

— Non. Ça peut être tout et n'importe quoi.

— Pas grave, je crois comprendre de quoi il s'agit.

— Ah oui ? Et quoi ?

— Peu importe.

Si Lars trouve le résultat d'enquête cohérent avec les confidences que Jonas lui a faites, Ilan quant à lui craint le pire. Son contact avait l'air particulièrement gêné d'aborder les raisons du renvoi du légionnaire. Et si les soupçons de Lars étaient exacts ? Si le jeune homme avait des inclinations sexuelles incompatibles avec l'idée que certains militaires se font de l'armée ? Il serait bien avisé de ne rien tenter avec Lars, à moins d'être complètement suicidaire.

— À part ça, comment tu vas ? Tu sais, je tiens à...

Mais Ilan n'a pas le temps de terminer sa phrase, Lars a déjà raccroché. Les excuses de son ancien binôme ne l'intéressent pas et s'il y a bien une chose qu'il ne tolère pas, c'est la déloyauté. En outre, il doit justement rencontrer son remplaçant potentiel aujourd'hui, Karol Invalla, trente-neuf ans, d'origine polonaise. Lars enfourche sa moto en pestant, le voilà flanqué de deux inconnus pour protéger sa cliente. L'équation est bancale et il sait qu'un équilibre aussi précaire peut ouvrir un boulevard aux ennemis de Haiko Homoreanu.

Et ils sont nombreux, tapis dans l'ombre, à attendre une seconde d'inattention, le temps d'un battement de cils, pour mettre la fatwa à exécution. Haiko a beau avoir pris fait et cause pour les victimes de Daesh, elle connaît mal ses adversaires. Si elle avait pleinement conscience du danger, de la folie de ces gens-là, de leur sadisme, mais surtout de leur omniprésence, elle serait terrifiée. Sa vie serait un enfer. C'est d'ailleurs peut-être la raison pour laquelle elle se maintient dans cette incroyable désinvolture qui frise le déni. Pour ne pas devenir dingue. Peut-être sait-elle, en réalité, que si ces intégristes l'ont prise pour cible, alors chacun de ses gestes est épié, étudié.

Mais ils ne sont pas les seuls à l'observer.

Lars aussi, a dû apprendre ses habitudes les plus anodines, consigner ses sorties prévues pour les mois à venir, découvrir qui elle fréquente, de quelle façon elle se défend, dans quelle mesure elle s'expose. Tout est méticuleusement collecté dans son carnet, consigné de façon quasi obsessionnelle : les chemins qu'elle aime emprunter quand elle part de chez elle, l'heure à laquelle elle ouvre et ferme ses volets, à quelle fréquence elle se promène devant ses fenêtres, où elle fait ses courses, comment elle se tient, quelles parties de son corps seraient exposées en cas d'attaque à l'arme à feu, à l'arme blanche… Il commence aussi à connaître ses réactions les plus instinctives : sursaute-t-elle quand elle a peur au point de lâcher ce qu'elle tient entre ses mains ? Tétanise-t-elle sous l'effet de la panique ? Court-elle rapidement ? Se fatigue-t-elle vite ? Il lui reste à peaufiner son portrait psychologique, à mieux cerner ses forces comme ses faiblesses, celles que ses ennemis pourraient vouloir exploiter, ou qui la desserviraient en cas d'agression et la pousseraient à la faute, à se jeter dans la gueule du loup…

Oui, Lars s'efforce d'être sur tous les terrains où il pourrait rencontrer une menace. Il apprend la jeune femme par cœur pour mieux la protéger, mais il lui manque encore des éléments, les plus personnels, ceux qu'elle prend soin de dissimuler. Car si elle lui a révélé la blessure liée à sa naissance, il n'est pas dupe. Aussi touchante que cette marque de confiance ait pu paraître, Haiko n'a bien voulu la lui révéler que parce qu'elle en a fait une force. Elle y puise sa volonté, ses excès. Mais ce n'est pas un point faible, malgré les larmes qu'elle a versées en lui racontant l'histoire d'Aleksandra. Non, la vulnérabilité d'un individu se situe dans sa part d'ombre, dans ce qu'il a de honteux, de cruel, dans ses manques de noblesse. Lars est convaincu que les mauvais penchants ne se développent que sur des frustrations, des failles. Alors il devra découvrir ceux de sa cliente pour mieux la protéger…

Pour l'instant, il n'a repéré personne en particulier qui la suive, mais personne, c'est tout le monde, et ses ennemis sont suffisamment nombreux pour la traquer sans attirer l'attention. Ce n'est pas une armée qu'elle a à ses trousses mais une cinquième colonne, des combattants isolés qui ne se connaissent pas entre eux et qui mènent, individuellement, une action collective au nom d'un même idéal. Un idéal porté en étendard, hissé sur des montagnes de corps décapités et planté dans le sang et l'acide, nourri de haine et d'ignorance et se régalant de la souffrance qu'il cause. La cruauté de ces fanatiques n'a aucune limite, elle est leur seul moyen d'expression. Pour eux, tout est *haram*, c'est-à-dire péché. Le sexe, l'art, la culture, l'alcool… ainsi que tout ce qui peut être bon, beau. Ils ne révèrent pas la vie, ils ne rêvent que de mort.

Pour avoir vécu dans des conditions plus que rudimentaires, pour avoir connu l'horreur de la captivité quand on est enfermé entre quatre murs, réduit à l'état de bête de zoo et condamné à vivre dans ses excréments, sans occupation ni lumière du jour pour laisser courir ses yeux et son imagination, Lars sait à quel point priver un individu de la beauté c'est l'amputer d'un des fondamentaux de son humanité. Cela peut sembler une théorie fantaisiste, et il se garderait bien de la divulguer au tout-venant, pourtant il a la certitude que c'est en refusant aux hommes l'accès à l'esthétisme qu'on fabrique des fous, des esclaves, des terroristes. Briser leur capacité d'émerveillement, les confiner dans un monde dur et sans lumière où leur âme n'a aucun répit en fait des bombes à retardement qui ne peuvent qu'exploser en causant un maximum de dégâts…

Lars fonce sur sa moto, il conduit presque en pilote automatique.

Il n'est plus sur le périphérique parisien, il n'est pas au milieu des voitures qui klaxonnent, il ne voit pas les radars qui le flashent. Il roule comme on fuit, parce qu'il se projette à nouveau au nord de l'Afghanistan, parce qu'il y est avec Franck, son binôme, avant leur enlèvement, quand il n'avait rien vu venir des épreuves qui l'attendaient, lui non plus. Il aime se dire que son dérivatif à lui, c'était l'humour. Que grâce à cela il n'est pas devenu complètement dingue, qu'il ne fait pas partie des sursitaires qui péteront les plombs un jour ou l'autre. Du moins il l'espère...

Quand enfin il arrive au point de rendez-vous, dans un dojo prêté par un ami pour l'occasion, Jonas et le Polonais sont déjà là.

— Karol Invalla, se présente l'impétrant.

— Suivez-moi, on va faire ça là-haut.

Les deux hommes lui emboîtent le pas dans l'escalier qui mène à la salle. Lars pose son casque et son blouson, et observe Invalla en silence. Le gars doit faire environ un mètre quatre-vingt-cinq, plutôt baraqué, des cheveux châtain clair longs et frisés, ramassés en un chignon bas qui lui donne des airs de danseur de tango.

— Les cheveux, là, c'est pour quoi ?

— Comment ça, c'est pour quoi ?

— Bah, c'est pour faire joli ? Parce que ta maman ne veut pas que tu les coupes ? Pour plaire à ton petit copain ?

Le Polonais accuse le coup, légèrement crispé, mais il sait que Lars le teste.

— C'est parce que ça excite ma femme.

— Ça excite aussi tes adversaires.

— Jamais eu de problème avec ça.

— Tu t'es souvent battu ?

— Ça m'est arrivé.

*Arrivé ?* Lars ne tente même pas de masquer son agacement. C'est bien ce qu'il pensait : ce type est un tocard de civil.

— Dans quelles circonstances ?

— Quand j'étais vigile en boîte de nuit, il y a quelques années, ainsi qu'à quatre reprises pour défendre mes clients. Mais j'estime que mon travail consiste à éviter d'en venir aux mains. Avant de me battre, je songe d'abord au repli ou à la négociation.

Lars sourit d'un air carnassier. Il s'approche de l'homme en secouant la tête, yeux rivés au sol.

— Et si on t'attaque tu te défends comment ? Tes pompes, là, c'est de la merde, on est bien d'accord ?

Invalla jette un coup d'œil à ses chaussures. Ce sont des souliers de ville, noirs, vernis. Peut-être pas des rangers mais d'une qualité suffisante pour le protéger.

— Ce sont…. Ah ! mais ça va pas ?

Lars a profité que Karol baisse la garde pour agripper son chignon et le tirer vers le sol, faisant ainsi chuter le Polonais. L'élastique qui maintenait les cheveux s'est cassé sous la pression et Lars a pu assurer sa prise en enroulant des mèches entre ses doigts.

— Bah alors, Boucle d'or ? Toujours pas convaincu de la nécessité de se raser la tignasse ? C'est pourtant le b.a.-ba.

Jonas laisse échapper un petit rire qu'il ravale aussitôt devant l'air courroucé de l'ancien militaire.

— C'est bon, lâche-moi !

— Allez, debout, répond Lars. On va voir ce que t'as dans le bide.

L'homme se relève. Il est lent. Trop lent. Décidément, il ne lui plaît pas. Lars lui balaie une jambe pour tester son équilibre. L'homme bouge à peine. Un bon point pour la stabilité, c'est déjà ça.

— Situation familiale ? interroge-t-il en tournant autour du candidat.

— Marié depuis quinze ans, deux filles de huit et treize ans, un garçon de cinq ans, répond-il sur ses gardes.

— Fidèle ?

L'homme cligne des yeux et ramène ses poings devant son visage, en sautillant sur ses pieds. Un boxeur qui se croit sur un ring, sauf que la rue, c'est tout sauf du combat régulier... Lars sait qu'il ne va en faire qu'une bouchée.

— Ouais.

— Tu mens.

— Qu'est-ce que ça peut te foutre ?

Invalla tente un direct du gauche suivi d'un uppercut que Lars esquive sans problème avant de riposter d'un crochet du droit. Son adversaire l'évite en partie. Le poing de Lars lui frôle la tempe.

— J'ai besoin de savoir avec qui je bosse. Tu m'attaques quand tu veux, hein, je m'ennuie, là... Tu connais la cliente ?

— Oui, j'ai regardé qui c'est sur Internet.

Les deux hommes continuent de se tourner autour.

— T'en penses quoi ?

— Qu'elle s'est mise dans un beau merdier !

Karol balance un coup de pied retourné. Lars attrape sa cheville et le repousse. Boxe thaïe, ce n'est pas ça non plus qui lui donnera l'avantage dans la rue. Pourquoi pas la grue de Karaté Kid tant qu'on y est ?

— Mais encore ?

Sans attendre la réponse du Polonais, Lars abat sur lui une pluie de coups, dont une demi-douzaine sur le côté, l'homme n'arrive à en esquiver que la moitié.

— Je crois que trois hommes pour la protéger ce n'est pas assez, reprend-il, essoufflé.

— C'est tout ce qu'on a. Tu ferais la surveillance nocturne et la préco avec Jonas. Tu t'en sens capable ?

— Je l'ai déjà fait, c'est sur mon CV.

Invalla tente à nouveau une attaque. Un autre coup de pied retourné. Du gâteau pour le militaire. Lui, il n'a pas appris les jolies chorégraphies des idiots qui n'ont rien compris à la boxe thaïe et balancent leur pied à tout-va, croyant maintenir leur adversaire à distance. Son truc, c'est le combat dur, celui qu'il a appris la rage au ventre, au gré des raclées qu'il a encaissées à l'adolescence. Sa technique, il l'a peaufinée à l'armée : krav maga, penchak silat, systema. Alors l'autre en face peut bien lui faire pointes et entrechats si ça lui chante.

Invalla n'est pas rapide et déployer ses jambes en grand écart comme il le fait, c'est laisser tout loisir à Lars d'aller lui chatouiller les bijoux de famille. Son tibia atterrit lourdement contre les parties génitales de l'homme en costard qui se plie en deux, souffle coupé. Lars accompagne sa chute en lui broyant du pied les muscles des hanches. Cette fois, l'autre se met à gueuler.

— Putain mais ça va pas ? J'ai pas de coquille !

— C'est ton problème. Relève-toi, on va vraiment passer en combat, là.

À ce stade, l'homme devrait être dégoûté et renoncer. Ne serait-ce qu'à cause de la douleur, si ce n'est pour l'humiliation. Et ce n'est pas l'envie qui lui manque, Lars peut le lire dans son regard. Pourtant, au prix d'un effort qui force tout de même le respect, il se relève, sous l'œil médusé de Jonas qui n'en perd pas une miette. Karol plonge ses yeux dans ceux de Lars. Ce regard, l'ancien militaire le connaît. C'est celui des gars qui n'ont pas le choix. Ce mec a besoin d'argent, ça crève les yeux. C'est fou ce qu'on apprend de quelqu'un en se battant avec lui…

— Jonas, au lieu de faire la groupie et de me mater le cul, joins-toi à notre ami, je vous prends à deux contre un. Essayez d'apprendre des trucs en me regardant, les filles.

L'arrogance de Lars exaspère le Polonais. Non mais pour qui il se prend ? Pour un superhéros ? Tout ça parce qu'il a fait la guerre ? Puisque tous les coups sont permis et qu'il a la faiblesse de croire qu'il apprend vite, Karol décide de lui réserver un chien de sa chienne.

Jonas rejoint le cercle et, sans transition, attaque son ami. Les coups pleuvent, rapides, implacables. La chair souffre, des contusions apparaissent, les poings glissent sur les peaux trempées de sueur. Ça sent la testostérone, les mâles qui se mesurent, et le besoin d'en découdre. Karol sait bien qu'il n'a aucune chance contre Lars en face à face, mais il sait aussi que son adversaire a un énorme point faible : celui de s'en croire dépourvu. Il ne s'attend pas à ce que Jonas et lui le mettent en danger. D'un regard, Karol fait signe à son acolyte de se positionner derrière Lars pendant qu'il le fatigue en lui assénant autant de coups que possible. Quand il voit que le jeune homme est en place, il écarte sensiblement les pieds, se tient volontairement sur des appuis précaires, pour offrir à Lars la possibilité de lui balayer une jambe. Bingo ! L'ancien militaire le déséquilibre et le fait chuter, comme prévu. Karol riposte aussitôt en balayant à son tour son adversaire, depuis le sol. Jonas, trop content de pouvoir saisir l'occasion, assène un coup de pied derrière un genou de Lars et le fait tomber à son tour, face contre terre. Sans lui laisser le temps de se relever, le jeune homme se jette à plat ventre sur lui, les bras autour de son cou pour l'immobiliser. Triomphant, il sourit au Polonais tandis qu'il sent le corps de Lars se relâcher pour devenir aussi mou qu'une poupée de chiffon.

— Ah on t'a bien eu, là !

Lars ne répond pas, comme absent à lui-même. Jonas n'arrive même pas à le sentir respirer et, décontenancé, il relâche un peu la pression.

— Eh, Lars, ça va ?

Pas de réponse. Assis sur les reins de son ami, Jonas ne sait pas vraiment quoi faire. Il lui tapote prudemment l'épaule, torse contre son dos, et chuchote à nouveau dans son oreille :

— T'es avec moi ?

Soudain le corps de Lars se crispe à l'extrême, tremble et un cri terrifiant s'échappe de sa gorge. Un cri de douleur, de rage, de terreur. Un cri rauque de bête, un rugissement. Lars prend appui sur ses bras, sur ses jambes, se redresse violemment et projette Jonas à trois mètres. Le jeune homme tombe sur le dos et roule sur le côté. Il a à peine le temps de réaliser ce qui arrive que la main immense de l'autre le soulève par le col pour le relever.

— Hé, attends, je...

Ces yeux un peu trop féminins, cette tache de naissance sur la tempe, cette voix fluette et maintenant la sensation de son corps sur le sien... Lars ne peut en supporter davantage. Il l'assomme d'un coup de tête qui résonne bruyamment dans la pièce. Jonas s'effondre, sonné.

— Jamais, plus jamais tu ne te couches sur moi, tu m'entends ? hurle-t-il.

Mais Jonas n'est pas en état d'entendre quoi que ce soit. Et Lars n'est plus capable de rien d'autre qu'attraper ses affaires et fuir loin de cette sensation d'avoir un homme plaqué contre lui. Loin des souvenirs que Jonas a réveillés, loin de la honte et des tremblements qui commencent à agiter tous ses membres, loin des voix féroces qui se sont remises à hurler dans sa tête…

— On se voit demain, parvient-il à lancer à Karol avant de partir.

L'homme, éberlué, se précipite vers Jonas qui remue faiblement.

— Eh, ça va ? Réveille-toi, mon gars.

— Ouais… il est où Lars ?

— Il est parti. Putain mais il est complètement taré !

— Oui… Demain ça ira mieux.

— Tu comptes revenir demain ? Tu veux continuer de bosser avec ce psychopathe ?

— Pas toi ?

— Moi je n'ai pas le choix, j'ai besoin de ce travail… Mais toi ?

— Moi…, sourit piteusement le jeune homme, j'ai besoin de lui.

# 9

JONAS REMONTE LA RUE LAMARCK, dans le 18e arrondissement. C'est un quartier tranquille, un peu bobo, bien qu'il se pique d'être populaire. L'ancien légionnaire tape le premier digicode de l'immeuble, le second qui ouvre une autre porte, puis s'engouffre dans l'ascenseur en verre. Une voix s'élève à quelques mètres de là.

— Attendez-moi !

C'est la voisine du huitième, Jonas appuie sur le bouton de fermeture des portes, mais elles ne répondent pas suffisamment vite. La jeune femme a le temps de se glisser dans la minuscule cabine, à côté de lui.

— Bonjour, lui dit-elle d'un ton gentil. Il a fait beau aujourd'hui, n'est-ce pas ?

— Oui.

*Premier étage.*

Jonas a les yeux rivés sur ses chaussures et rougit jusqu'aux oreilles. L'appareil est si exigu qu'ils se touchent presque, ça le gêne terriblement. Il peut sentir son parfum agressif qui l'empêche d'occulter sa présence, voir le carmin de son manteau assorti à son vernis à ongles, apercevoir ses mains fines et son décolleté provocant. Il n'arrive pas à la regarder dans les yeux, tant il est gêné pour elle. Ne comprend-elle donc pas que sa simple présence l'embarrasse ? Qu'il ne sait pas quoi faire d'elle ? Que ça ne sert à rien de le draguer ?

*Deuxième étage.*

— J'ai même eu chaud, pas vous ? insiste-t-elle.

Le jeune homme rougit de plus belle et bredouille quelques mots incompréhensibles. Ça la fait sourire. Il est touchant, ce grand niais qui a peur des femmes ! Et plutôt mignon avec ça ! Comme elle sent à quel point elle le trouble et que c'est plutôt flatteur de le mettre dans cet état, elle en rajoute un peu, se rapproche de lui, le fixe sans ciller...

*Troisième étage.*

— Non, pas trop...

— Dites donc, vous avez une belle bosse, qu'est-ce qui vous est arrivé ?

— Rien.

— Vous vous êtes battu ? Je parie que c'est pour une fille.

— C'est rien.

— Ah ben quand même...

*Quatrième étage.*

La jeune femme tend la main et effleure le front de son voisin. Il sursaute aussi violemment que si elle lui avait balancé une décharge électrique.

*Cinquième étage.*

— Désolée, je ne voulais pas vous faire mal...

— C'est bon, vous m'lâchez, là ! s'écrie-t-il.

*Sixième étage.*

C'est tout ce qu'il a réussi à sortir, alors qu'il aimerait tellement lui expliquer qu'elle ne doit pas se comporter comme ça avec lui, que ça le met dans une situation délicate. Mais il n'y arrive pas. Les femmes le paralysent dès qu'elles sont un peu trop entreprenantes. Alors il prend son mal en patience et attend que l'ascenseur s'ouvre enfin sur son palier.

— Pardon, je ne voulais pas être désagréable..., répond-elle, stupéfaite.

*Septième étage*. Il bondit de la boîte comme un diable, sans la saluer, et se rue sur la porte d'entrée.

Dans le salon, son colocataire regarde la télévision en mangeant des chips. En voyant le visage boursouflé de Jonas, il émet un long sifflement.

— Je ne veux pas en parler.

— Qui c'est qui t'a fait ça ?

— J'veux pas en parler, j'te dis.

— J'suis sûr que c'est ton pote, le garde du corps, j'me trompe ?

Jérôme lui donne parfois l'impression d'être télépathe. Jonas aimerait lui dire d'arrêter d'insister, mais il en est incapable. Jérôme est son ami, son frère. C'est lui qui lui a proposé de l'héberger ici à son retour d'Afghanistan, lui qui a perçu son désarroi, sa haine et qui lui a tendu la main, offert l'hospitalité sans rien lui demander en échange. Jérôme a de l'argent – un héritage d'après ce que Jonas a compris, parce que quand ils se sont connus il y a dix ans en province, c'était un galérien comme lui – et au lieu de tout garder, il a décidé d'aider des mecs qui n'ont rien, le temps qu'ils trouvent leur voie. Et à cause de ça, Jonas ne peut l'envoyer promener. Question de reconnaissance et de respect pour son aîné, aussi.

— Ouais, on s'entraînait et le coup est parti, c'est tout.

— Je crois que t'as tort de te rapprocher de ce type.

— Je te jure que non. Il est comme moi, j'le sens.

— Arrête de te monter la tête j'te dis… Il suffit de te regarder…

— J'fais ce que j'veux.

— Personne ne fait ce qu'il veut, toi comme les autres.

Aucun effort à attendre de Jérôme pour qu'il se range à son avis. Le meilleur moyen de le pousser à changer d'opinion sur Lars serait de le lui faire rencontrer…

— Je vais me laver. Ça je peux ?

— Ouais, tu schlingues, vieux.

Jonas prend une longue douche pour éliminer la sueur et la crasse parisienne qui lui collent à la peau et frotte particulièrement la bosse sur son front, là où la voisine l'a touché. Lorsqu'il sort, il se rhabille consciencieusement avec des vêtements propres et confortables, va déployer un petit tapis dans sa chambre, en direction de La Mecque, prononce le premier *takbir*[1] et récite la *Fatiha*[2] puis les autres sourates, s'incline, se redresse, se prosterne à plusieurs reprises et clôt la prière avec les formules requises.

Apaisé, il retourne dans le salon. Jérôme est parti mais a laissé la télévision allumée, Jonas saisit la télécommande, se laisse tomber dans le canapé et commence à zapper. Ici, des filles en maillot de bain hurlent contre des types trop bronzés dans une émission de téléréalité. Là, un jeu d'argent récompense les participants qui se ridiculisent le plus. Sur telle autre chaîne, un programme court montre des couples qui se parlent mal. Sur telle autre, un rappeur claque les fesses de prostituées avec des liasses de dollars… Les images défilent devant ses yeux, rien ne s'imprime dans son cerveau. La lumière se réfléchit dans ses pupilles, mais il ne la regarde

1. *Allahou akbar* : formule invoquant la grandeur d'Allah.
2. Sourate d'ouverture du Coran.

pas. Il est une page vierge que ce genre d'encre ne peut noircir. Il ne comprend pas le langage qu'on parle dans ces mondes qu'il ne connaît plus, ça ne le fait pas rêver, ça ne le fait pas bander. Ça le plonge au contraire dans un état indescriptible entre dégoût et indifférence. Le doigt crispé sur la télécommande, il saute d'une chaîne à l'autre...

L'avocat sort de la Crim' d'un pas lent, cigare aux lèvres, un sourire en coin fiché sur sa face lunaire. Les journalistes sont là, fidèles au rendez-vous, une indignation bon marché au bout du micro, et ils caquettent dans une cacophonie de questions plus convenues les unes que les autres. L'Eurasien fait encore deux pas, de sorte qu'on voie bien la porte du Quai des Orfèvres derrière lui et qu'il soit dans la lumière, puis il s'arrête, toujours ce même sourire arrogant plaqué sur un visage que l'on pourrait juger inexpressif si derrière les petites lunettes de myope le regard perçant ne trahissait son intelligence et le plaisir manifeste qu'il prend à les faire mariner. Lojong, c'est une vipère agile déguisée en tortue.

— Maître ! Une déclaration s'il vous plaît ! Dans quel état d'esprit se trouve Haiko Homoreanu aujourd'hui ?

L'homme tire une épaisse bouffée de son cubain, sourit, attend que le silence se fasse puis, avec une lenteur calculée pour imposer un nouveau rythme à la masse médiatique, expose les faits de sa voix grave.

— Ma cliente, bien que surprise par la tournure abracadabrante de cette enquête, est parfaitement sereine puisque innocente. Elle déplore qu'on lui fasse perdre ainsi son temps quand son action a l'importance que nous savons et...

— Elle a quand même été accusée d'avoir commandité le meurtre de Nadia Nasri et de mentir sur la fatwa prononcée contre elle !

Lojong marque un temps d'arrêt et foudroie la femme qui l'a interrompu. Il plisse les paupières jusqu'à ce que ses yeux ne soient plus que deux traits horizontaux parfaitement indéchiffrables, et laisse éclater un petit rire.

— Allons, madame, nous savons tous ce que valent les accusations d'un pauvre homme en mal de notoriété et à la santé mentale plus que discutable si on se réfère à ses projets de croisade ! C'est une pitoyable tentative de déstabilisation de ma cliente à des fins purement personnelles. Mais croyez bien que Mme Homoreanu a l'intention de donner une suite judiciaire aux infectes diffamations de M. Leduc. Quand on allume des incendies, on finit souvent par se brûler les doigts !

— Certes, mais se pose aussi la question des jeunes que Mme Homoreanu soustrait à l'influence parentale...

— Qu'elle soustrait surtout à l'influence sectaire des djihadistes avec l'accord de leurs parents, corrige l'avocat, impassible.

— Pourquoi refuse-t-elle d'indiquer où elle les envoie ? Se croit-elle au-dessus des lois pour enlever des gamins sans rendre de comptes ?

— Ma cliente a accepté de fournir à la police les noms de ces jeunes gens ainsi que les adresses où ils ont été placés. En outre, ils sont tous envoyés à l'étranger avec l'accord de leurs parents. Parler d'enlèvement relève de la diffamation.

— Mais que dit-elle à propos des accusations de Rachid Labdaoui qui la soupçonnait d'avoir vendu sa sœur à des réseaux de prostitution, accusations qui pourraient être corroborées par l'existence de comptes offshore ?...

D'un claquement de langue agacé, l'avocat fait taire la journaliste. Il la toise du haut de son mètre soixante-quatre, sans la lâcher une seule seconde du regard, comme pour l'hypnotiser avant de lui sauter à la gorge. Pour qui se prend ce misérable insecte ?

— Encore une fois, cette théorie fantasque de comptes offshore avancée par M. Leduc n'est que pure aberration. Il n'a pu apporter la moindre preuve allant dans ce sens. En revanche, je vous encourage à vous procurer les relevés de comptes de Rachid Labdaoui.

— Que trouverions-nous en épluchant ses comptes, maître Lojong ? interroge un autre journaliste plus favorable à l'avocat.

— Vous découvririez qu'il a touché une forte somme d'argent avant son coup d'éclat…

— Un coup d'éclat ! s'indigne la journaliste agaçante. Vous parlez d'un acte désespéré…

— Ou au contraire d'un acte très calculé et motivé par l'appât du gain. La mère de Rachid Labdaoui va hériter de l'argent…

Stupeur dans l'assemblée. Les journalistes sont plus que ravis : ils ne sont pas venus pour rien. C'est toujours le jackpot avec Lojong.

— Pourtant, votre cliente ne peut nier avoir été en relation avec Mme Labdaoui à cinq reprises avant la disparition de sa fille !

Sans se départir de son rictus méprisant, l'avocat extrait un téléphone portable de la poche de son veston et le porte à son oreille en fixant la journaliste.

— Dring-dring, fait-il d'un air bonhomme.

Du regard, il encourage la femme à sortir son appareil et se prêter au jeu.

— Allô ? dit-elle d'une voix mal assurée.

— Ah bonjour, Jacqueline, je t'appelle au sujet du week-end prochain chez tatie Odette…

— Euh… je ne m'appelle pas Jacqueline !

— Je voulais savoir si ta fille était toujours végétarienne, c'est pour la quiche… Parce que tu comprends, si elle ne mange pas de viande, ça va compliquer les choses.

— Ah mais je suis désolée, vous faites erreur, monsieur… Je ne suis pas Jacqueline.

— Comment ça vous n'êtes pas Jacqueline ? Je ne suis pas au 06 12 34 56 78 ?

— Ah non, désolée…

— Vous êtes sûre ? Quel est votre numéro, que je corrige mon erreur ?

— 06 12 34 56 87…

— Ah. Bon. Je suis vraiment désolé de vous avoir dérangée, madame.

— Non, ce n'est pas grave…

— Si, je n'aime pas déranger les gens. En tout cas je vous remercie de votre patience, et vraiment je tiens à m'excuser !

— Pas de problème…

— Merci alors. Bonne journée, madame.

— Au revoir, bonne journée.

Satisfait de sa démonstration, Lojong fait mine de raccrocher et lève un sourcil interrogateur.

— Qui n'a jamais dû supporter plusieurs appels d'un même inconnu qui se trompait de numéro ? Ici la blague a duré quarante-sept secondes. Ça peut être plus… Et dans tous les cas, les relevés téléphoniques indiquent qu'il y a eu discussion sans en préciser le contenu.

— Certes, convient la journaliste, mais le frère de Haiko, Dimitri Homoreanu, a été vu en compagnie d'une jeune femme ressemblant étrangement à la sœur de Rachid. La coïncidence est troublante…

— Vous avez raison, madame, jubile l'avocat. C'est une troublante ressemblance au service d'une bien triste coïncidence, rien de plus.

L'homme s'incline et offre un large sourire aux flashs des appareils photo, son barreau de chaise coincé entre les dents. Être avocat, c'est savoir raconter une histoire suffisamment crédible mais surtout à laquelle son auditoire aura plus envie de souscrire qu'à n'importe quelle autre. Haiko sera relâchée dans quelques heures et d'ici là, la presse aura commencé à se calmer, à exprimer des doutes… et de sorcière elle redeviendra une sainte, parce que l'opinion publique a la mémoire si courte que c'en est fascinant.

De son côté, Haiko prend son mal en patience. Pour la sortir rapidement de ce pétrin, maître Lojong a promis qu'elle fournirait aux policiers le courrier de démission de Nadia, ainsi que la liste des jeunes qu'elle a sauvés accompagnée des accords parentaux pour ses interventions. C'est une façon de gagner du temps, sachant qu'elle connaît les noms et adresses par cœur et aurait pu les donner d'emblée aux hommes qui l'ont interrogée. Mais au nom de quoi ? De la vindicte populaire qui ne se taira qu'à condition que la jeune femme se conforme à ses exigences ? Donner les noms ? Risquer de foutre en l'air tout ce qu'elle a mis tant de temps à construire ? Certainement pas. Donner au peuple ce qu'il attend d'elle au nom du buzz, le derrière bien calé dans un canapé mou et le moutonisme à fleur de clavier, et puis quoi encore ? Ce serait se galvauder, filer de la confiture à des cochons et risquer qu'ils la dévorent, elle, par la même occasion… Alors, oui, Haiko a gagné du temps. Mais, non, elle n'a aucune intention de divulguer cette liste à moins d'y être contrainte et forcée.

Les policiers ont tout essayé pour la faire parler : la gentillesse, les menaces… Mais ils n'ont rien contre elle, pas plus qu'ils n'ont les moyens de la faire craquer. Après tout, se dit-elle, une nouvelle expérience est toujours bonne à vivre, même une garde à vue. Ça la ferait presque sourire de voir à quel point elle prend les choses du bon côté. Pourtant, ça l'inquiète un peu, cette insensibilité qui la gagne et grignote ses émotions, comme sa conscience. Parfois, elle a le sentiment d'être une espèce de monstre complètement déconnecté de son humanité, d'être indifférente à tout.

Malgré tout quelque chose en elle s'insurge contre l'injustice de la situation : si ses engagements doivent la conduire en prison, alors autant tout arrêter et s'extraire de ce monde indigne d'elle ! Oui, partir. Partir loin des mensonges qu'elle offre aux autres et à elle-même, loin du béton, de la pollution et des faux amis qui n'en pensent pas moins. Loin de ce pays où l'on jalouse, où l'on casse les personnes comme elle. La jeune femme se prend à rêver d'un ailleurs où vivre entourée de beauté. L'idée est séduisante, fait son chemin, lui apparaît telle une évidence. Oui, larguer les amarres et recommencer à zéro.

Après tout, ce n'est pas comme si elle ne disposait pas des moyens financiers de le faire…

# 10

LARS GARE SA MOTO À QUELQUES MÈTRES de la maison des Nasri, située dans une banlieue tranquille. La mère de Nadia a accepté de le rencontrer pour lui parler de sa fille ainsi que des relations qu'elle entretenait avec Haiko. À l'instar de Jonas, il n'est pas sûr de pouvoir continuer de protéger la jeune femme s'il découvre qu'elle est malhonnête. Peut-être ferait-il mieux d'en rester là et de s'en tenir à la version de sa cliente, mais il est incapable de ne pas chercher la vérité. Alors il nourrit l'espoir que ce qu'il va découvrir contredira les rumeurs. Il n'a pas le temps de sonner au portail que déjà la porte s'ouvre sur Malika Nasri, la mère de Nadia.

— Je t'attendais !

— Lars esquisse un sourire. Ce tutoiement, c'est une familiarité sincère, chaleureuse, qui sent bon l'hospitalité méditerranéenne et le thé à la menthe. Il traverse le jardin de son pas félin, et tend la main à la femme.

— Merci de me recevoir, madame. Toutes mes condoléances...

— Je te remercie. Entre. Je n'ai pas bien compris qui tu es, au juste. Un ami de Haiko ? Enlève tes chaussures, tu veux bien ? poursuit-elle sans transition.

Lars s'exécute docilement et suit la femme jusque dans le salon. Elle l'invite à s'asseoir sur la banquette qui longe le mur et lui offre des pâtisseries maison tout en lui versant un thé bien chaud.

— Merci, madame. Je suis l'agent de protection de Mlle Homoreanu.

— Elle a pris un garde du corps ? s'étonne la femme.

— Ça a l'air de vous surprendre ?

— Un peu… Mais dis-moi, c'est en la protégeant que tu t'es fait amocher comme ça ?

— Pas exactement, répond-il en portant la main à son visage tuméfié, comme pour s'excuser de se présenter ainsi devant elle.

— Tu te soignes au moins ?

— Oui, madame.

Elle ne semble pas convaincue, mais elle comprend qu'il ne servirait à rien d'insister. Elle s'assied face à lui et souffle doucement sur la tasse fumante.

Une silhouette se glisse dans l'embrasure de la porte. C'est une jeune fille d'une vingtaine d'années environ, jean, T-shirt à la mode, longue chevelure bouclée. La ressemblance avec Nadia est frappante.

— Bonjour… Je m'appelle Leïla.

La jeune fille a plus de difficultés à cacher sa peine que sa mère, ses grands yeux noirs sont pleins de larmes et ses cernes trahissent ses nuits d'insomnie.

— Tu es la sœur de Nadia…

— Oui.

Pour se donner une contenance, elle attrape une pâtisserie et croque dedans.

— J'ai cru comprendre qu'il y avait de l'eau dans le gaz entre Nadia et Haiko... Elles étaient amies depuis longtemps ?

— Depuis toujours, répond la mère. Ces deux-là étaient inséparables... Je ne pense pas que leur brouille aurait duré bien longtemps, elles s'aimaient trop pour ça...

— Pourtant, Nadia voulait quitter N.e.r.F.

— Ça c'est autre chose. Ma fille avait peur des islamistes, elle ne voulait pas nous mettre en danger, sa sœur et moi. Haiko ne pouvait pas le concevoir. Pour elle, N.e.r.F. c'est comme son bébé. Mais Nadia avait pris sa décision. Une bonne décision.

— C'est seulement à cause des islamistes que votre fille souhaitait quitter l'association ?

— Oui.

— Pourtant, certaines personnes sous-entendent qu'elles étaient en désaccord sur les procédures à suivre.

— Pas du tout. Ce que ma fille reprochait à Haiko c'était de ne pas être assez discrète, de trop chercher à se faire remarquer dans les médias. Nous sommes de confession musulmane, croyants et pratiquants, on n'aime pas attirer l'attention sur nous, tu comprends ? Ma fille avait peur que s'exposer comme ça finisse par lui causer des problèmes. Si elle avait su...

La voix de la femme s'étrangle dans un sanglot. Aussitôt, Leïla l'entoure de ses bras, l'embrasse tendrement. La mère et la fille s'étreignent, Lars se sent presque de trop. Il regarde ailleurs, contemple les bibelots, boit une gorgée de thé... Il s'en veut de remuer toute cette peine.

— Vous savez où les jeunes sont envoyés après leur extraction ? reprend-il au bout d'un instant.

— Non, avoue la mère. Nadia était très secrète à ce sujet... Comme Haiko.

— C'est d'ailleurs étonnant, enchérit la jeune fille. Parce que comme l'a dit maman, Haiko ne l'est à propos de rien, sauf de ça…

— Leïla ! la réprimande sa mère.

— Non, laissez, ça m'intéresse, intervient Lars. Tu sais des choses sur Haiko ou sur les raisons de sa dispute avec ta sœur ?

La jeune fille semble hésiter à répondre. Ce n'est pas dans ses habitudes de médire sur quelqu'un, pourtant elle estime que Haiko a sa part de responsabilité dans la mort de Nadia. Et ça, elle ne le lui pardonnera jamais.

— Tout ce que je sais c'est que je n'ai jamais cru à cette histoire de menaces, la fatwa, tout ça. C'est facile de se prétendre la cible de Daesh, c'est super à la mode même ! Mais je pense que quand c'est vrai, on a de quoi avoir peur, on fait profil bas. Moi je serais morte de trouille…

— Ta sœur l'était, non ?

— Oui. Mais pas Haiko. Ça n'a rien changé à sa façon de vivre. C'est comme si elle s'en fichait ou qu'au fond elle savait qu'elle ne risquait rien.

— Tu crois qu'elle a tout inventé ?

La jeune fille hausse les épaules dans un silence éloquent. Puis se résout à lâcher :

— Oui. Je crois que c'est bidon, toute cette histoire.

— Ne raconte pas de bêtises ! la sermonne sa mère. Ta sœur est morte à cause de ces fous qui déshonorent l'islam, et tu devrais prier pour qu'il n'arrive rien à Haiko au lieu de la critiquer.

— Nadia est morte, oui ! Mais on dit que c'est peut-être à cause de Haiko justement !

— Comment tu peux croire ces histoires ! Tu la connais depuis que tu es toute petite ! Et puis c'est qui *on* ?

— Des sites, sur Internet…

— Tu m'énerves avec ton Internet ! Tu crois qu'ils ne disent que la vérité, tes sites ? À les écouter, tous les Arabes sont des terroristes en puissance ! Ils écrivent ce que les gens ont envie de lire, quitte à détruire la réputation de quelqu'un ! Alors je ne veux plus t'entendre rapporter ce genre de choses, c'est compris ? Haiko ne mérite pas ça ! Elle a autant de chagrin que nous et le fait qu'elle ait pris un garde du corps prouve bien qu'elle a peur, non ?

— Si tu le dis...

Que croire ? Lars n'en sait rien lui-même. Il n'a aucune raison objective de douter de l'honnêteté de Haiko. Ainsi que le dit Malika Nasri, les rumeurs ne sont souvent que des gesticulations stériles. Pourtant, le doute reste permis : il y a trop de zones d'ombre chez Haiko... et son frère. Comment expliquer le train de vie de Dimitri quand la vente des toiles ne suffirait pas à le faire tenir un mois ? Comment mieux comprendre ses provocations sur Twitter que par l'absence de réelles menaces ? Comment enfin justifiera-t-il sa proximité avec Sonia Labdaoui sur la photo trouvée chez Rachid ? Les manipulations rhétoriques de maître Lojong sont une chose, mais il lui faudra plus qu'une simple pirouette pour disculper ses clients...

— Donc, madame, vous êtes convaincue que N.e.r.F. n'est rien d'autre que ce que Haiko prétend ?

— Oui. Sinon ma fille ne serait pas restée si longtemps. Nadia était une femme honnête. Tu es allé voir les autres familles ? Celles des jeunes qu'elles ont sauvés ?

— Non, pas encore.

— Tu devrais. Parce que si effectivement Haiko a fait tout ce qu'on raconte et si les gosses s'étaient évaporés, tu ne crois pas que leurs familles auraient porté plainte depuis le temps ?

— Sans doute, madame, sans doute...

La réflexion est frappée au coin du bon sens. Bien sûr qu'elle a raison ! Lars se sent un peu bête de ne pas y avoir pensé lui-même. Il faut dire qu'il a du mal à se concentrer, à faire la part des choses depuis quelque temps. Peut-être est-ce dû au manque de sommeil, aux coups qu'il reçoit sur la tête ou encore à ces pilules dont il abuse pour tenir. Il sait qu'il devrait arrêter de prendre cette merde, mais comment faire quand il en a désormais besoin à tout moment de la journée ? Quand malgré tout il y puise le sentiment d'être tout-puissant, clairvoyant ? L'ancien militaire prend congé des deux femmes et réitère ses condoléances, soulagé malgré tout d'envisager une hypothèse plus favorable à Haiko.

Pourtant, au fond de lui, la petite voix semble ne pas vouloir se taire. Une petite voix qui lui susurre que le silence, ça s'achète et que la soudaine fortune de Mme Labdaoui pourrait aussi bien venir de là…

Le responsable unité SGP police à Paris, confirme à *Libération* que trois personnes sont entrées dans le siège de *Charlie Hebdo* avec des fusils à pompe et des kalachnikovs. « Ils ont ouvert le feu sur tout le monde, c'est une véritable boucherie. Cinq à dix personnes sont mortes, il y a de nombreux blessés. Certaines personnes présentes dans le journal sont montées se réfugier sur le toit. Les individus sont ensuite sortis, il y a eu une autre fusillade avec les collègues de la police. Un policier du 11e a été grièvement blessé, il va peut-être mourir. Deux autres sont blessés. Les tireurs ont ensuite pris la fuite vers la porte de Pantin en volant la voiture d'un chauffeur. » Pour l'heure, estime-t-il, nous ne sommes pas à l'abri d'une nouvelle attaque, plusieurs lieux sensibles sont sous protection.

Dépêche du 7 janvier 2015, 12 h 52,
sur le site de *Libération*

# 11

DOUZE HEURES À PEINE après son rendez-vous avec Malika Nasri, le téléphone de Lars retentit et le tire d'un sommeil pesant. À l'autre bout du fil, une respiration anarchique accompagnée de gémissements angoissés. *Haiko*. Complètement réveillé, Lars se concentre sur la voix étouffée de la jeune femme. Elle ne parvient pas à formuler des phrases, à articuler le moindre mot.

— Haiko, qu'est-ce qui se passe, quelqu'un vous a attaquée ?

Il s'extrait de son lit pour enfiler un jean et un T-shirt.

— Je… Il…

La jeune femme déglutit péniblement. Elle est en état de choc.

Jean, rangers, blouson par-dessus son débardeur. Lars s'habille à la hâte, claque la porte et descend l'escalier quatre à quatre pour rejoindre sa moto. Il fait basculer l'appel sur le kit mains libres de son casque et tente de calmer la jeune femme.

— Haiko, j'ai besoin de savoir ce qu'il se passe, vous pouvez parler ?

— Oui, chuchote-t-elle non sans mal. Il y a quelqu'un chez moi… Oh mon Dieu… il y a quelqu'un chez moi !

La moto démarre dans un crissement de pneus. Il lui faut dix minutes pour la rejoindre. C'est peu et beaucoup à la fois.

— Vous êtes où ?

— Dans ma chambre. Dans le placard…

Le premier endroit où on ira la chercher. C'est toujours une mauvaise idée de croire qu'on peut se cacher chez soi. Même en cas d'effraction on continue de s'imaginer protégé par ses murs, par ses meubles, alors que la présence même de l'intrus devrait nous faire comprendre qu'il n'y a plus de refuge, plus de propriété privée, plus de règles.

— Il faut que vous sortiez de chez vous, Haiko, vous n'êtes pas en sécurité dans la maison.

— Je ne peux pas ! Il va me voir… Et…

Incapable de prononcer un mot de plus, la jeune femme se met à hyperventiler. Quelle imbécile, quelle prétentieuse elle a été de se croire courageuse, plus forte que la moyenne ! Elle pensait qu'elle ferait face, dans ce genre de situation, qu'elle attaquerait pour mieux se défendre… Mais la guerrière qui se bat comme un lion n'a jamais existé. C'est une chimère, une douce histoire qu'elle s'est racontée sans avoir pris la peine de bien planter le décor et aujourd'hui, alors qu'elle est confrontée à une menace réelle, le personnage est parti en fumée pour céder la place à une pauvre chose terrifiée qui pourrait bien se pisser dessus, là, dans son dressing.

— Haiko, vous devez quitter les lieux. Soit il finira par vous trouver, soit il va piéger la maison, vous comprenez ?

Qu'entend-il par *piéger la maison* ? Fait-il référence à… une bombe ? Loin de lui donner des ailes, cette perspective la paralyse un peu plus. Comme si ne pas bouger, rester ici, accroupie dans ce fichu placard qui pourrait bien faire office de cercueil, la préservait du pire. On appelle ça la *technique de l'autruche* et on rigole d'un air un peu condescendant lorsqu'on s'imagine qu'on serait bien trop malin pour la mettre en pratique… jusqu'au jour où on se rend compte que son cerveau reptilien ne vaut pas mieux que celui d'un pauvre oiseau.

— Je… ne pourrai jamais…

— Si, il le faut.

Putain, mais qu'est-ce qu'il branle Invalla ? Il était censé la protéger ! Lars est fou de rage. Voilà à peine quelques heures que sa cliente est sortie de garde à vue et elle est déjà en danger ! Lars jette un œil au cadran de sa moto : il sera sur place dans cinq minutes. Il faut qu'elle dégage de ce foutu traquenard !

— Je vais vous guider, d'accord ?

— Je… je ne sais pas…

— Ouvrez la porte du placard.

La jeune femme tend un bras tremblant vers le battant. Il lui semble si loin, inaccessible… Il faut qu'elle bascule un peu son corps vers l'avant, au risque de se déséquilibrer, de tomber et d'alerter l'intrus en faisant du bruit.

— Haiko, vous m'entendez ?

La jeune femme ne répond pas. Elle étire sa main au maximum, effleure le bois laqué qui lui glisse des doigts à cause de la sueur.

— Haiko, répondez !

— Oui… je suis là… j'essaie d'ouvrir le placard, chuchote-t-elle.

— Surtout restez avec moi, ne raccrochez pas, Haiko, c'est compris ?

— Venez vite, je vous en supplie, j'ai peur !

— Je serai là dans quelques minutes. Sortez du placard !

Et si l'homme se tenait de l'autre côté de cette porte ? Et s'il attendait qu'elle ouvre pour la tuer ? Son cœur s'accélère à l'idée qu'il la guette pour lui faire du mal. Sous l'effet de l'adrénaline, une voix lui souffle que s'il est dans la chambre, il finira par l'extraire lui-même de sa cachette. Alors autant rester maîtresse de son destin, même si elle doit se diriger elle-même vers la mort…

La jeune femme pousse enfin les portes de son refuge et retient sa respiration. Elle cligne des yeux, inspecte la pièce si familière et effrayante à la fois… Personne. Elle en pleurerait de joie. D'ailleurs, ce sont bien des larmes qu'elle sent couler sur ses joues, non ?

— J'ai ouvert le placard… je fais quoi ?

— Ouvrez la fenêtre et sautez.

— Quoi ? Mais c'est trop haut ! Je… je ne peux pas sauter… Vous savez que je ne peux pas… J'ai le vertige…

Lars peste intérieurement. Il avait oublié l'histoire d'Aleksandra Homoreanu.

— Je viens d'arriver dans votre rue. Enjambez la fenêtre, plaquez-vous contre la façade, pieds sur la corniche, et tenez-vous au garde-corps. Vous allez y arriver. Vous êtes l'enfant des cendres, Haiko. Vous êtes un phénix.

— OK… je suis un phénix.

La jeune femme s'exécute, tant bien que mal, jambes flageolantes. *Ne regarde pas en bas, ne regarde pas en bas.* Elle sait bien que la hauteur est dérisoire, et qu'elle devra sauter si sa vie est en jeu, mais l'idée même d'être happée par le vide, de risquer de mourir comme sa mère en s'écrasant sur le sol la plonge dans une angoisse sans fond. Elle suffoque, en nage, des étoiles sombres valsent devant ses yeux. *Ne pas tomber dans les pommes, surtout rester consciente…* Elle agrippe comme elle peut le garde-corps en fer forgé, mais elle a le sentiment de n'avoir aucune prise, que ses forces l'ont abandonnée et qu'elle va finir par tout lâcher. *Je vous en supplie, Lars, venez me sauver...*

L'ancien militaire ouvre brutalement la portière de la voiture où Invalla planque pour l'en extraire. Putain, pourquoi n'est-il pas chez elle ? Il lui réglera son compte plus tard, pour l'instant ils doivent intervenir ensemble.

— Quelqu'un s'est introduit chez Haiko, suis-moi.

L'homme lui emboîte le pas sans un mot. Arrivés devant la maison de la jeune femme, Lars fait signe à Karol d'inspecter le rez-de-chaussée, tandis qu'il gravit l'escalier sans bruit. Il ouvre une première porte et tombe sur la salle de bains. Personne. La deuxième pièce qu'il inspecte est la chambre d'amis, encombrée de meubles hétéroclites et de linge à repasser... La fenêtre est grande ouverte, Lars allume la lumière en même temps que retentit un cri strident. Il se précipite vers la pièce attenante. C'est Haiko qui a hurlé. Lars traverse sa chambre en deux enjambées, suivi de près par Invalla. La jeune femme se tient sur la corniche, ainsi qu'il le lui a conseillé, pliée en deux pour agripper le garde-corps, un pied dans le vide.

— Haiko !

— Il... il a sauté, je l'ai vu ! Il est parti en courant...

Lars regarde en bas et n'aperçoit personne. Par acquit de conscience, il fait signe au Polonais d'aller vérifier.

— Je... je n'arrive plus à tenir... Je vais lâcher..., gémit Haiko, en larmes.

— Je vais vous aider.

— Non, je vais tomber... je vais tomber, répète-t-elle d'une voix suraiguë.

Lars la saisit par la taille et s'assure une prise ferme.

— Vous voyez, je vous tiens. Venez...

Elle tremble de tout son corps, même sa tête est agitée de spasmes incontrôlables auxquels, malgré lui, il fait écho. Non, ce n'est pas le moment de flancher. Il doit la hisser par-dessus la rambarde, la sauver à la seule force de ses bras.

— Je ne peux pas bouger… je vais tomber !

— Laissez-moi vous porter, d'accord ? Vous n'aurez rien à faire, il faut juste me faire confiance. Vous me faites confiance, Haiko ?

La jeune femme plonge ses yeux dans ceux de son garde du corps : avoir confiance de cette manière, c'est s'en remettre complètement à lui. De façon inconditionnelle et irréversible. Pas le choix. Elle opine du chef d'un air grave.

— Je vous en supplie… aidez-moi.

Alors, sans plus chercher à discuter, il resserre ses mains autour d'elle, penche son corps en avant pour la plaquer contre lui et la fait basculer sur son épaule. Tétanisée par la peur, la jeune femme n'émet aucun son ni n'oppose aucune résistance, comme si l'espace de ce sauvetage elle avait cessé d'être en charge de sa propre vie.

Quelques minutes plus tard, il la dépose dans la rue, loin de la maison. La jeune femme grelotte, pieds nus, vêtue seulement d'une nuisette fine. Lars lui couvre les épaules de son blouson de cuir.

— Merci…

Invalla revient en courant. L'inquiétude et la colère se lisent sur son visage : il n'a pourtant pas lâché le portail des yeux !

— Rien… le mec est parti.

Des gyrophares projettent soudain leur lumière bleue intermittente sur les façades du quartier.

— C'est toi qui as appelé les flics ? interroge Lars.

— Non… Ça doit être un voisin alerté par les cris de Haiko.

— Sans doute… Putain mais comment tu as pu laisser un type entrer chez elle ?

— Je n'ai vu personne. Pourtant je n'ai pas lâché la rue des yeux, je te le jure !

— Mais qu'est-ce que tu foutais dehors ? Je t'avais dit de rester à l'intérieur, bordel !

— C'est moi qui lui ai demandé… Après la garde à vue, j'avais besoin d'intimité, explique la jeune femme. Je ne lui ai pas laissé le choix.

— C'est pas une raison, merde ! T'as fait la préco seul ?

— Non, avec Jonas. L'appartement était clean…

Dès demain, Lars demandera des comptes à l'ancien légionnaire.

Ce n'est que deux heures plus tard que partent les derniers véhicules. Il a fallu vérifier chaque recoin du logement, ainsi que le reste du quartier pour s'assurer que l'intrus n'avait pas déposé de bombe. Haiko a enfin pu rejoindre sa maison. Invalla a regagné son véhicule à la demande de Lars, et passe en revue tout ce qu'il a fait depuis qu'il a pris son tour de garde. Il est certain de ne pas s'être endormi. L'homme a dû passer par les toits… De toute façon, comment assurer une protection maximale quand on est en sous-effectif ? Haiko est une cible trop facile. Si aujourd'hui elle a échappé à la mort, il n'est pas garanti qu'elle ait autant de chance une prochaine fois.

Enveloppée d'un plaid en laine polaire, la jeune femme finit de siroter une tasse de thé chaud sans dire un mot, les yeux perdus dans le vague, toujours en état de choc. Lars, quant à lui, s'est servi un verre de rhum.

— Donnez-m'en un peu, s'il vous plaît, demande-t-elle en lui tendant sa tasse vide.

Lars s'exécute sans discuter. Ils trinquent en silence et laissent le liquide ambré leur brûler la gorge et développer ses arômes sucrés au fond de leur palais. Haiko semble étrangement calme, comme si le trop-plein d'émotions l'avait finalement anesthésiée.

— Ça va aller ?

— Oui… je me sens vidée…

— C'est normal.

— Vidée mais vivante, bien, même… C'est normal de se sentir aussi bien après ce qu'il vient d'arriver ?

— Oui, Haiko. C'est la vie qui reprend ses droits.

Il leur ressert une bonne rasade de rhum qu'ils descendent ensemble.

— Je vais vous laisser dormir, annonce-t-il en posant son verre. Invalla va prendre la relève.

— Non ! Restez pour la nuit, je vous en prie, je… je me sens en sécurité avec vous !

Lars semble hésiter un peu. Il se frotte le visage, fatigué. Haiko scrute ses mains, se rappelle leur contact ferme et doux à la fois. Ce sont des mains d'homme, des mains qui savent cogner un adversaire, sûrement aussi caresser le corps d'une maîtresse… Les yeux de la jeune femme s'attardent sur ses poignets solides puis remontent le long des bras tatoués. Deux bêtes sauvages se font face, chacune montrant ses crocs puissants sur l'épaule qu'elle orne, prêtes à s'affronter dans un combat à mort. Leur corps souple et nerveux se prolonge jusque sur les biceps, dont Haiko croit bien qu'elle ne ferait pas le tour avec ses deux mains. L'idée lui arrache un sourire puis ses yeux dégringolent le long du torse puissant, des cuisses nerveuses… Il se dégage de lui quelque chose d'éminemment viril, une force brute, animale. On doit se sentir à l'abri de tout dans ses bras… il doit être divin de le sentir en soi, d'être pénétrée, déchirée par un membre qu'elle ne peut qu'imaginer en accord avec le reste. D'un coup elle est prise d'une pulsion si intense qu'elle a la sensation d'être électrocutée par le bas-ventre. Et le sentiment qu'elle va mourir sur-le-champ s'il ne lui fait pas l'amour…

# 12

LARS SE LÈVE D'UN BOND. Les pupilles de Haiko sont tellement dilatées que ses yeux ressemblent à des trous noirs. Elle a trop bu, lui aussi. Leur alcoolémie combinée aux hectolitres d'adrénaline dont ils ont été imprégnés ne peut que former un cocktail explosif. Le sexe en réponse au danger de mort, comme une réaction instinctive pour se prouver qu'on est toujours vivant, Lars connaît par cœur. Et il ne veut pas de ça pour Haiko. Elle mérite mieux que cette fange, qu'être le jouet de pulsions qui la dépassent.

— Je vais inspecter la chambre d'amis. Je veux savoir ce que l'intrus y cherchait, décrète-t-il soudain.

— Quoi ? Non… s'il vous plaît ! implore la jeune femme.

Elle se lève à son tour, titube légèrement, et le suit jusqu'en haut de l'escalier.

— Je vous en prie, Lars, ne me fuyez pas !

Il s'adosse à la porte de la pièce et lui fait face. Avec son visage sans fard, sa nuisette si fine qu'elle en est transparente et le blouson qu'elle n'a pas ôté, Haiko est diablement excitante… Malgré lui, il la dévore du regard.

— Vous aussi, vous en avez envie…

Haiko tend doucement une main vers son torse et la plaque au niveau de son sternum, sur le crucifix dont il ne se sépare jamais. Leurs respirations se synchronisent dans la même accélération tandis que l'autre main de la jeune femme descend le long de son ventre, par-dessus le débardeur qui épouse si bien ses muscles, déboutonne sa braguette et attrape son sexe en érection. Lars sursaute violemment.

— Arrêtez…

Sourde à sa supplique, elle se met à genoux et tire légèrement sur la chaîne qui supporte le pendentif.

— C'est Jésus qui me le demande, le provoque-t-elle d'une voix rauque.

Et, sans lâcher la croix, elle resserre son autre main sur le sexe de Lars avant de le mettre dans sa bouche. Tendu à l'extrême, il essaie de la repousser, en vain… Les va-et-vient sont brutaux, sans aucune sensualité. Elle ne le suce que pour le durcir encore plus, comme on remonte un objet mécanique sans se soucier de le casser.

— Non…

Mais il est tétanisé. Trop de souvenirs s'invitent et se bousculent dans son esprit pour qu'il soit vraiment présent à ce qui se passe, en capacité de la repousser. Il n'est plus rien qu'un objet, un animal partagé entre plaisir et douleur, honte et désir. Elle pompe, aspire goulûment, comme les filles des films pornos, compresse son pénis pour rendre l'afflux de sang plus douloureux encore, puis, lorsqu'elle estime qu'il est prêt, elle tire un peu plus fort sur la chaîne pour le forcer à s'agenouiller à son tour, et le pousse sur le sol d'un geste brusque. Il atterrit sur le dos, jambes repliées. Elle tire sur ses chevilles pour l'allonger complètement.

— Tu vois, toi aussi t'en as envie, répète-t-elle.

Il aimerait lui crier qu'elle est ivre. Qu'il déteste ce qu'elle est en train de lui faire, la façon dont elle s'avilit. Que ça va tout abîmer entre eux... Mais elle ne lui en laisse pas le temps. Elle ne lui laisse aucun répit. D'un geste sûr, elle saisit son membre à nouveau et l'enfourche d'un coup sec. Il gémit. Satisfaite, elle ôte sa nuisette et se met à danser sur lui, blafarde dans la lueur de la lune. C'est la lumière qui viole l'ombre dans un corps à corps animal.

Elle le baise frénétiquement, sans se soucier d'autre chose que de son propre plaisir : il n'est qu'un sex-toy entre ses cuisses.

Elle geint, elle sourit, il capitule et plaque les mains sur ses hanches pour s'empaler un peu plus sur sa queue. Il enfonce ses doigts dans son ventre, attrape ses seins. Il les pince. Fort. Elle laisse échapper un petit cri et, les yeux plantés dans les siens, saisit ses mains pour les coller sur son cou, rejouant sa première leçon de self-défense avec lui, à la recherche du même frisson. Mais le jeu est dangereux. Lars retrouve les sensations qui l'ont tant perturbé alors, quand la perspective de lui faire du mal l'avait excité sans commune mesure. Il resserre ses doigts sur la gorge gracile, doucement, pour éviter de la blesser. Haiko arrête un instant de bouger et l'encourage de sa paume à l'agripper plus fort. Il s'exécute, les cuisses de la jeune femme se contractent, son vagin le prend dans un étau, l'amenant au bord de la jouissance. Il la désire si fort !

Lars la bascule sur le dos et plaque ses jambes sur ses épaules pour la pénétrer plus profondément encore tandis qu'il lui maintient le cou au sol. *Tiens, prends ça !* La fille encaisse les coups de boutoir, accompagne le mouvement, en redemande, insatiable. Alors il la retourne, la met à quatre pattes et lui fait un collier de sa ceinture. Il la prend brutalement, sauvagement, et tire sur la lanière de cuir pour la cambrer, pour l'étrangler. À chaque mouvement de hanches, il assure un peu plus sa prise, donne un nouvel à-coup. *T'aimes ça, hein ! C'est ce que tu voulais, salope ?* La soumission de la jeune femme et ses râles de suffocation l'enivrent. Il la baise. Il la tue. Il se venge. Il est comme un fou, comme un animal en rut. Des rugissements emplissent sa tête, les bêtes sont à nouveau lâchées et elles se mêlent à la danse, à la chasse. Il va la dompter, la fendre en deux.

Sa main s'abat sur les fesses blanches. Le contraste est sublime avec sa peau sombre et bientôt les marques rouges des claques assénées violemment ajouteront à la beauté du tableau, à la poésie de ses pulsions sexuelles. Il se sent mâle. Puissant, pénétrant, dominant. Haiko ouvre et ferme ses doigts sur le plancher, à la recherche d'une prise, mais elle n'agrippe que le vide, agitée de spasmes, tremblant de tout son corps, ses fesses, ses cuisses en une danse affolante. Il va jouir. Le sexe de la jeune femme l'aspire, l'engloutit, le presse avidement… Le manque d'oxygène lui fait perdre toute mesure, elle se lâche complètement, le laisse l'envahir plus profond qu'il n'a jamais été avec personne, il cogne et cogne encore contre les parois de son utérus. Il est énorme. Il est colossal. Il est un satyre. Il va l'ouvrir entièrement, la défoncer, il va la transpercer de part en part et ressortir par sa bouche. Il va la tuer de l'avoir contraint à la baiser.

Le rythme s'accélère encore, il souffle, il gueule avec elle, enfonce ses doigts dans sa chair pendant qu'il la crucifie. Puis se fige, se gonfle un peu plus. Et se libère en elle. Enfin vient la jouissance. Profonde, intense, impérieuse. Un torrent de plaisir se déverse de son sexe en saccades orgastiques. Lars laisse échapper un cri rauque. Il ne reconnaît pas sa voix. De longues secondes s'écoulent avant qu'il en finisse de jouir, c'est une sensation incroyable. La ceinture autour du cou de Haiko se relâche un peu et les deux amants s'écroulent sur le sol. La jeune femme reprend doucement son souffle… puis se relève avec peine, va jusqu'à sa chambre et s'allonge sur le lit, cigarette aux lèvres. Lars la suit et tire à son tour sur la clope. Ils se fixent sans dire un mot.

Haiko s'est endormie très vite, exténuée, sans chercher à lutter. Dans la pénombre de la chambre, bercé par la respiration régulière de la femme qui l'a presque violé, Lars replonge dans ses souvenirs de guerre. Non que ce soit intentionnel, mais leur petite partie de jambes en l'air a forcément réveillé sa mémoire… Il revoit ses geôliers et leur ceinture d'explosifs autour du corps, au cas où leur prendrait l'envie de se faire sauter, il entend les drones et les hélicoptères quadrillant le secteur dans un bourdonnement infernal, l'acharnement cruel des talibans désœuvrés sur des chiens et des chèvres hurlant de terreur et de douleur alors qu'ils se faisaient amputer ou brûler vifs, il se rappelle la pénombre angoissante et protectrice à la fois, sa peur de marcher sur une mine quand il s'est enfui, le tic-tac de la montre de son bourreau…

Il n'arrivera pas à dormir. Pas la peine d'insister. Il a besoin d'une autre cigarette, pour commencer. Sans bruit, il sort de la chambre après avoir attrapé le paquet de Haiko. Dans la chambre d'amis, il ouvre la fenêtre et regarde le ciel étoilé qui commence à s'éclaircir, aspire une première bouffée. Revit. Bientôt il fera jour.

Toujours intrigué par l'intrusion de la soirée, il balaie la pièce du regard. Si le type ne s'en est pas pris à Haiko ni n'a posé de bombe, alors c'est qu'il cherchait quelque chose. Une chose que Haiko ne voulait pas que Lars découvre puisqu'elle l'a empêché de fouiner… D'une bien agréable façon, certes, mais il n'est pas dupe : elle a pris les choses en main à partir du moment où il a manifesté son intention de fouiller la pièce.

Sans faire de bruit, il soulève le matelas, passe sa main dessous à la recherche d'un objet caché. Rien. Il regarde sous le lit, ouvre une armoire qui grince un peu trop mais n'y trouve que du linge de maison. Les tableaux accrochés ne cachent aucun coffre dans le mur, et les bibelots sont vides. Lars aspire une dernière bouffée de cigarette et projette son mégot par la fenêtre, d'une pichenette. Plaqué contre un mur, un secrétaire qui ne paie pas de mine mais semble assez robuste. Il croule sous un monticule de magazines et de livres, si bien qu'on ne peut pas ouvrir les portes latérales. Le tiroir central reste accessible, Lars tire légèrement dessus, sans succès. Fermé à clé. Tout autour de la serrure, il remarque de fines rayures qui semblent indiquer qu'on a voulu le forcer, en vain. Lars saisit un trombone qui traîne par terre et, en quelques secondes, fait céder le mécanisme. Le type devait être un amateur… Il inspecte le contenu du tiroir : une gomme, un bijou, des stylos, quelques documents. Piqué dans sa curiosité, Lars entreprend de les lire, sans prêter attention aux bruits de pas qui se dirigent vers lui.

— Faut pas te gêner !

Lars sursaute, pris en faute.

— L'intrus a voulu forcer ce tiroir.

— Et alors ? Ça te donne le droit de le fouiller ? Tu te prends pour qui ?

Furieuse, la jeune femme s'approche du garde du corps pour lui arracher les feuillets des mains. Mais il est plus preste et les détourne à temps, tend son bras au-dessus de sa tête pour qu'elle ne puisse les récupérer.

— Je voulais comprendre…

— Comprendre quoi ? Il n'y a rien à comprendre. Et ne crois pas que parce qu'on a couché ensemble tu n'as pas de comptes à me rendre !

— Hélas, sur ce coup-là, c'est toi qui vas devoir m'en rendre !

— Comment ça ? s'écrie Haiko, furieuse.

— Tu le sais très bien.

— Pas du tout. De quoi parles-tu ?

À la voir, ainsi, mains sur les hanches, fulminant de rage et d'indignation, on pourrait presque croire qu'elle n'a aucune idée de ce qu'il brandit. Quelle actrice ! Et surtout quelle prétention de croire qu'une simple mise sous clé de ces documents suffirait à la protéger !

— Et toi, Haiko, qui es-tu ?

— Pourquoi tu me demandes ça ?

— Parce que je te pensais sincère. J'étais prêt à croire que tu étais victime d'une cabale… et qu'est-ce que je découvre ? interroge-t-il en brandissant les feuilles noircies.

Lui-même a du mal à y croire.

Ce qu'il tient entre ses mains, c'est le relevé bancaire d'un compte en Suisse, au nom de Haiko.

Un compte à six zéros.

# III

# ENTRE TOI ET LE DIABLE

*[...] entre toi*
*Et le diable*
*J'ai choisi le plus*
*Confortable*
*Mais tout cela*
*N'est pas pourquoi*
*Je me sens coupable*
*Mon cher ami*

Lhasa de Sela, « La confession »

# 1

ÇA FAISAIT LONGTEMPS que Haiko ne s'était pas apprêtée de la sorte. Crème de jour, fond de teint, anticernes et poudre pour la base. Fards à joues, à paupières, crayon et mascara, rouge à lèvres, un peu plus de parfum qu'à l'accoutumée. C'est ainsi à chaque fois qu'elle manque d'assurance, qu'elle déprime. Elle se choisit un bon gros masque social bien convenu, de ceux qui vous valent des compliments parce que vous prenez *soin de vous*... Soin de vous cacher, oui ! Mais les gens aiment trop les évidences pour s'en méfier. La jeune femme inspecte son reflet dans le miroir, sans concession. La quarantaine approche, pourtant elle jurerait paraître tout juste trente ans... Bien sûr, à y regarder de plus près, la peau s'est sensiblement fripée autour de ses yeux et de fines ridules strient le contour de ses lèvres, son cou a perdu de sa tonicité, ainsi que ses seins... et déjà la peau de ses mains se plisse. D'ici quelques années, elle aura les doigts patinés et luisants des gens qui ont vieilli.

Elle fait la moue et rajoute une couche de rouge à lèvres. Pour l'instant elle fait encore illusion, avec son sourire ravageur et ses yeux pétillants. Elle a du charme, c'est peut-être ce qui la sauvera encore un temps. Mais Haiko ne se leurre pas. Il lui est impossible de refaire sa vie et trop tard pour envisager une maternité qui l'a si longtemps terrorisée... Alors, quand viendra la vieillesse et que se raréfieront les hommages, elle sait qu'il n'y aura ni l'affection inconditionnelle d'un enfant ni celle d'un compagnon prêt à faire la route avec elle pour lui rendre la suite supportable. Les amours absolues n'existent que si l'on se rencontre avant que la vie n'ait entamé les cœurs. Trop tard. « Souviens-toi que le Temps est un joueur avide / Qui gagne sans tricher, à tout coup ! c'est la loi... » La jeune femme se rappelle ces quelques vers de Baudelaire et sourit amèrement à la poupée maquillée qui la fixe d'un air las. Oui, quand elle n'attirera plus ni ne plaira, quand même aux hommes elle sera devenue transparente, déjà morte... alors qu'est-ce qui la retiendra ?

Haiko laisse échapper un long soupir. *Allez, bouge-toi !* Il va bien falloir qu'elle se décide à sortir de cette fichue salle de bains ! Mais voilà, après la nuit qu'elle a passée, elle pourrait volontiers envisager de rester cloîtrée ici encore un an ou deux.

Machinalement, elle passe une main sur sa gorge tuméfiée. Qu'est-ce qui lui a pris ? Que va s'imaginer Lars, à présent ? Comment va-t-il la considérer... ou plutôt la déconsidérer ? Elle a bien perçu à quel point ses avances l'ont choqué. Avec quelle force il a tenté de la repousser. Mais la pulsion était si violente que Haiko n'a pu la contrôler. Jamais elle ne s'était comportée comme cela avec un homme. Qui est cet animal dépourvu de pudeur ? Cette bête en chaleur qui s'est vautrée dans le stupre et enivrée de douleur ? Oui, Haiko a honte. Une honte incommensurable qui nourrit au sein sa peur de crever avant l'heure, avant qu'elle ne soit décidée à tirer sa révérence…

Tout risque de changer à présent qu'il ne la respectera plus… Pourtant, s'il reste encore quelque chose à sauver, elle doit tenter sa chance. Parce que pour l'instant elle a encore l'instinct de survie chevillé au corps. Alors elle va sortir de cette cachette ridicule et affronter son garde du corps. Elle va se montrer forte, sûre d'elle, elle va sourire et le regarder dans les yeux, comme si tout cela était normal, anecdotique, banal.

Trois coups de sonnette la font soudain sursauter. Sur l'interrupteur le doigt est à la fois insistant et agacé. Ce n'est pas une sonnerie amicale, c'est un coup de semonce, un début d'intimidation. Au rez-de-chaussée, elle entend les pas lourds de Lars. La porte s'ouvre. Plus un bruit. Hésitation. Peur. Non, c'est ridicule, des terroristes ne viendraient pas sonner à sa porte.

Intriguée, elle descend l'escalier, tout sourire.

— Capitaine Alquier, encore vous ? s'écrie-t-elle, presque mondaine. Que me vaut le plaisir de votre visite ?

— Madame.

Le policier oppose un visage grave à la jeune femme. Loin de paraître décontenancée, elle continue d'arborer un rictus un peu figé, complètement hors de propos. Tendu, il se retourne et fait signe à ses gars d'entrer dans la maison.

— Qu'est-ce que cela signifie ? s'étonne-t-elle.

Son cœur se met à battre la chamade. Quelle que soit la raison de cette intrusion policière de bon matin, ça ne lui dit rien qui vaille. Pourtant, malgré les tics nerveux qui agitent ses lèvres, elle s'efforce d'afficher une mine joviale.

Alquier se crispe un peu plus, il supporte de moins en moins son arrogance.

— Nous sommes venus pour perquisitionner votre domicile.

— C'est une plaisanterie ?

— Non, madame.

Interloquée, elle se tourne vers son garde du corps, mais Lars se contente de la fixer d'un air indéchiffrable. Est-ce du mépris qu'elle lit dans ses yeux ? Haiko sent des larmes lui monter aux yeux, ses mains se mettent à trembler… Elle ne doit pas flancher, surtout pas flancher.

— Et de quel droit je vous prie ? Vous avez un mandat de perquisition ?

— Nous ne sommes pas dans une série américaine, madame, nous n'en avons pas besoin pour fouiller l'appartement.

— Dommage, plaisante-t-elle en forçant son rire, vous feriez un magnifique héros HBO !

— Haiko, ce n'est pas un jeu, lui rappelle Lars. Vous cherchez quoi ? demande-t-il au policier.

— Nous avons reçu un appel nous indiquant que vous dissimulez chez vous les preuves de vos malversations…

— Quoi ?

La jeune femme se décompose un instant. Ce n'est pas possible ! C'est un cauchemar !

— Un appel de qui ?

— Un appel anonyme mais ce n'est pas le problème, madame, répond le capitaine en donnant le signal à ses équipiers.

Les officiers sont au nombre de trois. Tous se dirigent comme un seul homme vers les escaliers, comme s'ils savaient exactement où chercher. Haiko tourne les talons pour les suivre, mais le policier l'en empêche.

— Asseyez-vous, madame.

— Mais je n'ai pas envie de m'asseoir !

— Ce n'était pas une suggestion. Tenez-vous tranquille et tout se passera bien.

Lars lui fait signe d'obtempérer. Il est si calme ! Comme si tout cela était normal. Comme s'il s'y attendait. Comme si…

— Il n'y a rien dans le secrétaire, chef ! crie un officier depuis la chambre d'amis.

— Retournez toute la maison, répond Alquier sans lâcher Haiko des yeux.

Un muscle tressaute dans la mâchoire de Lars. Haiko le dévisage un instant, à la recherche de son regard pour le fouiller un peu. Se pourrait-il qu'il l'ait dénoncée ? Elle pensait pourtant avoir été convaincante, cette nuit, après qu'il eut découvert les documents dans son secrétaire. Elle lui a expliqué, main sur le cœur, que tout cela n'était qu'une immense manipulation, tout juste destinée à la discréditer. L'intrus n'était pas venu voler quelque chose, ne voulait même pas s'en prendre à elle : il avait déposé une fausse preuve de compte en Suisse ! Et l'appel qu'Alquier a reçu en est la confirmation. Mais qui a été le plus prompt à l'avertir ? L'intrus ou bien Lars ? Pour l'instant, elle doit absolument partir du principe que ça ne peut être l'homme payé pour la protéger. L'homme avec qui elle a couché. D'ailleurs, pourquoi aurait-il appelé la police une fois les preuves détruites ? Non, cette hypothèse est ridicule !

— Vous ne trouverez rien ici, déclare-t-elle au policier avec aplomb.

— Nous verrons bien…

Les hommes redescendent de l'étage, bredouilles. Alquier leur fait signe de poursuivre la fouille minutieuse.

— Vous êtes au courant que quelqu'un s'est introduit chez moi, cette nuit ?

— Oui, répond-il, agacé.

— Ah quand même ! Et, juste pour m'en assurer… vous vous rappelez que c'est moi la victime dans cette affaire ?

— Je vous invite à changer de ton, madame.

— Je vous parle sur le ton que je veux ! Vous venez chez moi à la recherche de prétendues preuves qui m'accablent alors que j'ai bien cru mourir il y a moins de douze heures. Vous trouvez ça normal ?

Bien sûr, ça ne l'est pas. Rien ne l'est dans cette affaire. À commencer par Haiko Homoreanu.

Le capitaine Alquier a lu le rapport de ses collègues de la nuit sur l'intrusion de l'individu chez la jeune femme, il a pris connaissance de sa terreur rapportée avec force détails, sait qu'elle a l'intention de porter plainte. Malgré tout, il ne parvient pas à la voir comme une victime. Peut-être est-ce dû à cette impression de force qu'elle dégage, ou peut-être est-ce du délit de belle gueule, peut-être son instinct lui souffle-t-il qu'elle a des choses à se reprocher. Toujours est-il que cette arrogance dont elle ne se départ jamais ne plaide pas en sa faveur. Elle oppose une telle désinvolture qu'elle lui est devenue profondément antipathique. Voire suspecte. C'est pourquoi il préfère s'en tenir à des relations froides et professionnelles, qu'il juge plus respectueuses de la présomption d'innocence qu'il lui doit.

— C'est la procédure, se contente-t-il d'expliquer.

— Chef ! s'exclame un officier en s'accroupissant près de l'évier.

Alquier se dirige vers le gars qui tient au bout d'une pince un morceau de papier carbonisé. Haiko lance un regard affolé à Lars, mais le garde du corps reste impassible. Après qu'il fut revenu à la raison et lui eut rendu les documents, Haiko a pris soin de les faire brûler dans l'évier. Un morceau de papier se sera envolé pour retomber quelques centimètres plus loin…

— Démontez la tuyauterie, ordonne le capitaine.

La jeune femme laisse éclater un petit rire nerveux en secouant la tête, ce qui ajoute à l'exaspération du policier. En réalité, elle n'en mène pas large et assiste, angoissée, à la fouille de sa plomberie. Elle aurait dû balancer de la soude caustique dans les canalisations. Mais comment aurait-elle pu deviner ce qui allait se passer…

— Je sais pertinemment qui vous a téléphoné pour me dénoncer, de toute façon.

— Dites toujours.

— C'est pourtant évident, ricane-t-elle. Leduc.

— Vous avez des preuves ?

— Pas plus que vous concernant mon soi-disant compte, m'sieur. Mais ce n'est pas le genre de choses dont vous avez pour habitude de vous encombrer, on dirait !

— Non mais vous comprenez ce qui est en train de vous arriver ou vous êtes juste stupide ? Jouer les petites filles gâtées est très loin de vous rendre service, je vous assure !

Haiko hausse les épaule et se cale dans son canapé. C'est avec soulagement qu'elle apprend que les policiers ont fait chou blanc : il n'y a aucune autre trace de papier brûlé dans la plomberie. Dépité, Alquier leur fait signe de remballer leur matériel.

— S'il existe un ou des comptes offshore, madame, il faut nous le dire maintenant… avant que nous les trouvions par nous-mêmes…

— Je vous dis qu'il n'y a rien, assure-t-elle d'un ton peu amène.

Elle commence à en avoir assez de cette histoire. Ce qu'elle comprend, c'est que Leduc a essayé de la piéger en déposant ces documents chez elle et qu'elle a eu raison de les faire disparaître !

Une fois Alquier et son équipe partis, la jeune femme a tout de même besoin de vérifier la loyauté de son garde du corps.

— Dites-moi que ce n'est pas vous qui les avez appelés, Lars !

— Pourquoi aurais-je fait ça ?

— J'en sais rien, à cause de vos soupçons, au nom de vos pseudos-valeurs de bigot !

— Mes quoi ? s'étrangle-t-il.

— Et que les choses soient claires : j'ignore tout de ce compte en Suisse. C'est un piège tendu par Leduc.

— Il a plusieurs millions à perdre en les mettant sur un compte à votre nom ?

Non, Lars ne croit pas à cette théorie. D'autant qu'il voit mal Leduc passer par les toits, briser une vitre et sauter d'une fenêtre pour s'enfuir…

— Ne soyez pas stupide, c'est un coup monté. Vous êtes con ou quoi ?

— Bah ouais, je suis peut-être con. Mais le document m'a paru authentique.

— Vraiment ? Dans la nuit, en quelques secondes d'inspection ? Trop fort, vous devriez postuler à la Brigade financière, vraiment !

Mais Lars a assez vu de faux dans sa vie pour savoir les reconnaître, et les sarcasmes de Haiko n'y changeront rien : les relevés bancaires qu'il a tenus entre les mains n'étaient pas des contrefaçons. Il en est si sûr qu'il n'arrive même pas à lui accorder le bénéfice du doute.

— Alors pourquoi m'avoir rendu le document ? Pourquoi m'avoir laissée le détruire ?

— Parce que ce n'était qu'un document parmi d'autres qu'il suffit de trouver.

— C'est pour ça que vous avez appelé la police ?

— Ce n'est pas moi qui leur ai téléphoné, je ne fais pas dans la délation, j'vous dis.

— Alors vous faites dans quoi ? Vous voulez quoi si vous ne me croyez pas ?

*Vas-y, contredis-moi, dis que je me trompe et que tu me crois, que tu es de mon côté… que la nuit qu'on a passée ensemble ne t'a pas dégoûté, conforté dans le mépris si facile que les hommes opposent aux femmes qui s'assument autant qu'eux…* Haiko scrute le visage du garde du corps, à la recherche du soutien qu'il lui a jusque-là toujours offert. Mais elle n'y voit rien, hormis le doute et les soupçons.

— Je vous demande la preuve de votre honnêteté.

— Ah oui, et ça ressemble à quoi ce genre de preuves ?

— Ça ressemble aux adresses des gamins que vous êtes censée avoir sauvés, pour que j'aille leur rendre une petite visite et m'assurer qu'ils vont bien, ainsi qu'à des explications concernant les photos de votre frère en compagnie de Sonia Labdaoui. Ça ressemble aussi à des justifications crédibles concernant votre compte suisse.

— Je n'ai pas à vous fournir ces *preuves*. Je vous l'ai dit hier, je n'ai aucun compte à vous rendre. Je vous paie pour me protéger, par pour être mon censeur.

— Et je ne peux pas protéger quelqu'un qui me ment.

— Je ne vous mens pas !

— Prouvez-le !

— Non ! Toute ma vie j'ai dû justifier tout ce que je faisais ! À Katia, pour qui je ne travaillais jamais assez dur ! À mon ex, qui ne me trouvait jamais assez attentionnée ! J'ai dû justifier jusqu'à ma naissance ! Alors non, je ne vous prouverai rien ! Vous me faites confiance ou pas, c'est votre problème. Mais ça n'a pas à affecter votre travail.

— Mon travail est de toute façon affecté par la nuit dernière, Haiko.

La jeune femme se fige un instant. Le voilà, l'instant de vérité. Celui où il lui fait entendre qu'elle n'est désormais plus intéressante, qu'elle l'a déçu, qu'elle n'est qu'une traînée... Il va lui faire payer d'être descendue de son piédestal, d'avoir troqué son aura de sainte contre des attributs de putain, et l'écraser d'un mépris qu'il lui crachera au visage chaque fois qu'il le pourra... L'idée même de lire cette haine dans son regard, de se confronter à cette violence tacite des hommes à l'encontre des femmes libres, ça la met à terre. Ça la brise un peu plus encore. Bien sûr, c'était à prévoir, se dit-elle en souriant, amère.

— Cette histoire de preuves ce n'est qu'un prétexte ! En réalité vous n'assumez pas ce qui s'est passé la nuit dernière !

— Ne racontez pas n'importe quoi.

— Hypocrite ! Vous n'arrivez même plus à me regarder dans les yeux !

— Parce que je doute de votre honnêteté, Haiko ! Pas parce que j'ai couché avec vous. N'essayez pas de me manipuler en déplaçant le conflit. Je connais toutes ces techniques par cœur !

Haiko laisse échapper un petit rire nerveux.

— Ça vous fait rire ?

— Ouais, ça me fait rire, répond-elle en ravalant ses larmes. Et vous savez pourquoi ?

— Non.

— Parce que vous êtes viré.

# 2

C'ÉTAIT IL Y A DEUX JOURS, mais Lars n'a pas décoléré. Comment les choses ont-elles pu dégénérer à ce point en si peu de temps ?

Depuis les accusations portées par Leduc sur le plateau de télévision, les événements se sont enchaînés à une vitesse vertigineuse : le suicide de Rachid Labdaoui, la photo de Dimitri en compagnie de Sonia, la découverte d'un document accablant dans le secrétaire de Haiko… Lars a aussi le sentiment d'avoir été pris dans un tourbillon d'émotions entre la démission d'Ilan, l'arrivée de Karol, l'attirance manifeste de Jonas, la nuit qu'il a passée avec sa cliente… et il en est ressorti essoré, incapable de raisonner correctement. Sinon, aurait-il mis en cause la jeune femme comme il l'a fait ? Ne lui aurait-il pas accordé le bénéfice du doute au lieu de l'accabler ? C'était tellement évident qu'elle réagirait mal ! Il en aurait fait autant…

Pourtant, même s'il est conscient d'avoir commis une erreur en l'accusant ouvertement, il demeure convaincu que

Haiko lui cache des choses. Mais quand bien même il trouverait des preuves de sa malhonnêteté, elle a les moyens de se refaire une virginité médiatique et passer entre les mailles du filet judiciaire. Quand lui n'est rien. Juste un soldat traumatisé dont la vie ne valait déjà pas grand-chose au combat. Alors son opinion, le monde s'en tamponne. En outre, n'est-il pas plus raisonnable de faire confiance à la justice, dans cette affaire ?

D'après Jonas et certains de ses amis, la réponse est non.

— Tu crois encore au Père Noël, ma parole ! a plaisanté le jeune homme.

Le lendemain de son altercation avec Haiko, Lars l'avait rejoint « chez lui », sur son invitation. Jonas y dînait avec quelques connaissances et l'avait convaincu que se joindre à eux lui ferait le plus grand bien. Lars s'était donc retrouvé avec une demi-douzaine d'inconnus autour de thés bouillants, dans l'appartement que l'ancien légionnaire partage avec un certain Jérôme… Le gars, un rouquin aux allures de garçon boucher, se montrait extrêmement protecteur avec le jeune homme.

— Il y a une enquête en cours, a argumenté Lars.

— Ouais, on sait ce que ça vaut ce genre d'enquête, quand on a le bras long, a répondu Jérôme, avec son accent gouailleur. Moi j'dis que si tu veux vraiment en avoir l'cœur net, c'est à toi de faire des recherches !

— Pour quoi faire ?

— Bah j'sais pas, moi, pour fournir des preuves à la presse. Sans ça, les keufs étoufferont l'affaire.

— Tu parles ! s'est exclamé Jonas. Haiko est journaliste et sa mère aussi… Le genre qui passe à la télé et qui a des relations partout. Ils bougeront pas le petit doigt pour t'aider.

— OK, donc si vraiment elle est coupable… alors il n'y a aucun recours. Super, les gars, je ne regrette pas d'être venu, s'est agacé Lars.

— Ouais, c'est dégueulasse, a repris Jonas. Je vais filer ma dém'. Je ne veux plus avoir affaire à cette garce !

Le jeune homme semblait déterminé. Dans son regard, le garde du corps pouvait lire son dégoût pour Haiko, mais aussi sa loyauté à son égard, peut-être même son souci de lui plaire. Cela faisait bien longtemps que Lars avait deviné que Jonas éprouvait pour lui un peu plus qu'une virile amitié. Habituellement, ça le mettait plutôt mal à l'aise, cette affection démesurée de la part du jeune homme, cette impression qu'il avait besoin de lui. Mais ce jour-là, il a décidé d'en tirer avantage, afin de garder le gamin sous le coude, en attendant d'avoir pris une décision au sujet de Haiko.

— Non, ne fais pas ça, lui a-t-il intimé.

— Mais sans toi…

— Il n'y a pas de *sans moi*. T'as besoin de fric, alors prends-le où il est ! Tu serais remplacé à la minute où tu partirais et c'est un autre qui en profiterait. Je préfère que ce soit un mec comme toi.

— Un mec… comme moi ?

— Oui. Un gars que j'estime. Et qui le mérite.

Le jeune homme s'est tortillé sur son siège et a eu du mal à réprimer son sourire.

— Merci, ça me touche ce que tu dis. Mais j'ai un autre plan, ailleurs. Un type qui cherche deux costauds pour surveiller un entrepôt pendant six semaines. C'est bien payé et on pourrait postuler… toi et moi. J'connais que les bons plans, t'as qu'à demander à Ilan, c'est grâce à moi qu'il a trouvé son taf de planqué !

La proposition était tentante : oublier cette histoire sordide et se concentrer sur une nouvelle mission. Mais l'engagement de Lars avait toujours été plus moral qu'alimentaire. Il s'était enrôlé dans l'armée pour défendre ses valeurs. Alors, s'il détournait les yeux d'un éventuel trafic d'enfants, comment pourrait-il se regarder en face, lui que la honte rongeait déjà à petit feu ? Il y avait tout de même suffisamment d'éléments, entre le dossier Labdaoui et ce compte suisse trop bien garni, pour douter sérieusement de la jeune femme.

— Si je décide de creuser la question, j'aurai besoin de toi à l'intérieur pour me filer des infos…

— Ah, OK ! Je comprends, a répondu le jeune homme, droit comme un I.

— Mais si jamais tu trouves les preuves que tu cherches, tu vas en faire quoi ? a demandé le roux.

— Ouais c'est vrai, a renchéri un autre gars, c'est bien joli, mais si ni les flics ni la presse ne sont fiables, comment tu comptes l'empêcher de continuer son biz ?

— Je ne sais pas encore. Je ne sais même pas si elle a fait le dixième de ce dont on l'accuse.

— Il n'y a pas de fumée sans feu ! s'est écrié Jonas. Cette fille est malsaine, de toute façon !

Le jeune homme était vraiment remonté contre Haiko. Avait-il senti l'attirance de Lars à son égard, était-ce de la simple jalousie ?

— Pourquoi tu dis ça ?

Le jeune homme a semblé hésiter un instant avant de répondre à Lars, comme s'il devait avouer un péché.

— J'ai fouillé son ordinateur…

— Bien ouéj, mec, a approuvé le roux.

— Et t'as trouvé quelque chose de compromettant ?

— C'est le moins qu'on puisse dire. Son historique de navigation est bourré de sites de rencontres… mais pas le genre fleur bleue, hein, le genre que seule une grosse salope peut fréquenter. Une grosse salope qui envoie des photos de ses nichons à ceux qui lui demandent. Ça me dégoûte !

Lars a accusé le coup. Jusqu'à présent, il avait eu la faiblesse de croire qu'elle s'était laissée aller dans ses bras parce que l'intrusion l'avait troublée, qu'elle avait trop bu, et qu'elle ressentait quelque chose pour lui… Manifestement, là encore, il s'était leurré et s'en est senti encore plus sali. Pour se donner une contenance, il a saisi sa tasse brûlante et soufflé sur le breuvage pour le tiédir un peu.

— Arrête, fais pas ça ! s'est écrié Jonas.

— Quoi ?

— Chez les musulmans, on souffle pas sur une boisson chaude ou sur la nourriture.

— Bah désolé je savais pas… pourtant l'autre jour, j'ai pris le thé chez une musulmane, a-t-il objecté en se remémorant sa visite à la mère de Nadia, et je l'ai vue souffler sur…

— C'est une mauvaise musulmane, c'est tout ! Fais pas ça ici, OK ? a-t-il insisté d'un air gêné.

— OK…

— Pour revenir à Haiko, a repris Jonas, fébrile, moi je me dis que si elle est incapable de se respecter elle-même, comment tu veux qu'elle respecte les gamins dont elle s'occupe ?

Les amis de Jonas avaient du mal à cacher leur mépris ainsi que leur déception. Ils étaient vigiles, anciens militaires, pompiers volontaires, tous engagés dans la protection des civils, au service de la société. *Et au final, on protège des impies et des fornicateurs, nous sommes les gardiens d'un monde décadent*... Voilà ce que disaient leurs regards. Oui, ce monde marchait sur la tête et l'indignation de ces hommes n'avait rien d'excessif. Pourtant, Lars conservait la certitude d'être du côté des justes, et l'a affirmé avec force.

— Des justes, vraiment ? est intervenu Karim, un maître-chien d'une trentaine d'années. Tu crois que c'est juste ce que la France a fait aux immigrés en les parquant dans des ghettos et en les empêchant d'accéder aux postes importants ? Moi j'ai bac plus cinq et je suis vigile, tu vois le tableau ? C'est juste d'avoir considéré notre culture comme une sous-culture ? Notre religion comme un sujet de moquerie ? Tu crois que c'est juste ce que la France fait de ses femmes quand elle les déshabille pour vendre des yaourts ? Ici on laisse crever les vieux dans des mouroirs dégueulasses, on ne s'occupe pas des orphelins, on ne connaît pas la signification du mot *solidarité* ! Alors moi je ne suis plus aussi sûr qu'on soit du côté des justes...

— T'es un sage, mon frère, a enchéri Jonas.

— Un sage qui parle comme un candidat au djihad..., a corrigé Lars.

— Et alors ? Qu'est-ce que tu sais vraiment du djihad ? a repris Karim. Tu sais seulement ce que ça veut dire en arabe ? C'est une quête spirituelle pour devenir meilleur. Au nom de Dieu. Tu crois en Dieu toi, non ?

Lars a acquiescé, médusé. Il n'était pas sûr d'aimer le tour que prenait cette conversation. Mais était-ce par pur rejet du fanatisme ou par crainte d'être plus sensible au discours de Karim qu'il ne l'aurait souhaité ?

— Eh bien voilà, à l'appel d'Allah des purs partent faire leur djihad dans des pays en guerre, et combattent au nom de leur idéal. Ils obéissent aux lois du Coran, les femmes s'occupent des orphelins, sont infirmières, épouses, mères.

Les hommes bâtissent un État religieux fondé sur les vraies valeurs.

— Un État islamique, a objecté Lars. Avec des moyens énormes pour communiquer et duper des adolescents en crise. Mais derrière les belles paroles et les images, il y a la peur, la torture, la mort... c'est un État terroriste.

— C'est ce qu'on veut te faire croire ici. Pourtant les jeunes qui partent là-bas envoient des mails à leurs parents pour leur dire combien ils sont fiers et heureux...

— Ils le font parce qu'ils sont embrigadés, qu'ils écrivent sous contrainte. Et combien d'entre eux tentent de revenir coûte que coûte ?

— Nous ne connaissons pas les mêmes, alors... Moi je crois que tu devrais approfondir le sujet, tu pourrais être surpris en découvrant de quel côté se trouvent les véritables manipulateurs... et en t'apercevant même que tu es complice de l'impunité des ordures qui salissent ce monde...

Bien qu'il l'ait rejetée en bloc, cette conversation a bouleversé Lars. Non qu'il ait été ébranlé dans sa conviction que l'État islamique était un ennemi à combattre de toutes ses forces, mais parce que la description de la société actuelle et de sa déliquescence faisait écho à ses propres opinions. Lui aussi se sentait étranger dans son pays et ne se reconnaissait pas dans les valeurs qu'il lui proposait. Pire, il avait peut-être concouru à protéger un de ses acteurs malveillants en la personne de Haiko...

Lars gare sa moto et va sonner à l'interphone. C'est la deuxième fois qu'il vient ici. Katia Homoreanu lui ouvre la porte et lui fait signe d'entrer. Comme à son habitude, elle le transperce de son regard translucide sans que la moindre expression s'affiche sur son visage trop souvent lifté.

— J'ai préparé votre chèque, déclare-t-elle en le lui tendant. La somme est exacte ?

— Oui.

— Parfait.

Elle ne l'invitera pas à s'asseoir ni même ne lui proposera un verre d'eau. Il n'est désormais plus qu'une anecdote qu'elle va s'empresser d'oublier. Cette femme lui fait froid dans le dos. C'est un robot au sourire carnassier. Enfin, si le rictus qu'elle lui adresse en lui montrant la porte peut encore s'apparenter à un sourire. Dépité, Lars renonce à lui demander des explications sur les agissements de sa fille. Katia la défendrait de toute façon. Elle ne l'a pas arrachée du corps mort d'Aleksandra pour la trahir trente-cinq ans plus tard… Lars descend les escaliers sans hâte en se demandant ce qu'il va faire à présent.

— Tiens, le garde du corps ! s'exclame alors une voix familière.

— Dimitri…

— Qu'est-ce que vous faites ici ? Ma sœur ne vous a pas viré ?

— Je venais chercher mon chèque.

— Ah. C'est dur… Putain, vous avez une sale gueule. Allez, mon vieux, venez, je vous paie un café.

Pourquoi cette gentillesse soudaine ? Sur ses gardes, Lars accepte néanmoins l'offre dans l'espoir d'obtenir des réponses à ses questions. À peine se sont-ils installés dans la brasserie d'en face que l'ancien militaire commence à cuisiner l'homme à propos de la photo où on le voit en compagnie de Sonia Labdaoui.

— La police m'a déjà interrogé…

— Je ne suis pas de la police.

— Justement, pourquoi vous répondrais-je ?

— Parce que je vous le demande gentiment, pour commencer, répond Lars en faisant craquer ses doigts.

Dimitri sourit de ce même air arrogant que sa sœur arbore parfois. Il boit une gorgée de café et lève un sourcil, comme si tout cela n'était qu'un jeu.

— Cette photo, je ne sais pas d'où elle sort, OK ? Je suis un oiseau de nuit, je fréquente toutes sortes de bars et j'aime bien changer de femme à chaque fois. Alors oui, parfois ce sont des filles faciles, parfois des filles qui tapinent. Honnêtement je ne sais pas qui est cette Sonia. Je ne me souviens pas d'elle mais je me rappelle rarement ce que j'ai fait les lendemains de fête...

C'est sûr qu'avec la drogue et l'alcool qu'il doit s'envoyer dans le buffet, il doit avoir pas mal de trous dans ses souvenirs... Mais d'ailleurs, toute cette coke, comment la paie-t-il ?

— Et votre train de vie ? Parce que ce n'est pas la vente de vos tableaux qui suffit à vous payer votre appartement ou vos petites virées de camé !

Dimitri étire davantage son sourire et prend une posture encore plus désinvolte. Il a l'assurance des gens qui se savent hors d'atteinte.

— Pour votre gouverne, sachez que je cours plus après la notoriété qu'après la paie et que ma mère est ma première mécène. Maman est l'héritière de grands marchands d'art d'Europe de l'Est. Sa fortune s'élève à plusieurs centaines de millions d'euros... alors quand elle me verse mon argent de poche, elle n'est pas très regardante sur le nombre de zéros. Voilà, je suis un sale petit connard de fils de riche, sans autre ambition que faire l'artiste et profiter des bonnes choses de la vie. Je suis peut-être minable à vos yeux, mais croyez-moi, je n'ai aucun goût pour l'effort. Alors aller m'emmerder à tremper dans je ne sais quelle magouille pour gagner plus de pognon, je ne vois pas l'intérêt !

Lars éprouve décidément un profond mépris pour ce type. À son âge, se faire encore entretenir par sa mère, c'est une honte ! Semblant lire dans les pensées du garde du corps, Dimitri enchaîne.

— Allons, ne faites pas votre prolo ! À ma place vous en profiteriez aussi !

— Je ne crois pas, non.

— Bien sûr que si. Vous êtes envieux, voilà tout. Et c'est bien normal. Jamais vous ne connaîtrez ça… c'est à peine si vous l'avez touché du doigt en couchant avec ma sœur.

Lars manque s'étrangler avec sa bière. Dimitri éclate de rire, content de son effet.

— Ah ! J'avais vu juste !

— Comment le savez-vous ?

— Ça crevait les yeux qu'elle vous plaisait et que c'était réciproque. Si elle vous a viré c'est parce qu'elle a consommé, voilà tout.

— Ce n'est pas aussi simple que ça…

— Bien sûr que si !

Dimitri marque un temps d'arrêt, comme pour s'assurer de l'impact de ce qu'il va révéler au garde du corps. Enfin il va avoir sa revanche, lui qui ne s'est jamais remis de l'humiliation que Lars lui a infligée lors de leur première rencontre, quand bien même devrait-il salir un peu plus sa sœur pour ce faire…

— La douce Haiko que tu prenais presque pour la rose du Petit Prince est en réalité une plante carnivore imbibée du sang de ses proies ! Tu n'as toujours pas compris ce qui l'intéresse chez les autres ? Tu n'as pas eu la curiosité de savoir ce qu'était devenu le soi-disant amour de sa vie ?

— Non, répond Lars d'un ton grave.

Alors Dimitri se lève, plus théâtral que jamais, attrape sa veste et l'enfile sans quitter son interlocuteur du regard, il jette un billet de cent euros sur la table un peu collante, se penche vers lui et chuchote à son oreille :

— Elle l'a tué.

# 3

HAIKO A LONGUEMENT HÉSITÉ avant de se rendre à ce rendez-vous, prévu pourtant depuis plusieurs semaines. Répondre aux accusations de ses détracteurs par voie de presse, c'était leur accorder une importance qu'ils ne méritaient pas, mais elle savait bien que se taire la desservirait davantage. Alors, malgré ses réticences, la jeune femme a accepté de se prêter au jeu de l'interview et de répondre le plus justement possible, sans laisser de zones d'ombre et en dépassionnant le débat. Les faits, simplement les faits.

À l'issue de l'entretien avec la journaliste, Haiko pense s'en être plutôt bien sortie, mais seules la publication de l'article et les réactions qu'il suscitera viendront le confirmer. La crainte que sa démarche reste vaine, ou soit mal interprétée, n'était pas l'unique raison pour laquelle Haiko aurait pu annuler. La question de sa sécurité se pose plus que jamais. Sa mère cherche à recruter un nouveau garde du corps mais les candidats ne se bousculent pas au portillon. Pour l'instant, Karol assure le travail à lui tout seul, aidé ponctuellement par Jonas. Haiko s'attendait à ce que le jeune homme démissionne après le renvoi de Lars. Mais il est resté et ça la touche.

D'autant que depuis quelques jours, Haiko a le sentiment accru d'être suivie, épiée. Des appels anonymes la réveillent en pleine nuit, l'empêchant de se rendormir. Parfois elle entend un bruit de respiration au bout du fil, parfois les pas d'un homme qui marche dans la rue, peut-être à quelques mètres de sa maison… ça, plus les tags qui la traitent de salope, les lettres qui lui promettent une mort atroce, les gens qui la descendent sur Internet, ça fait beaucoup pour une seule femme. Assez en tout cas pour qu'elle ait peur à toute heure du jour et de la nuit, pour qu'elle se sente en sursis. Pour qu'elle regrette de s'être engagée dans cette voie…

Renvoyer Lars a été sa pire décision en cette période de tourmente, mais quel autre choix s'offrait à elle ? C'était une question de fierté autant que de survie. Il ne pouvait à l'évidence plus la protéger correctement. Et puis, en le renvoyant, elle lui a rendu un grand service. Elle aurait fini par lui faire du mal, comme à tous ceux qui l'ont approchée de trop près.

Après le départ de la journaliste, Haiko fait signe à Karol qu'elle veut rester un peu seule. Elle commande une bière au serveur en prise avec deux clients éméchés et soupire de plaisir au contact de la première gorgée. Les hommes au bar parlent fort et ont l'élocution hasardeuse. Ça lui rappelle Maxime, son ex… et avant même qu'elle ne puisse s'en empêcher, elle replonge dans des souvenirs au goût amer de l'alcool.

Maxime avait toujours eu un penchant pour la boisson et le tempérament dépressif qui allait avec. Haiko avait bien tenté de l'aider à arrêter, usant tour à tour de psychologie, d'empathie, de menaces… mais rien n'y faisait, pas même vider ses bouteilles dans l'évier. Elle avait fini par en prendre son parti, parce qu'elle l'aimait inconditionnellement. Ils se connaissaient depuis toujours ou presque, puisqu'ils s'étaient rencontrés à l'adolescence, à cet âge où tout est infini. Jamais elle ne s'était sentie aussi belle que dans ses yeux, aussi protégée qu'entre ses bras. Elle avait grandi dans son amour et s'y était fortifiée, avait trouvé la légitimité qui lui avait si cruellement manqué pendant l'enfance. Pourtant, de temps à autre, elle s'éloignait de lui, ce qui le plongeait dans des affres qu'elle ne soupçonnait pas.

Ce soir-là, lorsqu'elle était rentrée, Haiko avait retrouvé Maxime dans un état d'ébriété avancé.

— Et alors, qu'est-ce que ça peut bien te faire que je sois bourré ? Ça ne t'a pas empêchée de t'amuser avec tes potes blindés !

— Tu ramènes tout à l'argent.

— Évidemment que je ramène tout à l'argent, je suis un fils d'ouvrier, moi ! Pas un de ces nantis que tu adores tant…

— Je te rappelle que je fais aussi partie de ce monde…

— Ouais, pas le même que moi qui reste tout seul comme un chien pendant que mademoiselle s'amuse.

— Je t'ai proposé de venir, c'est toi qui as refusé ! Sois un peu honnête, merde !

Maxime avait attaqué une nouvelle bouteille de vodka, en vider une dans la soirée ne lui avait pas suffi. Haiko ne supportait pas de le voir comme ça. Elle aurait pu décider de partir et le laisser cuver seul, mais quelque chose en elle se révoltait contre l'idée de quitter leur appartement alors qu'elle n'était coupable de rien. Sur un coup de tête, elle avait saisi les clés de voiture de son petit ami.

— Prends tes clés et casse-toi !

— Quoi ? T'es pas bien ?

— Moi je suis très bien, si. Toi par contre… non mais écoute-toi : tu n'arrives même pas à articuler un mot correctement ! Tu fais pitié, je n'ai pas à assister à ce spectacle.

— Et tu veux que j'aille où ? Je ne vais pas dormir dans ma voiture !

— Tu dors où tu veux mais pas ici ! Tu n'as qu'à te trouver un hôtel.

— Dans cet état ?

— C'est ton problème.

Haiko était folle de rage. Contre lui qui ne combattait pas ses démons au nom de leur amour. Contre elle qui n'était pas une raison suffisante pour qu'il arrête… Elle voulait le pousser à réfléchir, lui faire regretter son alcoolisme. Créer un électrochoc.

— Boire ou conduire…, avait-il dit en souriant.

— Ton problème !

— Et si j'ai un accident ?

— Ton problème.

Haiko lui avait fourré d'autorité les clés de voiture dans la main en le défiant du regard. Comme il était aussi fier qu'elle, il avait opiné du chef et s'était contenté de lui dire qu'elle le regretterait…

Remuée par ses souvenirs, la jeune femme sent la nausée qui monte, accompagnée de sueurs froides. Elle se lève précipitamment, sans prendre conscience des larmes qui inondent ses joues et part se rafraîchir dans les toilettes. Le contact de l'eau glacée sur son visage lui fait du bien, sans parvenir néanmoins à chasser ses souvenirs qui se déroulent malgré elle. Sans assister à l'intrusion qui vient d'avoir lieu dans le bar.

Karol Invalla est posté à l'entrée de l'établissement, tous les sens en éveil. Il n'approuve pas ce lieu de rendez-vous, mais sa cliente a refusé de rencontrer la journaliste chez elle. *Je ne vais pas vivre cloîtrée ! C'est ce que voudraient mes détracteurs, mais je ne leur ferai pas ce plaisir*, a-t-elle objecté. Le garde du corps admire la force de caractère de la jeune femme, pourtant sa détermination est ici sa pire ennemie. Elle se met en danger inutilement, pour une question de fierté, mais c'est elle la patronne, elle qui paie son salaire… et il a besoin de cet argent. Valentine, son épouse, est enceinte de leur quatrième enfant et une bouche de plus à nourrir, ce n'est pas rien. Karol est prêt à tout pour subvenir aux besoins de sa famille. Tout. Peu importe ce que ça implique.

Lorsque deux hommes, carrure large et mâle assurance des mecs qui portent un flingue, passent soudain le seuil, Karol comprend immédiatement qu'ils ne sont pas là pour boire un verre. Ils ont un regard perçant et scannent la pièce, à la recherche d'une cible bien précise. *Haiko ?* Instantanément il se lève dans une posture défensive. Le regard attiré par ses mouvements, les types sourient, comme s'ils l'avaient reconnu, l'approchent et l'accostent dans la foulée.

— Karol Invalla ?

— Oui ?

— Police, indiquent-ils en lui plaçant leur carte tricolore devant les yeux. On va vous demander de nous suivre.

— Quoi ? Mais pour quelle raison ?

— Il paraît que vous détenez illégalement une arme à feu.

Estomaqué, Invalla écarte les pans de sa veste et tourne sur lui-même pour démontrer que l'accusation est fausse.

— C'est ridicule ! Vous voyez bien que je ne suis pas armé.

— On va vérifier ça au poste. On a aussi des collègues qui perquisitionnent votre domicile en ce moment même, répond un des flics en regardant sa montre.

— Chez moi ! Attendez, ma femme est enceinte, vous n'avez pas le droit de lui faire peur…

— On a tous les droits, monsieur. Mais on n'est pas des sauvages non plus. On ne va pas aller traumatiser une femme enceinte ! Allez, suivez-nous… Il est 14 h 45 et je vous notifie votre garde à vue.

— Impossible, proteste l'homme, je suis en mission ! Ma cliente a besoin de moi…

— Ne nous forcez pas à vous passer les menottes, monsieur Invalla. Si vous coopérez, tout se passera bien.

Dépité, Invalla suit les officiers. Or, plus que l'inquiétude de laisser Haiko seule dans ce bar, ce qui le mine c'est la réaction qu'a dû avoir Valentine quand les policiers lui ont expliqué le motif de la perquisition. Pourvu qu'elle ne les ait pas crus !

Haiko est toujours là, le visage ruisselant, face au miroir, incapable de décrocher de ses souvenirs qui l'oppressent. C'est elle qui avait mis les clés dans les mains de Maxime, elle qui lui avait intimé de partir. Elle qui avait prétendu que ce serait son problème s'il avait un accident. Pourtant, quand on lui avait annoncé, le lendemain, que la voiture avait quitté la route pour finir dans la Seine et que Maxime n'avait pas survécu, le problème était devenu le sien. C'est elle qui l'avait tué avec son égocentrisme et sa fichue fierté, elle lui avait mis un flingue chargé entre les mains, canon contre la tempe, et elle lui avait dit de tirer en l'envoyant conduire dans son état.

Mort. Cela fait six ans qu'il est mort mais elle navigue toujours entre le déni et le désespoir, rongée par une culpabilité si insupportable qu'elle n'a eu de cesse de se maltraiter depuis. Les enquêtes dangereuses, les missions suicides, les hommes qui la maltraitent au gré de rencontres plus glauques les unes que les autres, l'acharnement avec lequel elle détruit toute bonne intention à son égard et repousse les gens qui lui veulent du bien... Évidemment, à l'époque, sa mère, ses amis, tous lui ont dit qu'elle ne pouvait pas deviner ce qu'il se passerait, et qu'elle n'y était pour rien. Ils ont tort. Car si elle veut être tout à fait honnête, Haiko se doit d'admettre qu'elle avait envisagé l'éventualité d'un accident en lui donnant les clés de voiture et que, l'espace d'un instant, c'est même ce qu'elle lui avait souhaité...

Le poids sur sa poitrine ne semble pas vouloir la quitter. Est-ce du seul fait des souvenirs qu'elle vient de ressasser ? Non. Soudain, Haiko a le pressentiment d'un événement grave à venir, la sensation étrange que, de l'autre côté des toilettes, quelque chose a changé. Les vibrations autour d'elle ne sont plus tout à fait les mêmes, lui donnent l'impression du calme avant la tempête.

Elle fronce les sourcils et secoue la tête, se repasse un peu d'eau sur le visage et, esquissant un faible sourire pour se donner du courage, tourne la tête en direction de la porte qui vient de s'ouvrir. Son sourire s'évanouit à l'instant même où elle reconnaît l'individu qui s'invite chez les femmes.

— Lars, qu'est-ce que vous faites ici ?

# 4

LARS RESTE SILENCIEUX. Il se tient debout, face à elle, sans esquisser le moindre geste. Seuls les muscles de sa mâchoire qui tressautent et son regard incandescent trahissent l'état de tension dans lequel il se trouve. Tellement de choses passent à travers ses yeux ! Le plaisir de la voir, malgré tout, en dépit des conditions de leurs retrouvailles. La défiance aussi. Il la jauge et hésite entre admiration et mépris. Haiko en a des frissons. Plus que jamais se dégage de lui une force brute, brutale même. La férocité à fleur de calme apparent, il inspire la crainte autant que le respect. Mais qui est-il réellement ? Haiko fouille son regard, son âme, à la recherche de son vrai visage, celui qu'elle a toujours pressenti qu'il dissimulait. La jeune femme se surprend à lui trouver un air hagard, fou, et se crispe un peu plus : si cette bête humaine décidait de s'en prendre à elle, quelles chances aurait-elle de s'en sortir ? Non, elle ne doit pas sombrer dans la paranoïa sous prétexte qu'elle manque de sommeil. Elle décide de briser le silence de plus en plus pesant.

— Comment saviez-vous que j'étais là ?

— Le rendez-vous était calé de longue date, il me semble…

Et il ne risquait pas de le manquer ! Si Haiko a basculé dans la case *À surveiller*, ses faits et gestes, tous les événements prévus pour les semaines à venir restent consignés dans le carnet de Lars. Alors ce n'était pas compliqué de décider du meilleur endroit pour une rencontre informelle.

— Pourquoi Karol vous a-t-il laissé m'approcher ?

— Il a dû s'absenter. Une affaire urgente à régler…

— Quoi ?

La jeune femme, réalisant qu'elle est livrée à elle-même, se met à trembler un peu plus fort. Malgré lui, Lars fait de même. Fichu syndrome post-traumatique. Il verrouille ses poignets derrière son dos et affiche un petit sourire narquois. Il est tellement facile de mettre des bâtons dans les roues d'un confrère. Évidemment qu'il connaît toutes les combines pour éloigner Karol de sa cliente pendant quelques heures, comme celle de le dénoncer aux flics pour port d'arme illégal.

— Je l'ai juste vu partir précipitamment du bar alors que je m'en approchais. Sacrée coïncidence, n'est-ce pas ?

L'ironie, chez Lars, sonne comme une menace à peine voilée. Haiko se sent perdue, vulnérable. Elle qui refusait avec tant de force de faire appel à des gardes du corps, elle réalise plus que jamais leur nécessité.

— Écoutez, lâche-t-elle d'un ton las, je n'ai pas la force de me battre, je suis crevée en ce moment…

— J'espère bien !

— Je vous demande pardon ?

— Non, rien.

Le visage de Haiko s'affaisse un peu, elle a peur d'avoir mal entendu : se pourrait-il que les appels qui la réveillent en pleine nuit et cette sensation d'être constamment suivie, dans la rue, malgré la présence de Karol, soient le fait de Lars ? Non... Elle délire complètement. Il se réjouit juste parce qu'il s'imagine qu'elle regrette de l'avoir renvoyé, c'est tout.

— Bon, on ne va pas rester ici indéfiniment, dites-moi ce que vous me voulez.

— Je veux des réponses à mes questions. Toujours les mêmes questions...

— Mais pour quoi faire ? Qu'est-ce que ça changera pour vous ?

— Disons que si je les trouve satisfaisantes, je vous laisserai tranquille, une bonne fois pour toutes.

— Et sinon ? demande-t-elle d'une voix plus chevrotante qu'elle ne le souhaiterait.

— Sinon j'aviserai...

Il a lancé ça d'un ton tellement détaché, avec une telle froideur que Haiko en est glacée. De nouveau, sa vulnérabilité lui saute au visage. A-t-elle d'autre option que de se plier au jeu et tout faire pour le convaincre de la laisser en paix ?

— Allez-y alors, je vous écoute.

Lars se détend un peu et laisse échapper un long soupir. Haiko comprend soudain qu'il espère encore qu'elle le convaincra de son honnêteté, eh bien c'est exactement ce qu'elle va faire...

— Dites-vous la vérité quand vous prétendez être la cible d'une fatwa ?

— Pourquoi irais-je inventer une chose pareille ?

— Pour vous faire de la publicité.

— Je n'en ai pas besoin ! Je porte un nom célèbre et je suis connue pour mes prises de position ! Ce serait idiot de ma part de jouer avec le feu en risquant de m'attirer une telle menace. Me considérez-vous comme assez bête pour me mettre en danger de la sorte ?

— On ne peut pas dire que vous soyez très prudente…

— Certes, mais à ce point ?

Lars n'en disconvient pas. Haiko est tout sauf une imbécile et, en effet, elle manipule suffisamment bien les médias pour ne pas avoir besoin de recourir à cette dangereuse supercherie.

— Soit. Mais rien ne prouve que Nadia Nasri a bien été tuée par un islamiste. Avez-vous commandité son meurtre ?

— Ça va pas ? s'offusque la jeune femme. Pourquoi aurais-je fait ça ? C'était mon amie ! Je l'aimais !

— Les gens que vous aimez ont une fâcheuse tendance à mourir après s'être opposés à vous.

La jeune femme accuse le choc et blêmit. C'est fou les coïncidences, en effet… Alors que la mort de Maxime la hante plus que jamais, voilà que Lars y fait à son tour allusion, comme pour la torturer davantage.

— C'est votre frère qui m'a raconté, précise-t-il pour l'empêcher de nier.

— Je n'ai pas à répondre à ça !

— Avez-vous commandité le meurtre de Nadia ? insiste-t-il.

— Non ! Je vous répète que non ! Mais sérieusement vous m'en croyez capable ? Vous marchez sur la tête ou quoi ? J'aimais Nadia, elle était comme ma sœur et pas un jour ne passe sans que je sois dévorée par les remords de m'être disputée avec elle juste avant qu'on la tue ! Non seulement j'ai ma part de responsabilité dans sa mort parce que je l'ai entraînée dans cette association, mais en plus les dernières choses que nous nous sommes dites sont des horreurs ! Je m'en voudrai jusqu'à la fin de mes jours…

Semblant incapable de contenir son émotion plus longtemps, la jeune femme laisse échapper un sanglot. Les larmes dégringolent le long de ses joues sans qu'elle tente de les retenir, ni prenne la peine de les essuyer.

— Pourtant elle était peut-être devenue un témoin gênant…

— Témoin de quoi ? De ce soi-disant trafic d'êtres humains dont je serais le cerveau ? Mais faut redescendre, là ! On n'est pas dans un film ! Donnez-moi une seule raison valable pour laquelle je pourrais faire cela !

— Pour l'argent.

— Ne soyez pas ridicule !

— Force est de constater que vous avez un compte en Suisse des plus fournis !

— Je vous répète que j'ignore d'où vient ce document ! Je suis persuadée que c'est une manœuvre de Leduc et je le prouverai ! En outre, laissez-moi vous apprendre quelque chose : je viens d'une famille extrêmement aisée… je n'aurais qu'à claquer des doigts pour que ma mère me verse une rente des plus confortables, ce que j'ai toujours refusé par fierté. Et puis quel serait l'intérêt de tremper dans un trafic.

— Ce pourrait être par goût du risque, ou du vice…

— Non mais franchement vous êtes sérieux, là ? Je n'ai pas les vices que vous me prêtez, à la fin ! Vous savez, l'autre nuit, c'était vraiment inédit pour moi, je ne suis pas ce genre de fille…

— Ce n'est pas mon problème, ça.

Jonas lui a donné suffisamment de détails sur les navigations Internet de la jeune femme pour savoir qu'elle est *précisément* ce genre de fille. Et si elle ment sur ce point, comment la croire pour le reste ?

— Écoutez, je ne sais pas qui vous a mis dans la tête que je suis une mauvaise personne, reprend-elle d'une voix plus douce, mais il ne faut pas croire toutes les rumeurs, encore moins celles qui prennent leur source sur Internet ou à la télévision. Rien de ce qu'il s'y dit n'est la réalité. Un nouveau scandale chasse l'autre, les causes à soutenir, les personnes à haïr, tout ça c'est de la poudre aux yeux, une distraction pour occuper les gens qui s'ennuient. Ils s'indignent, ils s'enflamment, on nourrit la bête qui est en eux… tout n'est que triste cirque. Ne tombez pas dans le panneau.

— Je n'ai pas besoin qu'on me mette des choses dans la tête, Haiko. J'ai mon libre arbitre.

— Alors regardez-moi dans les yeux, répond-elle en s'approchant de lui, et dites-moi que vous voyez autre chose qu'une femme qui fait de son mieux.

La jeune femme a saisi le visage de Lars dans ses mains. Le contact de sa peau le fait frémir, lui procure une émotion si forte qu'il a le sentiment que son cœur va s'échapper de sa cage thoracique. Comment fait-elle pour l'émouvoir à ce point ? Est-il si faible que cela ? Est-elle si douée pour séduire et manipuler ? Ou bien perçoit-il simplement la vérité ? En cet instant où leurs yeux s'accrochent comme deux vieilles âmes se reconnaissent après des siècles d'errance, il ne doute plus un seul instant. Il sait juste qu'il a envie de la prendre dans ses bras et de ne plus jamais la lâcher, de se fondre en elle et de tout oublier, de la laisser le guérir de sa honte, de sa guerre… et de la laideur de l'humanité. C'est une héroïne, une drogue à laquelle il est hélas devenu accro. Pourtant, il s'est promis d'aller jusqu'au bout, et si ça lui permet de dissiper tous ses doutes, alors il sera le plus heureux des hommes…

— On a quand même retrouvé des traces d'appels entre Mme Labdaoui et vous. Et les photos de Sonia en compagnie de Dimitri ainsi que sur un site de call-girls soulèvent aussi de nombreuses questions…

— Je ne connais pas cette fille, je l'ai déjà dit. Et je ne vais pas inventer une nouvelle version pour vous faire plaisir ! se défend Haiko.

— Mais tout de même, c'est troublant qu'elle se prostitue après avoir songé à faire son djihad… Comment a-t-elle pu passer d'un idéal de pureté à une vie de débauche ?

Soudain prise d'un léger vertige, la jeune femme se raidit et fait trois pas en arrière, puis s'appuie contre le lavabo. Elle ferme les yeux et tente de trouver de nouveaux arguments qu'elle énonce comme au ralenti.

— Non, pas tant que ça. On reste dans le pulsionnel. Seulement l'Éros ici a été plus fort que le Thanatos… Écoutez, j'en ai plus qu'assez de cette polémique débile.

C'est à peine si elle s'entend. Sa propre voix lui vient de loin, comme si on lui avait mis du coton dans les oreilles. Haiko est épuisée, elle n'en peut plus. Tout ce qu'elle souhaite c'est qu'il lui fiche la paix une bonne fois pour toutes. Qu'il la croie… Toujours agrippée au lavabo, elle a du mal à percevoir ce qui se passe autour d'elle. Son esprit semble s'effilocher, ses forces l'abandonnent. Elle a le sentiment d'évoluer dans une autre dimension, dans une espèce de rêve sans aucun lien avec la réalité. Elle parle sans envie, sans fard, sans filtre.

— Et puis de toute façon, poursuit-elle, il y a pire au monde que se retrouver call-girl.

— Vous êtes sérieuse, là ?

— Se faire sauter par des mecs blindés de fric, c'est toujours mieux que d'aller se faire sauter dans une rame de métro…

A-t-il bien entendu ? Haiko a parlé si doucement qu'il craint d'avoir mal compris. Mais la jeune femme laisse échapper un petit rire, manifestement satisfaite de son *bon mot*.

— Vous voulez pas en plus qu'on aille remercier son mac !

— Lars, Lars, Lars... si manichéen... Pour vous tout est noir ou blanc, c'est fou ça... Vous ne pouvez pas envisager que certaines femmes se prostituent par choix ?

— Pas bien, non, surtout quand les *femmes* dont il est question ont quinze ans.

— Parfois, de deux maux elles choisissent le moindre.

— Non, ce n'est jamais un choix. Et dans le cas de Sonia, on l'a de toute façon fait pour elle !

— Vous aimez tout dramatiser, n'est-ce pas ? Vous ne savez rien de cette fille, Lars... vous ne la connaissez même pas.

— Vous oui ?

— Oh oui...

Stupéfait, Lars reste sans voix. Ainsi elle a cessé de nier. Contrairement à ce qu'elle prétend depuis le début, Haiko connaît la jeune fille. Non, elle n'est pas l'ange rédempteur que son visage et ses belles paroles laissaient espérer. L'héroïne n'est qu'un poison. C'est une terrible déception. Lars crispe le poing de rage autant que d'impuissance, partagé entre l'envie de hurler et celle de s'écrouler en pleurant... Tout ce en quoi il croit n'en finit pas de s'effondrer. N'y a-t-il donc aucun refuge pour les hommes comme lui ? Rien que la corruption de ce monde n'ait déjà souillé ? La frapper, la tuer peut-être, ou simplement lui cracher au visage, ou encore la dénoncer à la police pour que cesse l'odieux trafic ? Il ignore quelle conduite un homme normal adopterait, un homme que la guerre n'aurait pas bousillé, un homme qui aurait encore foi en ce monde, un homme qui se tiendrait encore debout sans trembler...

Son corps est agité de spasmes violents, mais il se moque bien d'avoir l'air bourré de tics ! Ce qui lui importe en revanche, c'est ce qu'il s'imagine du calvaire de ces enfants, de leurs viols à répétition, du désespoir qui doit les habiter à présent... À cet instant précis, un terroriste pourrait faire irruption, ici et maintenant, dans les toilettes de ce bar, pour la descendre, l'égorger, l'immoler par le feu, il ne bougerait pas le petit doigt.

D'ailleurs la porte s'ouvre à nouveau. *Est-ce possible que ce soit eux ?* Lars sursaute violemment, se retourne et se retrouve nez à nez avec Katia Homoreanu.

— Vous n'avez rien à faire ici, monsieur.

— Maman, qu'est-ce que tu fais là ? souffle Haiko d'une voix blanche.

La femme rejoint sa fille telle une louve volant au secours de son petit. Haiko est d'une pâleur extrême et les cernes qui lui mangent le visage trahissent sa fatigue. Katia lui passe un bras autour de la taille pour la soutenir et foudroie Lars de son regard si particulier.

— Karol m'a envoyé un texto pour m'avertir qu'il devait te laisser seule, je suis venue aussi vite que possible. Mais pas encore suffisamment, dit-elle à l'attention de Lars. Partez immédiatement ou je porte plainte pour harcèlement.

— Je pars, répond-il en haussant les épaules. De toute façon, j'ai obtenu ce que j'étais venu chercher...

# 5

DIFFICILE DE NE PAS PERDRE PIED quand on n'a plus rien à quoi se raccrocher. Lars a la sensation de nager à contre-courant depuis trop longtemps, dans un torrent sans branche ni rocher pour s'offrir un peu de répit, lui servir de refuge contre le flot d'émotions qui le submergent peu à peu. Il n'a plus de travail, Ilan a pris ses distances pour se consacrer à sa nouvelle vie, quand lui-même s'éloigne progressivement du monde qui l'entoure. Sa routine quotidienne est désormais composée de combats de rue sous amphètes et de replis dans un bar improbable qui regorge d'inadaptés sociaux comme lui. Lars se sent étranger partout où il met les pieds, dans une réalité qui lui échappe, il a envie de hurler son désespoir, de cogner sur tout le monde, de faire un carton dans la rue, au hasard, avant de se tirer une balle dans la tête… Peut-être devrait-il en parler à un psy. Oui, ce serait une bonne idée s'il accordait une once de crédit à ces charlatans tout juste bons à jongler avec des concepts dans lesquels ils s'évertuent à faire rentrer les problématiques du tout-venant. Et puis il lui dirait quoi ? *Salut, j'ai subi des choses horribles pendant ma détention en Afghanistan, et j'ai fait bien pire pour m'en sortir... du coup ça me turlupine dans mon sommeil et ça me fait trembler un tantinet, c'est grave, docteur ?* Ridicule.

Cette nuit encore, il s'est réveillé en hurlant, aux prises avec le même cauchemar qui le hante encore et encore. Et ses cris ont fait écho aux rugissements dans sa tête, ceux qui grondent en lui depuis des jours, des semaines, et semblent ne plus jamais vouloir se taire... Mais cette fois-ci, il n'est pas seul dans son appartement. Jonas s'est joint à lui pour le combat de la veille et dort en ce moment même dans son canapé. À croire qu'il voulait tenter le diable en invitant le jeune homme à rester pour la nuit.

Pour dissiper les images encore trop présentes, Lars se lève et va se chercher une bière dans le réfrigérateur.

— Ça va ? demande prudemment le jeune homme réveillé par les cris.

— Ouais...

Jonas allume la petite lampe posée à côté du canapé et se redresse.

— Ça n'a pas l'air... Tu as fait un sale rêve ?

— Ouais...

Jonas fronce les sourcils et scrute le visage de Lars, entre ombres projetées et lumière faiblarde.

— Tu pleures, mec.

— Non.

— Bah si, tu pleures. C'est pas une honte.

— J'ai pas honte.

— OK... On en partage une ?

— Une bière ?

— Oui.

— Je croyais que tu ne buvais pas d'alcool ?

— Je vais faire une exception...

Jonas se lève à son tour et va se servir. Il frôle légèrement Lars de son épaule nue. L'autre sursaute violemment, ce qui fait sourire le jeune homme. Il trinque contre la bouteille de son ami, porte la sienne à ses lèvres en le regardant dans les yeux puis lui sourit.

— C'est quoi ce cauchemar ?

— C'est rien.

— Bien sûr que si... Tu sais que tu peux tout me dire. Je me suis bien confié à toi.

Mais là c'est différent. Comment comparer les doutes de Jonas sur le bien-fondé de son intervention militaire à ce que lui a vécu en détention ?

Comme toutes les nuits, Lars a revécu ce jour fatidique où leur geôlier avait décidé de les humilier, Franck et lui, de les briser. L'homme n'était pas très âgé, vingt-cinq ans peut-être, mais c'était lui le chef et les autres lui obéissaient avec un zèle trahissant la peur qu'il leur inspirait. Pourtant, c'était un petit gars plutôt fin, pas très grand et avec de beaux yeux rieurs bordés de longs cils. Toujours tiré à quatre épingles, vêtements de marque, parfum de luxe, Rolex à son poignet droit... sans son attirail de guerre, il aurait eu des allures de gendre idéal.

— Toi, avait-il ordonné à Franck. Ôte ton pantalon.

Le militaire avait obtempéré en lançant un regard effrayé à son binôme. Quand le geôlier avait demandé à Lars d'en faire autant, celui-ci avait refusé. Un signe aux gardes présents, et il s'était retrouvé immobilisé.

— Enlève-lui, avait-il alors demandé à Franck.

— Ne le fais pas ! Je t'interdis de le faire ! s'était écrié Lars.

Le geôlier l'avait aussitôt fait bâillonner.

— Si tu ne le fais pas, je le tue.

Alors Franck s'était exécuté, malgré les coups de pied rageurs de Lars.

— Très bien…

Un nouveau signe de tête et les trois gardiens qui maintenaient le militaire lui avaient plaqué le torse contre une table en fer, jambes écartées scotchées aux pieds du meuble. Ils le tenaient fermement contre la table, pesant sur lui de tout leur poids. Lars, qui avait deviné les intentions du geôlier, s'était débattu de toutes ses forces, cabré comme un cheval fou… mais à un contre trois, il ne pouvait pas grand-chose.

— Sodomise-le, avait intimé le geôlier à Franck d'une voix douce.

— Quoi ? Non !

Malgré son bâillon, Lars s'était mis à hurler, ce qui avait eu pour seul effet de faire ricaner son tortionnaire.

— Sodomise-le ou je le tue, avait-il répété toujours avec un grand sourire.

Pour prouver qu'il ne plaisantait pas, l'homme avait posé une main sur la tête de Lars et, de l'autre, plaqué le canon de son arme contre son crâne. La Rolex, trop grande pour son poignet fin, était tombée doucement sur sa main, si près de l'oreille de Lars qu'il pouvait entendre son tic-tac régulier… Il s'était débattu de plus belle, tentant d'accrocher le regard de son ami pour le dissuader d'obéir. Que ce salopard le tue, il préférait mourir plutôt qu'être violé ! Il fallait que Franck le comprenne ! Mais l'homme avait appuyé un peu plus sur sa tête pour l'empêcher de bouger. *Tic-tac.*

— Je… je ne peux pas…, bafouillait Franck. Je ne suis pas… Un homme ça ne me fait pas… J'y arriverai pas de toute façon…

— Branle-toi.

— Quoi ?

— Tu m'as bien entendu. Baise-le ou je le bute et après je te fais couper les couilles. Ne crois pas que je plaisante...

Non, rien dans son regard ne permettait de douter de son sérieux. Alors Franck avait fermé les yeux pour se concentrer, il avait attrapé son sexe et commencé à se masturber. Il lui avait fallu une bonne demi-heure pour obtenir une érection suffisante, qui ne retombe pas à la simple vue du cul de son ami.

Quand Lars l'avait entendu cracher dans sa main pour se lubrifier la verge, il avait encore tenté de se débattre, de se relever, de hurler, visage écarlate et veines saillantes menaçant d'exploser, alors son geôlier avait reposé la main sur sa joue pour l'immobiliser. *Tic-tac.* Quand il avait senti les doigts de Franck se poser de part et d'autre de ses fesses, quand il lui avait écarté la raie pour exposer son anus, il avait hurlé d'humiliation et de révolte, essayant encore de se cabrer, en vain. *Tic-tac.* Quand le gland était venu se plaquer contre son trou, il s'était dit que ça n'était pas en train d'arriver, qu'il n'allait pas lui faire ça, mais déjà il cognait, à petits à-coups, pour forcer les sphincters. Lars avait résisté de toutes ses forces, serrant les fesses autant que possible, dans l'espoir de l'empêcher de passer. Mais Franck avait resserré sa prise autour de ses hanches, il avait poussé, forcé et l'avait ouvert d'un coup sec.

*Non !* Un sexe d'homme venait de s'introduire tout entier dans son rectum en lui infligeant une douleur indescriptible. C'est comme s'il venait d'être déchiré de l'intérieur, violé par un fer rouge. Il avait senti une larme couler. *Tic-tac.* Puis il y avait eu le va-et-vient. La brûlure, la douleur, l'humiliation toujours plus fortes, à chaque pénétration, à chaque retrait, à chaque aller-retour d'un enfer vers un autre... Enculer, il était en train de se faire enculer. Non, pas lui ! Ça ne pouvait être en train de se produire ! Jamais jusqu'à présent il n'avait véritablement pensé au viol autrement qu'avec une femme pour victime. On ne parlait jamais des viols d'hommes. Pourtant, ça existait, mais ça demeurait encore plus tabou, plus honteux... Et cette honte l'envahirait à son tour. Elle pénétrerait un peu plus en lui un coup de boutoir après l'autre, et s'insinuerait à chaque fois plus profondément.

Il avait beau se dire que c'était aussi ça la guerre, qu'il était une victime du camp adverse, que c'était un dommage collatéral, rien ne venait calmer la douleur ni la honte. Franck n'en finissait pas de le baiser devant des monstres qui jouissaient du spectacle, composant avec une érection parfois défaillante mais qu'il s'efforçait de maintenir coûte que coûte, malgré les gaz que Lars ne parvenait plus à retenir, malgré les gargouillis de ses intestins prêts à tout lâcher. Les deux hommes ressortiraient souillés de ce coït contre nature, cassés, et c'est exactement ce que désirait leur bourreau. Quand enfin Franck était parvenu à jouir, l'homme avait applaudi en riant avant d'ordonner qu'on les ramène dans leur cellule. C'était un rire mauvais, le rire facile de celui qui se sait en position de force, un rire qui se gausse du malheur et du désespoir de l'autre, un rire plein de lui-même qui s'imagine que sa victime l'a bien mérité – *Bah ouais, fallait pas être du côté des mécréants* –, un rire haineux et satisfait qui avait poursuivi Lars pendant toute sa détention pour ne plus jamais le quitter.

Durant tout le temps de leur captivité, les deux prisonniers avaient dû se soumettre encore et encore aux fantasmes pervers de leur tortionnaire. Chaque jour, Lars suppliait

Franck de ne plus obéir, mais chaque jour il recommençait. Il ne voulait pas avoir sa mort sur la conscience, ni se faire castrer à vif par ces tarés, mais quand ils seraient libérés, ils arriveraient à en rire, peut-être même à oublier... Alors chaque jour leur ravisseur posait sa main sur la tête de Lars. Chaque jour il entendait le tic-tac de sa montre trop grande. Chaque jour Franck le violait. Comment y parvenait-il, prenait-il une forme de plaisir malsain ? Franck avait beau lui assurer qu'il devait se forcer lui aussi, Lars s'était mis à douter de lui, à le mépriser, le détester presque autant que l'homme qui les torturait.

Il y avait eu une quinzaine de viols interminables, tous plus douloureux et dégueulasses les uns que les autres, avant que Lars ne parvienne à s'enfuir. Mais dans ses cauchemars, il est resté là-bas, et subit, une nuit après l'autre, les assauts de celui qui fut un jour son ami...

— J'ai tué mon binôme, lâche-t-il soudain à Jonas, brisant un silence de plusieurs minutes. Quand j'étais prisonnier des talibans. Avant de m'enfuir, je l'ai tué.

— Quoi ? Pourquoi ? demande le jeune homme, interloqué.

— Parce qu'il m'avait trahi et que j'en ai eu l'occasion...

Au retour d'une de leurs séances de torture quotidiennes, Lars avait trouvé un tesson de verre à même le sol de leur cellule. Bien sûr, il n'avait pas été déposé là par hasard... Lars l'avait discrètement rangé dans sa poche, avant de tenter à nouveau de dissuader Franck d'obéir. Mais son *ami* avait réfuté chacun de ses arguments. Pire, il avait même eu le culot de prétendre en souffrir autant que lui... Comment pouvait-il oser comparer leurs souffrances ?

— Alors je lui ai planté un morceau de verre dans la gorge, poursuit-il.

Franck n'avait pas eu le temps de réagir. Incrédule, il avait porté les mains à son cou, les en avait ramenées pleines de sang, et sans dire un mot ni lancer un seul regard accusateur à Lars, il s'était écroulé, raide mort. Tout ensuite était allé très vite. Les verrous du cachot qui s'ouvrent, des bruits de pas qui s'éloignent de là… La clé de la liberté était que l'un tue l'autre et rentre chez lui bousillé, hanté par leurs étreintes forcées. Plus bon à rien, inapte au service. La guerre se joue aussi sur le terrain de la psychologie et de blessures invisibles qui ne cicatriseront pas.

À son retour au campement, Lars avait été accueilli en miraculé, en héros. Alors il avait raconté une belle histoire selon laquelle son ami était mort aux mains des talibans, et où son évasion n'était que le fruit de son ingéniosité. Tout le monde l'avait cru, bien que certains se soient interrogés à propos des cris qu'il poussait dans son sommeil, et de ce qu'il disait alors…

— Si tu l'as tué, je suppose qu'il le méritait, commente Jonas.

— Oui. C'était devenu un monstre.

— Alors tu as bien fait. Quand on est confronté au mal, il faut savoir le combattre…

Exactement. Le mal, il faut le traquer et le déchiqueter comme un fauve s'acharne sur sa proie, à l'instar de ceux que Lars a fait tatouer sur son corps au retour d'Afghanistan. Un tigre sur l'épaule gauche, une panthère sur l'épaule droite. Les dessins s'ancrent dans ses bras, au niveau des biceps, pour se déployer jusque sur son cou, gueule béante et griffes menaçantes, comme deux gardiens posés de part et d'autre de sa tête. Ils sont autant là pour lui rappeler qu'il a un jour été proie que pour l'avertir qu'il emportera désormais toujours ses démons avec lui, où qu'il aille.

Le tigre et la panthère représentent sa puissance et son courage, mais aussi la colère et la part d'ombre qui n'ont jamais cessé de croître en lui, depuis sa détention.

Voilà pourquoi l'idée que des gamins naïfs finissent sur le trottoir à cause de Haiko Homoreanu le bouleverse. *Se faire sauter par des mecs blindés de fric, c'est toujours mieux que d'aller se faire sauter dans une rame de métro*... Comment peut-on être aussi cynique ? Lars se remémore en frissonnant l'enlèvement auquel il a participé. Qu'est devenue cette gamine aujourd'hui ? Est-elle condamnée à arpenter les trottoirs d'une ville d'Europe, pour se payer des doses ? Joue-t-elle les call-girls pour racheter son passeport ? Bien sûr, Haiko n'a pas avoué son trafic, elle est bien trop maligne. Et sans cela, il ne peut rien, malgré son intime conviction... Qu'à cela ne tienne !

— Qu'est-ce que tu fais ? interroge Jonas en le voyant s'habiller.

— Je pars. Suivre tes conseils.

— Quoi ?

Pressentant que Lars fait référence à Haiko, Jonas bondit.

— Tu ne vas quand même pas lui faire du mal ?

— Qu'est-ce que ça peut faire ? Je croyais que tu ne l'aimais pas.

— Non, mais ce n'est pas à toi de rendre justice !

Lars marque un temps d'arrêt et le fixe d'un air hagard. L'espace d'un instant, Jonas se demande si son ami est encore aux commandes : ses yeux sont vides et durs à la fois, les yeux d'un fou. S'il ne connaît pas ses intentions exactes, Jonas devine que Lars pourrait aller très loin. Trop loin...

— Allez, sois pas stupide, tu comptes faire quoi ? N'oublie pas qu'Invalla la protège !

— Justement, je vais m'occuper de lui, d'abord…

— Comment ?

— Viens avec moi, gronde-t-il, et tu le sauras…

— Je ne suis pas sûr de le vouloir.

— Alors c'est un adieu. Rhabille-toi et tire-toi.

# 6

L'ALTERCATION AVEC LARS DATE DE TROIS JOURS et Jonas se demande encore s'il a fait le bon choix. Le jeune homme a toujours vu en lui un grand frère, un mentor, un juste et savait qu'il finirait par ouvrir les yeux sur Haiko. De là à vouloir s'en *occuper* lui-même… L'ancien légionnaire ne pouvait l'accepter. Le plan de Lars était simple. Il voulait l'isoler et la confronter, la mettre face à ses responsabilités et l'obliger à tout arrêter, à se rendre. Mais Jonas avait lu bien plus dans les yeux de son ami, il avait retrouvé cette rage, cette folie qu'il connaissait par cœur pour l'avoir vue au front, dans le regard de ceux à qui la drogue a fait perdre tout repère. Lars ne se contentera pas d'aveux ni de la promesse de ne pas recommencer. Il ira aussi loin que sa colère le conduira. Le jeune homme, s'il s'était abstenu de l'encourager, ce soir-là, n'avait pu néanmoins le dissuader… Aussi, quand Karol lui avait relaté l'incident, le lendemain, Jonas avait-il dû faire un effort surhumain pour feindre la surprise.

— *Quelqu'un a forcé ma voiture, cette nuit…*

— *Quoi ? T'es sûr ?*

— *Oui, il y a des marques sur le capot...*

— *T'as inspecté le véhicule, y a pas de bombe au moins ?*

— *Non, j'ai vérifié. Le mec a peut-être été interrompu...*

En réalité, Jonas savait bien que personne n'avait été interrompu. Le but était juste de faire croire à Invalla que l'étau se resserrait autour de Haiko, pour faire monter la peur d'un cran, lui rappeler la fatwa, le pousser à démissionner et à abandonner la jeune femme.

— *T'as appelé les flics ?*

— *Ouais, mais tu les connais... J'ai demandé à Haiko de limiter ses sorties au maximum.*

— *Elle doit être terrifiée.*

— *Il y a de quoi.*

Neuf heures et demie. Haiko déambule en vieux peignoir dans sa cuisine en désordre. Elle est réveillée depuis deux heures, mais n'arrivait pas à se lever. À cause de la fatigue, parce qu'elle ne parvient plus à dormir correctement sans sursauter au moindre bruit, sans s'imaginer qu'un nouvel intrus a trouvé le moyen de s'immiscer chez elle. À cause aussi de cette croyance absurde que tant qu'elle garde les yeux fermés et reste au chaud sous sa couette, elle est à l'abri du danger.

Cela fait deux jours qu'elle se terre chez elle, depuis que Karol a remarqué qu'on avait tenté de forcer sa voiture. Le garde du corps a exhorté sa cliente à la plus grande prudence. Elle a dû réduire drastiquement le nombre de ses sorties et désormais il assure sa protection de l'intérieur, jour et nuit, tandis que Jonas fait les précurses et surveille les alentours. Karol a aussi muni Haiko d'un petit sifflet qu'elle porte continuellement autour du cou, afin qu'elle puisse l'alerter en cas d'agression. De même, elle ne doit dorénavant plus ouvrir ses volets en fer, sous aucun prétexte, pour se prémunir d'une intrusion par une fenêtre. Du coup, elle erre chez elle, comme une bête en cage que la pénombre rend dingue.

— Vous voulez du café ? propose-t-elle d'une voix rauque.

— Non merci…

Karol s'inquiète pour la jeune femme. Elle est si pâle que sa peau est devenue presque transparente. Il se rappelle cet adage qu'aimait répéter sa grand-mère : *Qui voit ses veines voit ses peines…* Il se dit que cela doit être vrai, après tout. Haiko passe sa journée à boire du café et à fumer, en sautant la case repas la plupart du temps. À ce rythme-là, elle ne va pas tenir le coup… Pourtant, il se garde bien de lui faire toute réflexion, pressentant que ce serait inutile.

La jeune femme remplit une tasse en tremblant comme une feuille, ça la fait sourire.

— Putain, on dirait Gainsbourg ! ricane-t-elle en s'allumant une cigarette.

Mais son rire sonne faux dans le silence pesant de la pièce. Alors elle se pelotonne dans le sofa, genoux repliés sous le menton, et lance un regard triste à son garde du corps. C'est un vrai gentil celui-là, une sorte de nounours contre lequel on a envie de se blottir pour avoir un gros câlin et se couper du monde un instant. Loin de dégager ce je-ne-sais-quoi de menaçant qui pouvait rendre Lars si dissuasif, Karol n'a pas l'air bien méchant ni dangereux… En tout cas, si elle est soulagée qu'il veille sur elle, Haiko n'est pas sûre qu'il puisse véritablement la défendre en cas de problème.

De toute façon, que peut un seul homme contre la foule d'ennemis qu'elle s'est faits ? Parfois, elle s'amuse à en dresser la liste et à les classer par ordre de dangerosité, lors de ses nuits d'insomnie. Oui, elle compte ses ennemis comme d'autres comptent les moutons… mais évidemment ça ne l'aide pas à dormir. Il y a bien sûr Leduc, ainsi que les islamistes. Mais il y a surtout l'*opinion publique*, prompte à la clouer au pilori sur les seules bases de leur crédulité et de leur jalousie, et Lars, enfin, qui ne s'est pas remis de leur nuit… Le garde du corps n'a pas donné signe de vie depuis leur discussion dans le bar. Si Haiko doute que ses arguments aient suffi à le convaincre, elle soupçonne les menaces de plainte de sa mère d'avoir eu l'effet escompté. Tant mieux, elle n'a pas besoin d'un juge supplémentaire dans cette affaire.

Haiko grimace en buvant le café chaud. Est-ce à cause de son amertume ou bien du dégoût que lui inspirent les événements qui ont fait d'elle cette recluse qu'on aime traquer et brûler en effigie ? En d'autres temps et à condition de ne pas en être la cible, elle aurait trouvé cette chasse aux sorcières fascinante. Peut-être même en aurait-elle tiré un article, pour essayer de comprendre les mécanismes qui ont poussé l'opinion publique, cette entité écran génératrice de conformité, à retourner ainsi sa veste. D'héroïne des temps modernes elle est devenue la personne à abattre. Pourquoi ? Que lui fait-on payer ? Son assurance, sa combativité toujours un peu louches chez une femme ? Sa jeunesse, sa beauté et la liberté qui lui permet d'en jouir ? Sa rébellion contre les institutions religieuses et ses actions coups de poing ? Qu'a-t-elle mal fait pour qu'on la haïsse à ce point ? Lui reprocherait-on les pires méfaits, chercherait-on à la confondre ainsi si elle était un homme ?

Qu'importe, se poser se genre de questions ne résoud rien. Elle doit trouver un moyen de s'en sortir parce qu'elle est une survivante, un phénix comme l'a dit Lars, parce qu'elle est forte.

Trois coups frappés à la porte la ramènent à la réalité. Haiko sursaute violemment et se renverse la moitié de son café dessus. Elle pousse un cri, effrayée. Karol lui fait signe que tout va bien : ce n'est que Jonas.

— Je vous ai fait peur ? Je suis désolé, s'excuse le jeune homme en entrant.

— Non... ça va, répond-elle d'une voix tremblante.

Haiko se débarrasse de son peignoir imbibé de café. Elle porte un débardeur près du corps et une petite culotte. Jonas détourne pudiquement les yeux en lui tendant un sachet en papier tacheté de graisse.

— Je vous ai apporté des croissants, vous avez besoin de vous remplumer.

— Merci, c'est gentil, sourit-elle, touchée.

Ce genre de petites attentions lui sont précieuses en ce moment, surtout de la part de Jonas. Pourtant, elle sait qu'elle n'arrivera pas à avaler quoi que ce soit. Semblant comprendre les difficultés de la jeune femme, Jonas fait de son mieux pour la rassurer.

— Ce n'est pas grave si vous ne les mangez pas maintenant. Plus tard, peut-être ?

— Oui, peut-être... Je vais me laver, excusez-moi...

Profitant de l'absence de la jeune femme, Karol briefe rapidement son collègue.

— Elle ne va pas fort. La dernière fois qu'elle a mangé c'était il y a plus de vingt-quatre heures.

— Elle dort au moins ?

— Non. Je l'entends tourner dans son lit. Ils ne lui foutent pas la paix non plus...

— Qui ça ?

— J'en sais rien. Elle reçoit des appels anonymes à toute heure du jour et de la nuit. Parfois elle entend une respiration d'homme, parfois rien... Ils jouent avec ses nerfs.

— Elle en a parlé à la police ?

— Non, elle refuse. C'est n'importe quoi... Je comprends pas...

— Je crois que de toute façon, ils ont d'autres chats à fouetter. Bon en tout cas, c'est bien qu'elle ait compris qu'elle devait limiter ses sorties en public. Cela dit, à sa place, moi je péterais les plombs !

— C'est le cas. Elle s'étiole complètement enfermée ici. Elle devient neurasthénique. Heureusement sa mère vient déjeuner à midi ! Ça lui changera les idées.

— Ah oui ? C'est bien, ça. Bon, je file me coucher pour être en forme ce soir. Bonne journée...

La porte d'entrée claque alors que Haiko sort de sa douche. Encore une fois, elle sursaute malgré elle, le corps parcouru d'un long frisson, et regarde à travers ses persiennes si personne ne l'espionne depuis l'immeuble d'en face. Elle se sèche rapidement, enfile un jean et son T-shirt fétiche, une espèce de morceau de tissu informe mais d'une douceur réconfortante, passe quelques coups de brosse dans ses cheveux, les attache avec une pince et descend dans le salon pieds nus.

Plus que jamais, son appartement a des allures de grotte, de cocon où il fait bon se réfugier comme un dernier rempart à la violence de ce monde. Elle se sent princesse assiégée, munie pour seul lien avec le monde extérieur d'une baie vitrée qui lui montre la couleur du ciel et d'un ordinateur pour constater à quel point tout continue de tourner sans elle. Elle s'était toujours imaginée que si elle devait partir loin, elle maintiendrait un lien avec ses amis grâce aux réseaux sociaux, partagerait avec eux de bonnes blagues ou quelques indignations et continuerait d'avoir accès à leur intimité. Pourtant, depuis le début de la polémique, force est de constater que ce lien était illusoire. Personne ne prend de ses nouvelles, ni ne lui en donne. *Si tu existes sur Facebook, tu existes pour moi… si tu n'es plus dans la virtualité, je ne saurais pas t'inviter dans ma réalité.* Triste monde dont on est exclu d'un simple clic, et où la solitude et la peur sont désormais ses seules compagnes.

À midi tapante, la mère de Haiko apparaît, souriante. Elle porte une cagette remplie de provisions. Ça a quelque chose d'incongru et de réconfortant à la fois de voir cette femme d'apparence si froide jouer les mères poules avec sa fille.

— Maman !

— Bonjour, ma chérie. Tu as une petite mine, salue Katia en lui caressant la joue. Tu manges au moins ?

— J'ai du mal…

— Alors on va y remédier. J'ai acheté des fraises au marché : on va les faire au sucre, comme tu aimes. Et puis regarde ce que j'ai pris chez le traiteur libanais ! Taboulé et falafels à volonté, et interdiction de chipoter, c'est compris ?

Haiko opine du chef en esquissant un petit sourire. En réalité, ça a du bon d'être maternée ainsi. On peut dire ce que l'on veut, mais en cas de coup dur, rien ne vaut les bras de sa mère… quel que soit l'âge qu'on a.

La journaliste n'a jamais vu sa fille dans cet état. Même quand Maxime est mort, elle a fait face. Mais la violence de l'acharnement médiatique est d'une intensité que le commun des mortels ne peut se représenter. Vous êtes attaqué sur tous les fronts : ce que vous êtes, dites, faites… comme ce que vous n'êtes pas, ne dites pas, ne faites pas. On moque votre physique, vous prête des intentions que vous n'avez jamais eues, déforme vos propos… Tout est prétexte au procès à charge et, à l'instar des ordalies de l'Inquisition, quoi que vous fassiez pour prouver votre bonne foi, c'est retourné contre vous… Haiko est en miettes, et il faut absolument la tirer de ce mauvais pas.

— Tu es sûre que c'est une bonne idée de te cloîtrer ici ?

— Dehors je suis en danger…

— Ici, tu es facile à piéger, à attraper. C'est presque de la chasse en terrier.

— Tu proposes quoi ?

— Il faut que tu t'en ailles. Que tu te fasses oublier de Daesh, comme des autres. Tu vas devenir dingue enfermée comme ça, tu es faite pour être libre, Haiko, pas pour vivre en cage.

La jeune femme est extrêmement touchée par ces paroles. Qui mieux qu'elle la connaît, la comprend ? Si Katia a parfois du mal à montrer ses sentiments et a toujours poussé sa fille à travailler plus, elle est aussi une véritable mère louve. On ne touche pas à ses petits.

— Laisse-moi t'aider. On pourrait t'éloigner de Paris dans un premier temps. Tu partirais te mettre au vert avec M. Invalla, s'il est d'accord, explique-t-elle en cherchant le regard du garde du corps. Et ensuite on t'installerait dans le pays de ton choix, un pays moins *sensible* que la France et où on ne te connaît pas… Ce serait provisoire, et au moins tu serais libre.

— Je… je ne sais pas.

Jamais Haiko n'aurait osé demander de l'aide à sa mère, fierté oblige. Mais son orgueil ne lui interdit pas de saisir une main tendue.

— D'accord… J'accepte, maman. Merci… Je ne sais pas comment te remercier…

— Viens, ma puce, dit Katia en lui tendant les bras.

La jeune femme s'y réfugie et serre sa mère de toutes ses forces. Que c'est bon d'être ici et d'entendre le cœur de Katia battre régulièrement contre le sien, de humer son parfum fleuri, de sentir ses mains lui caresser doucement le dos… ! Elles restent ainsi l'espace de quelques secondes qui paraissent une éternité, aucune d'elles ne pouvant se résoudre à relâcher l'étreinte…

C'est Karol qui interrompt leur moment de tendresse.

— Madame, écartez-vous doucement de Haiko, souffle-t-il d'une voix inhabituellement grave.

— Quoi ? Pourquoi ? demande Katia en se redressant un peu.

— Oh non, maman ! s'écrie Haiko en la fixant d'un air terrifié. Non ! Oh mon Dieu ! Mon Dieu !

Elle laisse échapper un cri strident qui pétrifie Katia Homoreanu et semble ne jamais pouvoir s'éteindre.

La tache rouge d'un pointeur laser tressaute sur le front de sa mère. À l'autre bout, il y a sûrement une arme de précision et un tireur d'élite prêt à l'abattre.

Le garde du corps bondit et les plaque toutes deux au sol en un temps record. La tête de Katia vient cogner contre le bar, mais c'est un moindre mal. À l'abri, les deux femmes s'accroupissent et attendent les instructions de Karol, en retenant leur souffle.

— Je vais me lever et chercher ce fils de pute, éructe le Polonais. Restez ici. Ne bougez pas avant mon retour ou l'arrivée de la police. C'est bon, vous pourrez les appeler ?

Katia opine du chef tandis que Haiko semble complètement hystérique. Elle répète : « Oh mon Dieu, oh mon Dieu, oh mon Dieu » comme une litanie, incapable de s'arrêter…

Karol Invalla s'élance hors de la maison en direction de l'immeuble d'où venait le laser. Le type ne peut prendre le risque de sortir à découvert, aussi le garde du corps se dirige-t-il vers le parking, seule issue logique, pour le cueillir avant qu'il ne s'enfuie. Du moins il l'espère.

Le Polonais court aussi vite qu'il peut, il emprunte la voie qui conduit au sous-sol et s'immobilise un instant à l'affût d'un mouvement. Rien. Et si ses calculs étaient mauvais et que le gars s'était échappé par un autre endroit ? Et s'il n'avait pas été assez rapide pour l'attraper ? Essoufflé, Invalla se penche en avant, mains sur les cuisses, pour calmer sa respiration. *Clic*. Le bruit d'une béquille de moto. Il cligne des yeux et, tout au fond du parking, caché derrière une colonne, aperçoit un homme casqué en train de monter sur son véhicule. Il s'élance alors vers lui tandis que le gars démarre, avale en quelques enjambées la distance qui les sépare, manquant tomber en glissant sur une flaque d'huile, mais l'attrape tout de même par la manche de son blouson encore ouvert, le déshabillant à moitié, et le fait tomber au sol.

— Maintenant tu vas venir avec moi, connard ! hurle-t-il.

Invalla agrippe les deux pans du blouson et tire le type jusqu'à lui, l'homme profite du mouvement de balancier de son corps pour lui asséner un coup de casque pile entre les deux yeux. La douleur est foudroyante, avant le black-out absolu. Karol Invalla s'effondre sur le sol en béton, tandis que son adversaire redresse sa moto et démarre en trombe.

# 7

MALGRÉ LES HÉMATOMES violacés autour de ses yeux et sur son nez, Karol Invalla affirme qu'il est en état d'assurer la protection de Haiko. Après tout, ce genre de blessures, ce sont les risques du métier et il est surtout soulagé d'avoir remarqué le pointeur laser avant que le type ne tire.

— Vous auriez pu vous faire tuer dans ce parking, s'inquiète Katia.

La journaliste a passé la nuit chez sa fille, incapable de la laisser seule dans l'état d'angoisse où elle se trouvait.

— Mais je suis vivant... Écoutez, je ne comprends pas pourquoi vous n'avez pas appelé la police, surtout en voyant que je ne rentrais pas !

— Vous auriez dû m'appeler aussi, proteste Jonas, passablement énervé. Si j'avais su que vous étiez seules, je serais venu.

— On n'a pas pensé à vous, Jonas, je suis désolée, répond Haiko. Quant aux flics, pour ce qu'ils auraient fait...

La réponse de Haiko est trop évasive pour satisfaire Karol, il soupçonne d'autres raisons peut-être moins avouables… Mais à l'heure actuelle, ce n'est pas le plus important. Ce qui l'est en revanche, c'est l'objet qu'il tient dans la main.

— Jonas, demande-t-il au jeune homme, tu as toujours des contacts avec Lars ?

— Non…, répond-il, gêné. Je ne le vois plus.

— Pour quelle raison ?

— C'est personnel…

— J'ai besoin de savoir, insiste le Polonais.

— Disons qu'il se tape des délires des fois… et que moi je ne veux pas d'ennui.

— Quel genre de délires ?

— Je préfère le garder pour moi… Mais crois-moi, c'est terminé.

Le jeune homme lève les mains à hauteur de visage, paumes tendues vers son interlocuteur en signe de bonne foi. C'est vrai que Jonas a changé depuis quelque temps, comme si l'emprise de Lars s'était relâchée. Il s'est radouci avec Haiko et se met même en quatre pour lui être agréable, comme s'il s'en voulait d'avoir douté d'elle, ou espérait se faire pardonner quelque chose. Karol lui tape sur l'épaule en signe d'amitié, et se tourne vers leur protégée.

— Je crois que vous devriez regardez ça, Haiko, lui suggère-t-il en lui tendant un boîtier plat. C'est la vidéo de mon agression dans le parking. Je suis allé la réclamer aux vigiles parce que j'espérais pouvoir déchiffrer la plaque d'immatriculation de la moto…

Haiko saisit le CD et l'insère dans son ordinateur. Le film se lance automatiquement.

*12 h 28. Une porte métallique s'ouvre au fond du parking. Il y fait si sombre que la jeune femme doit un peu plisser les yeux pour distinguer la silhouette de l'homme cagoulé.*

*12 h 30. L'homme ouvre le top-case d'une moto, en extrait un casque qu'il enfile et s'apprête à chevaucher son engin.*

*12 h 33. Karol Invalla court dans sa direction. La moto démarre mais la plaque est masquée, impossible de lire l'immatriculation. Le garde du corps attrape le type par un pan de son blouson, découvre son épaule, le fait chuter au sol.*

— Attendez un instant ! s'exclame Haiko.

Livide, la jeune femme met sur pause, et fait repartir le film quelques secondes en arrière, jusqu'à avoir un plan net sur le torse de l'inconnu.

— Ces tatouages... c'est...

Katia lance un regard angoissé à sa fille, pressentant déjà ce qu'elle va dire.

— C'est... ce sont ceux de Lars, poursuit-elle, incrédule. C'est impossible ! Pourquoi ferait-il ça ?

— Je n'en sais rien, répond le garde du corps en se tournant vers Jonas. T'as une idée, toi ?

Le jeune homme semble interloqué. Il se passe une main sur le visage d'un air catastrophé.

— C'est pas possible, répond-il, sous le choc. C'est pas possible !

— La preuve que si...

— C'est encore pire que ce que je pensais, déplore le jeune homme. Encore pire... Je... ne sais pas comment... Karol, si je te dis ce que je sais, promets-moi de ne pas m'en vouloir, s'il te plaît...

Devant sa gêne, Karol, intrigué, accepte.

— Tu te souviens des traces sur ton coffre, quand... tu as cru qu'on avait forcé ta voiture...

— Oui, répond le garde du corps.

— En réalité, ce n'était pas le cas, mais il voulait que tu le croies...

— Qui ça, Lars ?

— Oui. Cette nuit-là, il avait fait un cauchemar, et il est parti avec l'idée de pousser Haiko à bout, pour l'obliger à avouer qu'elle était coupable de ce dont on l'accuse. C'est comme ça qu'il a eu l'idée de forcer ton coffre, pour que tu penses à une bombe, pour la rendre dingue… et que tu démissionnes.

— Mais c'est ridicule ! En quoi ça me pousserait à avouer quoi que ce soit ? se défend la jeune femme.

— Il s'imagine que si vous vous sentez en danger, vous préférerez tout arrêter… Tout ce qu'il veut c'est avoir la certitude que vous ne ferez plus de mal à personne.

— Mais je n'ai jamais fait de mal à qui que ce soit ! C'est du délire ! Comment ose-t-il agir ainsi ?

— Je crois qu'il ne va pas bien… Il a l'air d'un roc comme ça… mais il est plus fragile qu'on ne le pense.

— Ce n'est pas de la fragilité, assène Katia Homoreanu, estomaquée. C'est du délire pur et simple qui relève de la psychiatrie ! Ma fille est prisonnière de ces quatre murs à cause des élucubrations de ce dingue ? Ça ne se passera pas comme ça, je vais contacter la police, conclut-elle en saisissant son téléphone.

— Non, maman, attends ! Si la police voit que mon ancien garde du corps me soupçonne, ils vont trouver ça louche…

— Mais tu es innocente, Haiko ! Tu n'as pas à avoir peur de la police, argumente sa mère.

Devant le silence gêné de sa fille, Katia invective Jonas :

— Pourquoi vous ne nous avez rien confié ? Vous voyez où ça nous a conduits ?

— Je savais pas comment vous l'expliquer… j'ai eu peur de me faire virer à cause de ça. J'ai essayé de l'en empêcher, je vous le jure ! Je lui ai dit qu'il allait trop loin, qu'il n'avait pas à faire justice lui-même, mais là il a pété les plombs. Il m'a balancé des choses tellement insultantes que je peux pas vous les répéter, j'aurais trop honte. Il m'a dit que s'il me revoyait il me défoncerait la gueule… alors on en est restés là.

Karol Invalla sent la colère monter en lui. Depuis le début, il se méfiait de Lars, il aurait dû écouter son instinct et s'en ouvrir à Haiko.

— Les appels anonymes, tu crois que c'est lui ? demande-t-il à Jonas.

— Je n'en sais rien…, avoue le jeune homme. Je pensais qu'il s'était calmé, mais là… je ne suis plus sûr de rien.

— On va donner ce CD au capitaine Alquier.

— Votre vidéo ne prouve rien à part que vous vous êtes battus avec Lars, répond Haiko d'un ton amer.

— C'est vrai, enchérit Jonas. Il ne porte aucune arme sur la vidéo.

Karol Invalla reste un instant muet. Ils ont raison : pendant la bagarre, il n'a rien décelé de suspect sur Lars.

— Il a dû la cacher quelque part dans l'immeuble. Si vous aviez appelé la police, ils auraient pu le fouiller. Maintenant c'est trop tard, il l'a certainement récupérée ! Mais cette vidéo prouve néanmoins qu'il était présent dans le quartier à l'heure où on a braqué une arme de précision sur vous. Présent et cagoulé, ce qui est tout de même un élément accablant. Donnez-moi ce CD, je suis sûr qu'on en tirera quelque chose !

Haiko semble hésiter. Elle tapote nerveusement sur les touches de son clavier, se fige un instant et déclare, d'une voix presque désincarnée :

— Je ne crois pas que ça pèsera très lourd dans la balance.

La gravité et le calme avec lesquels elle a prononcé ces mots ont quelque chose d'éminemment inquiétant. La jeune femme a les larmes aux yeux, elle lance un regard désespéré à sa mère qui, intriguée, la rejoint devant l'ordinateur.

— C'est pas vrai, mais ça ne s'arrêtera donc jamais ! s'écrie Katia.

C'est à la une du *Parisien*. Un scoop de première catégorie. Une photo très nette prise dans un bar où l'on voit Sonia Labdaoui en larmes dans les bras de Haiko, ainsi que Gabriele Strano, mafieux notoire, un sourire au coin des lèvres. En guise de titre, un seul mot en lettres capitales :

COUPABLE ?

Dans une interview, Leïla Nasri explique à la journaliste que sa sœur a tout fait pour la dissuader de rejoindre l'association N.e.r.F.

> « Nadia disait que je me serais fait broyer [...] Haiko lui faisait peur, parfois. Elle trouvait qu'elle allait trop loin. »

L'auteur de l'article affirme également que la fatwa prononcée contre la jeune femme aurait été émise depuis un cybercafé francilien et non depuis la Syrie.

> Ainsi, nous sommes en droit de douter de l'honnêteté de Haiko Homoreanu. Syndrome de Münchausen ou tentative pitoyable d'émouvoir l'opinion publique avec une pseudo-menace pour mieux lui soutirer des dons ? Rappelons que Mme Homoreanu a l'intention de lever des fonds à la rentrée prochaine pour ses soi-disant bonnes œuvres... Avant de venir piocher dans les nôtres, gageons qu'elle devra rendre d'abord des comptes...

Haiko, livide, reste muette. Médusée par la tournure que prennent les événements, elle est autant blessée par la virulence de l'article que par les propos de Leïla Nasri, qu'elle a vue grandir. Surprise aussi de tout le mal que se sont donné les journalistes pour pister l'origine de la fatwa. Complètement dépassée enfin par cette photo accablante en compagnie de Sonia et Gabriele.

— Il faut me croire, je ne suis pas coupable de ce dont on m'accuse ! se défend-elle.

Il est nécessaire, vital que personne dans cette pièce ne doute d'elle. Plus que jamais elle va avoir besoin de leur soutien ! Sa mère lui prend la main en guise de preuve d'affection.

— Bien sûr que je te crois, Haiko. Je te connais, tu es ma fille.

— Nous ne sommes pas là pour juger qui que ce soit, répond Invalla, du ton le plus neutre possible, en cherchant Jonas du regard.

Le jeune homme semble plus mitigé, Haiko peut le lire sur son visage.

— Cette photo… Je me rappelle parfaitement quand elle a été prise, lance-t-elle. Cette jeune fille a fait un malaise en allant aux toilettes, juste à hauteur de notre table. Je l'ai invitée à s'asseoir un instant et là elle a fondu en larmes dans mes bras. Ça n'a duré que quelques minutes… et c'était un piège ! Un piège qu'on m'a tendu il y a plusieurs mois ! Il faut me croire !

— Mais quand même, c'est une sacrée coïncidence que ce soit Sonia Labdaoui ! proteste le jeune homme. Comment vous expliquez ça ?

Haiko esquisse un faible sourire.

— Oui, ça en dit long sur le pouvoir de nuisance de mes ennemis et je soupçonne cette fille d'être leur complice…

— Mais son frère est mort ! Il s'est tué à cause de ce qu'elle est devenue…

— Peut-être qu'il a été manipulé lui aussi. En tout cas on en aura le cœur net parce que je ne laisserai personne me traîner dans la boue comme ça. Croyez-moi, Jonas, je ne suis pas coupable de ce dont on m'accuse…

Encore une fois, le jeune homme semble livré à une bataille intérieure. Si cela ne tenait qu'à lui, il partirait loin de cette fleur vénéneuse et de cette histoire sordide.

— OK, je veux bien vous croire, cède-t-il néanmoins.

— Parfait, commente Katia. Première chose à faire : tu dois quitter cet appartement et te mettre au vert. Des amis m'ont proposé de te prêter leur maison à Anglet. J'ai les clés. Tu fais ta valise et tu pars ce soir.

— Je… si vite ?

— Votre mère a raison, enchérit Jonas. Je crois que vous n'êtes pas en sécurité ici, entre les gens qui vous détestent et cet article qui confirme les soupçons de Lars.

— Ce n'est pas une confirmation ! s'écrie la jeune femme. Tout est faux dans ce papier !

— Ce n'est pas ce qu'il pensera…

Et Haiko connaît bien mal son ancien garde du corps si elle pense qu'il va la lâcher…

Remercié. Malgré tous les efforts qu'il a faits pour prouver sa bonne volonté, Jonas a été remercié, libéré de ses obligations pour une durée indéterminée : *C'est gentil, mais du coup on ne va plus avoir besoin de vous. Ça va aller comme ça…* Le jeune homme a un terrible sentiment d'échec. Il aurait voulu qu'on lui propose de suivre Haiko à Anglet, comme on l'a demandé à Karol. Mais il n'est que le larbin, même pas titulaire du diplôme d'agent de protection. Le mec un peu trop basané pour qu'on lui fasse vraiment confiance et qu'encore une fois on jette quand on n'a plus besoin de lui. Sans ce poste, comment va-t-il faire maintenant ?

Furieux, dépité, il erre un long moment dans Paris, de stations de métro sordides en ruelles populaires qui sentent bon le commerce d'épices et le rassérènent un peu puis, comme d'habitude, comme tous les autres qu'il a appris à connaître, il termine sa balade dans ce même bar où il a pour la première fois entrevu la possible réalisation de son destin.

Au fond de la salle, un visage familier.

Lars.

— Qu'est-ce que tu fous là ? aboie-t-il. Je t'avais dit de m'éviter !

— Il fallait que je te voie. Maintenant.

— Pourquoi ça ?

Jonas, qui ne décolère pas, tire une chaise pour s'y asseoir. Les pieds grincent contre le carrelage un peu poisseux. Il pose ses coudes sur la table, approche son visage à quelques centimètres de celui de son ami et, avec un sourire mauvais, lui dit :

— Parce que Haiko va quitter Paris.

— Tu sais où elle va ?

— Évidemment, ils ont gobé tout ce que je leur ai dit !

# 8

QUAI DES ORFÈVRES, 15 h 30. La journée s'étire comme un élastique, hésitant entre tension et relâchement en fonction des interventions qui l'égrènent. Dans la salle de pause, les effluves de tabac le disputent à ceux du café réchauffé. Ça sent la testostérone et l'eau de toilette, la transpiration et les casse-croûte dont les reliefs s'amoncellent dans la poubelle. La télé est allumée sur une chaîne d'information continue. Les uns la regardent d'un air vide comme ils feraient la sieste, sans chercher à comprendre ce qu'il s'y raconte. D'autres l'ignorent ostensiblement pour détourner leur attention des catastrophes qui n'en finissent pas de tomber et dont ils sont déjà suffisamment au fait. Certains enfin continuent d'être flics et commentent chaque nouvelle. Aujourd'hui, il est question de l'affaire Homoreanu. La photo montrant Haiko et Strano en compagnie de Sonia Labdaoui s'affiche sur le petit écran et suscite des avis partagés. D'un côté, il y a ceux qui trouvent le scoop un peu trop providentiel pour être honnête.

— Et puis on aurait eu connaissance de ce rendez-vous bien avant les journalistes, non ?

De l'autre, ceux que plus rien n'étonne. La présentatrice évoque le nouveau scandale dont Haiko Homoreanu fait l'objet et le visage de la jeune femme apparaît à son tour pour illustrer les propos. Ici et là, quelques policiers lui rendent hommage à grand renfort de sifflements et autres compliments typiquement masculins. Personne n'a envie d'arrêter une belle jeune femme. Même un policier aguerri a besoin de se raccrocher à la beauté, à un certain sens de l'idéal. Pourtant, le capitaine Alquier sait bien que derrière l'écran du plus clair des regards se terre parfois une âme aussi noire que la nuit.

La journaliste est en duplex avec un confrère. Micro à la main, il explique que Haiko Homoreanu n'a pas souhaité répondre directement à la presse. Ses porte-parole seront son avocat et son frère, Dimitri. Lorsque les visages des deux hommes apparaissent à l'écran, les policiers se crispent sensiblement. Maître Lojong est réputé pour être un coriace et fait un peu trop le jeu des médias à leur goût. Quant au frère de la jeune femme, il n'est ni plus ni moins qu'une tête à claques, le genre qu'on regrette de ne plus pouvoir tabasser à coups de Bottin. Mais il affiche aujourd'hui une mine de circonstance et un air grave qui donneraient presque l'impression qu'il prend l'affaire au sérieux.

— Ma cliente, commente l'avocat, est encore une fois choquée par les procédés mis en œuvre pour la déstabiliser. Elle nie toute implication dans un éventuel trafic d'êtres humains.

— Cette photo apporte quand même la preuve d'une connexion entre Haiko Homoreanu, Sonia Labdaoui et Gabriele Strano ! insiste un journaliste.

— Si la fille sur la photo ressemble vaguement à Mlle Labdaoui, rien ne prouve, encore une fois, qu'il s'agisse bien d'elle ! Et je trouve la répétition de ces coïncidences plus que troublante ! En outre, ma cliente affirme que cette jeune personne est venue s'asseoir à sa table après avoir fait un malaise, puis est repartie au bout de quelques minutes. Ce qui explique l'attitude protectrice de Haiko, qui lui portait juste assistance.

Pour toute réponse à ses arguments, maître Lojong n'obtient qu'un brouhaha excité. Ça conteste, ça s'émeut, se scandalise… Mais il reste impassible, conscient que s'il ne peut prouver la parfaite innocence de sa cliente, la photo ne démontre aucunement sa culpabilité.

— Que faisait-elle en compagnie de Gabriele Strano, qu'on soupçonne d'être mêlé à de nombreux trafics de drogue ?

— Haiko est journaliste, comme vous, l'auriez-vous oublié ? Et pour écrire des articles étayés, on a besoin de se référer à plus sérieux que des soupçons et des on-dit. M. Strano, s'il n'a rien à voir avec les trafics dont vous l'accusez… pardon, dont vous le soupçonnez, a été consulté par ma cliente dans le cadre d'une investigation, voilà tout.

Nouvelle agitation dans l'assemblée. Les journalistes n'apprécient guère les leçons de l'avocat.

— S'il vous plaît, intervient Dimitri d'un ton angoissé. S'il vous plaît… Ma sœur est la victime d'une véritable cabale. C'est très grave et ça va vraiment trop loin. Alors vérifiez les sources de cette photo tombée du ciel avant de lui faire un procès à charge. Haiko n'en peut plus de vos accusations et des menaces constantes qui pèsent sur elle depuis des mois !

— Des menaces proférées depuis Paris ! Tu parles ! s'exclame-t-on dans le public.

— Et alors ? reprend le jeune homme en tremblant. Vous croyez que les fous sont tous hors frontières ? Qu'on ne peut se revendiquer de Daesh que si l'on vit en Syrie ou en Irak ?

— M. Homoreanu a raison, reprend l'avocat. Selon les derniers rapports de la DGSI, il y a de nombreux islamistes en France. Ils ne sont pas moins malintentionnés et dangereux que ceux qui sont partis au Moyen-Orient et reçoivent leurs ordres des mêmes personnes. Alors quand bien même cette fatwa aurait été proférée depuis la France, ça n'en fait pas une blague à prendre à la légère pour autant !

— C'est bien joli de jouer les frères inquiets, monsieur Homoreanu, reprend une jeune femme, mais vous n'avez pas toujours accordé autant de crédit aux menaces planant sur votre sœur ! Vous avez même déclaré, il y a quelque temps, que ces menaces étaient, je cite, *une mise en scène, du vent* !

Dimitri se crispe un peu derrière les micros tendus. Quelques tics agitent son visage si expressif qu'on peut y lire son agacement autant que ses remords. Il passe une main nerveuse dans son épaisse tignasse brune et répond d'une voix mal assurée.

— C'est vrai, j'ai dit ça. Mais je ne sous-entendais pas que ma sœur mentait. Je soulignais juste que les chiens qui aboient ne mordent pas. Pour moi, ce n'étaient que des menaces en l'air, destinées à lui faire peur. J'ai été stupide de ne pas prendre les choses au sérieux mais, voyez-vous, je ne suis pas croyant. Alors j'ai le plus grand mal à me représenter qu'on puisse être en guerre pour des questions de religion, à notre époque. Pour moi ça relève de la barbarie, du Moyen Âge !

— Vous disiez aussi que cette fatwa était un formidable coup de projecteur sur l'association de votre sœur. Coup de projecteur que vous avez contribué à braquer sur elle avec la caricature postée sur Twitter.

Dimitri, cette fois-ci, n'y tient plus et s'allume une cigarette qu'il aspire avidement avant de répondre.

— Oui, j'ai dit ça et oui, j'ai fait ça. Je n'aurais jamais dû. Mais vous voulez quoi ? Me faire un procès à charge à moi aussi ? Que je me répande en excuses ? Je suis désolé, une bonne fois pour toutes, vous m'entendez ? Oui, c'est grisant d'être sous le feu des projecteurs et j'aime ça autant que ma sœur, mais ça ne fait pas de nous des monstres. Ça ne fait pas d'elle une proxénète, ni une menteuse. C'est peut-être une petite conne arrogante, comme moi. Et peut-être que ça vous horripile de la voir donner des leçons de morale à tout le monde à la télé. Mais elle ne mérite pas qu'on lui fasse du mal pour ça, parce que le travail qu'elle fait avec ces jeunes, c'est vraiment quelque chose. Allez interroger les familles des gamins qu'elle a sauvés ! Faites votre boulot correctement au lieu de vous satisfaire d'une photo qui ne veut rien dire ! Vous n'êtes vraiment que des charognards, des...

Maître Lojong tapote discrètement le dos de son client pour lui intimer de se taire. Sa tirade était parfaite, vraiment, et elle le restera s'il s'arrête là. Sans insulter les journalistes ni cracher son mépris à la face de ceux qui les regardent, depuis leur petit écran. Susciter la pitié, oui. Ne jamais humilier, au risque de le payer cher...

Dans ses bureaux du 16e arrondissement, Xavier Leduc boit du petit-lait. Il savait que Haiko Homoreanu n'était pas nette, mais il ignorait à quel point jusqu'à présent ! Il aurait très bien pu se passer du concours de Matthieu, en fin de compte.

— Ça va mieux, ta cheville ?

— Oui, merci, monsieur Leduc… Ce n'était pas grand-chose.

— Quand même, sauter d'une fenêtre ce n'est pas rien.

— J'ai fait comme vous m'avez dit. Je suis un bon soldat, vous voyez !

— Oui, mon garçon… Dommage que la police n'ait pas trouvé le document !

— Pourtant je vous jure devant Dieu que je l'ai mis dans le meuble, comme vous me l'avez demandé. J'ai même griffé le contour de la serrure exprès pour attirer l'attention !

— Ne jure pas, Matthieu. Je te crois de toute façon… J'aurais dû appeler la police dans la foulée au lieu d'attendre le lendemain.

Cette petite garce avait réussi à se débarrasser du relevé de compte avant la perquisition. Comment avait-elle deviné qu'on avait caché quelque chose dans son secrétaire ? Cela resterait un mystère, mais elle avait dû tomber des nues en le découvrant. Car Haiko ignorait bel et bien l'existence de ce compte plus que fourni, ouvert discrètement par sa mère… Lui-même l'avait apprise au hasard d'une confidence faite par Katia à une de ses amies, lors d'une soirée mondaine où il avait laissé traîner ses oreilles. En se rendant sur des forums pour jeunes islamistes, il avait aussi découvert des rumeurs concernant un réseau de prostitution que la jeune femme alimenterait et avait eu l'idée d'utiliser ce compte en banque pour confirmer ces soupçons. Une façon brillante d'évincer une rivale, tout en punissant Katia, son ancienne maîtresse de l'avoir rejeté, humilié…

— Dites, ça remet pas en cause mon départ, hein ? demande le jeune homme, anxieux ? Vous êtes toujours d'accord pour me payer le billet ? Sinon je peux faire autre chose, tout ce que vous voudrez !

— T'inquiète pas, à ce stade, il n'y a plus rien à faire… la volonté de Dieu est en marche et tu vas partir, comme je te l'ai promis.

Le capitaine Alquier soupire en consultant sa montre. Son rendez-vous ne va pas tarder, il doit rejoindre son bureau. À ce stade, il ne sait plus vraiment que penser de cette affaire. Bien sûr, il est allé voir les familles des quelques gamins dont Haiko lui a donné le nom pour vérifier qu'ils étaient en sécurité. Tout semble en ordre : les jeunes sont conduits en Suisse, dans des familles d'accueil, et sont suivis par des éducateurs spécialisés dans la déradicalisation. C'est un processus qui prend du temps, mais si les parents les voient peu, voire pas du tout, ils ont régulièrement des nouvelles – photos à l'appui – de leurs progrès. La liste fournie par Haiko est-elle pour autant exhaustive ? Alquier n'en aura la confirmation qu'après le retour de la DGSI, contactée quelques jours plus tôt dans le cadre de l'enquête.

— Capitaine, votre rendez-vous est arrivé.

— Merci, je vais le recevoir.

Alquier va accueillir le jeune homme.

— Monsieur Labdaoui, asseyez-vous, je vous en prie. Vous voulez boire quelque chose ?

— Merci, m'sieur, ça ira.

Le policier le scrute un instant. Hassan Labdaoui, vingt-sept ans, sans profession, a l'air d'un jeune homme ordinaire, pas plus impressionné que ça par l'endroit où il se trouve. Il est vêtu de marques onéreuses et accuse déjà un léger embonpoint. Génération McDo. Un jeune parmi d'autres, que son statut de chômeur n'empêche pas de posséder un iPhone dernière génération… Mais si ses comptes sont régulièrement dans le rouge et qu'il a multiplié les crédits à la consommation, ce n'est pas la raison de sa présence ici.

— Vous êtes passé à l'institut médicolégal, ce matin…

— Oui, m'sieur.

— Et vous avez reconnu formellement le corps ?

— Oui, m'sieur.

La nouvelle n'a pas encore été ébruitée. La veille, un cadavre a été repêché dans la Seine. Celui d'une jeune femme que son signalement et sa carte d'identité dans la poche de sa veste désignent comme étant Sonia Labdaoui.

— Pourtant, son séjour prolongé dans l'eau a déformé son visage, vous êtes bien sûr qu'il s'agit de votre cousine ?

— J'en suis certain ! J'ai même reconnu sa bague, celle que sa mère lui avait offerte pour ses treize ans…

— Une bague ça se donne, ça se vole…

— Je l'ai reconnue, j'vous dis ! C'est cette salope qui l'a tuée ! Homoreanu !

— Nous ne sommes pas en mesure, pour l'instant, de privilégier la thèse du meurtre à celle du suicide… et je vous demanderai de respecter cette ligne de conduite si la presse vous interroge.

— Je respecterai mes couilles, oui ! Si on me le demande, j'dirai c'que j'pense : que c'est cette pute qui a tué ma cousine. Même si c'est un suicide, c'est à cause d'elle qu'elle est morte et vous m'empêcherez pas de parler !

— Écoutez, monsieur Labdaoui, vous savez que cette affaire est délicate. Et je vous déconseille de mettre de l'huile sur le feu. Laissez faire les enquêteurs, et n'oubliez pas que vous êtes aussi entendu dans le cadre de l'enquête sur la mort de Rachid, votre cousin, que vous avez filmé sans lui porter secours !

Le capitaine a du mal à cacher son dégoût. Peut-on faire plus abject ? Le jeune homme gesticule sur sa chaise puis se cale contre le dossier, fixant le policier avec un air de défi.

— C'est des menaces, ça, m'sieur ?

— Non, c'est un rappel des faits.

— Bah en parlant de ça, j'aimerais bien récupérer mon téléphone, moi. Vos collègues me l'ont chouré !

Et il l'a déjà remplacé… Alquier se fait violence pour garder son calme devant l'insolence du type. La DGSI a en effet confisqué son appareil pour en analyser le contenu. Ce que Hassan ignore et doit continuer d'ignorer, c'est qu'il est surveillé de près par les confrères du capitaine. En effet, Hassan Labdaoui, dont les navigations Internet sont passées au crible, semble particulièrement apprécier les profils des islamistes sur les réseaux sociaux. De même, si le signalement de l'homme qui a tué Nadia Nasri est trop vague pour en tirer quoi que ce soit, le témoin principal, Églantine Zimmer, a déclaré qu'il était légèrement enveloppé. Considérant en outre que Hassan a une cicatrice récente sur la main droite, et que les kalachnikovs sont des armes rustiques avec lesquelles il peut arriver de se couper…

Bien sûr, tout cela est encore trop léger pour l'accuser de quoi que ce soit, mais ça implique que le capitaine joue fin, de manière à ne pas l'alerter. Et s'il se montre trop conciliant avec lui, Hassan Labdaoui comprendra qu'il y a anguille sous roche.

— C'est avec eux qu'il faudra voir ça. En attendant, je vous conseille de faire profil bas, dit-il d'un ton sévère.

— C'est bon, c'est tout ? demande le jeune homme en haussant les épaules.

— Vous ne voulez pas savoir quand vous pourrez récupérer le corps pour les obsèques ?

— Je suppose que vous me le direz le moment venu. En attendant, j'espère que vous aurez fait votre boulot et mis cette salope sous les verrous, sinon…

— Sinon quoi ?

— Quelqu'un d'autre pourrait bien se charger d'elle…

Alquier n'aime pas ce type. Le genre qui se pense au-dessus des lois, qui se prend pour un caïd alors qu'il ne connaît rien de la vie, hormis ce qu'il croit en comprendre via le filtre de son écran TV. Le genre qui hurle ses envies de vengeance quand il n'affiche pas une once de peine pour la jeune femme qu'il est allé identifier à la morgue.

Si en effet Haiko est innocente de ce dont on l'accuse, Alquier se dit qu'il a intérêt à le prouver rapidement, avant qu'un taré ne décide de faire justice lui-même. Ainsi que l'a expliqué Lojong, qu'elle ait été lancée de France ou du Moyen-Orient, la fatwa contre Haiko reste claire : *La violer, la torturer, la tuer*. D'après ses sources, la jeune femme est partie se mettre au vert quelque temps, épuisée par les menaces et les rumeurs dont elle fait l'objet. Pourtant, il a besoin de lui parler afin d'éclaircir certains points.

Pour la huitième fois depuis la découverte du corps de la noyée, le capitaine essaie de joindre Haiko, en vain…

# 9

PIEDS NUS DANS LE SABLE HUMIDE, Haiko avance, ses chaussures à la main. L'eau fraîche lui fouette les chevilles et finit d'anesthésier ses orteils. Elle ne sent ni les débris de coquillages ni les algues sur lesquels elle marche, mais elle aime bien les entendre craquer sous son poids. Elle est seule avec elle-même, ignorant les rares promeneurs qui la croisent, et s'arrête parfois pour fixer l'horizon. Il est tentant de tout quitter, de recommencer à zéro, tel un phénix, loin du tumulte d'une vie parisienne qui lui paraît bien vaine vue d'ici. Oui, s'en aller par-delà l'horizon, découvrir d'autres paysages, croiser d'autres visages, faire connaissance avec cette autre qu'elle pourrait devenir... Si l'on dit que partir c'est mourir un peu, l'idée la séduit plus qu'elle ne la rebute. Peut-être a-t-elle justement besoin de mourir tout à fait à cette vie – si parfaitement conforme aux aspirations des autres, si parfaitement opposée à ses propres besoins – pour cesser d'en jouer les metteurs en scène narcissiques et commencer à profiter réellement de ce que le monde lui propose.

Haiko soupire. Elle aimerait tellement être de ceux qui ne se dédoublent pas pour se regarder vivre, ne théorisent jamais rien, et profitent de l'instant ! Mais elle n'est qu'une pauvre âme perdue dans un brouillard qui l'isole autant du monde que d'elle-même, se mettant en vitrine sur les réseaux sociaux ou dans les médias pour se donner l'illusion d'être actrice de sa propre vie, quand elle ne fait que la vivre par procuration quand ses derniers supporters ont déserté le théâtre…

Thomas, Samia et tous les autres membres de N.e.r.F. ont cessé de l'aider. Certains ont eu la délicatesse de la prévenir par courrier ou par téléphone, d'autres ont juste disparu de la circulation. C'était à prévoir. De toute façon, sa petite affaire n'était pas viable sur le long terme.

Pourtant, elle ne regrette rien, car le temps que cette plaisanterie a duré elle s'est sentie vivante, vibrante, impliquée dans quelque chose. Et même si ça doit causer sa perte, elle a aimé pister ces jeunes, ressentir l'adrénaline se déverser dans ses veines pendant les exfiltrations, retenir sa respiration le temps de leur voyage vers l'étranger, entendre que les choses se passaient comme elle l'avait prévu et pouvoir se pavaner devant les caméras. Oui, elle a adoré qu'on l'encense pour cela, qu'on la trouve admirable, qu'on légitime ses actions. Qu'on l'aime. Même si désormais tout le monde la déteste, y compris l'homme qui était censé la protéger.

Lars a-t-il seulement renoncé à ses projets fous ou bien continue-t-il de l'épier dans l'espoir de la confondre ? Y a-t-il une chance qu'il sache où elle se cache ? Non. Impossible. Personne ne sait exactement où elle est, pas même Jonas, et elle a acheté un téléphone à carte prépayée pour ne pas être traçable. La jeune femme porte machinalement la main au petit sifflet qu'elle a accroché à son cou. L'objet la rassure. Il donnera l'alerte à Karol si celui-ci n'est pas à portée de voix. Haiko se retourne. À moins d'un mètre, le garde du corps la suit, front soucieux malgré le sourire qu'il lui adresse.

— Ça va ? lui demande-t-elle en marquant l'arrêt.

— J'ai mouillé mes chaussures mais ça va !

— Fallait les ôter !

— Non, il ne fallait pas.

La jeune femme sourit à son tour. Elle l'aime bien, son gros nounours protecteur, et s'en veut un peu de l'éloigner de sa femme alors qu'elle est enceinte. Avec un peu de chance, elle l'aura libéré de ses obligations d'ici dix jours, quand elle partira en Irlande.

— Allez, on rentre ! décrète-t-elle.

Pour se rendre dans la maison que les amis de sa mère lui ont prêtée, Haiko doit traverser deux rues. Par prudence, elle met ses lunettes de soleil et couvre ses cheveux d'un foulard. Elle n'a aucune envie qu'on la reconnaisse, surtout depuis le repêchage du corps de Sonia Labdaoui… Quand elle a appris la nouvelle, par sa mère, Haiko en aurait presque ri. L'univers tout entier semblait conspirer contre elle. Pourvu qu'il lui laisse le temps de s'enfuir ! C'est désormais tout ce qu'elle désire.

D'ailleurs, parlant de désir… elle donnerait n'importe quoi pour un interlude sensuel. Le sexe a toujours été un bon exutoire pour elle, et ses petites récréations lui manquent déjà. Pour l'instant ses recherches sur les sites de rencontres du coin ne sont guère fructueuses, et se pose aussi la question de son garde du corps. Devra-t-elle lui fausser compagnie pour se rendre à un rendez-vous, ou bien acceptera-t-il de patienter *pendant que madame se fera prendre* ? La formule la fait sourire, Karol se méprend sur la raison.

— Je suis content que vous alliez mieux, lui lance-t-il.

— Oui, être face à l'océan remet les choses en perspective.

— C'est juste.

Karol n'est pas un grand bavard, ni un philosophe. Ça la change des intellos au discours si creux qu'il leur laisse tout le loisir d'y caser leur ego boursouflé. Oui, dans sa nouvelle vie elle veillera à s'entourer de gens simples, qui ne verront le mal nulle part, et surtout pas en elle…

— Une omelette, ça vous dit ? demande-t-il en arrivant.

— Avec plaisir !

Ils ont pris leurs petites habitudes, leur routine, comme un couple étrange mais aux rôles bien établis. Karol sait cuisiner et le fait bien, Haiko aime qu'on s'occupe d'elle… La jeune femme s'installe dans un transat, sur la terrasse avec vue sur l'océan, et se laisse aller au plaisir de l'instant, un verre de vin à la main. Malgré toutes les horreurs auxquelles elle a été mêlée, malgré l'acharnement de ses détracteurs ou les soupçons de la police, ici et maintenant, elle est bien, la conscience tranquille, heureuse et détendue. Elle s'est toujours qualifiée de survivante, de résiliente capable de trouver la lumière dans le plus sombre des tunnels et aujourd'hui encore, elle se le prouve. Elle est invincible, hors d'atteinte, toute-puissante. Rien ne lui résistera jamais, pas même la vie !

Forte de ses autocongratulations au goût de rosé, Haiko saisit son MacBook et se connecte à son site de rencontres préféré après avoir jeté un coup d'œil derrière elle pour s'assurer que Karol ne la regarde pas. Le garde du corps s'affaire toujours dans la cuisine d'où lui parvient le doux fumet de l'omelette en train de cuire.

Elle a douze nouveaux flashs et trois messages. L'un d'eux présente une orthographe parfaite. Elle le met à la poubelle pour s'intéresser, comme à son habitude, à ceux qui trahissent un certain manque d'éducation et des manières un peu rudes. C'est comme ça qu'elle les aime, ses amants. Frustes. Les deux heureux élus sont aussi tentants l'un que l'autre avec leur peau caramel et leurs abdominaux en tablette de chocolat. Reste à savoir lequel elle croquera le premier... Haiko leur envoie le même message un peu coquin. *Premier arrivé, premier servi*, se dit-elle en remplissant un autre verre. L'odeur de cuisine se fait plus présente, vaguement piquante, presque désagréable.

— Hé, Karol, ça ne sent pas un peu le brûlé ? le taquine-t-elle.

Le garde du corps ne répond pas. Haiko retourne sur sa boîte mail et efface une centaine de courriers sans même prendre la peine de les lire. Elle sait que les messages de soutien ne lui seront d'aucun secours, tandis que les insultes et les menaces lui feront un mal de chien. Se détacher de tout, c'est ça le secret du bonheur.

— Karol, vous vous êtes endormi ? insiste-t-elle. Ça commence vraiment à sentir le cramé votre affaire !

Intriguée par son silence, Haiko se lève et rentre dans la maison pour voir ce qu'il fabrique.

— Karol, vous êtes où ?

Pas dans la cuisine en tout cas. Une odeur âcre s'élève de la poêle fumante. Il n'a pas coupé le feu et les œufs sont bel et bien calcinés. Par mesure de prudence, la jeune femme éteint la cuisinière et saisit un couteau de cuisine. Karol ne disparaît jamais comme ça, sans prévenir. Jamais non plus il n'aurait laissé un feu sans surveillance. Le cœur battant, Haiko se dirige vers sa chambre en priant pour qu'il ne lui soit rien arrivé. Elle avance sans bruit, couteau levé, déterminée à frapper un éventuel intrus, tandis qu'une petite voix lui intime de s'enfuir sans même chercher à savoir pourquoi son garde du corps ne répond pas. Mais les deux verres de rosé qu'elle a bus lui soufflent qu'elle est apte à gérer la situation. Qu'elle n'est ni une lâche ni une enfant de chœur et que, s'il le faut, elle plantera cette lame dans le cœur de son agresseur…

— Karol ? demande-t-elle encore une fois, angoissée.

— Je suis là, répond-il d'une voix blanche.

Une voix qui ne dit rien qui vaille. Une voix d'homme effrayé, sous influence. La jeune femme déglutit péniblement et se décide à pousser la porte de sa chambre, prête à affronter ce qui se cache derrière.

— Karol, mais qu'est-ce que vous faites ?

Car il n'y a que lui dans la pièce. Lui qui fourre toutes ses affaires dans son sac de voyage, avec une précipitation qui ne lui ressemble pas.

— Je dois partir, je suis désolé, Haiko. Je m'en vais.

— Quoi ? Mais pourquoi ?

— C'est ma femme…

— Un problème avec le bébé ?

À en juger par la tête de Karol et par ses tremblements, elle pressent bien que la raison de son départ précipité est autre.

— Ils l'ont menacée. Ils savent que je suis avec vous, lâche-t-il, l'air dévasté.

— Qui ça *ils* ? Menacée de quoi ?

Haiko sent son cœur battre à tout rompre. La peur de Karol est contagieuse et se déverse dans les veines de la jeune femme, lui serre l'estomac, lui ôte toutes ses forces.

— J'en sais rien. La police a reçu un appel anonyme. Une alerte à la bombe. *Ils* ont posé une bombe chez moi ! Je dois rejoindre ma femme et mes enfants !

Jamais encore elle n'avait vu Karol Invalla dans un tel état de panique. Le nounours rassurant s'est métamorphosé en une proie rongée par l'inquiétude. Il est aussi pâle qu'un linge une nuit de pleine lune.

— Oh mon Dieu ! Mais ça va, ils sont hors de danger ?

— Je crois, oui... Mais Valentine est terrorisée, elle veut que je rentre... et...

— Quoi ?

— Et je crois que le message est clair, Haiko : *ils* veulent que j'abandonne cette mission, c'est une menace explicite.

La jeune femme blêmit, comprenant qu'elle ne pèse évidemment pas grand-chose dans la balance.

— Et vous allez le faire.

Ce n'est pas une question, tous deux le savent bien.

— Oui. Faites votre valise, on rentre à Paris.

— Quoi ? Non, moi je reste !

— Ne soyez pas stupide, vous ne pouvez pas rester seule ici, sans protection !

— Personne ne sait que je suis là.

— Vous en êtes certaine ?

Non. Mais la perspective de retourner à Paris, de devoir affronter ses détracteurs, ou répondre aux questions de la police, c'est au-dessus de ses forces.

— J'appellerai ma mère après votre départ. On va trouver un nouveau garde du corps...

— Non, je ne peux pas vous laisser.

— Ce n'est pas à vous de décider... Je vous libère de vos obligations, Karol.

Karol Invalla semble hésiter un instant, mais il n'a pas de temps à perdre pour tenter de la convaincre de le suivre. Sa famille est plus importante que tout. Tant pis pour Haiko, il doit faire le choix de la vie...

Quitte à la mettre en danger de mort.

Le trouble de stress post-traumatique est une réaction psychologique consécutive à une situation durant laquelle l'intégrité physique et/ou psychologique du patient et/ou de son entourage a été menacée et/ou effectivement atteinte (viol, agression, guerre, attentat…). La réaction immédiate aura été traduite par une peur intense, par un sentiment d'impuissance ou par un sentiment d'horreur.

Malgré des stratégies d'évitement, l'événement revient sans cesse dans les pensées de l'individu (cauchemars, flash-back). L'alcoolodépendance et d'autres addictions sont également des facteurs du syndrome qui peut empirer à cause d'abus ou de prise excessive de médicaments.

Wikipedia

CANNIBALE PRÉSUMÉ DES PYRÉNÉES :
L'EX-SOLDAT ÉTAIT RENTRÉ TRAUMATISÉ D'AFGHANISTAN

Le jeune homme de vingt-six ans […] n'était pas ressorti indemne de son unique mission extérieure. L'ancien chauffeur de véhicules blindés légers a vu des militaires mourir ou être gravement brûlés en sautant sur une mine. […]

Actuellement interné, le jeune homme […] a expliqué avec le plus grand calme, quelques heures après le drame, s'être introduit chez sa victime, l'avoir tuée à coups de barre de fer, lui avoir coupé la langue et arraché le cœur pour les manger car « des voix le lui ordonnaient ».

Elisa Artigue-Cazcarra, *Sud-Ouest*,
30 novembre 2013

# 10

BIARRITZ, À UNE HEURE à laquelle les gens feraient mieux de s'inquiéter de ce qu'ils vont préparer pour le dîner plutôt que de s'intéresser à la vie des autres. Dans la rue, une jeune femme se dispute avec quelqu'un au téléphone. Elle semble plutôt jolie, bien que son visage soit dissimulé derrière de grandes lunettes de soleil et ses cheveux recouverts d'un foulard de luxe. Bien faite, la robe légère qu'elle porte ne laisse que peu de mystère sur son anatomie. Ses éclats de voix attirent moins l'attention des passants que la sensualité presque animale qu'elle dégage dans sa colère.

— Non, maman, je ne rentrerai pas à Paris !

— Tu n'as pas le choix, Haiko, tu n'es plus en sécurité à Anglet, sans garde du corps.

— Je le serai encore moins là-bas !

— Ne dis pas n'importe quoi ! Et puis le capitaine Alquier veut te voir, t'es au courant ? Il dit qu'il n'arrive pas à te joindre.

— Je n'irai pas.

— T'es dans le déni le plus total, ma fille ! C'est ridicule de faire l'autruche comme ça. Tu n'as aucune raison de t'entêter ainsi.

— Mais qu'est-ce que tu en sais si je n'ai pas de bonnes raisons, toi ? s'écrie la jeune femme d'une voix suraiguë.

Haiko est hors d'elle. Impossible de se calmer. À croire que le départ précipité de Karol Invalla l'a plus ébranlée qu'elle ne se l'avoue. Pourtant, elle ferait mieux d'arrêter de se donner en spectacle, quelqu'un va finir par la reconnaître et c'en sera terminé de sa virée à Biarritz…

— Ce que tu peux être puérile, parfois ! s'exclame Katia, exaspérée. Je parie que tu n'as même pas lu ses mails.

— Gagné.

— Il va t'appeler d'ici une heure, tâche de décrocher.

— Quoi ? Tu lui as donné mon nouveau numéro ? Je t'avais interdit…

— Tu n'as rien à m'interdire, ma fille. Je fais ce que je juge bon pour toi et tu vas me faire le plaisir de lui parler.

— Je ne peux pas, je ne serai pas joignable dans l'heure qui vient.

— Quoi ? fait Katia, angoissée. Mais tu seras où ?

— Ça ne te regarde pas.

Furieuse, la jeune femme coupe la communication. L'insistance d'Alquier ne lui dit rien qui vaille. Que faut-il faire dans ce pays pour avoir la paix ? Pour qu'on arrête de l'empêcher de vivre comme elle l'entend ? Haiko sait qu'il n'y a pas trente-six solutions. Machinalement, elle vérifie que les billets d'avion sont toujours bien rangés dans son sac. Soulagée, elle les contemple un instant, consciente que l'Irlande ne sera qu'une escale, un tremplin vers un pays sans accord d'extradition avec la France, un pays loin de cette vie dont elle commence déjà à faire son deuil. Une terre d'asile où elle pourra devenir qui elle veut, peut-être même celle qu'elle a toujours rêvé d'être, sans compte à rendre à qui que ce soit, sans fous qui la harcèlent.

La sonnerie de son téléphone retentit à nouveau. Un SMS de son frère : – Je suis avec maman. On s'inquiète pour toi, reviens vite. Et ne fais pas de conneries. Dimitri. – Non, elle ne reviendra pas. Quant aux conneries… Haiko lève la tête et observe un instant la façade de l'hôtel, puis se recoiffe un peu avant de se diriger vers le hall, d'une démarche chaloupée.

— Chambre 421, s'il vous plaît ? demande-t-elle à l'accueil.

— Quatrième étage, à gauche en sortant de l'ascenseur, répond l'hôtesse.

421. Sa vie sur un coup de dés. Son plaisir sur un coup de reins.

Elle scrute son reflet dans le miroir de la cabine qui avale les étages. Rouge à lèvres écarlate, fard à paupières brun. Elle se sent belle, conquérante. Les portes s'ouvrent, Haiko attend encore un peu avant de sortir. Elle saisit la chaîne au bout de laquelle pend son petit sifflet et l'arrache d'un coup sec avant de le jeter au sol. Karol parti, elle n'en a plus besoin…

La porte de la chambre est entrouverte. Il est là, ainsi qu'ils en sont convenus par mail. Selon le deal ils ne se diront pas un mot. Elle se déshabillera en silence, devant lui, et il la prendra. De lui, elle ne connaît que son pseudo, Martopiker23/6, et son corps, photographié sous tous les angles. Fesses, ventre, sexe. Son visage importe peu. De toute façon ils ne s'embrasseront pas.

Haiko pousse la porte et la referme derrière elle. Il est assis dans un fauteuil près de la fenêtre ouverte, les rideaux tirés dansent dans la brise du soir.

— Reste où tu es, chuchote-t-il. Et déshabille-toi.

C'est excitant ce souffle de voix... Haiko sent son cœur battre un peu plus fort, ses seins se gonfler. La robe tombe à ses pieds. Elle est nue.

— Lance-moi ta robe.

La jeune femme s'exécute. L'homme la hume un instant, le visage enfoui dans l'étoffe légère. Ce geste, d'une sensualité folle, la trouble intensément. Son sexe se met à palpiter, impatient.

— Approche-toi...

La jeune femme obéit en frissonnant légèrement. Il se lève. Il est immense, une armoire à glace. Des muscles comme elle en a rarement vu, des mains longues et puissantes, un visage encore flou dans la pénombre, et... des tatouages ? Des tatouages qu'elle connaît. Des tatouages qui lui font l'effet d'une décharge électrique, lui donnent le sentiment qu'une main invisible vient de transpercer sa poitrine pour lui écraser le cœur. *Oh non ! Ce n'est pas possible ! Pas lui !*

— Bonjour, Haiko.

*Lars*. La jeune femme est comme foudroyée par sa présence ici et maintenant. Elle s'est instantanément mise à trembler et semble paralysée, plantée dans le sol par une force qui la dépasse et contre laquelle elle ne peut lutter. Elle voudrait parler, elle voudrait s'enfuir, mais son corps ne lui obéit plus. Alors elle reste là, sidérée, les yeux embués de larmes. Ce sont des larmes de stress, de chagrin aussi. Elle est là, impuissante et minuscule dans un piège qu'elle a contribué à construire. Là, à sa merci.

— Co... comment vous avez su... ? parvient-elle enfin à articuler.

— C'est pas très compliqué. Ta mère n'a pas été super discrète : ça fait un moment que je connais ta cachette, mais j'avais envie de te voir dans un cadre plus... intime. Et comme t'es autant accro au cul qu'aux projecteurs, y avait qu'à attendre que tu partes en chasse d'un nouveau mec pour te sauter.

Aucune chaleur, aucune sympathie dans sa voix. Haiko se sent humiliée. La jeune femme parvient à bouger les bras et masque maladroitement sa nudité.

— Je... je voudrais ré... cupérer ma robe s'il vous... s'il te plaît, bredouille-t-elle d'une voix blanche.

— On verra quand on aura terminé.

Les paroles de Lars sonnent comme une menace. Haiko tremble de plus belle.

— Terminé quoi ?

— Notre conversation.

— Mais... qu'est-ce que tu me veux à la fin ? Pourquoi tu me harcèles ?

Haiko a si peur qu'elle en a la nausée. Lars se tient à moins de dix centimètres d'elle. Dans ses yeux, elle peut lire la haine et la folie, et ce je-ne-sais-quoi d'absent qui lui fait soupçonner qu'il est peut-être drogué. Ce n'est pas la première fois qu'elle se fait cette remarque, mais aujourd'hui ça l'angoisse particulièrement.

— Tu sais très bien ce que je veux : la vérité.

— Je te l'ai déjà dite ! se révolte-t-elle.

— Tu ne m'as pas convaincu, Haiko. Et puis, il me semble que tes casseroles t'ont rattrapée depuis quelque temps, si on en croit les journaux.

— Les journaux racontent n'importe quoi, tu le sais bien !

— Non, je ne le sais pas.

— C'est parce que tu as vécu trop longtemps loin de tout... tu as oublié comment ça marchait mais, crois-moi, ce n'est que du spectacle tout ça... des articles racoleurs pour vendre de la pub aux lecteurs !

— Ah oui ? Et ce n'est pas toi sur la photo avec Sonia ? Tu sais, cette gamine qu'on a retrouvée morte... et que tu m'as avoué connaître, lors de notre dernière rencontre !

Pourquoi fait-il ça ? Quelle est l'explication logique ? Haiko cherche, fouille dans sa mémoire à la recherche d'éléments qui pourraient l'aider à s'en sortir. Comment parle-t-on à un fou ? À un homme en plein délire ? Surtout, ne pas céder à la panique. L'écouter, négocier, argumenter...

La jeune femme agrippe le montant du lit et s'assied, le temps de se calmer et recouvrer ses forces. Elle replie ses genoux devant sa poitrine, pieds en paravent de son sexe, et entoure ses jambes de ses bras pour masquer leur tremblement.

— L'autre jour je voulais simplement te faire comprendre que je connaissais ce genre de fille, Lars. Mais je n'ai jamais eu d'autre contact avec elle que ce qu'on voit sur la photo... Je suis bien triste qu'elle soit morte. Je n'y suis pour rien.

— Tu ne semblais pourtant pas très émue à l'idée qu'elle se prostitue... Elle avait quinze ans, Haiko ! gronde-t-il.

Mais qu'est-ce que ça peut bien lui faire cette histoire ? Pourquoi prend-il tout ça tellement à cœur ? Si au moins elle comprenait clairement ses motivations, peut-être pourrait-elle le ramener à la raison... Haiko tente de respirer calmement.

— Bien sûr que si, ça me touche. Je te rappelle que j'ai vocation à sauver des gamins, moi aussi.

— C'est ce que tu prétends.

Lars marque un long silence et s'assied subitement à côté d'elle. La jeune femme sursaute et se crispe mais tente de cacher son malaise pour ne pas l'énerver. Bien sûr, elle pourrait essayer de s'enfuir, complètement nue, et hurler dans les couloirs pour qu'on vienne la secourir. Mais elle sait que ses chances d'atteindre la porte avant qu'il ne la rattrape sont minimes. Elle doit trouver plus subtil pour s'en sortir…

— Lars…, se radoucit-elle. On avait quelque chose toi et moi, non ? Une connexion. Tu as vu qui je suis… Tu sais bien que je n'ai pas fait ces choses horribles…

— Ce que je sais de toi, Haiko ? C'est que tu n'hésites pas à t'approprier ce que tu désires par le charme ou par la force et aussi que tu as caché de l'argent en Suisse…

— Mais puisque tu es tellement sûr de ma culpabilité, qu'est-ce que ça changerait que j'essaie de te convaincre du contraire ? Tu ne me croirais pas.

— Je…

Lars marque un temps d'arrêt et se perd un instant dans ses pensées. Ses traits s'affaissent un peu, commissures des lèvres pointant vers le menton, larmes aux yeux. Il semble si loin à ce moment précis… Haiko jette un œil à la porte, évalue le temps qu'il lui faudrait, hésite… c'est peut-être jouable, après tout. Doucement, elle déplie ses jambes, amorce un mouvement avec une lenteur infinie, millimètre par millimètre, quand la main de Lars s'abat sur son bras. Haiko laisse échapper un petit cri.

— J'ai besoin de comprendre pourquoi tu fais ça. Qu'est-ce qui pousse quelqu'un à disposer ainsi de la vie d'autrui, de son corps ? Quel plaisir on peut en retirer… ?

— Mais ne peux-tu pas entendre que je suis innocente ? Pourquoi est-ce si difficile d'envisager cette possibilité ?

— Je l'ai envisagée, Haiko. Longtemps. Envers et contre tous ceux qui me disaient du mal de toi. Je ne voulais pas les croire, parce que j'avais besoin de me raccrocher à l'idée que je protégeais quelqu'un de bien, tu vois. Parce que je te prenais pour une espèce de sainte…

Et la sainte a perdu son auréole le jour où ils ont couché ensemble, quand ils se sont vautrés dans une fange dont elle lui a montré le chemin. Il a cessé de la respecter cette nuit-là. Il a cessé de voir de la pureté en elle ainsi qu'une éventuelle rédemption dans ses bras. Et ça, il ne lui pardonne pas… Pire, ça réveille quelque chose en lui. Une férocité qu'il avait cru pouvoir contenir à son retour d'Afghanistan mais qui le dévorera s'il ne lui trouve pas un dérivatif…

— Qu'est-ce qui a changé ? Nomme-moi un élément suffisamment solide pour te conforter dans tes suspicions ! Un seul !

— Arrête de toujours vouloir discuter ou négocier, Haiko. Une accusation ce n'est rien, mais une demi-douzaine, proférées par des sources différentes et toutes concordantes, ça commence à signifier quelque chose, non ? Il n'y a pas de fumée sans feu… et toi-même tu sembles à court d'arguments pour t'innocenter !

— Et tu t'es basé sur des rumeurs et des accusations infondées pour te forger cette opinion ? Tu te rends compte que c'est complètement injuste ? Qu'est-ce que tu fais de la présomption d'innocence ? s'insurge-t-elle.

— Arrête. Tu ne me convaincras pas.

— Alors quoi ?

— Alors dis-le. Lave ta conscience, putain ! Tu as l'occasion de le faire, là. T'en crèves pas d'envie ? T'en as pas besoin ? Jamais ça ne t'étouffe ne serait-ce qu'un peu ? Avoue !

— Je ne peux pas, Lars ! Je ne peux pas avouer ça !

— Tu vas le faire !

— Non !

— Je te dis que si ! hurle-t-il en l'attrapant par le cou.

— Lâche-moi ! Tu me fais mal…, gémit-elle.

— Et alors, tu te soucies du mal que tu as fait à ces enfants ? Dis la vérité pour une fois dans ta putain de vie !

Haiko a beau nier et protester, cette fois elle ne l'émouvra pas avec ses pitoyables stratagèmes. Lars n'a jamais été aussi sûr de lui. Il la regarde, droit dans les yeux, et soudain il ne comprend plus comment il a pu la trouver belle. Ses yeux sont minuscules et malveillants, son visage est grossier comme celui d'un démon. Oui, il est lucide à présent. Jonas avait raison de se méfier d'elle, ses amis avaient raison de cracher sur cette société qui génère des monstres comme elle. Découvrir les agissements de Haiko a fait resurgir en lui l'horreur qu'il avait tenté d'oublier depuis son retour de la guerre et, avec elle, son besoin de justice, sa soif de vengeance. La jeune femme a réveillé ses démons, ceux qu'il retenait prisonniers sous sa peau pour les empêcher de sortir… Ceux qui ont recommencé à gronder et menacent de le dévorer. Oui, il est urgent qu'elle parle. Seuls ses aveux pourront faire taire les fauves qui grognent dans sa tête…

— Mais si je te le dis… tu me feras encore plus mal, argumente-t-elle, terrorisée.

— Non. Tu as ma parole que non. Ma parole d'honneur. Mais balance-moi ce que j'ai besoin d'entendre…

Que faire ? Si elle s'entête à nier, Dieu sait ce dont Lars est capable. Jusqu'à présent, il n'a pas hésité à menacer sa mère, ainsi que la femme de Karol. Car Haiko ne se fait guère d'illusion sur l'auteur de l'alerte à la bombe : c'était encore une manœuvre pour l'isoler et Karol s'est à nouveau fait avoir comme un bleu… D'un autre côté, avouer et puis après ? Avoir sa parole qu'il ne lui fera pas de mal, c'est une chose… mais peut-on croire un fou ?

*421, tu joues ton destin*. Le choix de la chambre était des plus prémonitoires.

— Est-ce que tu portes un micro, Lars ?

— Non.

De toute façon, elle doute qu'un tel enregistrement soit recevable devant un tribunal…

— C'est juste entre toi et moi, n'est-ce pas ?

— Oui.

— OK, alors… tu ne t'es pas trompé. Tout est vrai.

*Les fauves se taisent brusquement…*

— Quoi, qu'est-ce que t'as dit ?

— Tu as bien entendu.

— Raconte-moi.

— Il n'y a rien à ajouter. J'ai expédié certains gamins vers un réseau de prostitution… et inventé cette fatwa de toutes pièces pour renforcer ma couverture !

— Pourquoi tu fais ça ?

La tension semble s'être relâchée chez Lars, comme si la confirmation de ses soupçons lui apportait un grand apaisement.

— Dans le cadre d'une investigation, je me suis introduite par effraction chez un gros trafiquant… et je me suis fait pincer. Il m'a menacée de porter plainte, et comme j'avais déjà écopé de sursis pour une affaire similaire, je risquais la prison ferme. Alors, il m'a mis le marché entre les mains : soit il brisait ma carrière, ma vie… soit je lui fournissais quelques jeunes pour l'Europe de l'Est où les maghrébines sont très appréciées.

Lars la regarde, incrédule. Dans ses yeux, elle peut lire le doute et le soulagement à la fois, mais surtout sa haine semble avoir disparu. Si elle apparaît comme une victime, elle a plus de chances de le ramener à de meilleurs sentiments, alors elle va enfoncer le clou et continuer de lui raconter une belle histoire, parce qu'un doux mensonge l'aidera plus que la vérité.

— Mais je ne veux plus faire ça, Lars, je n'en peux plus. Si tu savais comme j'en suis malade… Je ne sais pas comment m'en sortir…

Lars ne réagit toujours pas. Il voit bien les larmes monter aux yeux de Haiko, il entend les accents de sincérité dans sa voix, il perçoit son désespoir, sa peur… pourtant il ne la croit pas.

— Tu ne sais pas ? Je vais te le dire, moi ! Tu n'avais qu'à aller te dénoncer toi-même plutôt que d'utiliser ces gamins pour sauver ta peau.

— Tu as raison ! Tu as raison ! C'est ce que j'aurais dû faire… ce que je vais faire maintenant. Je vais tout raconter à la police, je ne veux plus participer à ça ! J'ai beaucoup réfléchi, tu sais, depuis quelques semaines, et je ne veux plus vivre dans le mensonge…

*Les fauves sont toujours silencieux…*

Lars est interloqué. Il ne pensait pas que ce serait si facile. Pourquoi trouve-t-il cela suspect ? Peut-être est-ce à cause du ton de sa voix, peut-être parce qu'il pressent une faille dans son argumentation. Se dénoncer ? Elle était prête à tout pour ne pas le faire, même à vendre des enfants, et là, soudain, elle se rachète une conscience et veut se rendre à la justice. Et puis, si elle est victime d'un chantage, pourquoi la paie-t-on sur un compte en Suisse ? Il y a forcément un loup quelque part… Et il va le débusquer.

*Car les fauves sont assoiffés de vengeance…*

— En effet, c'est ce que tu vas faire, décrète-t-il.

— Quoi ? De quoi tu parles ?

— Je t'emmène chez Alquier. Tu vas lui répéter ce que tu m'as dit. Rhabille-toi !

La jeune femme se précipite vers le fauteuil où gît sa robe et l'enfile à la hâte. C'est idiot mais être de nouveau vêtue lui redonne de la force, du courage. Elle se tient debout, dos à la fenêtre. La porte est à environ cinq mètres. Lars est sur le lit. Elle doit trouver un moyen de le ralentir…

— D'accord… mais j'ai besoin de me donner un peu de courage… T'aurais pas une cigarette ?

— Si.

Lars attrape le paquet dans la poche arrière de son jean pour en extraire une. C'est le moment ou jamais. Haiko bondit et se précipite vers la porte. *421, ce n'est pas très malin.* Lars s'élance à son tour, la rattrape en un rien de temps et la repousse violemment au fond de la chambre.

*Les fauves sont en colère…*

Lars ne peut laisser les choses lui échapper. Il doit rendre justice à ces enfants, réparer leur blessure, ainsi il colmatera sa propre béance et trouvera peut-être la paix. Ses idées ne sont peut-être pas toujours très claires, il dort peu, il dort mal, il prend trop de coups sur la tête et se dope à la limite de l'overdose, mais l'histoire de ces gosses est aussi la sienne, et sa guerre n'est pas terminée. C'est une guerre du bien contre le mal. Une guerre sainte. Oui, il est un soldat, peut-être plus tout à fait d'aplomb, mais il sait ce que sa morale lui dicte, ce que Dieu lui demande, ce qu'il demande à tous les hommes, peu importe le nom qu'on lui donne…

— Crois-moi, tu vas y aller, de gré ou de force !

— Non ! Je ne te laisserai pas faire !

— Et tu comptes m'en empêcher comment ? ricane-t-il.

Il est hors de question qu'elle parte avec ce fou. Bien qu'il paraisse très amaigri, Haiko sait qu'elle ne fait pas le poids physiquement, mais elle peut être un adversaire redoutable sur d'autres terrains. Sans attendre qu'il l'attrape, elle se précipite au fond de la pièce, tire les rideaux et, au mépris de son vertige, enjambe la fenêtre. Lars marque un temps d'arrêt. Stupéfait.

— Fous-moi la paix ou je saute !

— Tu ne le feras pas.

— Je préfère ça plutôt que partir avec toi. Dégage !

— Tu as trop peur du vide. Et quand bien même tu sauterais, ça t'avancerait à quoi ? Tu n'as aucune chance d'en réchapper, et moi j'aurai ce que je voulais : tu seras hors d'état de nuire à d'autres gamins...

— Ça dépend de quels gamins tu parles !

— Quoi ?

— Tu ne comprends pas ?

Haiko se caresse alors doucement le ventre, comme le font les femmes enceintes, en lui adressant un sourire narquois.

— Toi et moi... sans protection... ça te dit quelque chose ?

— Tu bluffes !

— Tu le sauras à l'autopsie, le défie-t-elle en se penchant vers le vide.

— C'est n'importe quoi ! s'exclame-t-il en se passant une main tremblante sur le visage.

Soudain, il ne paraît plus aussi effrayant. Mieux que ça, la peur a changé de camp. Lars fait un pas vers la fenêtre, la jeune femme se penche un peu plus.

— Dégage ou je saute, je te dis !

Elle a hurlé d'une voix stridente, d'une voix d'hystérique. Lars voit ses doigts glisser sur le montant de la fenêtre : Haiko ne tiendra pas longtemps comme cela. Il calcule frénétiquement la date de leur rapport pour vérifier que cette grossesse est possible, mais il n'y arrive pas. Trop de pensées, trop d'émotions le submergent sans qu'il puisse les trier, à les hiérarchiser. Vrai ou faux, a-t-il le droit de prendre le risque ? Haiko hésiterait-elle à sauter ? Aujourd'hui qu'a-t-elle vraiment à perdre quand sa si précieuse réputation est ruinée et que la prison la guette ? Quelle valeur a ce bébé pour elle quand elle sacrifie tant d'innocents sur l'autel de sa cupidité ? Haiko est une manipulatrice qui ne respecte aucune règle et mériterait d'aller s'écraser sur le bitume, certes, mais pas *leur* enfant !

Le visage ruisselant, le corps agité de spasmes qu'il ne cherche plus à contrôler, Lars plonge son regard dans celui de la jeune femme, à la recherche d'un indice, mais rien, il ne voit rien, ne parvient qu'à être aspiré par le néant qu'il y aperçoit...

— Va-t'en, reprend-elle. Tu poses la clé sur le fauteuil et tu fais claquer la porte en partant. Je veux aussi ta parole d'honneur que tu ne vas pas m'attendre dans un coin pour m'emmener là-bas, que tu vas me laisser tranquille maintenant. J'ai encore la faiblesse de croire que tu es un homme de parole.

Elle est forte, très forte. Lars secoue la tête d'un air désabusé, agité de tics, incapable de répondre quoi que ce soit. Il se sent soudain extrêmement las, comme si Haiko avait le pouvoir d'annuler les effets du Captagon, comme s'il avait brûlé ses dernières réserves. Ses pensées sont floues, autant que le visage de la jeune femme, derrière des larmes qu'il n'a pas senti monter. Les raisons mêmes de sa présence ici lui semblent ridicules. Qu'espérait-il ? Des réponses, mais pour en faire quoi ? Qu'imagine-t-il pouvoir faire contre la famille Homoreanu, contre ce démon pervers qui porte peut-être le fruit de leur union contre nature ? Encore une fois il ne peut rien contre l'horreur. Encore une fois il se retrouve impuissant, pieds et poings liés. Encore une fois, il se fait baiser. *Les fauves grognent de plus belle.*

— Tu as ma parole, mais...

— Il n'y a pas de mais. Tais-toi et fous-moi la paix, Lars.

Alors Lars obtempère et quitte la chambre, sans se retourner, en faisant claquer la porte.

*Ne pas regarder en bas, surtout ne pas regarder en bas.*

Haiko place un bras sur le mur, côté chambre, se plaque contre la façade en tremblant, fait basculer son corps à l'intérieur, dans un réflexe presque animal, puis retombe lourdement sur la moquette qui sent le tabac froid et les semelles fatiguées. Elle est en nage et tremble violemment, consciente d'avoir échappé à la mort à deux reprises aujourd'hui.

La jeune femme reste allongée sur le sol pendant de longues minutes, respirant du mieux qu'elle peut pour chasser l'image du vide qui vient se coller à ses paupières dès qu'elle ferme les yeux... Puis, soudain, elle éclate d'un rire nerveux, incontrôlable. Elle a réussi ! Elle a réussi ! Elle a surmonté sa peur et fait plier un molosse à moitié fou ! Elle, toute seule, du haut de son mètre soixante-cinq et de ses cinquante kilos toute mouillée ! Elle rit, rit, sans pouvoir s'arrêter. D'un rire nerveux, d'un rire qui relâche la pression. D'un rire comme dernier rempart à des larmes de terreur.

— Merci, bébé imaginaire..., lâche-t-elle en se caressant le ventre.

Quel con il a été de croire à cette histoire !

Une fois rhabillée et remaquillée, Haiko saisit son sac à main et le fouille, à la recherche de son téléphone resté sur vibreur. Elle a reçu trois appels en absence. Certaine que plus rien de mal ne peut lui arriver, la jeune femme se décide à écouter ses messages : « Madame Homoreanu, capitaine Alquier. Nous avons arrêté le meurtrier de Nadia Nasri, et nous avons la preuve que vous n'êtes pas impliquée dans la mort de Sonia Labdaoui. Venez me voir dès que vous aurez ce message, c'est important, mais ne parlez de votre venue à personne et ne passez aucun coup de fil. »

Il est bien temps de s'inquiéter de son entourage direct ! Haiko aurait préféré qu'on lui annonce que Lars était complètement fou avant qu'il ne pète les plombs… Elle ne sait en revanche pas quoi penser du message du capitaine. Dit-il la vérité ou bien, fort d'une nouvelle preuve qui serait accablante, lui tend-il un piège pour l'arrêter une fois sur place ? Car si elle a raconté à Lars ce qu'il voulait entendre, il y avait tout de même une part de vérité dans la version qu'elle lui a donnée.

# 11

JONAS SORT DU MÉTRO et se retrouve sur la place de la République. Ce n'est pas un quartier qui lui est familier et cet immense espace piéton pris d'assaut par des skateurs et des enfants qui jouent au ballon ne lui inspire pas confiance. Quelle idée de venir là ! Il hésite un peu, puis se dirige vers l'imposant monument. Il reconnaît Marianne, érigée dans du bronze, mais ne saurait dire ce que représentent les autres sculptures. Cela étant, ça ne l'intéresse guère. Le passé, c'est le passé.

Assis au pied de la statue, Lars est là, cigarette à la main, yeux dans le vague. Jonas se rapproche de lui et lui fait signe.

— Bizarre comme lieu de rendez-vous.

— C'est tranquille. Loin des endroits qu'on fréquente d'habitude, surtout.

— Je vois…

En réalité, Jonas ne voit pas vraiment où veut en venir son ami, mais il n'a pas envie de le contrarier. Lars a les joues creuses et les yeux cernés des hommes qui ne dorment plus et tire frénétiquement sur une cigarette qui semble vouloir échapper à ses doigts tremblants. Il fait peine à voir ainsi, épaules affaissés et air hagard.

— J'ai vu Haiko. Elle a tout avoué, reprend l'ancien militaire.

— Avoué quoi ?

— Son trafic.

— Sérieux ?

— Oui.

— Mais… pourquoi ?

— Parce que c'est une salope, voilà pourquoi.

— Non, je veux dire : pourquoi a-t-elle tout avoué ? À toi ? Ça ne tient pas debout !

Jonas ne peut croire ce que lui raconte Lars. A-t-il perdu la tête ? Prend-il ses désirs pour des réalités ? L'a-t-il torturée pour lui extorquer des aveux ?

— Pourquoi pas ?

— Parce que…, bafouille le jeune homme à la recherche d'arguments, parce qu'elle a toujours nié être coupable, qu'elle ne peut pas dire autre chose que ça !

— La preuve que si.

— Tu ne lui as rien fait, au moins ? demande Jonas, blême.

— Non. Je n'ai pas pu…

Soulagé, Jonas souffle bruyamment. S'il aime sincèrement Lars, il est hors de question qu'il le laisse faire du mal à Haiko…

C'est une jeune femme aux traits tirés, quoique toujours pleine de cette assurance qui l'agace tant, que le capitaine Alquier voit gravir les marches du Quai des Orfèvres. Elle est vêtue simplement, mais maquillée si outrageusement qu'on pourrait imaginer qu'elle a été convoquée pour racolage. Haiko lui tend une main glacée et ferme, en guise de salutations.

— Madame Homoreanu. J'ai bien cru que vous ne viendriez jamais.

— Je n'en avais aucune envie, mais votre message m'a intriguée.

Bluff ou non, Haiko a besoin de savoir si elle est vraiment hors de cause dans la mort de Sonia Labdaoui. Ça ne changera rien à sa décision de partir, mais ça lui laissera une plus grande latitude pour organiser sa nouvelle vie.

— Prenez place, je vous prie.

La jeune femme s'assied sur la chaise qu'il lui tend, et serre ses genoux l'un contre l'autre, dans une posture qu'on pourrait imaginer humble. Mais ses yeux disent le contraire et fixent intensément le policier, comme pour lui extorquer son allégeance. Le capitaine lutte contre l'antipathie profonde qu'elle lui inspire toujours.

— Reconnaissez-vous cet homme ? lui demande-t-il en lui tendant une photo.

Haiko hésite un instant avant de la saisir : la dernière fois qu'il a joué à ce jeu-là, c'était pour l'accuser d'avoir dévoyé Sonia Labdaoui.

— Non, dit-elle après y avoir jeté un rapide coup d'œil.

— Regardez mieux.

La jeune femme soupire et saisit la photographie. On y voit un homme d'une petite trentaine d'années, silhouette légèrement enveloppée, vêtu d'une djellaba et la tête couverte d'une chéchia. Le cliché est un peu flou.

— Toujours rien… Pourquoi, ça devrait ?

— Et là ? reprend le policier, imperturbable.

Il lui tend un nouveau cliché. C'est le même homme mais vêtu à la mode occidentale et pris de plus près. Oui, sa tête lui évoque quelque chose, en effet…

— On dirait… ce ne serait pas le type qui filmait quand… ?

— Oui, c'est Hassan Labdaoui. C'est lui qui a identifié sa cousine Sonia à la morgue…

La jeune femme baisse prudemment la tête et attend la suite en craignant le pire.

— Il se trouve qu'il a menti, ajoute le policier.

— Pardon ?

— Hassan Labdaoui est surveillé depuis quelque temps par mes collègues de la DGSI qui le soupçonnent de s'être radicalisé. Dans sa cité, il est le grand frère des gamins désœuvrés et a une grande influence sur eux, il leur parle de religion, les encourage à rejeter la culture française…

Un individu à risque, mais trop malin pour se mettre dans l'illégalité. Jamais il ne crache sa haine publiquement, jamais il n'utilise son ordinateur personnel pour communiquer avec d'autres islamistes radicaux, jamais il ne règle ses achats autrement qu'en liquide. Pourtant il a commis une erreur en téléchargeant la vidéo du suicide de son cousin sur le Net. Une erreur digne d'un débutant. Du coup les policiers ont obtenu son pseudo, puis ses IP grâce auxquels ils ont pu détricoter son réseau, ses communications.

— Et en quoi ça me concerne tout ça ? fait prudemment la jeune femme.

— Hassan Labdaoui est un recruteur de Daesh. Il envoie des jeunes en Syrie et en Irak pour faire leur djihad. C'était aussi le mentor de ses cousins, Sonia et Rachid… Nous avons retrouvé ses empreintes sur les documents découverts chez eux, ceux qui vous accablaient.

— Et ça prouve quoi ?

— Seul, pas grand-chose. Mais mis bout à bout avec les autres éléments, ça nous donne un faisceau de preuves…

— Quels éléments ?

Haiko n'en revient pas. Alquier est-il bien en train de lui dire ce qu'elle croit ? Elle serait hors de soupçon ?

— Sonia Labdaoui a été aperçue sur une vidéo postée depuis la Syrie. Elle y apparaît dans un appartement, visage découvert et arme à la main, et faisant l'apologie du djihad. La vidéo date de la semaine dernière. Le corps repêché n'est donc pas le sien : Hassan a menti. En outre, nous avons retrouvé la trace de voyages qu'il a faits vers les Pays-Bas, accompagné d'une jeune fille dont le signalement correspond à celui de sa cousine. Il se peut que toute cette histoire soit un coup monté vous visant spécifiquement...

— Mais pourquoi ferait-il ça ? Je ne le connais pas !

— Vous vous apprêtiez à lever des sommes importantes pour donner de l'essor à vos activités. Activités qui dérangent les islamistes. Nous pensons que leur but, dans un premier temps, était de vous intimider. C'est pourquoi ils s'en sont pris à Nadia. Vous tuer c'était prendre le risque de faire de vous une martyre.

— Vous admettez donc que je suis innocente ?

— Les pistes actuelles accablent Hassan Labdaoui pour l'assassinat de votre amie. Mais comme sa mort ne vous a pas ébranlée au point de vous faire stopper vos actions...

— Vous n'avez pas le droit de dire ça ! s'insurge la jeune femme.

— Je le prends. L'idée a donc été de vous discréditer. Les personnes qui tirent les ficelles de cette organisation sont d'une intelligence particulièrement retorse. Ils avaient prévu un plan B.

— Les photos de Sonia...

— Oui. Elle était complice de ces clichés. Nous pensons que son frère n'était pas au courant du stratagème, et qu'il a juste été poussé par son cousin, afin de vous faire passer pour un monstre et rendre leur histoire plus crédible.

*Ne pas faire de vous une martyre… vous discréditer plutôt que vous tuer… les pistes actuelles accablent Hassan Labdaoui…* Les paroles du policier se bousculent dans la tête de Haiko. Elle n'ose croire à ce coup de théâtre ! Elle serait donc hors de danger ? La police – et la presse suivra – aurait donc définitivement abandonné l'idée qu'elle est malhonnête ? Tout ça grâce à la vidéo d'une gamine armée et d'un imbécile qui a laissé ses empreintes sur un document ?

Le destin d'une personne tient à bien peu de chose mais ce qui compte, c'est qu'elle soit libre.

— Donc je suis innocentée, répète-t-elle ? Je peux aller et venir comme je le souhaite ?

— Oui.

Pourtant, Alquier n'est guère convaincu. Il y a toujours quelque chose qui le dérange, comme un grain de sable dans une mécanique bien huilée. Si le but de l'État islamique n'était pas de s'en prendre à la jeune femme afin d'éviter d'en faire une martyre, quel était l'objectif de cette fatwa ? Pourquoi inciter les radicaux de France à la torturer et la violer, après avoir élaboré ce coup monté depuis des mois ? Cette question, sans réponse pour l'instant, ne dit rien qui vaille au capitaine.

— Je vous engage aussi à rester prudente… Vous n'avez prévenu personne que vous rentriez à Paris, ainsi que je vous l'avais demandé, j'espère ?

— Non…

— Pas de coup de fil ou de mail à qui que ce soit ?

— Non…

— Parfait. Continuez à être discrète encore quelques jours… Jusqu'à nouvel ordre.

— Pourquoi ?

— Il nous reste une zone d'ombre… Je ne peux vous en dire plus mais je vous recommande de repartir dans un endroit connu de vous seule, le temps qu'on tire ça au clair. Si vous souhaitez malgré tout demeurer à Paris, je demanderai une protection.

— C'est bon, j'ai déjà donné pour la protection rapprochée. Je repartirai.

— Promis ?

— Promis.

Pourtant, en la voyant quitter la pièce, Alquier a la désagréable impression que Haiko ne tiendra pas sa parole. Peut-être aurait-il dû lui faire part de ses craintes et lui confier que son garde du corps n'est sans doute pas aussi bien intentionné qu'elle l'imagine… mais la jeune femme semble avoir renoncé à faire appel à ses services de toute façon, et la DGSI a vivement recommandé au capitaine de la Crim' de se taire. Alors, comme on dit, *inch'Allah*.

Les deux hommes se sont installés à la terrasse d'un café, à une centaine de mètres de la place de la République et de son tumulte.

— Tu veux manger un truc ? demande Jonas.

— J'ai pas faim.

— Tu devrais faire gaffe, t'es maigre à faire peur.

Lars hausse les épaules et se lève de table pour aller aux toilettes.

Seul, face au miroir sale de la pièce mal éclairée, il s'inspecte sans concession. Les os de son visage sont effectivement devenus saillants et la couche de graisse de son épiderme semble avoir fondu. Il est sec, à l'os, tout en muscles nerveux et en veines apparentes. Pas beau à voir, mais il s'en moque. Le vétéran plonge une main dans la poche de sa veste et en extrait ses précieuses pilules. Il en prend deux, trois, hésite puis finalement en gobe cinq. Il sourit machinalement à son reflet et en profite pour vérifier l'état de ses dents quand un flash éblouissant le foudroie littéralement. Habituellement, les effets des amphétamines se font sentir au bout d'une vingtaine de minutes, mais déjà son cœur s'accélère et son sang se déverse en torrents furieux dans ses artères, dans sa tête. Les bruits alentour sont amplifiés, les chasses d'eau se transforment en guitares qui saturent, les portes claquent et battent la mesure d'un heavy metal infernal, il plaque ses mains tremblantes sur ses tempes comme pour contenir des pensées si affûtées qu'elles pourraient bien le transpercer… Oui, ses idées sont claires, sa confiance revient. Les fauves peuvent bien gronder, le tourmenter, l'accuser de s'être dégonflé… ça n'a aucune importance. De toute façon, il sait ce qu'il doit faire et comment y parvenir. Qui il devra sacrifier… Lorsqu'il rejoint Jonas, Lars lui explique que le capitaine Alquier l'a convoqué le soir même.

— Tu crois que Haiko t'a dénoncé ? s'enquiert Jonas. Qu'elle a parlé de votre dernière rencontre ?

— Elle n'a aucun intérêt à le faire, elle craint trop ce que la police pourrait découvrir… Dire qu'elle veut se barrer à l'étranger ! Putain, elle peut pas s'en sortir si facilement, merde !

— Bah au moins elle arrêtera son trafic, non ?

— Tu parles… Putain, l'idée qu'elle s'en tire à si bon compte, en toute impunité, ça me fout en l'air.

— C'est sûr que c'est dégueulasse.

Pour l'instant, Jonas le suit dans son raisonnement. Reste à voir jusqu'à quel point…

— Oui, tout le monde devrait rendre des comptes et payer pour ses fautes.

— Comme ton binôme à l'armée ?

— Ouais, comme Franck. Sauf que là, c'est une femme…

— C'est même pas une femme, c'est une chienne.

— Et moi j'aime les animaux..., répond Lars.

— Pas moi. C'est de la vermine qu'il faut exterminer. Je n'ai aucun problème à tuer des chiens, ça m'amuse même...

Un éclat cruel traverse le regard de Jonas. Oui, il a ce quelque chose dans les yeux qui en dit long de sa haine de la jeune femme. Lars se rappelle ses confidences, quand il disait être déjà mort, à la recherche d'une cause pour laquelle se sacrifier. Il ne faudrait pas grand-chose pour que Haiko devienne cette cause, peut-être juste un sourire engageant que le jeune homme pourrait interpréter comme l'affection qu'il lui réclame depuis le début... L'ancien légionnaire n'est pas revenu indemne de la guerre, mais bel et bien bancal, à la recherche d'un soutien, d'une béquille. D'un guide. Et si Lars a d'abord violemment rejeté ce rôle, il avait décidé d'en jouer, plus récemment, quand il a commencé à douter de Haiko. Après qu'elle l'a renvoyé, en demandant à Jonas de poursuivre sa mission chez elle, pour le tenir informé de ses allées et venues, puis en lui conseillant de prétendre qu'ils s'étaient brouillés, afin de ne pas éveiller les soupçons. Ils avaient en effet bien failli se fâcher sérieusement, le fameux soir où Lars avait simulé une fouille de la voiture d'Invalla, mais la crainte de ne plus le voir avait convaincu Jonas de le suivre dans sa démarche et de jouer les taupes pour son compte. C'est grâce à lui que Lars avait su où se trouvait Haiko et avait pu la rejoindre à Biarritz. Et c'est par sa main qu'il obtiendrait une vengeance qu'il se sentait incapable d'assouvir lui-même.

— Oui, toi tu en serais capable..., enchérit Lars, songeur. Mais tu m'avais dit de ne pas faire justice moi-même.

— Toi-même, non. Parce que tu ne mérites pas de te sacrifier pour elle. Tu sais l'estime que j'ai pour toi, Lars. Tu es un pur.

— Tu parles, j'ai même pas été capable de la mener à la police.

— C'est clair, j'ai du mal à comprendre pourquoi tu l'as laissée là-bas.

— J'ai couché avec elle. Et maintenant elle prétend qu'elle est enceinte.

— Quoi ? Mais pourquoi t'as fait ça ?

Choqué, Jonas a du mal à réfréner une moue de dégoût.

— J'ai été faible, j'ai été con, qu'est-ce que tu veux que je te dise !

— Mais t'es sûr que c'est vrai, cette histoire de bébé ?

— Non... Mais elle menaçait de lui faire du mal et je n'ai pas voulu prendre le risque.

— Quel genre de femme peut menacer un enfant ? s'indigne Jonas. C'est honteux. Elle mériterait une bonne leçon !

— Oui, mais quel genre de leçon ? Je ne vois rien qui puisse la stopper hormis...

— Le genre définitif.

Au milieu des bruits de circulation, dans le brouhaha de ses pensées, Lars marque un temps d'arrêt. A-t-il halluciné ce qu'il vient d'entendre ou Jonas a-t-il bien évoqué ce qu'il croit ?

— Mais tu te rends compte de quoi *tu* parles, là, Jonas ? Tu réalises ?

— Oui. Écoute, on n'est pas des enfants de chœur, toi et moi. On sait que parfois il faut recourir à des solutions radicales...

— Mais on parle de Haiko... tu en as conscience ?

— Une fille qui détourne la foi d'adolescents pour les revendre à des réseaux de prostitution, sans que ça lui pose le moindre problème, oui j'en ai conscience. Elle incarne tout ce que toi et moi on cherche à combattre. C'est une tumeur, un cancer à éliminer. C'est bien ce que tu me dis, non ?

Tout se bouscule dans la tête de Lars. Le sourire de Haiko, ses yeux, sa force et sa fragilité, ses accents de sincérité quand elle évoquait ces gamins… et l'occurrence de ce compte en Suisse, la mort de Sonia Labdaoui… Il ne sait pas, il ne sait plus. Soudain l'idée qui lui semblait si lumineuse après avoir ingéré ses pilules lui paraît tellement sordide, laide… Percevant le désarroi de son ami, Jonas pose sa main sur la sienne…

— Regarde dans quel état elle te met… et imagine les dégâts qu'elle fait à ces mômes, Lars. C'est toi qui as raison. C'est une manipulatrice, elle arrive encore à te retourner le cerveau alors que t'as vu son vrai visage !

— Je sais pas… Tu serais vraiment capable de faire ce que tu dis ?

Le jeune homme se tortille un peu sur son siège, comme en proie à sa conscience, puis opine gravement du chef. À ce stade, Lars ignore s'il pourrait encore faire machine arrière, effacer cette conversation et convaincre Jonas que ce n'était qu'une hypothèse, un fantasme à ne surtout pas assouvir. Est-ce bien lui, cet homme empli de haine, cet inquisiteur, qui joue avec les sentiments et la vie d'un gamin bousillé par la guerre ? Est-ce lui ce monstre qui prémédite l'assassinat d'une femme qu'il a aimée ? Car oui, il a aimé Haiko, et sans un effort constant pour se remémorer qui elle est vraiment, il l'aimerait encore. C'est pour cela qu'il n'a pu se résoudre à la laisser sauter de sa chambre d'hôtel, plus que pour sauver l'existence d'un enfant à laquelle il ne croit pas vraiment.

Lars a chaud, il a mal à chacun de ses os, au plus profond de son cœur. Il n'est plus qu'un soldat complètement déphasé dont l'âme a déserté le corps pour demeurer dans une prison sombre et poussiéreuse, dans la geôle talibane où chaque jour elle revit son calvaire… Un anonyme parmi d'autres, mais qui croit pouvoir faire la guerre une dernière fois et se rendre justice par la même occasion… Un fauve qui n'arrive plus à faire taire ni sa rage ni les démons qui hurlent dans sa tête.

— La justice ne bougera pas le petit doigt. Elle va s'en tirer comme ça, et tu le sais… Tu peux vivre avec ça, toi ? argumente le jeune homme.

— C'est elle aujourd'hui, mais ce sera d'autres demain…

— À chaque jour suffit sa peine.

— Mais pourquoi ça te tient tellement à cœur, Jonas ?

— J'ai mes raisons… j'ai toujours eu mes raisons, mais je ne peux pas te les donner…

Le jeune homme a baissé la tête comme on jette un voile pudique sur ses sentiments. Bien sûr, Lars se doute qu'il est sa principale motivation, mais il préfère, lui aussi, que ça reste dans le non-dit…

— Je ne sais pas quoi dire, Jonas…

— Alors ne dis rien. Ou alors juste au revoir…

# 12

C'ÉTAIT UNE BELLE JOURNÉE, elle s'achèvera tragiquement. Jonas a déjà tout le matos chez lui, ce qui favorisera la rapidité d'*intervention*.

Finalement, Lars ne regrette en rien la conversation qu'il a eue avec le jeune homme. Bien sûr, il pourrait se reprocher d'avoir joué avec ses sentiments pour lui faire accomplir la sale besogne, mais il n'a pas l'impression de lui avoir beaucoup forcé la main. Leurs valeurs sont les mêmes, il le sait depuis longtemps. Ce qu'il sait aussi, c'est qu'un jour ou l'autre le jeune homme aurait fini par laisser éclater ses penchants homosexuels au grand jour et se déclarer, ce qu'il n'aurait pu supporter. Les choses se seraient de toute façon très mal terminées, Lars aurait fini par le buter. Et il est hors de question qu'il retourne en prison, jamais.

Au 36, quai des Orfèvres, le capitaine Alquier l'accueille avec la courtoisie qui le caractérise.

— Vous êtes ponctuel ! lui lance le policier.

— Toujours.

L'homme lui serre la main un peu trop rapidement et sa main moite glisse dans celle du militaire. Il faut reconnaître qu'il le met mal à l'aise. Trop de rigidité dans sa posture, une bestialité à peine contenue dans ses gestes, et ce regard qu'il ne parvient pas à déchiffrer... Le capitaine n'était pas pressé que Lars arrive, il a désormais hâte qu'il s'en aille.

— Qu'est-ce que je fais là ? interroge le garde du corps sans préambule.

Alquier tapote quelques feuilles pour se donner une contenance pendant que son interlocuteur s'installe, puis se racle la gorge et s'efforce de prendre un ton ferme et assuré.

— Que pouvez-vous me dire de cet homme ? demande-t-il alors en lui tendant une photo.

Décidément, il aime étayer ses interrogatoires avec des clichés. Lars regarde la photo d'un air interrogateur.

— Pourquoi vous me demandez ça ?

— Répondez-moi. Qui est cet homme ?

— Vous le savez aussi bien que moi !

— Pas sûr.

— C'est Jonas. Un ami.

— Jonas comment ?

— Je ne sais pas.

— Vous ne connaissez pas le nom de vos amis ?

— Et alors, je ne vois pas en quoi ça pose un problème ! aboie le militaire.

Il n'aime pas du tout la tournure que cette conversation a l'air de prendre. Ont-ils été suivis, écoutés pendant leur conversation ? Jonas est-il finalement venu le dénoncer pour l'avoir incité à tuer Haiko ? Serait-il en réalité une taupe, un flic infiltré ?

— Jonas n'est pas son vrai nom. Que savez-vous de lui ? poursuit le policier, sourcils froncés.

— C'est un ancien légionnaire.

— Exact. Renvoyé de l'armée. Vous savez pourquoi ?

— Non..., ment-il.

— En Afghanistan, il a sympathisé avec les talibans, pris fait et cause pour eux, et attaqué son propre régiment avant d'essayer de se suicider. Il a passé deux ans en hôpital psychiatrique avant d'être relâché et l'affaire a été étouffée. Depuis son retour à la vie civile, il semble se passionner pour tout ce qui touche au djihad. L'historique de ses navigations Internet regorge d'appels au massacres de mécréants.

— C'est n'importe quoi...

— Au début, poursuit Alquier, nous surveillions son ami et propriétaire de l'ordinateur, un certain Jérôme Adam, sans savoir qu'il l'hébergeait chez lui. Mais grâce à une surveillance poussée nous avons découvert que Jonas habitait là... ce même Jonas qui a réussi à approcher Haiko... drôle de coïncidence, n'est-ce pas ?

— Une coïncidence, comme vous dites...

— Elle me pose deux problèmes, voyez-vous. Pour commencer, nous avons récemment arrêté le meurtrier de Nadia Nasri, un membre avéré de Daesh qui a fait ses classes en Syrie, et il apparaît que le but de l'État islamique n'a jamais été de tuer Mme Homoreanu, mais simplement de la discréditer en faisant planer sur elle de forts soupçons de corruption.

Lars s'adosse bruyamment contre son siège, soufflé par la nouvelle. Il savait que la jeune femme était forte et avait le bras long, mais de là à trouver un pigeon pour endosser le meurtre à sa place, c'est très fort !

— Vous racontez n'importe quoi ! Vous et moi savons pertinemment que Haiko est coupable de ce dont on l'accuse !

— Ah bon ? C'est ce que vous pensez ? Vous, son garde du corps ? Vraiment ?

— Je ne suis plus son garde du corps, précisément parce que je la pense coupable…

— Mais qui vous a mis cette idée dans la tête, Lars ? Vous fréquentez beaucoup Jonas il me semble, non ?

— Pas plus que ça. Je le voyais surtout quand nous assurions ensemble la protection de Mme Homoreanu. Je ne comprends toujours pas où vous voulez en venir !

Soit il est complètement idiot, soit Lars en dit moins qu'il n'en sait. Mais pourquoi ferait-il cela ? Alquier ne peut pas croire que le militaire puisse protéger un terroriste, pas avec ses états de service. Celui qui se fait appeler Jonas l'a-t-il endormi au point qu'il ne se rende compte de rien ?

— Comme je vous l'expliquais, l'assassin de Nadia Nasri a tout avoué. Et ce qui me pose un autre problème, c'est qu'il prétend que la fatwa est une invention de Haiko puisque l'idée était de ne surtout pas en faire une martyre. Or, dans les navigations suspectes de votre ami Jonas, on remarque qu'il est allé la consulter un paquet de fois…

— Non mais allez-y ! Dites tout de suite que c'est un islamiste ! Tout ça parce qu'il est arabe ?

— Non, je ne dis pas ça. D'ailleurs, il semblerait qu'il n'ait jamais vraiment fait les démarches pour rejoindre l'organisation terroriste. Nous pensons plutôt que c'est ce qu'on appelle un loup solitaire, qu'il s'est radicalisé tout seul…

— Je ne vous crois pas. Jonas ne peut pas être un radical, c'est complètement impossible ! ricane Lars.

— Ah bon, et pourquoi donc ?

— Vous en connaissez beaucoup, vous, des islamistes pédés ?

Craignant d'avoir mal compris, le capitaine Alquier demande à son interlocuteur de répéter.

— Jonas aime les hommes. Ce n'est pas compatible avec les grands principes de vie des fanatiques.

— Vous êtes sûr de son homosexualité ?

— Oui.

— Vous l'avez déjà vu toucher ou embrasser un autre homme ?

— Non.

— Il vous a fait des avances ?

— Pas directement, mais...

— Mais quoi ?

— Putain, ça se sent ces choses-là !

— Ah bon ? Moi je n'ai jamais su sentir les orientations sexuelles des gens. Il y a même une théorie qui dit que ceux qui en voient partout sont des homosexuels refoulés. Êtes-vous homosexuel, Lars ?

En le provoquant un peu, Alquier s'attendait à tout sauf à le voir se décomposer. Le militaire est subitement pris de tremblements, incapable de répondre quoi que ce soit.

— Eh, ça va ? Vous êtes tout pâle ?

— Ne vous avisez plus jamais de répéter ce genre d'inepties, gronde l'homme d'une voix caverneuse.

— Jonas vous a-t-il jamais fait des avances explicites ? reprend le capitaine.

— Non.

— Donc ce ne sont que des allégations. Par contre, ce qui n'en est pas, ce sont nos soupçons sur ses intentions.

— Alors pourquoi c'est moi que vous interrogez, plutôt que lui ?

— Parce que nous avons perdu sa trace. Il n'est pas chez son ami !

— Il n'est pas chez moi non plus.

— Écoutez, je sais que pour vous Jonas est un type bien et qu'il vous a convaincu que Haiko était coupable...

— Il ne m'a convaincu de rien ! se défend le militaire. Je n'ai besoin de personne pour me forger mes opinions !

— Peu importe, mais si vous savez où il se trouve en ce moment, il faut me le dire…

— Je n'en sais rien, je vous assure.

Le capitaine Alquier se cale dans son siège en soupirant. Il est certain que Lars lui ment. Peut-être devrait-il le placer en garde à vue pour lui rafraîchir la mémoire ? Il hésite un instant mais ce serait sûrement peine perdue d'espérer le faire craquer si facilement…

Lars ressort libre du Quai des Orfèvres. L'espace d'un instant, il a craint que le policier ne l'arrête, parce que Haiko aurait parlé de sa visite à Biarritz ou de l'incident du parking. Ce jour-là, quand il a pointé un laser rouge sur le front de sa mère, l'idée était encore juste de lui faire peur, pour qu'elle renonce à son trafic, pour qu'elle avoue ses crimes… Mais elle n'a rien dit à la police.

Quel innocent cacherait cela ? Aucun.

Elle a mis la musique à fond, n'en déplaise aux voisins, et danse pour la première fois depuis des semaines. Haiko est heureuse, soulagée, fière d'elle aussi ! N'est-elle pas forte ? N'est-elle pas une survivante, un phénix ? Rien ne lui résistera plus désormais et elle va tout faire pour profiter de sa vie comme elle le mérite ! Adieu la journaliste qui se complique la vie ! Adieu les plans foireux ! Elle a assez donné comme ça ! Bonjour la nouvelle Haiko, libre et conquérante, prête à découvrir le monde ! Elle n'a jamais été aussi bien qu'aujourd'hui et voudrait le crier à la Terre entière, convoquer tous ses amis, son frère, sa mère… Mais elle a promis de n'appeler personne pour l'instant et compte bien jouer la petite citoyenne modèle !

Le volume de sa chaîne toujours au maximum, la jeune femme n'entend pas les coups frappés à la baie vitrée, mais aperçoit soudain une silhouette familière se dresser derrière la porte. Haiko baisse un peu la musique et va ouvrir, intriguée.

— Jonas ? Qu'est-ce que vous faites ici ?

— Bonsoir, Haiko, je passe régulièrement dans le coin, pour vérifier que personne ne tente de rentrer chez vous par effraction... et là j'ai vu de la lumière et j'ai entendu la musique, alors je me suis permis de venir vous saluer. Il y a longtemps que vous êtes rentrée ?

En réalité, il le sait parfaitement. À peine avait-elle allumé son ordinateur, la veille, qu'il a reçu une alerte sur son téléphone. C'est d'ailleurs grâce à cela qu'il a pu assurer à Lars que le travail serait fait ce soir...

— Non, pas vraiment... En tout cas c'est gentil d'être passé dire bonjour, répond-elle en lui souriant.

Jonas lui sourit à son tour et masque sa frustration. Elle n'a pas l'intention de le laisser entrer...

— Je voudrais aussi en profiter pour vous dire que..., chuchote-t-il sur le ton de la confidence.

— Que quoi ?

— J'ai revu Lars et...

Le cœur de la jeune femme fait un bond dans sa poitrine. Est-ce à cause de l'évocation de son ancien garde du corps, ou bien parce que Jonas a glissé un pied chez elle, comme s'il tenait à tout prix à y pénétrer ? Si elle est une survivante, c'est aussi parce qu'elle a développé un instinct de conservation hors norme. Et son instinct lui crie que quelque chose cloche, que Jonas n'a rien à faire ici, et que sa détermination à rentrer est tout sauf amicale.

— Ah ? le coupe-t-elle d'un ton qu'elle espère léger. Ça tombe bien que vous me le disiez, j'en parlerai au capitaine Alquier ! Il doit arriver d'une minute à l'autre. Je vous remercie pour tout, Jonas ! Prenez bien soin de vous.

La jeune femme a parlé suffisamment fort pour qu'une voisine passe la tête par sa fenêtre. Jonas opine du chef d'un air affable et recule d'un pas.

— Je vous en prie, c'est normal. Bien content de savoir que vous n'êtes pas seule dans cette grande maison… avec les menaces qui planent sur vous, ce serait une folie ! Bonne soirée, Haiko.

— Bonne soirée, Jonas, le salue-t-elle en faisant un effort surhumain pour paraître calme.

La jeune femme referme prestement la porte à double tour et se précipite sur son téléphone. S'il n'est pas prévu qu'Alquier lui rende visite, contrairement à ce qu'elle a prétendu, elle n'a jamais autant souhaité le voir. Il faut qu'il vienne l'aider, vite ! Hélas, elle tombe sur la messagerie du policier.

— Capitaine, c'est Haiko Homoreanu. Jonas, mon ancien garde du corps, a tenté de pénétrer chez moi à l'instant. J'ai un mauvais pressentiment. S'il vous plaît, venez vite !

Que faire ? Elle ne peut pas rester ici à attendre que la police daigne intervenir. Il faut qu'elle s'en aille. Loin. Oui, elle va sauter dans un taxi direction l'aéroport et elle prendra le premier avion, peu importe sa destination pourvu qu'elle soit protégée par les portiques de sécurité.

Après quelques minutes d'hésitation, la jeune femme se précipite vers l'escalier pour aller préparer son sac, tête baissée, et bute contre le torse de Jonas.

— Vous avez perdu vos bonnes habitudes, Haiko, en laissant les volets ouverts.

— Qu… qu'est-ce que vous voulez Jonas ? Vous me faites peur…

— Tu le sais très bien ce que je veux. Exécuter ta condamnation !

— Ma quoi ?

— « Torturez-la. Violez-la. Tuez-la. Que ce soit lent... »

— Non ! le coupe-t-elle, c'est pas possible ! Vous ne pouvez pas être...

— Si. Et je vais te supprimer ! T'as de la chance, j'ai pas envie de te toucher, alors je me contenterai de te buter.

Le jeune homme affable de leurs dernières entrevues l'a cédé à un fanatique au regard empli de haine. Son visage est déformé par un rictus mauvais. Il descend les marches, la forçant à reculer. Une solution. Vite, elle doit trouver une solution. Le ramener à la raison, gagner du temps... mais rien ne vient. Haiko n'arrive pas à détacher son regard de Jonas, de ses yeux mauvais, de sa silhouette étrange et familière à la fois. Suivant les coups d'œil de la jeune femme, Jonas éclate d'un rire sinistre. On dirait presque un enfant qui joue aux cow-boys et aux Indiens.

— C'est ça qui t'intrigue ? dit-il en écartant les pans de son blouson.

Horrifiée, Haiko découvre qu'il porte une ceinture d'explosifs autour de la taille. Un truc artisanal, à l'évidence, qui pourrait bien péter d'un moment à l'autre. Comprenant qu'il est prêt à jouer les kamikazes et qu'il n'y a aucune discussion à espérer, aucune négociation possible, la jeune femme se retourne prestement en direction de la porte. Mais il est plus rapide qu'elle et la plaque au sol avant qu'elle n'ait pu l'atteindre.

— Tu vas crever, salope !

— Laissez-moi, pitié ! hurle-t-elle. J'ai rien fait de mal ! Cette fatwa, c'est une mise en scène, c'est moi qui l'ai postée avec l'aide de mon frère ! On voulait juste avoir l'air plus crédibles, on voulait juste être reconnus !

— N'importe quoi, tu crois que je vais avaler ça pauvre conne ?

— Oh pitié je vous en prie ! C'est la vérité ! Si vous saviez comme je regrette… moi au début j'étais pas d'accord mais Dimitri a insisté… ça l'arrangeait aussi pour ses tableaux… on a été bêtes c'est vrai, mais on a jamais été la cible de Daesh, ils ne veulent pas que vous me fassiez du mal… s'il vous plaît il faut me croire !

Mais comment la croirait-il quand elle a réfuté tant de fois cette accusation ? Quand la seule fois qu'elle a avoué sa supercherie, c'était au beau milieu d'autres mensonges servis à Lars pour avoir la paix ? Bien sûr, elle a joué avec le feu en se prêtant à cette comédie malsaine, mais elle l'a fait pour de bonnes raisons. Des raisons qui font qu'elle ne doit pas mourir maintenant, pas comme ça. Haiko sent les larmes lui couler le long des joues.

Elle doit s'enfuir, elle doit crier plus fort que la musique qui couvre le bruit de leur lutte. La jeune femme se tortille comme un ver, tentant de se remémorer les conseils de Lars, en vain. Tout se passe trop vite. À peine réussit-elle à libérer une de ses mains qu'il l'emprisonne à nouveau dans la sienne. Il pèse de tout son poids sur elle. Heureusement, s'il est nerveux, il n'est pas très lourd. Pas autant que Lars… Prenant appui sur ses talons, la jeune femme réussit au prix d'un effort épuisant à le propulser sur un peu plus d'un mètre, échappant pour quelques secondes à son emprise. Vite, se relever, ne pas rester par terre ! Mais il a déjà agrippé un morceau de sa robe et l'attire de nouveau vers le sol. Dans sa chute, elle a juste le temps d'attraper une statuette en bronze, un héritage de famille qu'elle n'a jamais autant béni qu'en cet instant. La jeune femme tombe, se retourne, et balance l'objet de toutes ses forces contre le crâne de Jonas. Le bruit sourd est aussitôt assorti d'un cri de douleur. À moitié sonné, il relâche sa prise. Haiko en profite pour se dégager complètement et courir vers la porte. Elle saisit la poignée, tire dessus. Se retourne.

Un quart de seconde.

Le temps de le voir se mettre à genoux et appuyer sur le détonateur en criant :

— *Allahou akbar* d'un air extatique.

Enfin, il devenait un juste, un martyr. Enfin ses plans se concrétisaient.

Un quart de seconde pendant lequel elle aurait pu continuer de courir, grâce à quoi elle ne l'aurait pas vu faire, ne serait pas restée tétanisée, n'aurait pas compris ce qui allait lui arriver. Elle serait partie sans même s'en apercevoir, convaincue peut-être de s'en être sortie.

Au lieu de ça, Haiko Homoreanu a eu le temps de réaliser qu'elle allait mourir.

Un bruit monstrueux retentit dans la maison. La déflagration et son souffle déchiquettent instantanément les membres de la jeune femme, font éclater ses tympans, ses yeux, ses organes internes. L'explosion l'embrase instantanément, la projette contre le mur d'en face. La moitié de ses os se brisent et elle retombe comme une poupée de chiffon sur le sol, continuant de se consumer et de se racornir telle une allumette dans un cendrier. Le phénix est en train de brûler, il ne se relèvera pas. Tout ça à cause d'une fausse fatwa. Ses dernières pensées vont aux chats du quartier. Ils n'auront plus personne pour les nourrir désormais…

Au brouhaha de la maison qui s'effondre, aux cris des voisins paniqués, aux sirènes hurlantes des pompiers alertés, au deuil de ses proches, au mea culpa des journalistes qui relateront sa mort spectaculaire, aux éloges funèbres forcément vibrants et dithyrambiques, à toutes ces gesticulations qui ne la concernent plus... succéderont le silence et l'oubli.

Haiko est morte ici.

Personne ne sait vraiment comment elle aura vécu.

# 13

LA PRESSE PEUT BIEN AVOIR RETOURNÉ SA VESTE, l'opinion publique peut bien s'émouvoir des détracteurs – toujours les autres, jamais soi – qui ont condamné la jeune femme sans autre forme de procès, Lars sait pertinemment que tout n'est que mensonge, triste comédie d'un monde décadent pour faire d'une de ses représentantes les plus pourries une égérie morte en martyre. Lui seul est dans le vrai. Il le sait parce que ses cauchemars ont enfin cessé. Et parce que les fauves se sont tus à l'instant même où Haiko est morte. Peu importe que le monde ignore ce qu'ils ont accompli, Jonas et lui. Peu importe qu'il ait joué avec les sentiments de l'ancien légionnaire, peu importe qu'il échappe à la justice des hommes. Il n'a de comptes à rendre à personne. Seulement à Dieu.

Lars se signe, embrasse son chapelet, et sort de l'église d'un pas lourd. C'était une belle cérémonie. Mais une mascarade, Haiko Homoreanu n'était pas croyante. Sa famille est restée très digne. Katia s'est montrée aussi raide qu'à son habitude, Dimitri a réussi à ne pas se répandre. L'inhumation est ouverte aux journalistes et à peine met-il un pied hors du sanctuaire religieux que Lars est assailli de flashs. C'est détestable. Il aurait préféré ne pas venir, mais cela aurait pu paraître louche de la part d'un ancien garde du corps, et il a pris soin de ne commettre aucune erreur depuis sa conversation avec le capitaine Alquier. Oui, il a fait un sans-faute. Il a su comment exploiter les failles de Jonas, tout comme celles de Haiko. Par mesure de prudence, il a brûlé le carnet où il avait consigné tout ce qu'il savait de lui, tout ce qu'il avait appris d'elle.

Lars avance en ignorant les journalistes et rejoint Ilan dans le cortège qui va au cimetière. Quelques mètres plus loin, le cercueil s'immobilise. Lars se dit qu'il doit être bien léger, étant donné ce qu'il reste du corps de la jeune femme. Un portrait de Haiko a été placé contre un arbre, à côté du trou où elle sera enterrée. Sur la photo en noir et blanc s'affichent son sourire éclatant et ce regard grave qui lui plaisait tant, avant. Comment croire à la voir ainsi, qu'elle ignorait l'empathie et la compassion ? Comment imaginer ses vices et ses mensonges ? Lars contemple son image un instant. C'est lui qui l'a tuée, même s'il n'a pas actionné le détonateur. Mais il ne regrette rien. S'il devait recommencer il le ferait. Au nom de tous les malheureux qu'elle a trahis. Pour que les fauves dans sa tête continuent de se taire.

Et tandis que l'on met le cercueil en terre, Katia Homoreanu prend la parole, l'air un peu perdue, et oublie l'espace d'un instant de porter ce masque froid qui met si bien les gens à distance. Soudain ses épaules se voûtent, son visage s'affaisse, ses mains tremblent. Soudain c'est une vieille femme, malgré les liftings et la discipline qu'elle s'impose. Soudain elle réalise qu'elle enterre sa seconde fille. Que ça ne devrait pas se passer comme ça, qu'on ne devrait pas survivre à ses enfants. Ce n'est pas dans l'ordre des choses, c'est comme une sanction. Est-ce parce qu'elle se soustrait aux outrages du temps, un lifting après l'autre ? Est-ce pour la punir de vouloir paraître jeune, de vouloir prendre la place de ceux qui devraient lui succéder ? Qu'a-t-elle fait pour se voir infliger deux fois cette douleur atroce ? Elle a la voix qui tremble lorsqu'elle fait ses adieux à Haiko. Sa fille. Sa petite-fille. Qu'elle n'a pas su protéger, elle non plus... Pas plus qu'Aleksandra. Katia Homoreanu s'effondre dans les bras de son fils en larmes et les appareils photo s'affolent.

Lars se demande pourquoi ils ont autorisé la presse à rester. Faut-il être accro à la notoriété pour permettre ça ! Ce spectacle le rend nerveux, lui file la migraine. Il sent ses mains qui tremblent et la sueur poisseuse qui perle à son front. Il plonge la main dans la poche de sa veste et attrape deux pilules de Captagon. Il va falloir penser à se réapprovisionner, pas question de subir les effets du manque... À peine les a-t-il avalées qu'il se sent déjà un peu mieux. Bientôt tout sera plus clair dans sa tête, plus brillant tout autour de lui.

Soudain, le silence. Seuls quelques oiseaux se font encore entendre. Leur chant a quelque chose d'incongru, de triste et joyeux à la fois. Dans l'assemblée, les têtes se tournent. Toutes dans la même direction. Une procession étrange vient rejoindre le groupe des endeuillés. Ce sont des jeunes gens, tous vêtus de noir. Ils sont trente-cinq, l'âge de la défunte, et tiennent tous une bougie à la main, comme pour lui souhaiter son dernier anniversaire. Ils avancent, graves et silencieux, en file indienne, ont entre treize et vingt-trois ans, sont d'origines diverses. Il y a des filles et des garçons, des peaux mates, des peaux claires, des cheveux noirs, des yeux verts...

Lars a le vertige. Une peur inexpliquée l'envahit. Un pressentiment. Il craint de comprendre.

La jeune femme qui ouvre la procession a une vingtaine d'années. Elle tient un bébé contre son sein.

— Je m'appelle Kahena et je fais partie des quarante-trois jeunes que Haiko Homoreanu a sauvés. Nous n'avons pas tous pu venir aujourd'hui car certains des derniers arrivés sont encore trop fragiles pour être confrontés à tout ça. Mais nous sommes trente-cinq ici. Trente-cinq personnes déchirées par le décès de Haiko, trente-cinq personnes qui lui doivent la vie. Nous l'avons tour à tour détestée quand elle nous a soustraits à des influences que nous croyions bienveillantes. Nous l'avons maudite et insultée quand elle osait faire l'apologie en public du mal qu'elle nous avait fait. Nous avons tenté d'échapper à ce qui nous semblait une prison gardée par des mécréants. Et puis nous avons découvert à quel point nous nous étions fourvoyés. À quel point nous avions été trompés par des as de la manipulation. À quel point notre vie n'avait alors tenu qu'à un fil et combien d'énergie, de force, de foi il avait fallu à Haiko pour mettre en place cette incroyable machine à nous déconditionner, de combien d'amour et d'abnégation elle avait été capable pour nous sauver malgré nous. Haiko n'avait pas d'enfant, nous n'avons jamais su pourquoi : elle aurait fait une mère formidable. Bien sûr elle était parfois maladroite, elle ne s'embarrassait pas de fausse modestie et aimait récolter les lauriers qu'elle méritait. Elle pouvait être agaçante, sembler dure… Mais il n'en était rien. Haiko ne pouvait pas nous rendre visite mais elle écrivait à chacun d'entre nous, personnellement. Elle nous envoyait des cadeaux, enregistrait des messages vidéo. Elle parvenait à nous faire rire et à nous émouvoir ! Et surtout, quand on a commencé à la soupçonner de nous revendre à des réseaux de prostitution, et que tous ceux d'entre nous qui ont pu avoir une seconde chance grâce à elle ont voulu monter au créneau, elle nous en a empêchés. Elle trouvait tout cela tellement absurde, elle était tellement sûre que les gens comprendraient à quel point ces accusations étaient ridicules et infondées qu'elle nous a interdit de nous dévoiler. Elle disait qu'il ne fallait pas qu'on s'expose, parce que ça nous mettrait en danger. Mais c'est elle qui était vulnérable. Elle qui est devenue une cible d'extrémistes sans discernement. Elle qu'on a tuée alors qu'elle n'avait fait que nous aider...

La voix de la jeune femme se brise en un sanglot. Ses amis lui frottent le dos et se pressent contre elle pour la soutenir. Kahena croise le regard noyé de larmes de Katia Homoreanu et trouve la force de poursuivre.

— À toi, Haiko, je voulais te dire merci de nous avoir rendus à la vie. Sans toi nous serions morts. Nous l'étions déjà d'une certaine façon et tu nous as ressuscités. À vous, Katia, je voulais vous demander pardon et vous dire que nous n'oublierons jamais cette merveilleuse femme que vous avez élevée. Ma petite fille, ajoute-t-elle en embrassant son bébé, est née il y a trois mois. Je l'ai appelée Haiko. C'est le prénom d'une femme libre dont la mémoire ne mourra pas.

Non, ce n'est pas possible. Ce n'est pas vrai ! Ce sont des comédiens ! Lars est pris de vertige, son pouls s'accélère et matraque ses tempes, il a le sentiment que son crâne va exploser.

*Comme si des grognements résonnaient dans sa tête...*

— Lars, ça va ?

Ilan essaie de réconforter son ami, convaincu que le chagrin le submerge. Il passe sa main dans le dos de Lars, mais celui-ci sursaute violemment, le contact lui est insupportable, douloureux.

Il ne comprend pas, il ne comprend plus. Non, il n'a pas pu se tromper ! Le sol lui donne l'impression de vouloir se dérober sous ses pieds pour le conduire directement en enfer, il essaie de s'accrocher à quelque chose, n'importe quoi, mais tout, partout, semble l'accuser, lui demander des comptes. Ici la mère de Haiko qui ne tient debout que grâce au soutien de son fils, là ces satanés mômes avec leurs bougies qui lui crament la rétine, contre l'arbre la photo de la défunte et ses yeux noisette qui semblent lui demander pourquoi…

Si vraiment elle a sauvé ces gamins comme elle l'a toujours prétendu, si Alquier lui disait la vérité en affirmant avoir coincé l'assassin de Nadia, si enfin Jonas était un fanatique… alors Haiko était innocente ? Mais pourquoi a-t-elle inventé cette histoire alors, dans la chambre d'hôtel ? A-t-elle juste dit ce qu'il avait envie d'entendre pour qu'il lui fiche la paix ? Était-elle si effrayée et désespérée qu'elle a préféré mentir, menacer de se tuer pour qu'il la laisse tranquille ? Mais comment en sont-ils arrivés là ? Comment a-t-il pu se persuader de sa culpabilité avec autant de force… encourager Jonas à la supprimer ?

Jonas… C'est lui qui l'a manipulé, pas le contraire ! Il est inconcevable que ce jeune mec un peu paumé ait pu l'influencer comme le capitaine avait l'air de le sous-entendre ! Lars repasse fébrilement le film de ces dernières semaines dans sa tête. Alors s'insinue le doute. Il revoit la soirée chez Jérôme, leurs discussions sur la décadence de ce monde, la nécessité de faire payer ses crimes à Haiko… Tout cela n'était-il qu'une redoutable mécanique destinée à le convaincre de la culpabilité de la jeune femme, afin qu'il s'en éloigne ? Avait-il été le pigeon parfait, lui, le vétéran traumatisé, déphasé, en mal de repères… ?

*Les grognements s'intensifient…*

Et si Jonas lui répétait si souvent qu'il ne devait pas faire justice lui-même… n'était-ce pas en réalité pour se réserver le plaisir de la tuer ? N'a-t-il pas tout fait pour isoler

Haiko ? En proposant un poste dans l'agroalimentaire à Ilan, puis en amenant Lars à douter d'elle au point de s'en éloigner définitivement pour la laisser sans protection ?

*Les grognements deviennent rugissements...*

Quelle preuve a-t-il jamais eue hormis ce compte en Suisse que Haiko n'a jamais réussi à justifier...Un jour après la mort de Haiko, Katia a prétendu l'avoir ouvert pour elle, sans la prévenir, au cas où, mais Lars n'y a pas cru. Et si elle disait la vérité ?

*Les fauves sont revenus. Ils sont là.*

Et si la lueur dans les yeux de Jonas, au lieu du désir que Lars, traumatisé par sa détention en Afghanistan, croyait y lire, n'avait jamais reflété que son souhait de le convertir à sa vision du monde ? Alquier avait raison, le jeune homme ne lui a jamais fait d'avances explicites. « J'ai toujours eu mes raisons », lui a-t-il dit avant l'attentat. Lars s'était imaginé que Jonas faisait allusion à son affection pour lui, alors qu'il évoquait son intention de tuer la jeune femme lui-même afin de mourir en martyr !

*Les fauves rugissent, ils laissent éclater leur colère.*

Toute sa bienveillance, sa sollicitude, tout ça n'était que comédie ! Jonas s'est juste appliqué à éloigner la seule personne qui aurait pu protéger Haiko. Leur dernière discussion n'aura été qu'une mascarade, une formalité quand avec ou sans son accord, Jonas l'aurait tuée quand même. Comme il a dû exulter de l'avoir si bien manipulé. Ainsi Lars a été la marionnette d'un fanatique qui a su lire en lui et exploiter toutes ses fêlures ? Il a harcelé une femme qui ne méritait pas le dixième de ce qu'il lui a fait subir ? Horrifié, l'ancien militaire réalise qu'il n'a rien compris, qu'il a tout mélangé, a rejeté sur elle sa propre honte et en a fait le bouc émissaire à sacrifier pour expier ses crimes sordides.

*Les fauves sont revenus, ils ne se tairont pas.*

La vérité lui saute désormais au visage. Sa propre folie a trouvé écho en celle de Jonas, entre drogue et combats, prières et soif de vengeance. Oui, voilà ce qu'il est devenu : un démon convaincu d'être un saint. Un fanatique qui ne vaut pas mieux que ce terroriste. Un drogué, un assassin.

*Les fauves sont revenus, ils ne partiront plus.*

*Ils vont le dévorer de l'intérieur et le déchiqueter encore et encore.*

Les mains plaquées sur les oreilles, Lars pleure à chaudes larmes, secoue la tête.

— Mon Dieu, pardonnez-moi ! hurle-t-il.

Tout le monde dans l'assemblée s'est figé. Qui est ce fou aux yeux exorbités ?

— Lars, qu'est-ce que t'as ? s'écrie Ilan.

Mais Lars ne l'entend pas, il doit sortir de cette foule, il doit aller parler à Haiko, lui demander pardon. Il avance, pousse du bras, donne des coups d'épaule, marche aussi vite qu'il le peut comme si le sol lui brûlait la plante des pieds. Les gens râlent, protestent, l'insultent.

— Si c'est pas honteux ce comportement ! Pour un enterrement !

Lars s'en fiche, il ne les entend pas, il ne les voit pas. Tout ce qui compte, c'est la fosse dans laquelle on a déposé le cercueil de Haiko.

— Lars !

Ilan s'est lancé à sa poursuite, il a un mauvais pressentiment. À son tour il fend la foule, s'excuse de déranger, demande pardon pour son ami aveuglé par la peine…

— Lars, mais qu'est-ce que tu fais ?

L'ancien militaire vient de se jeter sur le cercueil, à genoux, mains à plat sur le bois vernis.

— Je vous en prie, mon Dieu, supplie-t-il. Ma vie pour la sienne, d'accord ? D'accord ? Ma vie pour la sienne !

Mais Dieu ne répond pas. Alors Lars se redresse et dégaine son arme. Une femme crie dans l'assemblée, tous reculent d'un pas.

— Lars, écoute-moi... dis-moi ce qui se passe !

Ilan s'approche lentement, fait signe au service d'ordre de rester à distance. Il tend les mains vers son ami en signe d'apaisement. Il savait bien qu'un jour ou l'autre il pouvait péter les plombs, il avait deviné son attirance pour Haiko, il l'a vu avaler ces maudites amphétamines en arrivant au cimetière... tout cela forme un cocktail explosif. C'est trop d'émotion, trop de peine. Il craque, mais Ilan va lui venir en aide. L'empêcher de faire une grosse connerie.

— Ça va aller, mon ami, ça va aller... je suis là, je vais pas te laisser, OK ?

— Tu ne comprends pas, tu ne peux pas comprendre ! hurle Lars en sanglotant.

*Dans sa tête, les fauves vocifèrent et lui hurlent sa damnation.*

— Alors explique-moi, viens, prends ma main... tu vas me raconter, OK... ?

Lars le regarde d'un air paumé, les yeux brouillés de larmes, de la morve coule sur ses lèvres. C'est terrible de voir cette force de la nature à terre, en mille morceaux. Il ressemble à un petit garçon perdu dans un corps d'homme, un gamin malheureux que la vie a déçu, qu'elle a blessé au-delà du supportable. Il a l'air tellement abattu, avec ses épaules rentrées et son arme dérisoire au bout des doigts.

— Tu... ne peux pas comprendre, répète-t-il.

— Lars, je peux tout comprendre.

— Non, même toi, si tu savais... tu serais d'accord...

— D'accord avec quoi, mon ami ?

— Si tu savais, tu ne serais plus mon ami.

— Mais savoir quoi ? Qu'est-ce qui se passe, dis-moi !

Lars resserre les doigts sur son arme et la lève légèrement, tout le monde retient son souffle, certains tremblent, d'autres pleurent, quand les plus hardis ont pris le large pour appeler la police.

— Pardon. Je vous demande pardon à tous !

Il desserre le cran de sécurité. Ilan blêmit et fait signe aux gens derrière lui de reculer prudemment.

Mais c'est dans sa bouche que Lars place le canon.

Tout contre son palais qu'il le cale.

Dans sa tête qu'il tire.

Pour qu'enfin les fauves se taisent.

# ÉPILOGUE

# L'APOCALYPSE SELON MATTHIEU

Jeux de miroirs et surenchère : les croisades

Myriam Benraad, chercheuse à Sciences-Po et à l'Institut de recherches et d'études sur le monde arabe et musulman (IREMAM), parle de « symétrie ». « Il existe une sacralisation du combat des deux côtés. On assiste à une professionnalisation de la réponse à l'État islamique. Ils partent rejouer l'Histoire, c'est une grande aventure au nom de la religion, ils assument l'esprit de croisade. »

De son côté, Elish Yako [...] pointe du doigt l'idée que ce soutien « extérieur » ne « ferait que donner un prétexte aux djihadistes de justifier leur action ».

Stéphane Sellami et Jean-Marc Ducos,
« Des Occidentaux partent en croisade »,
*Le Parisien*, 3 mars 2015

*Province de Ninive, Irak*

MATTHIEU N'EN REVIENT PAS de la chance qu'il a d'être ici, de pouvoir s'inscrire dans l'Histoire en combattant Daesh sur son terrain. Depuis dix jours, il tanne son chef de régiment de le laisser y aller, piaffe d'impatience à l'idée de tester les techniques de combat qu'on lui a apprises, de tirer sur ces fils de pute d'islamistes. Il a eu droit à un entraînement accéléré, sûr que son père serait fier de lui s'il le voyait, lui qui a toujours déploré qu'il n'y ait plus de service militaire. Il sait que ce n'est pas sans danger de combattre ici, que l'ennemi est sans pitié, M. Leduc l'a prévenu, mais il n'allait pas rester chez lui à regarder les autres chrétiens se faire massacrer sans broncher ! « Si ta main t'a offensé, alors coupe-la », dit la Bible, et c'est précisément ce qu'il est venu faire ici. Couper un membre gangrené de l'humanité, faire cesser les massacres, venir en aide aux civils pour faire régner l'ordre et la paix sur cette terre de misère.

Matthieu crève de chaud sous son attirail de guerre, il est tendu à l'extrême, tous ses sens en éveil. Il a l'impression d'être dans un jeu vidéo grandeur nature, c'est tellement excitant, tellement effrayant à la fois ! D'un geste nerveux, il se passe la main sur le front. Il a encore pas mal d'acné, mais il s'y est habitué, il ne sent même plus les boutons sous ses doigts.

Son chef de groupe lui fait signe qu'ils vont se déployer, Matthieu doit avancer le long d'une façade et vérifier que les djihadistes ne sont pas déjà sur les lieux avant d'intervenir. Sa première mission sera de sauver les commerçants d'un quartier chrétien qui ont été menacés de mort par l'État islamique et vivent dans la terreur depuis.

Matthieu avance prudemment, un pas après l'autre, sans faire de bruit. Il retient son souffle. Derrière lui, Charles, son binôme, assure ses arrières. Matthieu déglutit péniblement à cause de la poussière et de la fumée dont l'air est chargé ici. Il adresse un clin d'œil à son ami pour lui dire : *C'est bon, j'y vais !* et penche la tête pour regarder de l'autre côté du mur. Rien à signaler. Charles sourit, tout aussi fier que son ami. Il trouve que Matthieu a de l'allure comme ça, et se dit qu'il doit être tout aussi impressionnant. Matthieu se penche un peu plus pour être sûr que la voie est bien libre, puis recule légèrement, se retourne à nouveau vers Charles.

— Vas-y, décale-toi un peu qu'on voie le paysage derrière ! Je vais te filmer pour Facebook !

Matthieu s'exécute, pouce en l'air, sourire aux lèvres pour immortaliser l'instant dans le smartphone, quand une détonation retentit au loin, suivie d'un long sifflement.

Et soudain, Matthieu n'a plus de tête.

Une balle vient de la pulvériser, littéralement. Comme une pastèque. Dans un bruit de fruit mûr qui éclate, ou d'arrosage automatique. *Tac. Splash.* Là où il y avait les yeux de Matthieu, son nez, son visage, son cerveau, il n'y a plus rien. Juste un corps coupé au ras des épaules, qui fait encore un pas, comme un poulet à qui on a tranché le cou, puis s'effondre sur son binôme qui se met à crier, se défèque dessus. Yeux fermés, paupières crispées, Charles hurle sans entendre les rafales qui se poursuivent et font éclater les murs, ni parvenir à recracher les morceaux d'os et de cervelle qui ont atterri dans sa bouche. C'est visqueux, c'est chaud, c'est dégueulasse. Il va vomir, il va mourir, là, le visage constellé d'une bouillie qui naguère fut une tête.

Charles hurle, hurle, il n'en finit pas de hurler, il est pris de spasmes, de haut-le-cœur, il gerbe tout ce qu'il a dans l'estomac, s'effondre et perd connaissance. Leur chef se précipite et l'attrape par les pieds pour le mettre à l'abri des tirs. Le gosse sera à jamais traumatisé. Les croisades pour lui, c'est terminé.

À deux cents mètres de là, Rudy n'en revient toujours pas. Il était parti pour faire un carton au hasard, il voulait détruire les façades, tester un peu sa Douchka, peut-être même buter un mécréant ou deux. Mais là ! Là, c'est plus que ce dont il aurait pu rêver. Quand il a vu le gars passer la tête de derrière le mur, il ne s'est pas dégonflé. Il a pris une bonne inspiration, a bien visé. Et *paf*, il a balancé toute la sauce.

— Oh putain, oh putain ! J'ai fait un *headshot* ! J'ai fait un putain de *headshot* ! T'as vu, t'as vu ?

Surexcité, il prend son chauffeur à témoin. Première sortie et déjà il joue au sniper ! Trop la classe de faire ça en vrai ! Il se demande si ça donne droit à une récompense, comme dans les jeux vidéo.

— Ouais, t'as assuré, mon frère, l'autre sale chien il a rien vu venir !

— Grave !

Rudy est content de lui, même si le gars à l'autre bout l'a un peu déçu. Il espérait voir le fameux petit nuage rose de sang et de cervelle dont parlent tous les snipers et qu'il avait observé des centaines fois en jouant.

Ce sera pour le prochain, sûrement…

# Remerciements

Voici un exercice que j'affectionne particulièrement, parce que si j'aime écrire des histoires sombres, j'éprouve encore plus de plaisir à parler de belles choses et de belles personnes !

Alors un grand merci à Glenn Tavennec, pour ta confiance jamais démentie en mon travail, pour ton soutien et la foi que tu mets dans tout ce que tu fais, pour ton humanité, ton humanisme. Cette collaboration est une des meilleures choses qui me soient arrivées depuis que j'écris, puisse-t-elle durer encore très longtemps et toujours dans la simplicité et la franchise.

Merci à Cécile Boyer-Runge pour ta bienveillance et l'énergie que m'insufflent nos rencontres, ainsi que pour ta confiance qui m'honore et dont j'espère me montrer digne.

Merci à toute l'équipe de Robert Laffont pour votre enthousiasme, à toutes les étapes de fabrication du livre, à tous les étages, dans tous les services. Venir vous voir c'est prendre une dose de bonne humeur et j'en redemande !

Merci à Valentin Musso pour ce défi qu'on s'est lancé, lors d'une soirée « un peu » arrosée aux Quais du Polar, et grâce à qui mon texte contient une phrase complètement hors sujet… mission accomplie, donc (même si c'est mauvais pour la santé) !

Merci aux experts qui m'ont empêchée de dire trop de bêtises dans ce roman :

À toi, Jérôme Saiz, dont la connaissance poussée du milieu de la protection rapprochée a permis de donner du réalisme à mon histoire, de l'épaisseur à Lars. Merci pour ta disponibilité, ton imagination tordue comme j'aime (et tes blagues qui me « fendent la bûche »). J'espère avoir su retranscrire le plus fidèlement possible ce que tu m'as appris.

À toi, Franck Ropers, grand monsieur, qui as su m'inspirer par ta discipline, ton sens de la pédagogie, ta bienveillance sans calcul et ton humilité… mais nous n'allons pas nous arrêter en si bon chemin, n'est-ce pas ?

À toi, Laurent Karila pour ta science de l'addiction et pour la gentillesse avec laquelle tu m'as répondu, dès nos premiers échanges en moins de 140 signes. (Et là je pousse un cri rauque de métalleuse pour te témoigner ma reconnaissance !)

À Anna Erelle, dont l'ouvrage *Dans la peau d'une djiadiste*, ainsi que le courage, ont été une précieuse source d'inspiration.

À vous, chère Hélène, préparatrice de copie, pour vos commentaires toujours pertinents et pour les gentils messages que vous prenez soin de me laisser avec le manuscrit ! Vous êtes ma première lectrice, alors votre avis, je le guette, je le crains et je m'en ronge les ongles par avance à chaque fois ! Bravo aussi pour votre vigilance : j'ai beau glisser des pièges, des répliques de *Game of Thrones* qui n'ont rien à faire là, vous les remarquez toujours ! Mais je n'ai pas dit mon dernier mot…

Merci à mes deux « bêta lecteurs » improvisés, Laurent Fialaix et Jean-Baptiste Gachon, pour votre disponibilité, votre sensibilité, le travail ingrat dont vous vous êtes acquitté avec panache. Mais que je vous aime !

Merci aussi à vous, qui m'avez prêté vos noms, quitte à ce que je les déforme : François Alquier, parce que j'ai adoré te transformer en flic technophobe ! On s'demande pourquoi ! Marie Charrel, parce que ce sera le prétexte à encore trinquer autour de mojitos. Caroline Vallat parce que tu as de la gueule en transgenre et que je te suis reconnaissante de m'avoir présenté ton groupe de bibliovores (Tonio la Mallette, Sandrine, Jenny, Nadine, Carole, Mireille, Ingrid…) !

Merci aussi à Audrey Ritoux, qui m'a inspiré la scène des chats de rue. J'éprouve une admiration sans borne pour le travail formidable que tu fais avec l'association Bouba et Compagnie, dans le 13e. Puisses-tu obtenir toutes les aides que tu mérites, tu es un sacré bout de femme.

Merci enfin à mes si chers amis, à ma famille de cœur : Didier, ma mère juive à barbe qui fait trop bien les macarons, Richard, mon père québécois qui me dévisse la tête quand il me fait la bise. Marie, Jérôme, Nico, JB, Laurent, mes potos… pour nos soirées improbables – et les vidéos ou lectures qui vont avec – mais sans chichis où on finit pleins comme des barriques, certes, mais heu-reux ! Éric, merci pour ta gentillesse et ta bienveillance (et tout l'argent que tu verses dans la cagnotte radotage !), tu es un saint de me supporter, vraiment, même si l'auréole est restée à Chambourcy. Clarisse, ma belle découverte, mon amie précieuse avec qui je vois la vie en rosé !

Et une mention spéciale pour Marie-Thé, ma grand-tante adorée ! Merci encore et toujours pour notre rencontre, nos échanges, ta bienveillance !

Merci à vous tous d'être là pour moi, du fond du cœur.

Merci enfin à vous, lecteurs nouveaux ou de la première heure, pour votre soutien, vos sourires lors des salons, vos petits mots sur les réseaux sociaux. C'est toujours un peu fou de se dire qu'on est lue, parfois même attendue, appréciée… Mais qu'est-ce que c'est bon !

# Références bibliographiques et discographiques

*Le Petit Prince*, Antoine de Saint-Exupéry, éditions Gallimard, 1943.

« Jeunesse, lève-toi », auteur : Damien Saez, album *Paris*, album Wagram Music/Cinq 7, 2008.

« Les écorchés », auteurs : Denis Barthe, Bertrand Cantat, Serge Teyssot-Gay, Frédéric Vidalenc, album *Veuillez rendre l'âme (à qui elle appartient)*, Universal Music France, 1989.

« La confession », auteur : Lhasa de Sela, album *The Living Road*, Les éditions Audiogramme, 2003.

PARU DANS

**LA BÊTE NOIRE**

*Tu tueras le Père*
Sandrone Dazieri

À PARAÎTRE DANS

**LA BÊTE NOIRE**

*Tout le monde te haïra*
Alexis Aubenque
(novembre 2015)

*Cœur de lapin*
Annette Wieners
(janvier 2016)

*Cet ouvrage a été composé et mis en pages*
*par* ÉTIANNE COMPOSITION
*à Montrouge.*

Imprimé en France par CPI
en septembre 2015

Dépôt légal : octobre 2015
N° d'édition : 54459/01
N° d'impression : 130401